Carmen Suissa

Dușmanul
din casa mea

Această carte este un omagiu adus unei femei puternice, frumoase și pline de umor - mama mea. A strălucit mereu prin curajul și spiritul ei neînfricat, în ciuda sănătății șubrede.

Astăzi, înțeleg că viața ei nu a fost ușoară, și mi-aș fi dorit enorm să-i pot spune asta.

Sper că, într-un fel sau altul, rândurile mele să ajungă la ea și să-i aducă bucurie și mândrie.

Te iubesc, mama mea minunată, și îți dedic această carte cu toată dragostea și recunoștința mea. Vei rămâne mereu în sufletul meu.

CAPITOLUL 1

Era o seară plăcută de iarnă. Luna Decembrie era minunată în New York, cu magazinele decorate pentru Crăciun, cu oamenii care erau mai bine dispuși în preajma sărbătorilor și cu Moș Crăciunii ce animau voioși străzile. Park Avenue, unde familia Huston avea casa, era impresionant în acea perioadă. Ningea, iar la lumina felinarelor fulgii păreau plini de viață, creând o imagine de basm. Ferestrele caselor erau împodobite cu ghirlande luminoase, iar în spatele lor familiile își făceau rutina, fericiți că sărbătorile de Crăciun erau în două săptămâni.

Carol Huston se uita pe geam la frumosul decor, luptându-se cu lacrimile. Totul părea perfect, dar nu era. Nu pentru ea. De statură mijlocie, cu părul negru până la umeri și ochi verzi luminoși, tânăra femeie se considerase o fericită a sorții. Era căsătorită de 16 ani cu Daniel, avocat renumit în Manhattan și aveau doi copii: Hayley, 16 ani și Scott, 10. Își adora familia și îl adora pe Daniel, care era dragostea vieții ei. Împreună își construiseră o viață confortabilă la care nu ar fi vrut să schimbe nimic. Cel puțin așa crezuse până să audă convorbirea telefonică a soțului ei cu Sydney, prietena lui din copilărie. Nu știa sigur ce auzise sau dacă a înțeles bine, dar Daniel vorbea ceva despre regulile care trebuiau învățate pentru a știi cum să le încalci. Nu auzea ce-i spunea Sydney, dar expresia lui contrariată o făcea să creadă că nu era de acord cu el. Sydney și Carol aveau o relație bună, dar Daniel rămânea prietenul din copilărie pe care nu l-ar fi trădat niciodată.

Privind tristă pe geam, Carol se întreba de când devenise el un expert în arta trișatului? Întotdeauna crezuse că-i cunoștea și fața din spatele măștii. Daniel avea personalități multiple, fără ca asta să fie un lucru rău, iar Carol iubise toți bărbații din el. Fusese confidenta lui, la fel cum el fusese confidentul ei, prieteni, iubiți și soți pentru totdeauna. Din păcate, *totdeauna*, se poate termina mai repede decât ne imaginăm sau ne dorim.

Neîncrederea îi strângea inima și trebuia să admită că de ceva timp Daniel părea distant. Ea își spusese că era probabil preocupat cu procesul senatorului corupt, însă acum se îndoia. Calmă, ca de obicei, s-a așezat pe fotoliul din fața șemineului și luând romanul lui Dostoievski de pe masă a început să citească. *Viața nu oferă niciodată garanții, doar promisiuni,* scria autorul.

Cât adevăr, și-a spus ea, imposibil să se concentreze la drama lui Dostoievski când însăși viața ei se transforma încet, dar sigur, în tragedie. Și-a spus că va trebui să discute cu Sydney, chiar dacă o va pune într-o postură jenantă. Trebuia să știe ce se întâmplă în viața soțului ei și dacă putea cumva să îl ajute. Nu înțelegea de ce el nu venea la ea ca de obicei, de ce nu mai comunicau așa ca altădată. Ea și Sydney se cunoscuseră la facultate, în timp ce Sydney și Daniel se știau de la grădiniță. Cei doi locuiseră pe aceeași stradă, tații lor lucrând împreună la firma de avocatură Thomson & Scott. Împreună au decis să facă facultatea de drept la Yale, unde era și Carol studentă.

S-au împrietenit repede și au devenit apropiate, Sydney rămânând totuși prietena cea mai bună a lui Daniel.

Carol era arhitectă și lucra de acasă, având astfel timp să se ocupe de familie. Era bine organizată, copiii nu erau niciodată în întârziere la școală, erau îmbrăcați impecabil și casa strălucea de curățenie. Aveau o viață socială plăcută, fiind înconjurați de câteva cupluri de prieteni interesanți.

Cu cartea pe genunchi, Carol făcea mental inventarul vieții lor: Hayley era o puștoaică dezghețată, cu păr lung, de culoarea mierii și ochii albaștri ca ai tatălui ei, iar Scott junior era un băiețel chipeș, care semăna mai mult cu ea. Moștenise părul ei negru, ochii verzi și era înalt la fel ca Daniel. Puștiul își iubea părinții, dar o adora pe Carol care era răbdătoare și mereu prezentă. Îl susținea în orice întreprindea, îi amuza amicii, cărora le făcea prăjituri în formă de inimi și asista la toate meciurile lui de tenis.

Fără să realizeze, Carol plângea. Dacă Daniel avea o amantă? În cei 16 ani de căsătorie nu s-a îndoit niciodată de fidelitatea lui. Soțul ei era un om liniștit, muncea mult și era un bărbat serios, un avocat bun și corect. Nu avea dreptul să-l acuze că era prea conștiincios, chiar dacă ar fi dorit să-l aibă mai mult prin preajmă.

Viața lui profesională era plină și singurele momente de relaxare erau în vacanțe și weekenduri, dar mai nou lucra și sâmbăta. Ceva nu era în regulă, simțea asta. Va profita în seara aceea de faptul că Scott și Hayley dormeau la prieteni și va clarifica situația cu soțul ei. Trebuia să-și înfrunte cea mai profundă temere și probabil să afle cel mai întunecat adevăr. Era oare pregătită pentru așa ceva? Și dacă nu era, iar el avea o amantă, ce trebuia să facă? Să închidă ochii așa cum fac multe alte femei? Frecându-și nervoasă mâinile cu degete subțiri și unghii impecabile, tăiate scurt, Carol și-a spus că nu era una dintre acele femei. Oare, într-adevăr, secretul unei vieți bune era acela de a nu avea prea multe așteptări? Ar fi fost prea crud să fie adevărat. Viața era o partidă de șah imensă în care piesele se perindau pe tablă. Că erai pion, tură sau rege, viața era imprevizibilă.

Carol venea dintr-o familie cu părinți divorțați, în care mama fusese deseori înșelată. Și-a promis să evite asta cu orice preț și nu a căutat nimic complicat în viață, doar un final fericit. Va avea ea oare parte de așa ceva? Sau va călca pe urmele Dianei, blânda ei mamă, care suferise din cauza soțului ei dependent de alcool, femei și droguri? Și-a frecat tâmplele dureroase, spunându-și că era o aberație să-l compare pe Daniel cu Kirk, tatăl ei. Și chiar dacă asta i se părea de ordinul fantasticului, nu putea să-și scoată din cap că poate Daniel o înșela. Ea crezuse întotdeauna că aveau o căsătorie perfectă. Se iubeau și se respectau, se completau unul pe altul și se simțeau minunat împreună. Oare doar ea credea asta? Niciodată nu-i trecuse prin minte, în cei 16 ani de viață comună, că el ar putea iubi pe altcineva, că s-ar putea chiar s-o părăsească într-o zi. Ea a crezut atunci când a rostit la biserică faimoasa frază *până când moartea ne va despărți.* Și acum chiar așa se simțea, moartă.

Din ce în ce mai des, Daniel mergea sâmbetele la birou și nu mai era atât de prezent ca altădată. Avea în ochi acea privire drăgăstoasă, dar nu mai era însoțită de gesturile tandre. Ea pusese totul pe seama oboselii. Probabil de asta nu mai făceau nici dragoste atât de des. În general, aveau o viață sexuală armonioasă. Cum de nu și-a dat seama că n-o mai atingea, nu pentru că era obosit, ci pentru că se îndrăgostise probabil de altcineva? Nu mai fusese niciodată în acea situaţie. Şi oare de-aia nu mai trecuse Sydney pe la ei? Era prea jenată să se găsească în aceeaşi încăpere cu blânda şi amărâta de Carol, care trăia într-o lume a ei, imaginară? Nu, nu se putea să fi fost atât de oarbă. Dacă avea o calitate de care era mândră în mod special, aceea era perspicacitatea, avea al şaselea simţ bine dezvoltat. Dar dacă era atât de perspicace, cum n-a putut detecta pericolul? Se spune că cel de-al şaselea simţ te poate avertiza împotriva pericolelor cu suficient timp înainte, pentru a le putea evita. Era un amestec între principiul mental şi cel spiritual şi sfida orice descriere. Tot aşa cum, la ora actuală, viaţa o sfida pe ea. Întotdeauna a crezut că atunci când ţi-e frică, găseşti cumva curajul de a rămâne pe linia de plutire, găseşti forţa de a te ridica şi de a merge mai departe. Atunci de ce simţea că atât curajul, cât şi forţa au părăsit-o şi s-au dus naibii, lăsând-o singură, dezolată şi furioasă? Furioasă pe cine? Pe Daniel, care probabil o înşela? Pe ea, că a fost prea ocupată să-i ofere lui şi copiilor confortul de care aveau nevoie, sau pe intrusa din vieţile lor?

—L-ai controlat vreodată pe Daniel? a întrebat-o într-o zi prietena ei cea mai bună, Miranda.
—Nu, am încredere în el.
—E admirabil din partea ta, verifică totuşi.
—Tu l-ai controlat pe Ben?
—Am angajat chiar şi o detectivă particulară.
—Se dau joburi din astea la femei?
—Atâta timp cât se abţin să facă prăjituri, sex oral şi să plângă în timpul serviciului, sunt acceptate, i-a zis prietena ei, în stilul amuzant care o caracteriza. Miranda, cu părul

de culoarea focului, era pasională, o femeie puternică şi un medic bun.

Poate că ar fi trebuit să fie mai atentă sau să-l controleze, aşa cum îi sugerase ea. Dacă Daniel nu era cine credea ea că e? Dacă a minţit-o toată viaţa? Poate că sâmbetele, când zicea că merge la birou, se ducea la agăţat. Dar de ce ar face asta? Ar fi capabil să aibă o amantă doar aşa, pentru că putea?

Gândul i-a zburat iarăşi la copilăria ei: avea nouă ani când, într-o noapte, a fost trezită de plânsetele mamei ei. Somnoroasă, a coborât scările ce duceau în living şi a văzut-o pe mama ei chircită pe sofa, cu faţa plină de lacrimi.

–Mami, de ce plângi? a întrebat-o Carol, îngrijorată. Îşi iubea mama din tot sufletul. Era blândă, răbdătoare şi mereu zâmbitoare.

–Am primit o veste proastă, draga mea, a spus Diana trist, ştergându-şi repede lacrimile, dar nu pot să-ţi povestesc acum.

–E o chestie de oameni mari?

–Da, iubita mea, e o problemă de adulţi.

–Sunt complicate treburile de adulţi, dar ştiu că de data asta n-are legătură cu sexul.

–Ce vrei să spui? a întrebat-o mama ei. Şi ce ştii tu despre sex?

–Ştiu că e amuzant şi când ceva e amuzant, nu plângi. Trish mi-a spus că a auzit-o pe mama ei râzând şi chicotind în dormitor, iar a doua a zi când au coborât la micul dejun, amândoi părinţii erau binedispuşi. Trish a mai spus că s-au binedispus toată noaptea.

În alte circumstanţe, Diana ar fi vorbit cu Carol, dar pe moment nu avea energia necesară. Soţul ei îi spusese că a fost o greșeală să se căsătorească atât de tineri și că dorea să fie liber. Avea nevoie de spațiu, să-și împlinească visele pe care n-a avut timp să le realizeze din cauza ei. Ea știa că visele lui erau foarte variate, predominând totuși blondele. Ce rămânea o constantă, în schimb, era vârsta. Da, lui Kirk îi plăceau visele de douăzeci de ani, nu mai mult.

Când s-au cunoscut, Diana plutea de fericire. Era tânără și naivă, iar el avea cu șapte ani mai mult ca ea. Era șarmant, înalt și o făcea mereu să râdă. Tatăl ei nu-l plăcea și îi spunea mereu că e un flușturatic care nu-și păstra o slujbă mai mult de cinci minute. Deși era o copilă ascultătoare, orice ar fi spus el la timpul acela o lăsa rece.

Acum, după nouă ani de căsătorie și cinci aventuri extra-conjugale, cu care ea era la curent, Kirk s-a hotărât în sfârșit să-și ia zborul, lăsând-o cu un credit în bancă și cu o jumătate de normă de profesor la școala elementară din cartier. Dar cel mai greu îi era să-i spună lui Carol că tatăl ei nu va mai locui cu ele. Nici măcar prin cap nu-i trecea că acesta avea să se ocupe personal, spre marea ei dezamăgire.

A doua zi era sâmbătă, iar pe la opt dimineața, domnul Kirk și-a făcut apariția în ușa bucătăriei, vesel și cu o pungă mare de bomboane în mână.

—Ce faci, Dovlecelul lui tăticu'? a întrebat acesta, ca și cum nimic nu s-ar fi întâmplat.

—Tati, mi-ai adus bomboane, a zis ea, sărindu-i în brațe.

El a urcat cu ea la etaj și și-a pus într-o valiză câteva haine.

—Dovlecelul meu, știi cât îmi ești de dragă, da? Carol a dat afirmativ din cap. Va trebui să plec o perioadă, dar să nu te îngrijorezi, voi veni înapoi. Fetița s-a bosumflat. Am să-ți aduc o păpușă frumoasă, așa ca tine. Carol îl privea fericită, ochii ei de copil exprimând o dragoste pură pentru omul care-n toată viaţa lui nu-i acordase mai mult de zece minute pe lună.

Timp de câteva săptămâni, Carol l-a tot aşteptat, punându-i o grămadă de întrebări Dianei, la care aceasta răspundea cum putea. Oare i se întâmplase ceva? Dianei i se rupea sufletul de mila ei, dar apoi, într-o bună zi, plânsetele au încetat, întrebările au devenit din ce în ce mai rare şi într-un final, s-au sfârşit.

Viaţa şi-a urmat cursul, cu bune sau cu mai puţin bune, dar în general s-au descurcat. Lucrurile intraseră aproape în normal. Diana şi-a luat o slujbă cu normă întreagă la şcoală, şi-a vândut casa şi s-au mutat într-una mai mică, dar intimă şi zilele se scurgeau calm şi plăcut. Până-ntr-o zi când, doi ani mai târziu, Diana şi Carol au dat nas în nas cu Kirk, în parcul din cartierul lor. Ţinea o fetiţă blondă de mână.

—Hei, Dovlecel, ce mare te-ai făcut, a spus el, fără pic de jenă. Mi-a luat ceva timp să-ţi găsesc păpuşa, dar asta e ceva mai specială. O cheamă Samantha, şi de câte ori vei vrea, vei putea să te joci cu ea. Îi vorbea ca şi cum ar fi văzut-o cu cinci minute în urmă.

Diana l-a privit rece.

—Iar ai luat metadonă?

—Ce bine ar fi dacă ţi-ai ţine fleanca aia închisă, i-a spus el agresiv. Faptul că voi femeile aţi fost înzestrate cu limbă este o încălcare imuabilă a naturii. Nu i-a mai zis că în realitate regreta că o părăsise pentru mama Samanthei, o dependentă de droguri, care era labilă psihic. Schimbase viaţa reală cu o momeală şi renunţase la Diana, o femeie adevărată, pentru o iluzie. Vestea bună era că în urma acestei legături s-a ales cu Samantha. Vestea proastă era că mama acesteia îi părăsise, iar el rămăsese cu Samantha. Fetița avea doi ani, iar el nu era pregătit să fie tată cu normă întreagă.

Diana l-a privit ca pe un străin, întrebându-se cum a putut să-l iubească. Nu mai avea ce să-i spună, nu merita osteneala, așa că și-a luat fata de mână și au plecat. Carol privea în spate la tatăl ei și la fetița blondă. Îi plăcuse când locuise cu ele.

—Nu ne mai iubește, așa-i mami? Ne-a mințit și cred că nu ne-a iubit niciodată.

—Pe mine nu mă mai iubește, dar pe tine te va iubi întodeauna, doar este tatăl tău. Dar asta nu contează prea mult atâta timp cât ne avem una pe alta, a zis Diana zâmbindu-i tandru și Carol a privit-o cu dragoste. Aveau o existență modestă, dar confortabilă și liniștită. Carol era fată bună, conștiincioasă și în general un copil cu care era ușor să comunici. Când a împlinit paisprezece ani, Diana i-a organizat o petrecere aniversară, însă surpriza mare urma să o primească de la tatăl ei. În toiul petrecerii, neinvitat și neanunțat, a trecut s-o felicite pe Carol. Nu se mai văzuseră din acea sâmbătă în parc, dar atitudinea lui era neschimbată.

—La mulți ani, Dovlecel! Șaisprezece ani. Felicitări!

—Paisprezece, a zis Carol, calmă. Am paisprezece ani, Kirk.

—Paisprezece, șaisprezece, tot aia. De-abia de acum viața merită trăită. Până acum a fost doar o perioadă tranzitorie, de umplutură, a zis el agitat, așa cum și-l amintea.

—Și de aia ai dispărut din viața mea? Eu pot să spun că a fost o perioadă importantă.

—Dovlecel, cheam-o pe mami, vreau să discut ceva cu ea. Spune-i că o aștept aici. Și te rog s-o iei câteva minute pe Sam cu tine și s-o prezinți prietenelor tale. E tristă mititica, mama ei a părăsit-o iarăși.

Docilă, şi-a luat sora vitregă de mână şi s-a dus s-o anunţe pe Diana. Ce s-a întâmplat pe acea terasă, în acea după-amiază, nu a prea înţeles. Ştia doar că după plecarea lui, Diana era furioasă, iar Sam a rămas cu ele.

—Mami, ce s-a întâmplat?

—Tatăl tău a decis să-şi abandoneze cel de-al doilea copil şi să mi-l lase mie, draga mea.

—Dar mama lui Sam unde este?

—A abandonat-o, iubito.

—Ce fel de mamă îşi abandonează copilul?

—Una care pur şi simplu s-a săturat de o viaţă cu Kirk, probabil.

Lui Carol nu i-a fost uşor să se obişnuiască cu Samantha: cu iaurtul pus în pantofi sau cu pasta de dinţi pe care i-o întindea pe faţă în timp ce dormea. Era capricioasă, geloasă şi mincinoasă, încercând des să-i saboteze relaţiile cu prietenele şi chiar cu Diana; fără succes însă, fapt care o enerva şi mai tare pe micuţa bestie.

Când în sfârşit a început facultatea, Carol a respirat uşurată că a scăpat de sora ei vitregă. Diana nu observa toate răutăţile Samanthei şi ajunsese s-o îndrăgească la fel ca pe propria fată. Apoi, la şaisprezece ani, Sam şi-a luat valiza şi bijuteriile Dianei şi a părăsit casa fără un cuvânt.

Revenind la momentul prezent, Carol s-a ridicat din fotoliu şi şi-a servit un pahar de vin alb. Daniel lucra în biroul de la parterul casei, cufundat într-o linişte asurzitoare. Rareori se întâmpla asta, casa lor fiind întotdeauna plină cu prietenii copiilor, care veneau și plecau ca la ei acasă. Liniștea din acea seară nu avea nimic reconfortant, era mai mult un fel de liniștea dinaintea furtunii. Știa că în noaptea aceea viața ei se putea schimba, ori ea nu dorea să schimbe nimic. Totul fusese perfect. Se simțise adesea ca un dirijor de geniu pe scena vieții ei. Condusese cu o mână de fier în toți acei șaisprezece ani. Fusese arhitect, mamă, soție, șofer și organizatoare de petreceri. Asistase la zeci de jocuri de tenis și hockey, copsese tone de prăjituri și organizase o sumedenie de dineuri pentru Daniel și acum își căuta curajul într-un pahar de vin. Chiar dacă nu dorea, trebuia să discute cu soțul ei și să vadă despre ce este vorba. Nu putea să trăiască în nesiguranță, ea nu era așa ca mama ei. Ce rezolvase că-i trecuse lui Kirk cu vederea toate infidelitățile? Nimic. Ani de suferință și umilință, distruși de un om mediocru, fără scrupule. Nu, ea nu va accepta așa ceva. A fost în prima linie la spectacolul dezastruos al familiei ei, nu va mai accepta asta încă o dată. Se spune că istoria se repetă, dar ea avea convingerea că poate face ceva în acea privință. Dacă într-adevăr Daniel a înșelat-o, ea nu va permite ca istoria să se repete. Cele mai puternice forțe din Univers, după Dumnezeu, erau convingerile personale. Ea era convinsă că dacă va trebui s-o ia de la capăt doar cu copiii ei, fără Daniel, o va putea face. Va fi greu la început, dar va reuși. Mama ei reușise. Își făcea curaj singură, însă situația era mult mai complicată. Daniel nu era ca și Kirk. Carol a aprins veiozele cu abajururi galbene din sufragerie, privind cu drag în jurul ei. Iubea căminul lor confortabil și decorat cu bun gust. Nu era doar o casă unde locuiau mai multe persoane, era un loc plin de amintiri, dragoste și râsete, de momente fericite care făceau din viața lor ceea ce era. O existență minunată.

Daniel era un tată şi un soţ bun şi nu putea să accepte că o înşela. Crezuse întotdeauna că aşa ceva li se întâmpla altora, nu lor. Hotărâtă, a pus paharul de vin pe masa de cristal din faţa geamului şi s-a dus în camera care-i servea drept birou. Daniel era pierdut în gânduri şi părea trist.

–Lucrezi? l-a întrebat, cuprinsă de o milă şi o dragoste nemărginită, iar el a tresărit.

Înainte tresărea de plăcere, şi-a zis ea, *acum tot ce-i pot oferi e o criză cardiacă. Ar fi şi asta o opţiune, dacă într-adevăr mă înşală.*

–Ăă, nu. Încerc, dar nu reuşesc, a zis el trist, obosit şi parcă dintr-odată cu zece ani mai bătrân.

Suferea şi se vedea, iar ei i se rupea inima de mila lui. Orice ar fi făcut în afara căsătoriei, nu era fericit.

–Cazuri grele la birou? l-a întrebat, nemaifiind atât de sigură dacă trebuia să vorbească despre incertitudinea ei.

–Mda, cam aşa ceva. E doar o pasă proastă, va trece, a spus el neconvingător.

Despre ce vorbea? Şi dacă era doar o pasă proastă, de ce era atât de afectat?

–Pot să te ajut cu ceva? l-a întrebat.

–Nu, îţi mulţumesc... deşi aş vrea.

–Poftim? a întrebat Carol întorcându-se.

–Nu, nu, nimic.

–Ai spus că ai vrea să te ajut. Ei bine, sunt la dispoziţia ta.

–Nu, Carol, mulţumesc. Am greşit, mă gândeam la altceva.

–Când ai greşit? a încercat ea.

O minciună, s-a gândit el, *era mai bună ca adevărul, mai ales dacă îl scotea din încurcătură.* A ridicat din umeri fără să ştie ce să spună.

–Mă duc să mă culc, a spus ea, dezamăgită și hotărâtă să-l lase în pace în acea seară. Vrei să-ți aduc ceva înainte de a urca?

–Nu, mulțumesc, a spus el privind-o blând, cu ochi disperați.

Se simțea copleșită de tristețe, dragoste și milă. Ce rost avea să-l chinuie cu întrebările?

–Carol.

–Da, a răspuns ea întorcându-se.

–Ești o femeie extraordinară, mi-ești dragă.

Nu *Carol, te iubesc*, ci *Carol, mi-ești dragă*. A părăsit încăperea fără să zică nimic și a urcat abătută la etaj. Ar fi fost mai simplu dacă l-ar fi urât, dar nu-l ura și cumva avea senzația că tot el era cel care trebuia protejat. Făcea oare cu ea un fel de psihologie inversă?

S-a băgat sub duș, lăsând apa să curgă îndelung pe ea. Se simțea murdară. După treizeci de minute a ieșit simțindu-se la fel. Și-a pus cămașa albă de mătase și s-a târât în pat, așteptând ca așternuturile imaculate să o reconforteze. A adormit două ore mai târziu și avea ochii cât cepele de la plâns.

Daniel a urcat cu mult timp după; a simțit mirosul ei curat și familiar și s-a blestemat în gând. La șase dimineața a decis că n-are nici un rost să se chinuie să adoarmă, probabil că nu va mai reuși să doarmă pentru tot restul vieții lui. A făcut rapid un duș și s-a gândit să meargă la alergat. Să alerge cât mai mult și cât mai departe. Nu putea da ochii cu Carol în acea dimineață. I s-a părut lui sau ea bănuia ceva? Era posibil, soția lui era o femeie deșteaptă și intuitivă, femeia perfectă pentru el. *Nevrozat nenorocit*, s-a înjurat în gând, începând să se panicheze. Era şi normal, îşi bătuse joc de cei şaisprezece ani de căsătorie.

Încercase din răsputeri să nu se lase sedus, dar în final a cedat. Era plină de viaţă şi avea un corp extraordinar: înaltă, subţire, cu picioare interminabile şi sâni sculptaţi. N-ar fi schimbat nimic la ea. I-a făcut curte destul de mult timp, nefiind chiar sigur dacă ea era doar prietenoasă sau îl dorea în patul ei. Era ambiguă şi avea impresia că se juca de-a şoarecele şi pisica, lucru care nu-i displăcea nici lui. Nu era inteligentă ca soţia lui, dar avea şarm şi era foarte pasională. Când, în final, ea a decis că sosise timpul să treacă la stadiul superior, i-a demonstrat că pe lângă pasiune şi frumuseţe, era excentrică şi experimentată, veşnic disponibilă pentru o partidă bună de sex, iar locurile publice n-o deranjau.

—Eu nu mă dezbrac, i-a spus ea într-o zi, apăsând pe butonul liftului, oprindu-l între etaje. Şi-a ridicat minuscula fustă până în talie şi şi-a scos chiloţii de mătase, punându-i în mâna lui. Dar pe tine te vreau gol!

De fiecare dată reuşea să-l excite la nebunie. Juca multe roluri cu el. Câteodată era inocentă, reuşea chiar să roşească, iar altădată avea impresia că ea inventase sexul. Cu soţia lui avea o viaţă sexuală satisfăcătoare, ţinând cont că erau împreună de şaisprezece ani, dar nu se putea compara cu pasiunea nebună şi deseori indecentă, trăită cu amanta lui. Erau lucruri pe care n-ar fi îndrăznit să le facă în patul conjugal, lucruri pe care amanta lui le impunea şi le cerea cu aviditate.

A ieşit la alergat. Era zăpadă, dar nu era foarte frig şi aerul rece îi mângâia faţa, făcându-i bine, revigorându-l. A decis să meargă la Starbucks să bea o cafea şi să cumpere nişte gogoşi Oldfashion pentru copii. Nu cu mult timp în urmă, el și Carol alergau împreună de trei ori pe săptămână și apoi își luau cafeaua la La Belle Vie, o cafenea franțuzească la modă. Fusese un ritual pentru ei și nu-și mai aducea aminte când a luat sfârșit. Și-a spus că în acea zi o să-i ducă el micul dejun acasă și o să petreacă toată ziua cu ea. O va răsfăța și va reaprinde pasiunea de altădată. Se vor uita la filme romantice, o să-i facă un masaj bun, o să-i gătească prânzul și vor bea un pahar de Chardonnay, vinul ei preferat. Vor vorbi despre tot și despre toate, vor da timpul înapoi. Ce naiba, nu putea să fie chiar atât de complicat, doar erau căsătoriți de atâția ani. Șaisprezece ani fericiți. Și-ar fi dorit s-o uite pe noua femeie din viața lui, să-și continue căsătoria, dar i se părea un fel de misiune imposibilă. Putea oare să șteargă cele trei luni din memoria lui? Da, anii de căsătorie o să-l ajute, era doar o chestiune de voință, și-a spus.

S-a simțit mai bine după ce a hotărât ce are de făcut. Nodul din gât a dispărut și lanțurile imaginare s-au mai destins puțin, lăsându-l să respire liniștit. S-a întors acasă cu brațele pline de gogoși, melci înveliți în glazură de zahăr și scorțișoară, cafele și un buchet de flori.

În casă era cald și bine. A dat drumul la instalația bradului și a aprins veiozele peste tot, creând o ambianță intimă, cum îi plăcea ei. Carol decorase casa cu mult bun gust, aveau mobilier frumos și confortabil, sufrageria era mare și primitoare. Era curat, dar nu genul acela de muzeu unde ți-era frică să nu pătezi ceva. Avea două canapele de culoare bej puse în fața șemineului, pe masa mică dintre ele se aflau bomboniere din cristal masiv, pline cu pietre transparente de culoare roz sau cu flori uscate, frumos mirositoare. În cameră mai erau încă șase fotolii mari, confortabile, două în fața geamului, împreună cu o masă cochetă din sticlă, iar restul, pe partea cealaltă a încăperii. O masă de douăsprezece persoane trona în partea bucătăriei, care era deschisă spre salon. Perdele din borangic alb cu auriu împodobeau geamurile, prin care se vedea frumoasa lor stradă. În cameră predomina cremul, auriul şi roşul acum, în perioada sărbătorilor.

Carol cobora scările somnoroasă. Era nemachiată şi părea obosită, dar şi aşa era o femeie frumoasă. Cuprins de tandreţe, a luat-o în braţe şi a sărutat-o încet pe buze. Era surprinsă. Rămânea să vadă dacă era plăcut surprinsă sau doar surprinsă. A zâmbit când a văzut masa din living plină de gogoşi şi flori. Şi-a servit un suc proaspăt de portocale şi şi-a umplut farfuria cu fructe.

–Vrei gogoşi? a întrebat-o el.

–Poate mai târziu.

–Mai târziu o să-ţi gătesc viţel în sos de vin cu cartofi la cuptor. Ea l-a privit fără să spună nimic. Vreau să am grijă de tine, a zis el blând. Doar tu faci asta de atâţia ani.

–Dacă nu te-aş cunoaşte, aş zice că ai ceva să-ţi reproşczi. A spus-o pe un ton natural, iar el nu s-a simţit în pericol.

–N-am făcut nimic rău, dacă asta vrei să spui. Am decis ca de acum înainte, în fiecare sâmbătă, să te răsfăţ. Ţii minte sfârşiturile noastre de săptămână?

–Vrei să spui, înainte de a trebui să munceşti şi sâmbăta? l-a privit şi i-a văzut panica din ochi. A hotărât să-i dea o şansă. Da, era plăcut, a spus ea.

Îşi amintea de sâmbetele când copiii erau la bunici sau la prieteni. Se uitau la filme vechi, jucau scrabble, mâncau, râdeau, povesteau şi făceau dragoste, după care o luau de la început. Când Hayley şi Scott erau acasă jucau Twister, mima sau Monopoly şi deseori prietenii copiilor veneau la ei. Nu-i deranja deloc când casa le era plină. Din contră,

Carol făcea totul ca prietenii copiilor lor să se simtă bine la ei. Căsnicia lor era trainică, bazată pe încredere și respect. Se completau perfect, erau cuplul ideal și toți prietenii lor îi admirau.

–Ar trebui să reîncepem, ce zici? a întrebat-o el.

–Da, ar trebui. Nu prea mi-am dat seama când s-au oprit toate astea. Voi fi mai atentă de acum încolo, îți promit.

Oare era o amenințare? și-a zis el. *Sau poate i se părea?*

–Nu voi mai munci sâmbăta, nu te voi mai neglija.

Ea s-a întristat și a simțit cum lacrimile se adună încet. I-ar fi plăcut să fie acasă și copiii, el reușea s-o agaseze cu toate amabilitățile lui exagerate.

–Sunt obosită.

Bineînțeles că ești, și-a spus el, *și eu aș fi dacă un cretin ar face atâta exces de zel la șapte dimineața.* Apoi, cu voce tare:

–Dacă vrei, îți fac doar un masaj, nimic altceva, promit.

–Cu plăcere, a zis ea, puțin mai veselă.

Dimineața a trecut rapid: au citit, au aranjat prin casă și au reușit să vorbească normal, așa ca altădată. După ce au luat prânzul, s-au pus la televizor, unul lângă altul. Erau liniștiți. Apoi telefonul lui a sunat și a sărit ca ars. Ea l-a privit mirată.

–E sigur de la birou, a spus el, iar ea s-a abținut de la orice comentariu.

–Alo, da.

La celălalt capăt s-a auzit vocea unei femei. El doar a ascultat, iar la final a zis, *azi e sâmbătă, nu lucrez*, după care a închis, lăsând persoana încă vorbind.

–Probleme? a întrebat Carol.

–Nici o problemă azi. Ți-am promis ceva și vreau să mă țin de cuvânt.

S-a uitat la el: era genul de tip prezentabil, fermecător şi iresponsabil. Înainte nu-l vedea aşa, ci mai degrabă blând, timid şi devotat. Încă îl iubea, dar nu mai era sigură dacă-l plăcea.

–Vrei să mergem la plimbare?

–Da, a zis ea fără chef, dar înainte vreau s-o sun pe Miranda, să văd ce face Scott. Miranda locuia cu câteva case mai jos, era căsătorită cu Ben şi aveau o fetiţă, Crisa, de aceeaşi vârstă cu Scott. Miranda a răspuns la a treia sonerie.

–Ce hărmălaie ai acolo, a râs Carol. Ce faceţi, aţi decis să demolaţi casa?

–Nu suntem departe. Jucăm mimă. Hayley e şi ea aici cu Brenda, capricioasa. După ce şi-a dat vreo zece minute ochii peste cap de am crezut c-o s-o pierdem, s-a băgat în joc şi acum se distrează cu noi.

Carol râdea. Miranda avea darul de a o bine dispune. Era inteligentă, deschisă şi îi plăcea să vorbească deocheat, fără să fic vulgară. Avea şarm şi era cea mai bună prietenă a ei.

–Veniţi?

–Da, dar dacă vezi că sunt în întârziere, înseamnă că l-am omorât pe Casanova şi caut un loc unde să-l îngrop.

–Chiar aşa? a spus Miranda, tristă pentru prietena ei.

–Da. Am vrut sa discut cu el, dar în final, n-am făcut-o. Pare atât de nefericit încât nu ştiu de unde să încep şi cum să procedez. De la atâtea gânduri sunt deja epuizată, înainte de a începe această discuţie prin care viaţa ar putea să mi se schimbe pentru totdeauna. Nu sunt pregătită pentru schimbări, le urăsc. Mai ales pentru că viaţa mea este perfectă. A făcut o pauză mică apoi a continuat: cel puţin aşa credeam, că avem o căsătorie perfectă şi că suntem fericiţi, dar se pare că doar eu am fost fericită.

–Nu știi asta. Ai auzit o nenorocită de frază și acum vorbești despre o schimbare radicală în viața voastră. Ți-a spus ceva ce te-a rănit? a întrebat-o prietena ei.

–Nu. Mă rănește ceea ce nu-mi spune. Sau mai bine zis, ce am înțeles eu din ceea ce nu vrea să-mi spună. Carol și-a șters lacrimile care-i curgeau involuntar pe față și a privit în spatele ei să vadă dacă nu cumva Daniel o auzea. Din fericire, nu era acolo și a continuat să vorbească cu Miranda: el este în continuare un tip superb, deștept și amuzant, dar care mă face să mă simt ca naiba. Miranda își înțelegea prietena. Puteai uita multe în viață, dar niciodată felul în care cineva te făcea să te simți. Mă simt, a spus Carol, ca în piesa aceea de Renoir, *Respecté et rejeté.* Se forțează să-mi facă pe plac și se comportă exact ca un tip care are ceva să-și reproșeze.

–Crezi că te înșală?

–Nu chiar, a răspuns Carol.

–*Nu chiar*, nu înseamnă nimic.

–Știu, ce voiam să spun este că am mai mult presentimentul că ceva se va întâmpla. Nu cred că este deja într-o relație, dar nu este departe. Nu știu de ce simt asta așa puternic.

–Poate doar ai nevoie de o pauză, a spus Miranda. Vrei să mergem la un film, la o cină sau într-o vacanță?

–Da, vreau toate astea, a răspuns Carol, făcând-o să râdă. Altfel, voi sta în fața geamului și voi privi lung pe fereastră gândindu-mă la toate problemele și în scurt timp voi deveni doar o femeie închisă într-un corp de bărbat.

Miranda râdea cu poftă:

–Credeam că eu sunt cea amuzantă, nu tu. Dar se pare că nefericirea te transformă într-o femeie/bărbat amuzantă. Toate schimbările astea le ai pentru că ai avut o copilărie analogică și o maturitate digitală.

De data aceasta Carol a râs.

–Iar ai vreo teză de pregătit și îmi servești fraze bizare?

–Exact, a răspuns Miranda, nimeni nu mă știe așa bine ca tine. Mâine seară am de ținut un discurs în fața a 200 de persoane și am un trac de nedescris. Cred că îmi voi pune rochia aceea neagră cu decolteu. E rochia care îmi poartă noroc, dar decolteul parcă este prea adânc. Ce zici, e prea mult?

–Nu, dacă te aștepti să ți se lase bani pe masă la sfârșitul serii.

Urletele copiilor se auzeau până la Carol.

–Trebuie să mă duc să mă ocup de monștrii noștri de copii și dacă între timp afli că te înșală, nu uita să-i frângi inima și să-l lași să moară singur. Carol a zâmbit. Săptămâna aceasta va trebui să luăm bilete pentru California, a spus Miranda. Trebuie să mergem la botezul lui Max.

–Nu a fost asta acum doi ani?

–Nu, a răspuns Miranda și copiii urlau în jurul ei ca nebunii.

–Și totuși îmi aduc aminte că am fost la un botez, a zis Carol distrată. Oare cine s-a botezat acum doi ani?

–Habar n-am, o grămadă de lume, a zis Miranda, după care i-a spus că trebuie să închidă, copiii făceau o hărmălaie de nedescris.

CAPITOLUL 2

Sydney era o femeie frumoasă: părul îi era de un şaten cald, cu şuviţe blonde, luminoase, drept şi lung până la umeri. Ochii de culoarea alunei erau împodobiţi cu gene negre, iar privirea îi era pătrunzătoare. Sportivă, se bucura de o siluetă fină şi elegantă. Putea spune că la cei 38 de ani, avea o viaţă plăcută, împlinită. Reuşise în avocatură, avea un apartament frumos cu vedere la Central Park şi o viaţă socială satisfăcătoare. Ce lipsea din frumosul peisaj erau un soţ şi un copil. Sydney a avut întotdeauna o relaţie bună cu părinţii ei şi se bucura că erau încă tineri. Mama ei, Helga, avea şaizeci de ani, iar tatăl, Tom, şaizeci şi şapte, şi după o viaţă împreună, încă se adorau.

Într-o zi de toamnă, Syd a decis să-i spună *da* lui Brad. L-a cunoscut cu un an în urmă. Avea o companie privată de detectivi şi se intersectau deseori. Era un bărbat atrăgător, dezgheţat şi ştia să se distreze. Sydney l-a plăcut pe loc, dar mai mult ca pe un prieten. Apoi, într-o zi, el a întrebat-o dacă n-ar vrea să iasă cu el.

–Ca un cuplu? l-a întrebat, amuzată de timiditatea lui.

El a dat afirmativ din cap.

–Mi-ai zis deja că tu nu amesteci plăcerea cu afacerile, dar mă gândeam că...

–Nu. Plăcerea cu angajamentul, a glumit ea.

Timp de un an de zile s-au văzut de două, trei ori pe săptămână. Era o relaţie confortabilă, iar sexul era grozav. Apoi, într-o bună zi, Brad, care era foarte îndrăgostit, a cerut-o în căsătorie. Era flatată de efuziunile lui sentimentale şi-i era drag, dar nu se simţea aşa îndrăgostită ca el. Şi totuşi, la sfârşitul lui Septembrie s-au căsătorit. A fost o nuntă de 200 de persoane: s-a mâncat peşte şi pui, s-a aruncat cu orez, apoi au plecat în Saint-Barthélemy şi aproape că nu s-au dat jos din pat.

Primele patru luni au fost foarte pasionale, după care Brad s-a gândit că n-ar fi rău să-şi ducă secretara pe aceeaşi insulă. Lui Syd nu i-a trebuit mult să-şi dea seama că scumpul ei soţ avea sentimente profunde şi pentru secretara lui, o roşcată minionă cu forme de invidiat. A decis să termine cu el şi cum nu aveau copii şi nici averi de împărţit, căsătoria lor a luat sfârşit repede. Nici unul n-a plâns, iar după două luni, când s-au revăzut întâmplător într-un bar, au povestit şi au râs că două cunoştinţe vechi. Brad nu era un băiat rău, dar nu-i plăcea monogamia, iar Syd n-avea nimic împotriva poligamiei, atâta timp cât nu făcea ea parte din ecuaţie.

Pe David Moore l-a cunoscut la o petrecere dată la ea acasă. A venit cu o prietenă de-a ei şi părea că se plictiseşte de moarte.

–Este totul în regulă? l-a întrebat Sydney.

–Este o petrecere reuşită, îmi place, a spus el politicos.

–Vrei să bei ceva? Whisky, vin, Prozac? l-a întrebat.

–Vin roşu, mulţumesc, a răspuns el, zâmbind.

L-a plăcut pe loc. Era înalt, şaten, cu freza puţin zburlită şi un zâmbet uimitor. Avea dinţii de un alb strălucitor şi faptul că erau puţin strâmbi îi dădeau un aer sexy, natural. Era foarte bronzat pentru luna Decembrie şi ea s-a întrebat dacă nu cumva locuia în Los Angeles. Ar fi fost păcat. A aflat că David era la conducerea Moore Corporation din New York, pe care o dirija împreună cu Jackson, fratele lui, un tip grăsuţ căruia îi plăceau prostituatele.

În acea miercuri, Sydney a dat nas în nas cu David la ieșirea din restaurant. Amândoi erau singuri și el s-a bucurat s-o vadă.

–Bună, Sydney. Ce mai faci?

–Tocmai am terminat de mâncat și mă întorceam la birou.

–Te grăbești? a întrebat-o David.

Ea s-a gândit puţin, după care i-a zis:

–Depinde. Ai ceva interesant de propus?

S-au văzut de câteva ori de la acea petrecere, dar niciodată între patru ochi.

–Foarte interesant nu, dar cu o cafea aș trece testul?

–Cafeaua e perfectă, a spus ea, zâmbind.

–Pari ca și cum ţi s-ar fi luat o piatră de pe inimă. Doar nu crezi c-aș fi îndrăznit să-ţi fac o propunere indecentă?

–Nu, nici vorbă, nu mi-ar trece așa ceva prin cap, a spus ea serioasă.

El a privit-o un moment, apoi a întrebat-o:

–Aăă și de ce nu ţi-ar trece prin cap asta?

–Păi, ești homosexual, nu? a spus ea serioasă.

–Pot să-ţi demonstrez că te înșeli amarnic, a zis el cu calmul care-l caracteriza. Dacă ești disponibilă în weekendul ăsta, te duc la un meci de fotbal, te îndop de hotdogi și cipsuri, după care te ignor jumătate din seară.

Îi plăcea spontaneitatea lui și faptul că nu era genul supărăcios. Întâlnirile lor au devenit din ce în ce mai frecvente și pentru prima oară, Sydney era foarte atrasă de acest bărbat, care o curta într-un fel aparte, diferit de tot ceea ce a cunoscut ea până atunci. David era tot timpul binedispus, era haios, atent, fără să exagereze şi, indiferent de situaţie, temperatura lui era constantă. Nu se enerva niciodată şi veşnic avea o idee bună sau o soluţie salvatoare. Era o persoană plăcută şi după doar cinci minute în compania lui, te relaxai. Făcea o grămadă de lucruri şi niciodată nu dădea impresia că e depăşit de situaţie sau că-i lipseşte timpul.

După trei săptămâni de întâlniri regulate, Sydney a început să se întrebe de ce nu *s-a dat la ea* niciodată. Însă, în seara aceea avea de gând să-l întrebe. *Să-l ia naiba, cu temperatura lui constantă. Care era problema lui? Vorbea ea prea mult şi-l inhiba, oare?*

Au luat cina la el acasă şi el a pregătit totul. Aprtamentul lui era curat şi frumos, într-un fel masculin. I-a pregătit avocado cu creveţi în sos cocktail şi viţel cu trufe. Vinul era excelent, iar pentru desert a ales patiseria franceză. Avea macarons şi millefeuille, iar în cuptor cocea o plăcintă cu afine, doar erau americani. Făcea absolut totul cu o nonşalanţă care putea da complexe multor bărbaţi... Sau femei.

După ce au terminat de mâncat, cu aceeaşi atitudine şarmantă, a dus deserturile în salon, a aprins televizorul din perete şi a început să se uite la un meci de baseball. N-a avut timp să se gândească la ce naiba făcea el şi nu era încă dezmeticită când, cu un zâmbet pe buze, s-a îndreptat spre ea şi a început s-o sărute.

—Chiar credeai că mă voi uita la meci? a întrebat-o el, după care a sărutat-o din nou.

Deşi ei îi plăcea la nebunie, s-a tras puţin, iar el s-a oprit.

—S-a întâmplat ceva? a întrebat-o blând.

–Totul e perfect, a zis ea, dar mâine am o zi aglomerată şi nu-mi pot permite să ajung cu cearcăne.

–De ce, se fac şedinţe foto în sala de dezbateri?

A prins-o de ceafă şi a sărutat-o lung şi pasional. Ştia că trebuia să plece repede de-acolo, dar niciun muşchi al corpului ei n-o asculta. Probabil că suferea de vreo boală neurologică sau ceva pentru că, creierul dădea comenzi de plecare, dar picioarele nu o ascultau, iar limba ei se juca cu a lui într-un fel foarte excitant. Toate simţurile îi erau trezite, iar când el a început să-i desfacă nasturii de la cămaşă, ea nu s-a opus. Ba chiar a vrut să-l ajute, dar el i-a împins ferm mâna. O domina complet şi ceea ce-i făcea era incredibil. Parcă ar fi fost la prima ei experienţă sexuală. O făcea să se simtă ca şi cum era cea mai importantă de pe Terra. Când ea a vrut să ia iniţiativă, nu a lăsat-o şi a fost aşa în timpul întregii nopţi. Era nesăţios, ştia exact când şi unde să pună mâna sau limba şi era evident că-i iubea corpul la nebunie.

Pentru prima oară, după o noapte lungă şi de neuitat, Sydney n-a adormit. De obicei adormea înaintea lor - nu că ar fi avut mulţi bărbaţi la viaţa ei. Dimineaţa când se trezea, se îmbrăca fără să facă zgomot, după care o ştergea pe furiş. Da, era o femeie deşteaptă, frumoasă, în toate capacităţile mintale şi se comporta ca un bărbat prost crescut, insensibil şi egoist.

Stând în braţele lui, se ruga la Dumnezeu să n-o pedepsească pentru toate ororile pe care le făcuse bărbaţilor până atunci. Îi era teamă ca el să nu adoarmă înaintea ei, însă David n-avea niciun chef de somn. Au vorbit şi au râs câteva ore, după care au adormit unul în braţele celuilalt.

Când s-a trezit devreme, a doua zi, el era deja îmbrăcat şi îi făcuse cafeaua. Văzând-o în uşă, s-a îndreptat spre ea şi a sărutat-o tandru.

–Bună dimineaţa, frumoaso. Nu ştiu tu, dar eu sunt în al nouălea cer. Prezenţa ta în patul meu îmi prieşte de minune.

Ea a zâmbit şi i-a ciufulit părul.

–Pleci la birou? l-a întrebat.

–Da, am o întâlnire importantă.

A ridicat-o în braţe şi a sărutat-o pătimaş, după care, cu un zâmbet înnebunitor a ieşit pe uşă, lăsând-o cu privirea scurgându-i-se după el. Se simţea ca o adolescentă la prima ei dragoste, dar nu era genul care să-şi arate sentimentele. Veselă ca o şcolăriţă şi în plină formă, Sydney s-a dus la duş, s-a îmbrăcat, după care a părăsit bine dispusă apartamentul lui David. A fost o noapte excelentă şi urma să aibă o zi minunată, ştia asta. Simţea pentru David ceea ce nu mai simţise niciodată pentru nimeni şi era convinsă că el era alesul.

De mică, Samantha a ştiut că nu făcea parte din lumea celor privilegiaţi. Deja în grupa mijlocie, şi-a dat seama că nu era una dintre acele fetiţe pe care mamele le răsfăţau. Deseori mama ei o uita la grădiniţă şi învăţătoarea o ducea acasă. Când a crescut suficient de mare, Sam a înţeles că mama ei lua droguri. Casa lor era murdară şi nici pe departe intimă ca a celor câtorva fetiţe unde Sam era foarte rar invitată.

De la cinci ani a ştiut că dacă-i era foame trebuia să se descurce. Tot la acea vârstă i s-a spus că era fetiţă mare şi că trebuia să se obișnuiască să doarmă singură. Mama ei trebuia să muncească, iar tăticul ei locuia cu o altă familie, dar i-a spus că într-o zi va veni și va locui cu ea. Da, auzea asta de când se știa, dar nu înțelegea de ce era așa. De ce familia ei era atât de diferită de familiile prietenelor ei.

Tot la cinci ani a priceput că tatăl ei, Kirk, nu putea veni la ea pentru că mai avea o altă fetiță. O fetiță pe care o chema Carol și din cauza căreia Samantha era obligată să doarmă noaptea singură, s-o vadă pe mama ei mereu nervoasă sau plângând când tatăl ei trebuia să se întoarcă „acasă". Încă n-o văzuse niciodată pe această Carol, dar o ura deja.

Când Sam a împlinit șapte ani, tatăl ei a venit definitiv la ele. A fost cea mai frumoasă zi din viața ei. Însă fericirea n-a durat mult. Părinții ei se certau tot timpul, în frigider nu era niciodată de mâncare și ea tot singură dormea. Apoi, într-o bună zi, mama ei i-a spus lui Kirk că nu-l mai iubește.

–Înțelegi, te-am așteptat prea mult și m-am săturat. În plus, n-ai grijă de noi deloc și habar n-am ce faci toată ziua.

–Să am grijă de tine? Pentru ce? Pentru părul ăla încălcit din cap și țâțele ca șosetele? Știi tu ce nevastă am lăsat pentru tine? Nu-i ajungi nici la glezne.

–În orice caz, nu putea fi atât de inteligentă precum cum spui din moment ce s-a înhămat cu un bou ca tine.

Mama ei a trecut pe lângă ea ca o furtună, și-a aruncat câteva haine într-o valiză ponosită și, fără să-și ia la revedere, a plecat trântind ușa în spate. Samantha a plâns zile întregi. Chiar dacă mama ei nu a fost un model, ea îi ducea lipsa. Tatăl ei era deseori absent și când venea, se culca îmbrăcat. Nu a durat însă mult. Într-o zi, a luat-o de mână, spunându-i că dorește să i-o prezinte surorii ei vitrege, Carol.

–Dar nu vreau, a zis Sam, nici măcar n-o cunosc.

—Ba da, ai văzut-o odată când ne plimbam în parc, dar erai mică și nu-ți mai aminteşti. Eram doar noi doi, mama ta plecase iarăşi naiba ştie pe unde.

Fără să mai aştepte, a urcat-o în maşină şi după treizeci de minute de condus, s-au oprit în faţa unei case micuţe şi frumoase, unde se ţinea o petrecere. Aşa a făcut cunoştinţă cu sora ei vitregă, Carol şi cu Diana, mama acesteia.

Casa era decorată cu baloane colorate şi pe masa din grădină era un tort cu două etaje cu flori albe şi roz. În ziua aceea, Carol împlinea paisprezece ani. Avea cu şase ani mai mult ca ea, o grămadă de prietene, un câine creţ pe care-l chema Whisky şi o mamă care o adora. Sam o ura din tot sufletul şi spera ca tatăl ei să se întoarcă mai repede şi să o ducă de-acolo. Însă Kirk nu s-a mai întors în acea noapte. Nici în zilele următoare. O abandonase şi el, iar Samantha o ura tot pe Carol pentru asta. Pe Diana o plăcea, era bună, răbdătoare şi calmă. Sam şi-a găsit pacea în acea casă, însă tot nu era bine pentru că sufletul îi era încărcat de ură. Veşnic plănuia câte ceva rău, dar era prea mică să ştie că lupta continuă nu are niciodată un final bun. Când Carol a început facultatea, Sam s-a bucurat. În sfârşit, a rămas doar cu Diana. Cele două surori n-au fost niciodată apropiate, iar Sam nu-i ducea lipsa deloc. Era fericită că o avea pe Diana doar pentru ea. O mamă a ei. Dar în scurt timp s-a plictisit să fie supravegheată şi la şaisprezece ani şi-a făcut bagajele şi a plecat în Vegas cu prietena ei, Betsy. Fără un cuvânt, a părăsit definitiv căminul şi pe singura persoană care avusese vreodată grijă de ea. Şi la fel ca şi părinţii ei, a plecat fără să spună nimic.

Vegasul era minunat: era oraşul luminilor, al petrecerilor cu caviar şi şampanie, al paietelor, visul oricărei fete care voia să facă bani. Întodeauna a auzit că Vegasul trebuia văzut măcar o dată în viață, iar acum înțelegea de ce. Totul era spectaculos, lumea se distra non stop și nu existau probleme sau plictiseală. Pentru prima oară în viață, Sam și-a făcut o grămadă de prieteni și toți erau gata s-o ajute să se simtă bine și să ajungă noul star al Vegasului.

—Va dura ceva timp ca să te lansezi, i-a spus într-o zi unul dintre prieteni, dar vei reuși. Iar ea a crezut și a trăit fiecare clipă. Totul era perfect, distracțiile erau cu grămada, iar ea nu se mai sătura. Nu mai voia să știe nimic despre vechea ei existență și nu înțelegea cum de a putut trăi altundeva decât în acel paradis numit Vegas. Era tratată că o regină, șampania curgea în râuri, dormea în hoteluri luxoase, mânca mâncăruri fine și s-a obișnuit repede cu noua ei viață. În sfârșit, soarele a răsărit și pe strada ei. N-avea timp de plictiseală, iar când n-a mai avut timp nici de somn, prietenii i-au dat niște pilule mici și magice. Apoi i-au adus *pudra albă*, pe care o ura atât de mult. N-a uitat cum părinții ei s-au certat adesea din cauza ei. A refuzat s-o ia și nimeni nu s-a supărat, dar când pilulele magice au încetat să mai fie atât de magice, prietenii i-au propus din nou pudra, iar ea a acceptat. A fost o experiență extraordinară. Era pentru prima oară când a luat cocaină și tot pentru prima oară când s-a trezit în patul unui necunoscut. Era singură în camera luxoasă, iar pe perna îmbrăcată în satin a găsit un plic cu o mie de dolari și un bilețel pe care scria: *Îți mulțumesc, ai fost fenomenală. Te sun când mai trec prin Vegas.*

Avea șaisprezece ani, o mulțime de prieteni și tocmai a primit o mie de dolari fără să facă nimic. Nu era ăsta Paradisul? Când s-a dat jos din pat a simțit o mică durere între picioare și a văzut că cearșaful imaculat era pătat de sânge.

Deci şi-a început viaţa sexuală şi avea un bărbat, un om de afaceri, cu siguranţă ocupat, dar care va avea grijă de ea ori de câte ori va trece prin Vegas. Într-o zi se vor căsători şi... şi trebuia să facă un duş şi să-i spună lui Betsy fabuloasa ei poveste. Se va ocupa mai târziu de organizarea nunţii, avea încă timp şi voia să profite la maxim.

Cina în fiecare seară în locuri luxoase, apoi mergea la petreceri somptuoase, scăldate-n şampanie şi cocaină. De fiecare dată îşi spunea că după noaptea aceea se va opri, dar erau prea multe petreceri şi o droaie de bărbaţi frumoşi care veşnic doreau să-i facă plăcere şi toţi erau generoşi.

Apoi, într-o zi, Ricky, prietenul ei cel mai bun şi Regele Vegasului, i-a spus că dacă nu-i dă şi lui o parte din bani, n-o va mai invita la petreceri. La început, acesta a acceptat atât cât a dorit ea să-i dea, dar foarte repede, Ricky n-a mai lăsat-o să decidă.

–Înţelegi, puştoaico? Eşti aici de patru luni, toţi te cunosc.

–Şi asta-i un lucru bun, nu? a întrebat ea naivă.

–Cum să spun, să nu te rănesc? Nu mai eşti de actualitate. Da, asta-i fraza perfectă, a rânjit el, arătându-şi dinţii galbeni de la tutun şi nespălare. Trebuie să mă crezi pe cuvânt când îţi spun asta şi să mă laşi să iau singur decizii care ne privesc pe amândoi. Tu nu ştii nimic despre nimic, aşa că de acum încolo voi fi managerul tău.

De la hotelurile luxoase, a trecut la moteluri mediocre şi bărbaţi mai puţin frumoşi. După ce-şi cumpăra cocaină şi-l plătea pe Ricky, nu mai rămânea cu mare lucru, iar în dimineaţa în care s-a trezit pe pardoseala din celula închisorii din Vegas, visul ei american a luat sfârşit. Coşmarul însă a început când, venind s-o ia din puşcărie, Ricky i-a zis că-i era datoare pe viaţă. Aşa a ajuns să facă trotuarul, ca mai apoi regele Vegasului să-i ia toţi banii. A devenit prizoniera lui şi a nenorocitului aceluia de oraş. A ştiut că a venit timpul pentru ea să plece de acolo, dar fără un plan bine pus la punct nu avea nicio şansă.

A reuşit după zece ani, când peştele ei a fost împuşcat în cap de prietenul lui cel mai bun şi Sam avea doar un singur regret: că nu a fost ea cea care apăsase pe trăgaci.

Când Samantha a ajuns în New York, a realizat că nu ştia să facă mare lucru. Renunţase mult prea repede la şcoală, iar în afară de prostituţie, nu făcuse nimic altceva. A hotărât că trebuia să meargă la un curs intensiv de ceva, orice, care s-o ajute să-şi găsească rapid o meserie decentă. S-a gândit să se facă asistentă dentară. Cu puţinii bani pe care reuşise să şi-i pună de-o parte, şi-a închiriat o cameră modestă în Queens, la o cunoştinţă de-a lui Betsy. Camera nu era cine ştie ce, dar era curată şi era a ei. Nu trebuia să dea socoteală nimănui, iar proprietara părea cumsecade. A făcut un curs de câteva luni şi zilnic căuta oferte de muncă în ziare. Surpriza i-a venit de la cine se aştepta mai puţin: doamna Edna, proprietara, a prezentat-o nepotului ei care era dentist şi într-o luni din luna februarie, Sam şi-a început cariera de asistentă dentară. Nu era nimic senzaţional în a aspira sânge cu apă din gurile scârboase ale pacienţilor sau a steriliza instrumentele şi a pregăti amalgamurile, dar era o meserie corectă şi era plătită destul de bine.

Când dentistul i-a propus să se culce cu el, venitul i-a crescut considerabil şi totul ar fi fost perfect dacă scorpia de nevastă a dentistului n-ar fi aflat de acrobațiile lor. După numai un an de la venirea ei în New York, a rămas fără slujbă, iar următoarele luni le-a petrecut fie ca asistentă dentară, fie ca ospătăriță în baruri sau cafenele. Nu reușea nicicum să-și păstreze un serviciu, iar barurile îi plăceau, cu condiția ca ea să fie clientă.

Într-o zi, stând la coadă într-o cafenea din Manhattan, Sam a zărit o siluetă oarecum familiară. Era cu spatele la ea, îmbrăcată în ținută sportivă. Avea siluetă zveltă, iar părul negru, frumos îi era prins într-o coadă de cal. Nu-i vedea fața, dar știa că era ea. Radarul ei interior n-o trădase niciodată. S-a oprit la masa la care tocmai se instala bruneta.

–Carol?

–Da, a răspuns aceasta calm. O privea cu ochii ei verzi, senini, dar habar n-avea cu cine stă de vorbă.

–Sunt eu, Samantha.

Carol a tresărit un moment, dar Samanthei nu i-a scăpat. Apoi, cu același calm, a salutat-o:

–Sam, bună, ce mai faci?

–Foarte bine. M-am mutat în New York și îl ador. Orașul acesta are un vibe extraordinar.

Carol a privit-o și a dat din cap, neștiind ce-ar putea să-i spună după atâția ani.

–Ești diferită, a zâmbit Carol, căutându-și cuvintele. Nu o simțea ca pe o soră, nici măcar ca pe o prietenă, dar asta nu-i dădea dreptul să fie nepoliticoasă. Era mai mult stilul lui Sam, nu al ei.

–Diferită, cum? Mare și frumoasă?

–Da, ești mare și frumoasă, a râs Carol, descoperindu-și dinții impecabili. Ți-am recunoscut ochii, privirea.

–Diabolică?

–N-am vrut să spun asta, a zis Carol.

–Ştiu că sunt diabolică şi nu mi-e ruşine să recunosc. De fapt, o iau chiar ca pe o calitate.

–Mă bucur că poţi vedea lucrurile aşa, s-a scăpat Carol.

–Ce faci, care mai e viaţa ta? a întrebat Sam, prefăcându-se că nu a auzit remarca.

–Sunt bine, a răspuns Carol, cu un zâmbet plăcut, dar găsind inutil să-i dea amănunte.

–Stai prin zonă? a insistat Sam.

–Nu stau prea departe, a răspuns ea evaziv.

Nu vrea să spună, şi-a zis Samantha cu ciudă, admirând pe ascuns stilul sofisticat al surorii ei, care arăta foarte bine. Avea impresia că de când nu s-au văzut, nu i-a apărut niciun rid şi ca un bonus ce i-l oferea nenorocita de viaţă, mai locuia şi într-unul din cartierele şic ale New York-ului. Se vedea că a avut o existenţă uşoară. La cei 39 de ani arăta ca la douăzeci şi cinci şi asta o enerva al naibii de tare pe Sam.

–Tu, ce faci? a întrebat-o Carol doar să facă conversaţie. Personal, n-o interesa soarta lui Sam şi ştia că era bine să se ţină departe de ea, dar ştia ca pe Diana ar fi interesat-o.

–Aşa cum ţi-am mai spus, foarte bine, a zis ea, după care a luat o pauză, gândindu-se. Ştii, a trebuit să plec de la Diana, nu mai suportam, înţelegi? Nu, nu înţelegea, dar nu mai avea importanţă. I-a trebuit ceva timp mamei ei să digere dispariţia Samanthei, dar timpul şi-a făcut datoria şi ca de obicei, totul a reintrat în normal. Mă sufoca, aveam nevoie să respir aer curat.

–Şi ţi-ai găsit locul cu un asemenea aer? a întrebat-o fără chef şi gândindu-se că le-a făcut un favor, Dianei şi ei, că a plecat din vieţile lor.

Mă ia la mişto, a naibii, a gândit Sam. *Ea n-a trebuit să-şi vândă corpul ca să-şi poată plăti o chirie nenorocită. Şi nici nu ştie ce înseamnă să vină unu' ca Ricky şi să se urce pe ea în timp ce doarme. Iar acum îndrăznea s-o ia de sus?*

—Am fost câţiva ani în Vegas şi m-am distrat extraordinar. Eram cântăreaţă la Flamingo şi am dansat la aproape toate marile hoteluri de acolo.

—Şi în New York, tot dansatoare? a întrebat Carol rece, dându-i impresia că o desconsideră.

—Nu, sunt asistentă dentară, a răspuns Sam, mândră. Tu?

—Eu sunt arhitectă. Eşti căsătorită? a întrebat-o Carol nedorind să vorbească despre ea şi făcând-o să se simtă ca la Gestapo.

—Nu. Am avut însă o relaţie de câţiva ani cu un medic superb, a minţit Sam, dar s-a terminat. Cunoşti regula: deştept, frumos şi zero la pat.

—Oh... Samantha şi-a adus aminte că mironosiţei nu-i plăceau deloc vulgarităţile. Doamna Perfecţiune, cu un băţ în fund. Ai copii? a întrebat-o Carol, deranjată de privirea fixă a surorii ei.

—Nu şi nici nu ştiu dacă voi avea vreodată. Ceea ce ştiu e că dacă totuşi voi avea, îi doresc surdo-muţi. Vreau să mă distrez, să profit de fiecare moment. Carol o asculta, dorindu-şi să fie oriunde altundeva; nu-i plăcea vibe-ul ei, la fel ca în copilărie. Ce viaţă au avut ai mei? I-am încurcat câţiva ani, după care m-au abandonat, apoi au dispărut. Eu nu vreau să fac asta.

—Nu e obligatoriu să faci acelaşi lucru ca ei.

—Nu e obligatoriu, dar e posibil şi atâta timp cât există posibilitatea, nu vreau să risc. Ştii proverbul ăla: să trăieşti de parcă n-ai muri niciodată şi să mori de parcă n-ai fi trăit niciodată? Eu nu vreau aşa ceva. Nu ştiu cine a spus asta, dar m-a marcat.

–Dalai Lama.

Deşteapta Pământului, s-a gândit Sam cu ciudă, sigură că avea întotdeauna răspuns la toate.

–Tu eşti căsătorită, ai copii?

–Da, la amândouă întrebările, a răspuns Carol, simţindu-se inconfortabil.

–Deci sunt mătuşa unui copil pe care încă nu-l cunosc.

Carol s-a făcut că nu aude şi a luat o gură din sucul proaspăt de gref. N-ai de gând să mă prezinţi familiei tale, nu-i aşa?

Carol s-a gândit puţin înainte să răspundă:

–Ba da, mă gândeam doar când avem timp liber, soţul meu munceşte mult.

–Cu ce se ocupă? a întrebat Sam, fiind geloasă pe viaţa surorii ei. Chiar dacă nu ştia mare lucru despre ea, se vedea că o duce bine.

–E avocat. *Bineînţeles că e avocat*, şi-a zis ea cu ciudă şi Carol a simţit iar negativitatea şi ura. Dă-mi numărul tău de telefon şi te sun după ce discut cu Daniel. E bine aşa?

–Daniel înseamnă „Dumnezeu te va judeca".

Felul în care a spus-o i-a dat lui Carol frisoane pe şira spinării.

–Dumnezeu ne va judeca pe toţi, nu-i aşa? a zis Carol, abia aşteptând să plece de-acolo.

Da, dar pe el îl va judeca pentru că se va culca cu surioara ta, pe care o deteşti atât. Ca şi cum vedea prin ea, Carol i-a zis:

–Soţul meu e atât de bun, încât chiar cred că va vedea Raiul.

Deci a avut dreptate, nenorocita a avut noroc pe toate liniile. *Înainte să ajungă în Rai, îţi promit eu c-o să-l ridic în Paradis.* Privind-o în ochi, îi zâmbea dulce, imaginându-şi deja cum îi călărea soţul.

–Bine, dragă, a zis Sam, acum trebuie să plec, dar aştept să mă suni. A scos o carte de vizită din geantă şi i-a întins-o, fiind sigură că nu va avea veşti în curând de la scumpa ei soră.

Ieşind afară, în aerul rece, a avut senzaţia că se sufocă. Nu frigul era de vină, ci gelozia şi ura care o bântuiau de atâţia ani. A decis că era momentul să-şi facă un plan: va urmări fiecare mişcare a lui Carol, îi va afla cotidianul, apoi va acţiona în consecinţă. Îşi dorea din ce în ce mai mult să-l cunoască pe sfântul Daniel. Îi plăceau bărbaţii indisponibili, erau întotdeauna cei mai *morţi de foame*.

A petrecut câteva ore spionând-o pe Carol în timp ce aceasta făcea cumpărături în magazine scumpe. Apoi a luat prânzul cu o roşcată gălăgioasă, care râdea cu gura până la urechi, expunându-şi cu neruşinare fericirea.

Sam le invidia şi şi-ar fi dorit să aibă şi ea pe cineva cu care să povestească, să râdă şi să ştie că-i pasă de ea. A privit-o pe Carol cum a urcat în maşină şi a urmărit-o până acasă. Bineînţeles, unde altundeva putea locui, dacă nu în Park Avenue? S-a făcut mică pe scaunul maşinii şi a acompaniat-o pe sora ei vitregă cu privirea, până când aceasta a intrat în casă. Îşi făcea filme în cap cu viaţa superbă a lui Carol, şi-o imagina înconjurată de prieteni, copii şi cu un soţ coborât din revistele de modă. Ar fi murit instantaneu dacă ar fi ştiut că în realitate sora ei duce o existenţă mai bună decât îşi imagina ea. Viaţa bătea filmul. Se rezuma la o chestiune de timing. La ea, lucrurile bune au ajuns târziu şi au plecat repede, iar trecutul o bântuia ca o fantomă neîmpăcată, sabotându-i viitorul. N-a știut cât timp a stat așa, gândindu-se la destinele lor diferite, dar când a revenit la realitate, era seară. Și atunci, l-a văzut: înalt, cu alură sportivă și păr șaten, frumos, dădea clasă oricărui model masculin de-al lui YSL. Acum înțelegea de ce Carol era fericită: avea o casă superbă, un bărbat frumos ca un zeu și avocat, o prietenă cu care se simțea bine și cine mai știe ce. Da, viața nu era justă deloc, dar ea va face dreptate: o va face pe Carol să plătească pentru tot ce i-a luat ei, pentru viața ei ratată.

Sam a părăsit serviciul pe care-l avea deja de ceva timp și care n-o mai satisfăcea și a început să-l urmărească zilnic pe Daniel. Așa a aflat că este un avocat de renume și că era un tip cu o viață de familie exemplară. În fiecare zi alerga, singur sau cu Carol, iar vinerea după serviciu, mergea cu colegii la o bere la barul de lângă birou și odată ajuns acasă nu mai ieșea. Sfârșiturile de săptămână și le petrecea în familie și cu prietenii. Aveau o droaie de prieteni și un program încărcat, pe care ea-l invidia. Între casa doamnei Edna și spionaj, nu mai avea nimic de făcut. O existență goală, lipsită de dragoste, de planuri. Mereu și-a făcut planuri și nu s-a ținut de niciunul, dar de data aceea voia să ducă totul la bun sfârșit... acela fiind sfârșitul căsătoriei surorii ei.

După o lună de urmăriri, Sam era la curent cu toată rutina lui Daniel. Nu era complicat, el fiind un om cu o viață simplă, un bărbat care-și iubea nevasta și copiii. Aștepta ocazia să-l întâlnească singur la restaurantul unde-și lua prânzul sau la barul de peste drum de biroul lui. Se gândea să se apuce chiar şi de alergat dacă era nevoie. Trebuia cu orice preţ să-l întâlnească cât mai repede, economiile i se terminau, iar ea trebuia să-şi găsească un serviciu. Nu mai putea să se joace mult de-a detectiva.

Într-o zi frumoasă de Iunie, l-a întâlnit la restaurantul din apropierea biroului lui: îşi comandase o salată Cezar şi citea ziarul. Nici măcar nu le-a observat pe cele trei fete de la masa vecină care se uitau insistent la el şi chicoteau.

Sam arăta trăsnet în jeanşi bleu, care se mulau perfect pe fundul mic şi bombat şi pe picioarele suple, interminabile. Sandalele din piele maro, cu talpă compensată, o făceau să pară şi mai înaltă, iar tricoul gri din mătase îi aluneca sexy de pe un umăr şi totul părea foarte natural. Părul blond i se unduia pe umeri în bucle, iar în ochii de obicei diabolici, avea acum o privire inocentă, vulnerabilă, aşteptând momentul când el o va remarca. Era întotdeauna remarcată.

Când şi-a ridicat ochii din ziar şi a văzut-o, a rămas o secundă privind-o. Momentul a fost aproape inexistent, dar ea l-a sesizat. A aşteptat să facă el primul pas şi când şi-a dat seama că el nu va face nimic, s-a dus timidă la el şi l-a întrebat:

—Îmi cer scuze că vă inoportunez, dar aştept de mai bine de zece minute să se elibereze o masă şi sunt foarte grăbită. V-ar deranja să împărţiţi masa cu mine? Promit să nu vă deranjez.

Ridicându-se în picioare, Daniel i-a tras un scaun.

—Bineînţeles. Nu este niciun fel de problemă.

Aşezându-se, s-a rugat ca Daniel să continue să vorbească, dar n-a făcut-o. S-a întors la ziarul lui, iar când chelnerul a sosit, Sam şi-a comandat o salată şi o sticlă de apă plată.

—O zi frumoasă de Iunie, a zis el, când ea-şi pierduse orice speranţă.

—Da, a spus zâmbind timid. Veniți des aici?

—Aproape zilnic, lucrez în apropiere. Dumneavoastră?

—E prima oară.

—Da, v-aş fi observat dacă aţi mai fi fost înainte aici, a spus el şi de abia a terminat fraza şi a ştiut că a gafat. Ea s-a mişcat jenată pe scaun, chiar a reuşit să roşească. Aă, mă scuzaţi, a zis repede Daniel, de obicei nu sunt atât de băgăreţ. Voiam doar să spun că persoane ca dumneavoastră nu trec neobservate. Şi cum ea nu a spus nimic, el a continuat: Nu mă dădeam la dumneavoastră, voiam doar să spun că sunteţi frumoasă.

—Mulţumesc, a răspuns ea sfioasă, vrând să-l încalece şi să-i arate ce ştia ea să facă cel mai bine. Cu bărbaţi ca Daniel însă, nu ajungeai departe doar prin desfacerea picioarelor. El era căsătorit, fidel şi indisponibil, iar Sam adora bărbaţii indisponibili, aşa că a decis să-l lase pe el să facă următoare mişcare. Au mâncat fără să mai vorbească. El considera că a mers prea departe şi se simţea stingherit, ea se simţea ca si cum ar fi câştigat un milion de dolari. Sam a terminat de mâncat şi s-a ridicat cu părere de rău.

—Vă mulţumesc că m-aţi acceptat la masa dumneavoastră. Vă doresc o zi bună. S-a ridicat şi el în picioare şi cu un zâmbet înnebunitor de sexy, i-a întors urarea, după care ea a plecat ştiind că el n-o va reţine. Acum că îl cunoştea, şi-l dorea din ce în ce mai tare. Nu voia doar să se răzbune pe Carol, şi-l dorea pentru ea. Orice femeie normală îşi dorea un bărbat ca Daniel.

I-au mai trebuit încă trei săptămâni până să-l întâlnească iarăşi la barul lui preferat. Prietenul lui tocmai plecase, când el a observat-o la trei mese distanţă. Privirile li s-au intersectat şi el i-a zâmbit. Printr-un gest simplu l-a invitat la masa ei, iar el a acceptat.

–Sunteţi sigură că nu vă deranjez?

–Păi, să vedem: sunt îmbrăcată într-o rochie şic, deci asta înseamnă că eram pregătită pentru un mic aperitiv, o piesă de teatru pe Broadway şi o cină târzie. Stau aici de aproape o oră şi mi-am pierdut orice speranţă că persoana pe care o aştept va veni, aşa că nu, nu mă deranjaţi. Ne vedeam de trei luni, a explicat ea, luând o înghiţitură din vinul alb, şi n-am avansat în relaţie... cu viteza dorită de el. Cred că şi-a cam pierdut răbdarea, înţelegi ce vreau să spun. Daniel a privit-o şi a spus:

–Aă, nu, nu prea.

–Nu s-a întâmplat nimic între noi. Şi cum el o privea încă nedumerit, ea a continuat: relaţie platonică.

–Aaaa... Au pufnit amândoi în râs.

–Apropo, pe mine mă cheamă Samantha.

–Mie toată lumea îmi spune Daniel.

–Ai noroc dacă te şi cheamă aşa, a zis ea şi au râs iarăşi. A întrebat-o ce face, iar ea i-a zis că e secretară. Ştia deja că secretara lui urma să intre în concediu de maternitate. El i-a spus că e avocat şi că e căsătorit, au mai făcut câteva glume, apoi el a plătit nota pentru amândoi după care i-a urat o seară bună în continuare. Trebuia să meargă acasă la familia lui. Nu şi-au schimbat numerele de telefon şi nici nu şi-au dat întâlnire. Sam îl privea îndepărtându-se şi se simţea neputincioasă că nu putea să-l oprească. Ştia deja că săptămâna următoare se va prezenta la el la birou pentru postul de secretară și că va fi acceptată. Sam obținea întotdeauna ce voia, era mai greu cu păstratul. Nu credea în sufletele pereche, pentru ea erau doar două cuvinte mici pentru un concept uriaș.

Sala de așteptare a biroului lui Daniel era plină de candidate tinere și elegante, dar Sam nu s-a simțit deloc intimidată. Era tânără și elegantă, îmbrăcată într-un taior gri-bleu, cu o fustă până la genunchi, despicată pe lături exact cât trebuia, iar în picioare avea pantofi bej, cu tocuri subțiri de zece centimetri. Distinsă, sexy și încrezătoare, a bătut la ușă și a intrat în cabinetul lui. Daniel, în costum elegant, bleumarin și o cămașă albă, era la birou cu capul în mâini și părul zbârlit, iar în dreapta lui respira cu greu secretara, cu o burtă enormă, de parcă ar fi trebuit să nască dintr-o clipă în alta. Când a văzut-o, s-a ridicat în picioare plăcut surprins și a întrebat-o:

—Samantha, ce faci aici?

—Candidez pentru postul de secretară.

—Nu mi-ai spus că ești în căutarea unui loc de muncă.

—Nu mi-ai spus că ești în căutarea unei secretare perfecte, a zis ea zâmbind dulce.

—Suntem chit. Ai un CV cu tine, scrisori de recomandare?

Ea i le-a întins și el a citit rapid.

—Interesant, a zis el, admirându-i falsele recomandări. Știi ceva? Te voi angaja fără să mai fac cercetări. Îmi inspiri încredere. Și, de altfel, soția mea îmi tot spune să fiu mai spontan, mai impulsiv.

—Da, a râs ea, are dreptate. Iar tu nu vei regreta că m-ai angajat.

—Sunt convins. Liane intră în concediu de săptămâna viitoare, dar ar fi bine dacă ai putea începe mâine. Este important să te familiarizezi cu munca de aici. Secretara i-a zâmbit, mulțumită că în sfârșit a găsit pe cineva. Daniel nu făcea nimic singur și era foarte exigent, iar ea era foarte gravidă și trebuia să se oprească din muncit.

—Mâine la ora nouă voi fi aici, a spus Samantha simplu, după care, salutându-i pe amândoi, a părăsit biroul fericită. Totul a ieșit perfect: el voia o secretară, iar ea-l voia pe el. Planul era pus la punct, urma doar să fie validat. Era planul ei de zbor spre o nouă viață, o aventură care o va salva de la existența ei de coșmar.

Daniel a venit la 10 minute după ea. Era prima ei zi la birou, fără plictisitoarea și gestanta Liane. Și-a făcut planuri mari pentru acea zi, dar când el a trecut pe lângă ea, salutând-o fără ca măcar să o privească, Samantha a rămas mută.

A petrecut o zi oribilă, departe de tot ceea ce și-a imaginat cu o noapte în urmă, telefoanele au sunat non stop și a făcut cafele cât a fost ziua de lungă. Când Daniel a părăsit biroul la ora cinci, s-a oprit un moment lângă ea și i-a mulțumit.

—A fost bine, Samantha, iar rochia ta e superbă, dar e puțin prea colorată pentru acest cabinet, înțelegi?

A dat din cap afirmativ, iar el a plecat lăsând-o fără cuvinte și gândindu-se că va fi mai greu decât și-a imaginat. Daniel nu era ca ceilalți bărbați, în plus era al naibii de dificil.

Cum putea să-l seducă dacă o obliga să se îmbrace anost? Punea pariu că scumpa de Carol putea să se îmbrace cum voia. Nu trebuia să muncească pe brânci ca să aibă lucruri frumoase. Doar Daniel trebuia să o facă, de aceea probabil că se și căsătorise cu el, și-a spus ea amar, știind că nu era adevărat. Daniel era o partidă bună: sexy, bogat și inteligent, dar cea mai atractivă calitate era faptul că era bărbatul unei singure femei. Aparțineau a două lumi diferite, dar știa că se potriveau perfect; va face totul, indiferent de cât timp era necesar să-și ducă planul la bun sfârșit. Era sigură că el nu reacționa ca și cum cineva îi ținea un pistol la tâmplă ori de câte ori Carol comanda ceva scump, așa cum s-a întâmplat cu două seri în urmă când a ieșit la restaurant cu un mitocan. La sfârșitul serii, după ce i-a suportat discuțiile plictisitoare, acesta ar fi dorit ca ea să-și plătească partea de factură și eventual să-l ducă la ea la apartament. Genul de porc care-ți cere să împarți nota și să ți-o tragă în aceeași frază. Ura asemenea bărbați, toți niște porci oribili care meritau să fie pedepsiți, dar ea era sigură că până la urmă va găsi omul ideal. Voia să ajungă soție de avocat, nu afișul lunii într-un atelier auto și pentru asta știa exact ce avea de făcut.

CAPITOLUL 3

Trecuseră deja trei luni de când Sydney şi David se frecventau, iar relaţia mergea bine şi toată lumea îl plăcea pe David. Nu era încă oficial, dar aproape că locuiau împreună. Rare erau serile când ea rămânea în apartamentul ei, iar acum lucrau în acelaşi loc. Nu a dorit la început să lucreze cu el şi cu fratele lui, Jackson, dar postul şi salariul propus erau mai mult decât interesante. Părinţii ei erau fericiţi pentru ea, iar tatăl ei n-o mai întreba zilnic când avea de gând să se căsătorească. Avea un post important la Tate Corporation şi-i plăcea noul serviciu.

Nu i-a mai văzut de ceva timp pe Carol şi Daniel şi spera ca cei doi să depăşească acea fază. Daniel era prietenul ei din copilărie, fratele pe care nu l-a avut niciodată, dar nu-i plăcea ce-i făcea lui Carol. Era pusă într-o postură neplăcută şi nu avea de gând să-i fie complice, dar trebuia să-l ajute cumva să iasă din acel impas. A văzut-o pe Sam de câteva ori când trecuse pe la el pe la birou şi s-au detestat din prima clipă.

–Samantha este o seducătoare şi nu se ascunde, i-a spus ea lui David. Sunt convinsă, de ea îmi vorbea la telefon; n-a vrut să-mi dea detalii, dar ştiu că ceva se întâmplă între ei. David a luat-o în braţe şi a pupat-o pe cap.

–Ce-ar fi să i-l prezint pe Raul? Aşa poate-l lasă în pace pe Daniel. Este inteligentă?

–De ce, Raul vrea doar fete eminente?

El a strâns-o râzând în braţe şi a sărutat-o tandru pe buzele cărnoase, întinzând-o pe pat. Era moale şi caldă, gata să se abandoneze în îmbrăţişarea lui. Avea întotdeauna acest efect asupra ei. I-a înconjurat talia cu picioarele şi i-a întors sărutul într-un fel atât de senzual, încât l-a înnebunit. Încet, şi nepărăsindu-i gura, a făcut dragoste cu ea îndelung. Erau compatibili din toate punctele de vedere şi deşi ştia că este prea repede, David se gândea că i-ar plăcea la nebunie să-şi petreacă restul vieţii cu ea.

–Am impresia că te cunosc de-o viaţă, i-a şoptit el la ureche.

–Şi asta-i bine? Sau într-un fel elegant îmi spui că începi să te plictiseşti şi vrei să-mi dai papucii?

–Eşti tot ce mi-am dorit, nu mă voi sătura niciodată de tine, Syd.

–Nici n-ai interesul, acum când m-am îndrăgostit de tine.

–Vrei să spui că te-ai căsători cu mine? a întrebat-o, privind-o atent şi sperând că nu o va speria.

–Pentru că asta a fost o cerere? El a dat zâmbind din cap şi ea   s-a ridicat într-un cot: ne cunoaştem doar de câteva luni, David. Nu m-am gândit încă atât de departe. Ştiu că ne simţim bine împreună, dar...

–Ne simţim bine împreună? Eu te iubesc, a zis el.

–Ăsta-i un lucru bun, a spus Sydney, pentru că acum pot şi eu să-ţi spun că te iubesc. N-am vrut să zic prima. Râdea uşurată şi se gândea că, într-adevăr, îl iubea. L-a privit pe sub gene şi cu un zâmbet seducător l-a întrebat: dacă te-aş refuza, m-ai părăsi?

–Posibil, a răspuns el.

–Aş fi foarte tristă, a spus ea, bosumflându-se ca o fetiţă.

–Ai plânge după mine? a întrebat-o.

–Da, cred că aş putea plânge după tine.

–Atunci, n-ai altă posibilitate. Trebuie neapărat să te căsătoreşti cu mine.

–Dacă trebuie, trebuie, a zis ea râzând şi în secunda următoare s-au sărutat şi au chiuit ca doi copii. Au făcut dragoste cu o pasiune devastatoare, celebrând îndelung decizia luată.

În cele cinci săptămâni de când lucra pentru cumnatul ei, Sam considera că lucrurile mergeau în sensul bun. Cam încet pentru gustul ei, dar avansau şi era plăcut să-l descopere pe Daniel, se deschidea tot mai mult în faţa ei cu fiecare zi ce trecea. Era sigură că Domnul Inocenţă nici măcar nu realiza ce se întâmplă. O aprecia din ce în ce mai mult şi de câteva ori luaseră prânzul împreună. Se simţeau bine unul în compania celuilalt, el fiind un bărbat amuzant în felul lui, iar ea-l privea plină de admiraţie şi-l lăsa să vorbească despre el. Îi plăcea să o facă, probabil că iubita lui soţie nu-l mai asculta sau era prea ocupată cu distracţiile ca să mai aibă răbdare şi pentru umorul lui, nu întotdeauna bun.

Era vineri seara când, frumos ca un zeu, a intrat la ea în birou şi cu un zâmbet şcolăresc a întrebat-o dacă nu voia să meargă o oră la barul de peste drum.

–Aş veni cu cea mai mare plăcere, dar în seara asta am alt program, i-a răspuns amabil.

–Oh, a spus el uşor dezamăgit. Cu prietenii sau un potenţial iubit?

–Un amic, a răspuns ea evaziv, sesizând disconfortul lui, dar mâine la douăsprezece merg la sala de sport din capătul străzii. Dacă ai chef, vino. Ambianța e bună și antrenorii sunt excelenți.

–Voi veni, a spus el, mai vesel. Puțină mișcare nu strică nimănui. Sam știa că el făcea mișcare suficientă, iar dacă mergea la sală era doar ca să fie cu ea. Sâmbăta era ziua în care de obicei era cu familia. Dacă ăsta nu era un salt enorm înainte, nu știa ce era.

A ajuns la sală cu mult înaintea ei și când a văzut-o i-a făcut semn cu mâna. Era îmbrăcată într-o ținută sport sexy și mulți bărbați întorceau capul, ea fiind conștientă de efectul ce-l avea asupra lor. Ar fi putut să-l aibă pe oricare de acolo, dar ea-l voia doar pe Daniel.

–Am făcut deja o oră de cardio, a zis el având aerul unui copil care voia să facă plăcere cuiva. Ei i se părea infantil și dacă n-ar fi știut ce avocat bun era, sigur ar fi crezut ca este cam tăntălău. După ce a terminat cu alergatul pe bandă, ea s-a dus să discute cu un antrenor despre care știa că o place, urmărind pe sub gene reacția lui Daniel. Alerga în continuare, dar nu-și lua ochii de la ea și când ea a considerat că a văzut suficient, s-a întors zâmbitoare la el și i-a propus să ia prânzul împreună, iar el a acceptat. Sam s-a întrebat ce i-o fi spus lui Carol când a plecat de acasă. N-avea nicio remușcare, din contră, era fericită să le distrugă familia.

–Cum a fost aseară? a întrebat-o, în timp ce ea gusta din crema de broccoli.

–Bine. Am fost la barul de vizavi, iar după aceea am luat cina la un restaurant franţuzesc.

–E un amic de lungă durată? a întrebat el, fără să-şi ridice ochii din salata de spanac.

Un amic imaginar care mă va ajuta să te scot din patul lui Carol.

–Doar de câteva luni, dar nu ne-am văzut des. Cred că el vrea mai mult decât am eu de oferit la ora asta.

–De ce? a întrebat el.

–Ultima mea relaţie a fost un eşec total, am suferit ca un câine. S-a oprit, nedorind să dea prea multe detalii, suspansul şi imaginaţia erau întotdeauna mai eficiente.

–Ce s-a întâmplat? a întrebat-o când a văzut că nu mai spune nimic. Ştia că se îndreaptă spre un teren minat, dar oare nu era viaţa un câmp de luptă?

–Era francez şi s-a întors acasă.

–Nu ţi-a cerut să-l urmezi?

–Ba da, a minţit ea, dar nu l-am plăcut suficient încât să vreau să schimb continentul. Apoi ştii cum sunt francezii, n-au nicio jenă când e vorba de triunghiul sexual. Sora lui încă îmi este prietenă şi vorbim săptămânal: a divorţat recent şi la nici o lună şi-a găsit pe altcineva. Mi-a zis că divorţul de la patruzeci de ani se vindecă cu un masaj făcut de cineva care are treizeci. Europencele nu sunt prude ca noi, îşi trăiesc viaţa fără să se gândească prea mult, dar eu nu funcţionez aşa. Trebuie să mă vindec după o relaţie ca să pot să încep alta. Altfel nu este corect nici pentru mine şi nici pentru partenerul meu. El a privit-o admirativ şi ea a continuat cu minciunile: nu sunt foarte prudă când sunt într-o relaţie, dar nu calc pe lături, îmi place să mă simt protejată şi în siguranţă cu iubitul meu. Fidelitatea este unul din ingredientele care ne ajută să ne simțim așa. El a privit-o , apoi a lăsat jenat capul în farfurie. În viață se mai întâmplă accidente și ne îndrăgostim de persoane de care n-ar trebui să ne atașăm, dar greșeala este umană. Facem ce putem. El a dat fericit din cap, apoi a întrebat-o:

–Ce ai schimba la viața ta daca ai putea? Sau crezi că e perfectă? Ea a râs.

–Sunt departe de perfecțiune, Daniel. El adora felul în care-i pronunța numele, avea ceva senzual. Tot ce făcea era senzual. Cheltui prea mult și citesc prea puțin, iubesc prea rar și mă culc mult prea târziu, conduc prea repede și mă rog prea rar, deci vezi tu, am mult de muncă până să mă apropii de perfecțiune, a spus ea zâmbind. Tu? l-a întrebat luând o mușcătură din pâinea de campanie cu brânză de capră și miere.

El s-a gândit puțin, nedorind să o sperie cu ce ar putea spune, așa că a adoptat tonul ei:

–Mi-am multiplicat averile, dar câteodată am impresia că mi-am redus valorile, mă trezesc prea obosit și în weekend beau prea mult, dar în rest sunt o bomboană de băiat. Ea a început să râdă în hohote, după care și-a pus mâna la gură ca o școlăriță. Nu se făcea să râdă așa în public, era mesajul pe care dorea să i-l transmită. De ar fi știut el ce era ea capabilă să facă în public, ar fi murit pe loc.

Daniel a ajuns acasă pe la ora patru și s-a rugat ca soția lui să nu-i pună multe întrebări. I-a spus că trebuie să se întâlnească cu Lenny, care era în oraş pentru câteva ore şi că apoi va trece pe la birou să ia un dosar.

Carol era în salon cu Miranda, iar el s-a dus direct la ele şi le-a salutat vesel, sperând să scape de interogatoriu.

—Lenny îţi transmite salutări şi îşi cere scuze că ţi-a refuzat invitaţia. Ea n-a spus nimic, doar a dat din cap. Mă duc să fac un duş şi vă pregătesc ceva de mâncare, a zis el, ştiind că în seara aceea cinau cu prietenii lor. Ben şi Miranda erau ca şi familia lor. În sera aceea o simţea pe Miranda cam distantă. Sau poate era el paranoic din cauza vinovăţiei?

La etaj era o hărmălaie de nedescris. Aveau cinci dormitoare şi două dintre ele erau ocupate de prietenii copiilor, acesta fiind un obicei de weekend. S-a dus să îi salute, apoi şi-a făcut duş, după care, îmbrăcat în jeanşi şi tricou alb, care-i scotea în evidenţă umerii rotunzi, a coborât în salon. Ben era deja acolo şi i-a dat o bere în timp ce femeilor le-a servit vin alb. Se înţelegeau bine şi câteodată cinau împreună şi în timpul săptămânii. Locuiau pe aceeaşi stradă şi era uşor să se vadă de câte ori aveau chef, nu trebuia să stabilească cu mult înainte un program anume. Aveau o viaţă confortabilă şi erau norocoşi că părinţii le erau încă tineri şi sănătoşi, că aveau copii minunaţi şi erau confortabili din punct de vedere material. Aveau totul, şi-a spus el, neînţelegând de ce era nefericit.

Au mâncat paste cu creveţi şi scoici, au băut vin alb si au jucat canastă până seara târziu. Ca de obicei, au petrecut o seară bună şi mai târziu, când s-au băgat în pat, Carol şi-a pus capul pe pieptul lui, pupându-l tandru. El s-a foit jenat şi s-a întins căscând.

—Iubito, sunt foarte obosit, te superi dacă o lăsăm pe altă-dată?

S-a excitat mai mult când i-am servit merele la cuptor, și-a spus Carol, gândindu-se că o evita din ce în ce mai des. El s-a întors cu spatele și a stins veioza de pe noptiera lui, privind cu ochi mari peretele din fața sa. Trebuia să facă ceva înainte ca situația să degenereze.

Carol și-a luat cartea de pe noptieră și a început să citească din viața lui Eleanor Roosevelt, care spunea că trebuie să accepți orice se întâmplă, iar singurul lucru important este să faci față cu mult curaj, cu tot ce ai mai bun de oferit. Mai spunea că trebuie să faci ceea ce inima-ți spune să faci pentru că indiferent dacă o vei face sau nu, tot vei fi criticat. Cât adevăr în ce spunea acea femeie incredibilă, și-a zis Carol. Se întreba ce ar putea ea să-i ofere mai bun lui Daniel ca să-l facă fericit. Dar oare nu asta făcuse timp de șaisprezece ani? Acum, ori de câte ori făcea un pas spre el, acesta se îndepărta și mai mult. Ce ar fi spus Eleanor R. dacă Franklin Roosevelt s-ar fi dat jos de pe ea și ar fi plecat agitat la alergat în toiul nopții?

—*Trebuie să-mi fac joggingul*, îi spusese Daniel într-o seară, imediat după ce au terminat de făcut dragoste. Ea l-a privit șocată:

—*Ce este asta, o extensie a orgasmului tău?* l-a întrebat.

Uneori putea fi un înger, alteori un schizofrenic sociopat și era greu de comunicat cu așa ceva. Începea iarăși să fie negativă, așa că decise să nu se mai gândească la viața ei, ci doar să citească.

Când Daniel s-a trezit a doua zi, Carol era deja în bucătărie cu Scott și Crisa, iar micul dejun era pregătit.

—Bună dimineața, a zis ea veselă când l-a văzut.

I-a servit cafeaua și un croasant moale, așa cum îi plăcea și el a sărutat-o pe gură, fericit că nu era supărată. Soția lui nu era o fire supărăcioasă. S-au instalat toţi la masa mare din faţa geamului.

–Ţi-e cald? a întrebat ea când i-a văzut broboanele de transpiraţie de pe frunte.

–Da, a minţit el. De fapt, era cu gândul la Sam. Nu i se mai întâmplase de mult să se gândească atât la o femeie. O iubea pe Carol şi îşi adora viaţa, dar de când o cunoscuse pe Samantha, totul era diferit. Nu-şi mai găsea liniştea în sânul familiei.

Hayley şi prietena ei, Brenda, au coborât gălăgioase şi l-au salvat de la o conversaţie pe care n-avea niciun chef s-o aibă; dormise prost şi nu avea energia necesară, dar ştia că trebuie să facă un efort. Au stat la masă o oră întreagă, au râs, au făcut planuri pentru restul după-amiezii şi nimeni n-a observat maşina parcată de cealaltă parte a străzii.

De la ora opt, Sam era în maşină în faţa casei lor, iar acum, văzându-i cât de bine se simţeau împreună, era aproape isterică. Nu se putea obişnui cu feţele fericite, mai ales când era vorba de Carol. S-a hotărât să-l sune, dar n-a răspuns şi ea l-a apelat pe telefonul de acasă. Din stradă, a văzut-o pe Carol cum a ridicat telefonul. Sam nu a spus nimic, iar în secunda următoare a auzit tonul.

A naibii căţea, a scâncit printre dinţi, când a văzut-o întorcându-se la masă cu gura până la urechi. A hotărât să se întoarcă în bârlogul ei din Queens, la plicticoasa şi buna doamnă Etna, când el a sunat-o.

–Bună, Sam. Daniel la telefon. Am văzut că m-ai sunat.

–Scuză-mă, n-ar fi trebuit să deranjez, ştiu că eşti cu familia, dar n-am ştiut la cine să apelez. Cred că la ora asta tu eşti prietenul meu cel mai bun.

–Mă bucur ca m-ai sunat, nu-ți face probleme. Ea a zâmbit satisfăcută. S-a întâmplat ceva?

–Da, a spus cu voce mică, cred că sunt urmărită. Este tipul acela despre care ți-am spus că de trei luni este foarte insistent. Îmi este frică de el, Daniel.

–Nu mai plânge. Zi-mi unde ești și vin la tine.

După ce a închis cu Samantha, s-a învârtit 10 minute prin bucătărie ajutând-o pe Carol să aranjeze vasele și plănuind în cap cum să facă să poată ieși afară fără să pară suspicios. Când Hayley si Brenda au revenit în salon cu un album de poze, el a profitat de situație și i-a spus lui Carol că merge la alergat. I-a făcut un semn rapid cu mâna și a ieșit afară din casă ca un hoț. A alergat până la capătul străzii, după care a luat un taxi. Când a văzut-o pe Sam în cafenea cu ochii roşii, speriați, a luat-o tandru în brațe.

În acea poziție i-a văzut Sydney, care s-a ascuns repede să nu fie reperată. Sam plângea și el o consola, apoi i-a povestit ceva și Daniel a mângâiat-o liniștitor pe mână.

–Ce faci? a întrebat-o David când a văzut-o și ea i-a arătat cu capul pe cei doi.

–Acum e momentul să-l suni pe Raul și să i-l prezinți lui Sam. Nu cred că este ceva între ei încă, dar nu va dura mult până se vor trezi goi într-un pat sau un lift. David l-a sunat imediat pe prietenul lui, care în 10 minute a venit la ei.

–Un noroc că stai atât de aproape, i-a spus David prezen-tându-i-o pe Syd. Avem o cunoștință pe care vrem să o întâlnești, detaliile ți le voi da mai târziu. Tot ce trebuie să spui este că aveam toți trei întâlnire să luăm masa aici. Raul, înalt și bine făcut, a acceptat fericit când a văzut-o pe Sam de la distanță. O știa din vedere de la sala de sport și de mult voise să intre cu ea în vorbă, dar nu a făcut-o pentru că era tot timpul ocupată sau preocupată, alteori părea absentă, iar el era sătul de femei nevrozate.

S-au dus toți trei la masa lor și Sydney a făcut prezentările bine dispusă, făcându-se că nu observă reacția lui Daniel, care n-avea chef de ei acolo. Samantha și-a aranjat părul și i-a întins mâna lui Raul, care a zâmbit arătându-și dinții frumoși. Avea nasul o idee prea mare, dar îi stătea bine cu el și faptul că era înalt și bine făcut era în avantajul lui.

—Noi doi ne știm din vedere, nu-i așa? a întrebat-o Raul pe Sam, iar aceasta l-a privit cu ochi mici. Nu era un animal rău, și-ar fi adus aminte dacă l-ar fi văzut. Era puțin vulgar, dar asta n-ar trebui să fie un impediment, ținând cont de faptul că nici ea nu făcea parte din categoria doamnelor din înalta societate. De la clubul de sport, a continuat el.

—Exact, a spus ea dând din cap, iar el a râs.

—În realitate, habar n-ai, a spus el vesel și Samantha a dat din cap râzând la rândul ei.

—În realitate, habar n-am.

Daniel i-a privit, apoi s-a uitat la Sydney care l-a rugat pe ospătar să mai lipească o masă lângă cea a prietenilor ei. Ar fi strâns-o de gât dacă ar fi putut, știa ce este în capul ei, doar erau prieteni de-o viață. Când telefonul lui a sunat, Daniel s-a simțit ușurat să invoce un motiv și să părăsească restaurantul. N-avea niciun chef să-l vadă pe Raul cum îi făcea curte Samanthei.

Când a ajuns acasă, Carol l-a întrebat unde a alergat.

—La 10 minute după tine am ieșit și eu. Te-am căutat prin tot cartierul.

—De ce, ce s-a întâmplat? a întrebat, plictisit.

– Nimic, doar voiam să alerg cu tine. Copiii au plecat la cinema și voiam să petrec timp cu soțul meu, a zis ea, lipindu-se de el.

– Draga de tine, a spus el, urând006-se și pupând-o tandru pe cap. M-am oprit la Starbucks.

– Și eu am fost acolo.

– Nu ne-a coincis momentul, a zis el, dezinvolt.

– Mi-ai adus ceva?

– Nu. Dar tu?

Pe Carol a pufnit-o râsul.

– Suntem singuri toată după-amiază, putem să ne facem de cap, a zis ea, tropăind prin salon ca o școlăriță.

S-a uitat cu drag la ea și pentru o clipă și-a spus că va trebui să și-o scoată din cap pe Sam. Soția lui era o femeie superbă, o mamă incredibilă și o consoartă plăcută. Nu putea să-și riște căsătoria pentru că începea să se îndrăgostească de secretara lui. La vârsta lui, eșecul nu era o opțiune. Nu era bătrân, dar nu mai avea dreptul la greșeli. Perioada aceea în care putea să greșească pentru că avea timp să repare, trecuse. Acum putea doar să repare, iar Samantha trebuia să zboare din tablou.

Sam era în plină vervă după plecarea lui Daniel de la cafenea. Era absorbită de povestea plină de amănunte sexuale pe care Raul o spunea și nici nu i-a băgat în seamă pe Syd și pe David când și-au luat la revedere.

– Sunt făcuți unul pentru celălalt, a zis Syd, în drumul lor spre casă și David a fost de acord. Cu ce ai spus că se ocupă?

—Nu am spus. A primit o moştenire frumoasă şi-şi trăieşte viaţa după pofta inimii. Pare superficial şi băgăreţ, dar are un suflet extraordinar. Se duce prin Africa, Asia şi ajută oamenii săraci, le dă bani pentru case, mâncare şi alte nevoi.

Samantha şi Raul, care au decis să mai rămână la cafenea, se simţeau bine. El povestea vrute şi nevrute şi pentru prima oară ea asculta. În general prefera să fie centrul atenţiei, dar n-o deranja că el vorbea mult. În felul lui era amuzant şi a decis că merita să-l aibă ca plan B. Au plecat să se plimbe prin parc, iar el a întrebat-o dacă vrea să cineze împreună. Samantha a acceptat, mulţumită că avea ceva de făcut în acea seară, iar cinele gratuite o încântau întotdeauna. S-a săturat să mai mănânce cu doamna Edna sau să-l aştepte pe Daniel să se elibereze din ghearele posesive ale surorii ei.

—Ai pe cineva în viaţa ta, Sam? O plăcea, dar n-ar fi vrut să intre în ceva complicat.

—Îmi place cineva şi suntem prieteni buni.

—Şi eu sunt singur, a zis Raul zâmbind şi ea a râs. Putea fi o partidă interesantă. Era bogat şi nu părea foarte inteligent, ar fi putut să-l manipuleze uşor. Era o pistă care merita studiată, s-a gândit Sam. Din păcate, nu era Daniel. Nu că ar fi fost îndrăgostită de el, dar voia neapărat s-o îngenuncheze pe soră-sa. Şi-au prelungit plimbarea până la ora cinci după-amiaza şi când ea i-a spus că vrea să se mute de la gazda ei, el i-a propus să-i închirieze unul din apartamentele lui.

—Are două dormitoare, e spaţios, curat şi este în Greenwich Village, pe strada opt.

—Lângă Versailles?

—Exact. Treci strada şi-ţi faci cumpărăturile.

—Este foarte tentant, dar prea scump pentru bugetul meu.

–Ți-am spus, pot să-ți fac un preț bun și nu ești obligată la nimic.

Sam era impresionată. Chiar era un băiat bun.

–Cum ai zis că te cheamă? Sfântul Petru?

–Nu, dar îmi place să cred că fac parte din familia lui, a zâmbit el. Când ești bun cu alții și ție ți se întâmplă numai lucruri bune. N-ai observat asta? a întrebat-o.

Nu, am fost prea ocupată ca să supraviețuiesc, s-a gândit ea amar. Dar poate că, în sfârșit, Dumnezeu începuse să se gândească și la ea. Sam nici măcar nu bănuia că Dumnezeu o avea în vizorul lui de ceva timp.

Carol și Daniel au petrecut restul după-amiezii împreună, dar el era ca leul în cușcă. Au făcut rebus, s-au uitat la televizor, au mâncat mozarella cu roșii și jambon de Parma și au băut suc proaspăt de struguri roșii. La șapte seara, copiii s-au întors de la cinema bine dispuși și au luat cina în familie. Profitau unii de alții, știind că a doua zi era serviciu, școală, tenis și hokey, apoi teme de făcut. Scott și Hayley se simțeau bine la școala unde erau și participau la o grămadă de activități. Erau elevi buni, iar Carol îi învățase de mici să fie darnici și respectuoși. Era mândră de copiii lor. Hayley părea fragilă, dar nu era și știa deja ce voia de la viață. Se certa deseori cu fratele ei mai mic, dar se adorau unul pe altul și îl proteja de câte ori era nevoie. Erau doi copii echilibrați și populari și, la fel ca părinții lor, aveau o grămadă de prieteni.

–Tati, am fost pe la Kate şi mi-a spus că mama ei te-a văzut într-o cafenea, a spus Scott junior, gata, gata să-l facă pe Daniel să cadă de pe scaun.

–Da, am fost la Starbucks, a minţit acesta, dar eu n-am văzut-o.

–Pentru că nu vorbea de Starbucks, a zis copilul, ridicând din umeri, indiferent.

Daniel s-a uitat la Carol care scotea o tartă din cuptor, neatentă la conversaţia lor, iar el a răsuflat uşurat. Mai târziu, în dormitorul lor, el i-a propus să cineze în oraş seara următoare.

–O cină romantică la începutul săptămânii nu poate să ne facă rău. Te duc la Indigo, restaurantul tău preferat, i-a spus el, după care a pupat-o de noapte bună.

–Te iubesc, i-a zis şi ea, pupându-l tandru pe umăr. Poate că era doar paranoică şi el era nevinovat. Ce sens avea să strice sărbătorile de iarnă cu discuţii care nu duceau nicăieri? Dacă n-ar fi iubit-o n-ar fi petrecut o după-amiază atât de agreabilă şi nici n-ar fi invitat-o a doua zi la cină. Oamenii care nu se iubeau se evitau, nu îşi căutau compania cum făceau ei.

A doua zi la birou Sam era luminoasă şi fericită, iar Daniel, care şi-a propus să redevină rezonabil, s-a gândit că-i va fi greu să reziste, văzând-o cât era de frumoasă.

–Bună dimineaţa, l-a întâmpinat, cu un zâmbet fericit.

–Bună dimineaţa, Samantha, a răspuns el evitând să o privească. Îmi aduci te rog mesajele? A trecut apoi ca vântul pe lângă ea. Aşază-te, te rog, i-a cerut el, când Sam a intrat cu zâmbetul pe buze. Mirosea frumos şi ca de obicei, era bine dispusă.

Îl simţea cum bătea în retragere. Simţea de la o poştă când era pe cale să piardă un bărbat. Era ceva natural la ea, la fel ca faptul că obţinea întodeauna ce voia. Cel mai tare învingea, asta era legea naturii. Lupta pentru existenţă. Iar ea avea nevoie de cineva care să-i ofere viaţa mult visată, nu doar să-i plătească facturile. Aceeaşi viaţă pe care sora ei o trăia. Ar fi putut să-l elibereze, doar îl avea pe Raul care era disponibil, dar toată această situaţie o stimula. Era ca un animal sălbatic pe care vânătoarea îl excita.

–Ţin mult la noua noastră prietenie, dar trebuie să ştii că sunt căsătorit şi fericit în menaj.

–Nu înţeleg, a spus ea, decisă să nu-i uşureze deloc situaţia.

–Probabil că greşesc, dar în ultimul timp ne-am apropiat prea mult unul de celălalt... şi nu e bine. N-aş vrea să-ţi dau speranţe false, îmi iubesc soţia şi...

–Şi e foarte bine, a zis Sam, calm. Ştiam ieri că nu trebuia să te sun. Îmi cer scuze, nu se va mai întâmpla; eram speriată şi nu ştiam ce să fac, dar pentru mine relaţia noastră nu e deloc ambiguă. Eu sunt secretara, iar tu eşti şeful şi prietenul meu. Niciodată nu m-am gândit la tine altfel şi nici nu mi-a trecut prin cap că tu ai putut crede...

Voia să-l culpabilizeze şi a reuşit. El s-a mişcat stingher pe scaun.

–Sunt confuz, îmi pare rău, probabil m-am înşelat, a spus el debusolat. În fine, hai să uităm această conversaţie penibilă şi să trecem la treabă.

–Ce conversaţie? a întrebat ea, zâmbindu-i şi legănându-şi uşor şoldurile, în drumul ei spre ieşirea din birou.

Restul zilei a trecut fără alte incidente sau animozităţi, iar la ora cinci, când Sam a intrat să-şi ia la revedere, totul părea în ordine. Îl durea puţin stomacul, dar era şi normal, cu stresul din ultimele zile.

Daniel şi Carol au ajuns la restaurant în acelaşi timp. Ca de obicei, ea era îmbrăcată cu bun gust: purta o pereche de pantaloni bej, cu o bluză aurie şi o geacă şic din piele, prinsă-n talie cu o curea lată. Era pe tocuri, părând înaltă şi frumoasă. Toată lumea se uita după ei când au intrat în restaurant, iar el era mândru să fie cu ea. Era fericit că avusese ideea acelei cine romantice. Starea de bine l-a ţinut până când, la o masă mai îndepărtată, a zărit-o pe Sam care cina cu Raul, toată numai un zâmbet. Muzica din capul lui a trecut de la Rapsodia Primăverii la muzica de Halloween. Era gelos şi se simţea ridicol aducându-şi aminte de discursul pe care i-l ţinuse în acea dimineaţă. Sam era total relaxată, doar el era prins într-o relaţie inexistentă.

Au petrecut o seară oribilă şi Carol s-a enervat, văzându-l atât de absent. La ora nouă erau deja acasă. El s-a bucurat că nu a dat nas în nas cu Sam şi noul ei iubit şi Carol voia doar să scape de compania acelui extraterestru. Când a ajuns acasă, ea s-a hotărât să-i vorbească:

—Nu-mi place deloc atitudinea ta din ultimul timp, Daniel. Ai face bine să-ţi revii. Mă inviţi la o cină romantică şi mă ignori toată seara. Este evident că ceva te macină, ceea ce nu înţeleg este de ce nu vrei să discutăm.

—Nu mai despica firul în patru şi nu mai căuta probleme unde nu sunt, Carol. Sunt doar obosit, ce este aşa greu de înţeles? Daniel şi-ar fi dat un an din viaţă ca să se poată întoarce la traiul liniștit de altădată. Nu știa prea bine când și cum îi explodase acea situație în față, cert era că-i făcuse viața praf. Soția lui era o femeie intuitivă și începea deja să vadă că ceva nu era în regulă. Trebuia să-și revină cât mai repede dacă nu voia să-și distrugă familia. Fără să mai spună nimic, Carol s-a dus la duș.

Timp de două săptămâni, Samantha s-a comportat ca o angajată model, era perfectă în rolul ei. Îl vedea cum se macină zi de zi sub ochii ei. Slăbise și se concentra cu greu la cazurile ce le avea. Daniel nu știa cum să iasă din acea situație, iar Carol era veșnic cu ochii pe el. Nu mai făceau dragoste, își ducea dosare acasă, având astfel un pretext de a se ascunde în biroul lui. Nu putea să joace teatru, să facă pe soțul fericit, iar Carol nu era femeia care putea fi păcălită. Era îndrăgostit până peste urechi de Samantha și-i era teamă că într-una din zile soția lui va descoperi totul.

N-au mai mâncat împreună, iar Sam nu l-a mai sunat niciodată. Acum, Daniel regreta ce i-a spus în acea dimineață. Îndrugase numai tâmpenii, iar ea fusese victima unui concurs de circumstanțe debil. După care nimic, așa cum dorise el. Dar de ce era atât de nefericit? Avea o soție frumoasă, inteligentă și fidelă, copii minunați, o casă superbă și prieteni extraordinari. De ce nu-l mai satisfăceau toate astea? Ar fi vrut să iasă din gaura aceea neagră în care se băgase singur, dar era prea obsedat de Samantha. Ar fi trebuit s-o dea afară când putuse, dar acum era prea târziu. Gândul că n-ar mai fi văzut-o măcar la birou era de neconceput. Era toată ziua cu ea la serviciu, iar noaptea, când se băga în patul conjugal, Sam tot cu el era. Nu știa dacă se mai vedea cu Raul și nici nu încerca să afle, de frică să nu-și facă și mai mult rău.

Într-o dimineaţă, Sam a hotărât să treacă la etapa următoare. Ştia că era pregătit, iar ea n-avea nimic de pierdut. Poate doar pe Raul, cu care acum era într-o relaţie, dar asta n-o deranja, se putea descurca cu amândoi. Acum putea să-l ducă pe Daniel la ea acasă. De o săptămână se mutase în luxosul apartament din Greenwich Village şi era în al nouălea cer. Raul era un tip cumsecade şi aveau o relaţie agreabilă, care se baza pe încredere şi în special pe libertate. Samantha iubea două lucruri:

1. cinema-ul, care-i permitea să se ascundă de realitate.

2. libertatea, care la ora aceea îi permitea să-şi diminueze facturile şi să se întâlnească cu un bărbat însurat.

A intrat în biroul lui, cu cafeaua aburindă în mână.

—Mulţumesc, Samantha, a zis ca şi cum ea tocmai îi adusese luna de pe cer. Nu ţi-am spus până acum, dar îmi eşti de mare ajutor aici, tot ce faci e extraordinar.

Ce sincronizare perfectă, şi-a spus ea, privindu-l într-un fel care l-a făcut să se cutremure. Hipnotizat, a făcut doi paşi spre ea. Erau atât de aproape încât îşi simţeau unul altuia respiraţia.

—Îţi place să lucrezi cu mine? a întrebat el.

—Aş face orice pentru tine, a şoptit ea, privindu-l în ochi. El era total confuz şi avea impresia că o să-i sară inima din piept dintr-un moment în altul. Dacă interpreta, din nou, greşit semnalele?

—Orice? a zis el, rugându-se să fie pe aceeaşi undă.

—Te asigur, a spus ea, mângâindu-i încet obrazul.

El era în culmea fericirii. I-a luat mâna şi a sărutat-o în palmă, închizându-şi ochii.

—Am încercat, dar n-am putut, bâlbâi el.

—Ştiu, a zis ea, încet.

–Știi? Ea a dat afirmativ din cap. Și ce crezi? a întrebat el, plin de speranță.

–Cred că ne-am chinuit destul. Sunt atrasă de tine de mult, dar ești căsătorit și mie nu-mi place să mă bag în viața unei familii. Dar nu mai pot suporta atâta nefericire. Sunt îndrăgostită de tine din prima clipă în care te-am văzut și tot de atunci mă lupt cu mine să fac lucrurile corect, așa cum am fost învățată de mică. Sunt doar o ființă umană și nu mai vreau să sufăr. Dacă te-aș vedea pe tine că ești fericit jur, n-aș face nimic, dar văd că ești la fel de nefericit ca mine.

El și-a plimbat privirea pe fața ei, încercând să-i memoreze toate trăsăturile: gura plină, nasul fin și drept, ochii cu pleoape grele, senzuale și fruntea ușor bombată. Îi era incredibil de dragă, iar ei îi plăcea adorația ce-o vedea în ochii lui. Și deși și-a propus să nu facă încă dragoste cu el, situația o excitase atât de tare încât, s-a răzgândit. O dată, doar o dată s-o guste și va fi al ei. Sam era o seducătoare și știa că domeniul în care excela era sexul. Adăugând la aceasta toate sentimentele lui Daniel, nu putea ieși decât bine.

–Ești aici, lângă mine și mi-e dor de tine, Sam. Crezi că e o nebunie? a întrebat-o și ea a negat din cap.

Au început să se sărute. Tandru și sălbatic în același timp. Aproape că se devorau. În câteva secunde, hainele zăceau pe podea și înlănțuiți s-au întins pe canapea. A fost o descoperire senzațională pentru el și o surpriză extrem de plăcută pentru ea. Se atingeau, se explorau și nimic nu mai exista în jurul lor. Sam întotdeauna fusese sigură de ea în pat, dar Daniel o depășise cu măiestrie. Nu avea însă timp să se gândească la asta acum, savura fiecare atingere, fiecare gest și mișcare pe care el le făcea atât de bine. Timpul se oprise în loc şi puteau să se considere norocoşi că nimeni nu a intrat peste ei în birou.

Când au terminat, el nu i-a dat drumul din braţe, a în-lănţuit-o şi ar fi ţinut-o aşa o veşnicie. Era fericit pentru prima oară în câteva luni.

–Regreţi? a întrebat-o, pupând-o tandru pe frunte şi sperând ca ea să nu aibă mustrări de conştiinţă. Era un sărut inocent, nimic de-a face cu tornada care tocmai se terminase. Pasiune, indecenţă, o coregrafie şi o sincronizare impecabilă.

–Nu. Dar cred că ar trebui să ne îmbrăcăm, înainte să ne surprindă cineva.

Sam s-a ridicat şi s-a dus la uşă s-o închidă în timp ce el o privea. Avea un mers leneş, elegant şi un corp superb, fără un gram de grăsime, iar picioarele îi erau interminabile. Ştia că o priveşte şi după ce a închis uşa cu cheia s-a întors brusc, oprindu-se într-o poziţie ispititoare. Cu zâmbetul pe buze şi o privire electrică, diabolică, s-a apropiat încet de el şi l-a încălecat. Lăsându-şi capul puţin pe spate, a început să-şi unduiască frumosul trup. Era deja dur şi când a intrat în ea a avut impresia că se naşte a doua oară. O privea extaziat cât era de frumoasă cu şoldurile ei perfecte care-i ofereau atâta plăcere, îi privea sânii mici, rotunzi şi fermi, care săltau uşor când se mişca şi dintr-odată ea s-a oprit, l-a privit înfometată, după care s-a întins peste el, continuând să-l înnebunească. Era o seducătoare şi-i plăcea mult sexul, iar el iubise întotdeauna femeile cărora le plăcea sexul.

În seara aceea a ajuns acasă târziu, după ce Carol și copiii s-au culcat. A anunțat-o că avea un caz important și că va cina cu noul client. Când, epuizat și extaziat, a trecut pragul casei, a fost ușurat să vadă că toată lumea dormea. Nu mai simțea nici frică, nici vină, era prea fericit.

Hai să sărbătorim viața, i-a spus Sam. Și au sărbătorit-o de multe ori. În noaptea aceea a dormit ca un prunc, dar a doua zi, când a dat cu ochii de Carol în bucătărie, s-a simțit abominabil.

—Bună dimineața, l-a salutat ea, cum a fost aseară?

N-ai vrea să știi, s-a gândit el.

—Astăzi îmi va da răspunsul, dar cred că l-am convins. Totul a decurs foarte bine și dacă este așa cum cred, voi avea un buget enorm, a mințit el, din ce în ce mai bun la acest joc.

—Așa te vreau, a spus ea, ciufulindu-i părul. Acum trebuie să plec la sediu, ne vedem diseară. Nu uita că mâine Scott are competiția de tenis. Syd și David vor fi prezenți.

Of, da, mâine era sâmbătă, asta însemna că nu putea s-o vadă pe Sam. Patruzeci și opt de ore i se păreau oribil de lungi. Îi era dor de mireasma ei, de gustul ei. Se gândea că poate va găsi un moment, după meciul lui Scott și va putea trage o fugă până la ea. Dar ce făcea cu Syd și David care erau invitați la cină, la fel ca Miranda cu Ben. Weekendurile pe care abia le aștepta înainte, acum le ura pentru că îl țineau departe de Samantha. S-a urcat în mașină și a sunat-o în drum spre birou.

—Scott Thompson, bună dimineața, a răspuns ea, la al doilea apel.

—Mmm, ce voce sexy ai.

—Rayan, iubitule, de ce nu mă suni pe telefonul meu? Știi doar cât e de rigid șeful meu.

—Foarte amuzant, a zis el. Anulează-mi prima întâlnire, te rog şi încearcă s-o pui undeva pe la cinci.

Samantha s-a gândit că n-ar fi rău să reprogrameze primele două întâlniri. O partidă prelungită de sex o să-l satisfacă îndeajuns încât să n-o mai solicite pe scumpa de Carol în weekend.

CAPITOLUL 4

Era sâmbătă dimineaţa. A simţit-o pe Carol lipindu-se de el. Era caldă, mirosea frumos şi se gândea că nu de mult asta îi făcea plăcere. Acum se simţea jenat şi şi-ar fi dorit ca în locul ei să fie Samantha. L-a anunţat senină că va pleca în vacanţă când el urma să închidă cabinetul pentru o săptămână. Nu-i picase deloc bine, dar ce putea să facă? Nu-i era obligată cu nimic, iar el era căsătorit. Ca să poată să-i ceară fidelitate sau exclusivitate, ar fi trebuit să renunţe la Carol. Ca să obţină ceea ce-şi dorea, trebuia să renunţe la ceva la care ţinea. I se părea frustrant, dar în mod cert frustrant era şi pentru Samantha când petrecea weekendurile singură. Relaţia cu Carol s-a schimbat de când a intrat Sam în viaţa lui; nu i-a mai cerut să facă dragoste cu ea, iar ea n-a făcut nimic la rândul ei. Dar avea el oare dreptul să renunţe la şaisprezece ani de căsătorie doar pentru că lucrurile s-au schimbat? Carol era femeia vieţii lui, în timp ce Samantha era doar o stea căzătoare. Nu-şi putea permite să piardă totul şi nici nu putea să îşi pună căsătoria pe pauză până când îşi făcea el capriciile. Cu Carol în braţe, stătea şi se gândea la una dintre conversaţiile cu amanta lui:

—Ce ai planificat? Mergi s-o vezi pe mama ta? a întrebat-o pe Samantha, realizând că nu ştia nimic despre ea.

—Mama e moartă, a minţit ea.

—Îmi pare rău, Sam.

—Nu trebuie. A fost o căţea egoistă care nu m-a iubit nicio-dată.

S-a mirat de reacţia ei.

—Şi tatăl tău?

—M-a părăsit când eram mică. M-a abandonat la o mătuşă. Ea era cumsecade, dar fiică-sa mi-a mâncat viaţa.

—Nu mai ai pe nimeni? Ea a dat din cap că nu. Şi mai eşti în contact cu mătuşa şi verişoara ta?

—Rar. Scorpia aia s-a căsătorit, dar nu m-a invitat niciodată să-i cunosc familia. Întotdeauna a fost geloasă pe mine.

—Hmm, normal, eşti foarte frumoasă, a zis privind-o admi-rativ, după care a sărutat-o pasional. Au făcut dragoste până la unu dimineaţa. Era nesăţioasă şi dibace, îşi unduia trupul atletic şi era neobosită. Îi plăcea să facă dragoste, să dea şi să ia plăcere.

Acum, în pat, cu Carol alături, se făcea că doarme. Ea nu l-a trezit, ci s-a dus să-şi vadă copiii. Amândoi erau în camera lui Hayley, stăteau pe covor şi jucau un joc video.

—Ce faceţi? a zis ea, pupându-i pe amândoi, iar ei au salu-tat-o distraţi. Mă duc să prepar micul dejun. În zece minute să coborâţi.

—Ai pierdut, fatălăule, a strigat Hayley, râzând cu gura până la urechi. Dansa şi se scălâmbăia în toate felurile, iar Scott aproape avea lacrimi în ochi de ciudă. Hai, pune-te pe bocit acum, asta ştii să faci cel mai bine.

—Proasto, a zis el şi a coborât s-o ajute pe mama lui.

Au pus pe masă cornuri calde cu unt şi jambon, ouă fierte moi, fructe proaspete, suc de portocale şi cafea. Scott s-a dus să-l trezească pe Daniel şi toţi trei au coborât veseli.

—Hei, frumuşelule, şi-a salutat ea soţul, decisă să petreacă o zi bună cu toţii. Îi plăcea să-l alinte, să-l facă să se simtă bine și adora weekendurile când se strângeau în jurul mesei fără să se grăbească la școală sau la birou.

–Ciao, bella! Come stai?

Ea-i adora accentul italian. Îl adora în întregime și în fiecare zi îi mulțumea lui Dumnezeu pentru viața ei. Se completau reciproc, se iubeau și se distrau bine împreună, nu și-ar fi dorit nimic mai mult sau mai puțin în viața ei. Și când spunea asta nu se gândea la ultimele săptămâni, pe care decisese să le uite în acel final de săptămână.

Au stat la masă până la ora douăsprezece, după care s-au pregătit pentru competiția lui Scott. Au ajuns la fix, iar Scotty era într-o formă fabuloasă, cum îi plăcea lui să spună.

Sydney și David erau deja acolo și i-au întâmpinat veseli. Au făcut poze și galerie, au mâncat popcorn și hotdogi.

–Trebuie să ne vedem mâine, a șoptit Daniel la urechea lui Sydney. Îi spui lui Carol că ai nevoie de mine, găsești tu ceva, a zis el, iar prietena lui l-a privit supărată. Nu-i plăcea când era agitat.

–Nu sunt în New York mâine, a mințit ea, agasată de faptul că îndrăznea s-o ia drept alibi pentru a o minți pe Carol.

–Rahat, a zis el, enervat. Nu mai ai deloc timp de mine de când ești în cuplu. Toată ziua pleci, oare când oi mai avea timp și de muncit?

Ea l-a privit, mută. Se schimbase mult. Cretinul ce stătea pe banchetă lângă ea îi omorâse prietenul din copilărie. Când Daniel i-a surprins privirea, s-a scuzat.

–Iartă-mă, nu știu ce m-a apucat. Nu știu unde-mi sunt mințile de vreo câteva zile.

La tăvăleala cu Samantha, a vrut ea să-i spună, dar n-a făcut-o.

Scott și echipa lui au pierdut, iar după consolările de rigoare şi multă îngheţată, au plecat la Miranada şi Ben.

–Hei, campionule, a strigat Ben ridicând o mână, când l-a văzut pe Scott.

–Las-o baltă, a spus copilul trist, am pierdut. Kevin antipaticul a fost într-o formă incredibilă, nimeni n-a putut să îi facă faţă şi şi-a bătut joc de noi. De aia îl urăşte toată lumea. Și eu îl urăsc şi mă bucur că i-a murit hamsterul, a zis copilul.

Miranda i-a ciufulit părul:

–Data viitoare va fi mai bine, a zis ea, iar Scott a făcut un *pfff* şi a intrat în casă împreună cu Hayley şi Crisa.

Când Miranda i-a văzut inelul lui Sydney, a luat-o în braţe şi a felicitat-o, la fel ca şi ceilalţi. Copiii au revenit alergând la ei.

–Ce s-a întâmplat? au întrebat la unison.

–Syd se căsătoreşte, a zis Ben.

–Iarăşi? au zis aceştia în cor, dezamăgiţi.

–Hei, nu mai puneţi presiune pe mine, suntem încă în faza de proiect, a spus Syd.

–Mda, ai 38 de ani, e clar că nu trebuie să te avânţi aşa la primul venit, a şoptit Daniel, enervând-o iarăşi.

–Le cauţi sau ce? i-a zis ea printre dinţi, după care i-a întors spatele şi a intrat în casă. Era hotărât să o pedepsească pentru că nu voia să-l ajute. Se simţea ca un leu în cuşcă departe de Samantha şi mii de gânduri îi treceau prin cap în legătură cu faptul că va trebui să găsească o cale să plece de acasă ziua următoare.

Au rămas toată seara la familia Simpson, discutând despre nunta lui Syd şi David, despre sărbătorile de iarnă şi despre sezonul de baschet.

—A fost agreabil, a zis Carol mai târziu în dormitorul lor, în timp ce se demachia. Avem prieteni minunați.

—Și noi suntem minunați, a zis el, luând-o în brațe.

—Da. În special eu, a râs Carol.

—Vrei să insinuezi că eu sunt un bursuc veninos? Carol râdea cu poftă. Ei bine, a continuat el, bursucul veninos n-are chef să te lase să ieși din baie și, făcând o grimasă, și-a ridicat mâinile în semn de atac. A alergat-o prin cameră făcând-o să râdă cu lacrimi. După șaisprezece ani de căsătorie, încă îl mai iubea la nebunie. Îi oferise ani extraordinari și copii minunați. În timp ce se sărutau și se dezbrăcau reciproc, ea se gândea că și-ar mai fi dorit un copil cu el. Și în definitiv, de ce nu? Nu împliniseră încă patruzeci de ani, erau sănătoși și nu le lipsea nimic. Acesta ar fi putut fi proiectul ei pe următorul an.

Duminică dimineață Sydney și David luau cafeaua în salon și povesteau veseli. Se simțeau bine împreună și aveau o grămadă de lucruri în comun: le plăceau același gen de cărți, aceleași filme, să facă sport, se joace șah sau canastă, să gătească și lista era lungă.

—Ai chef să mergem la cinema? a întrebat David. Îmbrăcat în pantaloni de trening gri și tricou roșu, arăta îndrăgostit și fericit.

—Am chef de o plimbare prin Greenwich, să trecem pe la Wha, să luăm prânzul la Corner Bistro.

—Vrei să mergem doar noi doi sau îi invităm și pe Carol cu Daniel? a întrebat-o.

–I-am spus lui Daniel că plecăm din oraş, a vrut să mă folosească drept alibi ca s-o poată vedea pe Samantha.

–Credeam că este cu Raul.

–Este. Cum, probabil, mai e cu încă jumătate din populaţia Manhattanului, dar Daniel nu vede nimic, e îndrăgostit.

–Nu poţi ştii.

–Îl cunosc de când mă ştiu, David. Crede-mă, s-a schimbat, e aiurit, agresiv şi agitat.

–Părerea mea este că n-ar trebui să te bagi.

–Să stau şi să privesc cum îşi distruge viaţa?

–E viaţa lui, Syd, iar tu eşti prietena lui, nu îngerul păzitor.

–Ne ştim din grupa mare, e ca şi fratele meu. De ce nu pot să-i fiu înger păzitor când văd că se îndreaptă spre catastrofă?

–Pentru simplul fapt că nu mai sunteţi la grădiniţă.

–Şi totuşi va trebui să discut cu el. Ştii ce se spune: ce este permis, e ceea ce va continua. Trebuie să-l informez pe Casanova că relaţiile extraconjugale nu sunt permise. Şi spunând asta, a pus mâna pe telefon şi l-a sunat. I-a spus că în final au rămas la New York şi că dacă dorea putea să treacă pe la ei, iar el a acceptat. Oare Carol nu observase nimic?

Daniel a ajuns în mai puţin de 30 de minute şi Sydney i-a deschis uşa, forţându-se pară bine dispusă.

–Oh, eşti amabilă, a zis el, uimit.

–Eşti sarcastic... iarăşi, a zis ea şi el a ridicat din umeri. Credeai că te aştept cu toporul după uşă?

–Ca să fiu sincer, da. N-are rost să mai tergiversez pentru că ştiu că ştii. Sydney l-a privit aşteptând, iar David a părăsit camera, lăsându-i să vorbească. Sunt îndrăgostit de Samantha.

–Da. Mă întreb câtă lume este la curent cu relaţia voastră. Se vede de la o poştă că sunteţi împreună.

–Într-o lună m-ai văzut de două ori. Despre ce poștă vorbești? s-a rățoit el.

–Ai uitat că te cunosc de-o viață? Daniel, te iubesc, ești prietenul meu cel mai bun, dar nu pot să te las să-ți distrugi viața. Femeia asta nu este bună pentru tine. El a privit-o încruntat. Și chiar dacă ar fi, tu ești căsătorit cu o femeie minunată, vă iubiți de șaisprezece ani și ați realizat o grămadă de lucruri. Aveți doi copii superbi și cariere reușite. Nu vrei să pierzi toate astea, iar eu nu te pot lăsa să o faci. El o asculta atent, conștient că are dreptate și știa ce avea de făcut, însă nu putea. Dacă crezi că iarba e mai verde în curtea Samanthei, a continuat Sydney, este pentru că e fertilizată cu rahat.

–Filozoafo, a zis el agasat, e mai ușor să vorbești decât s-o faci.

–De acord cu tine, a spus ea, luându-l în brațe, simțindu-i durerea și lupta ce se dădea în el, dar dacă nevasta ta află, ești terminat.

–Carol este stânca mea și o iubesc, dar Samantha este magie, mister, tenebre și pericol.

–Pentru că asta îți dorești tu? l-a întrebat ea. Pericol și tenebre? Idile ascunse și secrete? De când îți place terenul minat?

–Nu-mi place, dar deocamdată aceasta este viața mea. Aș vrea să mă schimb și poate o voi face, dar în prezent nu pot. Nu-ți cer să minți pentru mine, doar să nu-i spui nimic lui Carol, te implor. Ea l-a privit mirată și el a continuat. Știu că într-o zi toate astea se vor termina, dar până atunci te rog nu mă trăda. Crede-mă, sufăr ca un câine, iubesc două femei și oricât de urât sună, la ora asta nu pot să renunț la niciuna. Rămâne să vedem ce urmează, dar până atunci te rog încearcă să nu mă urăști. Sydney îl privea și nu știa ce să facă: să-l ia în brațe și să-l consoleze sau să-l plesnească și să-l aducă cu picioarele pe pământ?

—Ți-e foame? l-a întrebat ea, neștiind ce altceva să spună. Mă gândeam să-ți fac omletă.

—Sunt alergic la ouă, așa că ce-ar fi să faci ceva care nu mă omoară? Ea a râs, după care i-a servit o cafea neagră cu o felie de paine prăjită și afine proaspete. Au mai discutat apoi despre un caz de viol care era pe toate posturile de televiziune, după care el i-a mulțumit că l-a ascultat și a plecat direct la apartamentul Samanthei.

Era îmbrăcată într-un șort minuscul de blugi și un tricou verde prin care i se conturau sânii rotunzi.

—Ai venit, a zis ea, lipindu-se de el și făcându-l să uite de tot ce-l înconjura.

—Te îndoiai? Era deja dur și nu-și dorea decât s-o ia în brațe și să facă dragoste cu ea în toate încăperile apartamentului.

—Nu, nu chiar, a răspuns încet, trăgându-l în dormitor.

Îl privea cum își scoate hainele de pe el: era frumos și bine construit. S-a apropiat de ea, ajutând-o să-și scoată minusculul șort, cu o ușoară autoritate. N-avea nimic pe dedesubt și când a văzut-o goală, perfect epilată și excitată, s-a lăsat în jos și i-a sărutat părțile cele mai intime ale feminității ei. Au făcut dragoste cu pasiune toridă. De fiecare dată era așa. L-a urcat în al nouălea cer, iar acum și-a dat seama că de trei ore trebuia să fi coborât pe pământ și să meargă acasă.

—Dumnezeule, a zis el, uitându-se la ceas, este foarte târziu. Nu mi-am dat seama că a trecut timpul atât de repede. Carol mă va da afară din casă dacă mai dispar așa duminicile.

—Și ar fi chiar așa de grav? a întrebat Sam, lipindu-se de el, vrând să-l rețină.

–Chiar trebuie să plec, a zis Daniel, sărind în jeanşii ce zăceau lângă pat. Dacă soţia mea află ce fac, sunt un om mort.

–Aşa un mort accept în fiecare zi, a comentat Sam, alungită goală pe pat şi fără pic de jenă.

Cu corpul pe care-l avea, nu avea de ce să se simtă jenată. El a privit-o cu jind, dar a reuşit să se abţină. A sărutat-o lung şi fără niciun chef, s-a smuls din braţele ei, părăsind apartamentul.

Era şase seara când a trecut pragul casei lor. Scott i-a sărit în braţe, fericit să-l vadă înainte de culcare.

–Tati, ce bine c-ai venit.

–Doar aici locuiesc, nu? a spus el, încercând să pară vesel.

–Puteai să dai un telefon, i-a reproşat Hayley. Regula asta, pe care tu ai impus-o, nu este valabilă pentru toată lumea?

–Da, ai dreptate, am greşit şi promit ca în viitor să nu mai fac, a spus Daniel zâmbind şi căutându-i privirea lui Carol, care nu spunea nimic. Oare era supărată? Am ajuns acasă întreg şi nimic nu mi se mai poate întâmpla, a spus el, pupându-şi fata pe cap.

–Asta nu-i sigur, a şoptit Carol, trecând pe lângă el şi răspunzând la întrebarea din capul lui. Deci era supărată şi urma să fie un interogatoriu pentru care el nu era pregătit. Daniel îşi imagina că aşa trebuia să se fi simţit Galilei când l-au dus în faţa Inchiziţiei, în 1633. Numai că astronomul era acuzat de erezie pe nedrept, în timp ce el era vinovat.

În timp ce Carol aranja restul cinei în frigider, el şi-a scos telefonul din vestă şi a văzut că ea îl sunase o dată, iar Syd de trei ori. Avea şi un mesaj text în care aceasta din urmă îi spunea: *Bănuiesc că în drum spre casă ai alunecat şi ai intrat în Samantha. Carol te caută, sună-mă când vezi acest mesaj.* Oare de ce nu a sunat-o în drum spre casă? s-a întrebat el stresat. Acum nu mai putea, Carol tocmai se aşeza pe fotoliu, gata să asculte ce n-avea el de spus.

—Mă duc în bucătărie, a încercat el să câştige timp, vrei un pahar de apă sau altceva? Şi cum ea nu a răspuns nimic, ci doar dădea din picior, el a zis printre dinţi: muşeţel sau Valium?

—Ce naiba ai spus?

—Ai auzit? a întrebat-o el.

—Am fost eu oarbă până acum, dar cu auzul întodeauna am stat bine. Ce ar fi însă, ca în seara asta să ne concentrăm asupra ta?

—Eşti nervoasă, hai mai bine să punem un film vechi şi să ne relaxăm. Vorbim mâine.

—Nu vreau niciun film vechi, sunt curioasă să văd ce metraj ai regizat tu. El se simţea ca în purgatoriu. Îşi imagina că aşa trebuia să fie în anticamera din iad. În acel moment, viaţa-i era mai grea ca într-un film prost. De câteva săptămâni eşti bizar, a continuat Carol, am încercat să te ajut, dar comunicarea nu e punctul tău forte. Am decis să-ţi respect intimitatea, dar te-ai îndepărtat mai tare de mine. Văd că eşti nefericit, iar nefericirea cere mult efort, ori eu am nevoie de tine, deci ai face bine să vorbeşti.

Se spune că, din perspectiva supravieţuirii, creierul secretă adrenalină, un hormon care ne ajută să ne salvăm viaţa, dar putea să jure că în acel moment creierul lui nu producea nimic. Se chinuia să găsească ceva de spus, dar era blocat.

–Am probleme la serviciu, s-a bâlbâit el, urându-se. Pe lângă faptul că era un trișor, era și un mincinos lamentabil. Știu că nu este just și că nu-ți convine, dar încă nu sunt pregătit să vorbesc, n-am chef de una din lecțiile tale. Ea l-a privit șocată și el a continuat, neavând curajul să o privească în ochi: sunt obosit și îmi doresc să mă odihnesc. Crezi că ai putea să-mi oferi doar liniște în seara asta?

S-a uitat la el nevenindu-i să creadă că o trata așa. Nu era genul de femeie cicălitoare, era pacifistă și nu-i plăcea să despice firul în patru dacă nu era nevoie, dar de data asta era dornică să-i înfigă securea războiului fix în frunte, nu s-o îngroape. De săptămâni întregi aștepta ca el să-și revină, dar lucrurile deveneau din dezastruoase, în mai dezastruoase. Trebuia să pună capăt acelei situații, iar el îi era dator cu niște explicații.

–O să mă fac că n-am auzit ce tocmai ai spus, dar insist să-mi zici ce se întâmplă cu tine și de ce ești atât de nefericit. O privea trist. Cea mai mare calitatea ta a fost întotdeauna bucuria, a continuat Carol, și eram fericită să fiu în jurul tău. Mi-am spus că probabil în străfundul ființei tale este o orchestră de jazz care cântă în permanență. Am admirat asta întotdeauna la tine, dar din păcate, ai pierdut acea bucurie și aș dori să te ajut. El a privit-o jenat și ea l-a întrebat: deci unde ai fost în după-amiaza aceasta?

–La restaurant cu un client, a spus el schimbând canalele la televizor ca să nu o privească în ochi, nu mi-am dat seama când a trecut timpul. Îmi cer scuze. Carol îl privea, nevenindu-i să creadă. Și-a dus mâna la gât. Mă asculți? a întrebat-o, văzând că nu mai zicea nimic.

–Te-am auzit perfect, îmi înghițeam doar voma.

El şi-a masat tâmplele dureroase, aşteptând un miracol. Ştia că ea nu credea nimic din tâmpeniile ce i le îndruga şi că niciun miracol n-avea să se întâmple în noaptea aceea acolo.

–Prefer să continuăm această discuţie altă dată, a zis el, ridicându-se. Sunt obosit, mă duc să mă culc. Ea a sărit ca arsă.

–Să nu îndrăzneşti să-mi întorci spatele, Daniel!

–Că dacă nu, ce se întâmplă? a întrebat-o, oprindu-se la baza scărilor ce duceau spre dormitoare.

Era perplexă, nu cunoştea străinul din faţa ei şi a realizat că problema era mult mai gravă decât îşi imaginase. Fără un cuvânt în plus, Daniel a părăsit scena, lăsând-o furioasă. După ce s-a liniştit, a băut un pahar mare de apă şi a urcat în dormitor. El era în baie, se spăla pe dinţi, iar când a ieşit, Carol a luat perna de pe pat şi i-a aruncat-o în piept.

–Ieşi afară de aici!

–Cu cea mai mare plăcere, a răspuns el, deschizând uşa şi dând nas în nas cu Scott, care pândea

–Vă certaţi? a întrebat copilul, uitându-se la ei.

–Nu, a zis Daniel, mami doar încerca să mă castreze, a spus el părăsind camera, iar Scott a alergat şi s-a băgat în pat lângă Carol.

–Mami, veţi divorţa?

Exact ce aveam nevoie în seara asta, şi-a spus ea.

–Nu, puiule, tati doar încearcă să-şi marcheze teritoriul, a zis Carol, imaginându-şi un câine care urina prin colţurile casei, dar tu nu trebuie să-ţi faci griji. Oamenii mari au câteodată dezacorduri, dar asta nu înseamnă că vom divorţa. Fericit, copilul s-a ghemuit lângă ea şi când Hayley a venit la rândul ei în cameră, Carol le-a propus să vizioneze un documentar pe Netflix. Despre orice, în afară de câini.

Dimineaţa următoare atmosfera era glacială în bucătărie. Daniel s-a trezit cu mult înaintea lor şi a pregătit micul dejun şi cafea. Amândoi au dormit foarte prost.

–Bună dimineaţa, a spus el, când soţia lui şi-a făcut apariţia în bucătărie, cu o faţă de parcă tocmai îi fusese omorât cel mai bun prieten.

–Mmm, ce bine miroase, a zis Scott. Ce este?

–Disperare, frică... a zis Hayley, conştientă de tensiunea dintre părinţii ei.

–Credeam că avem croasanţi, a răspuns puştiul, obişnuit cu sarcasmul surorii lui.

Carol şi-a servit o cană de cafea, după care a golit cafetiera în chiuvetă.

–Ce faci? a zis Daniel privind-o, eu încă n-am avut timp să-mi beau cafeaua.

–Atunci suntem doi care nu prea avem timp. Eu, de exemplu, n-am avut deloc timp să dorm azi noapte, dacă înţelegi ce vreau să spun.

–Toţi înţelegem ce vrei să spui, a spus el înfruntând-o, în timp ce copiii priveau de la unu la altul.

–Doar nu-ţi imaginezi c-o să te las să întorci situaţia şi să fiu eu personajul negativ. Psihologia inversă nu merge cu mine.

–Ah, a comentat el, plictisit de scena ce urma să vină, acum ştiu de ce bărbaţii mor înaintea voastră, a femeilor. Pentru că aşa decid! a urlat el, după care şi-a luat haina din cuier şi a părăsit casa.

Copiii tăceau chitic, nefiind obişnuiţi cu certurile de dimineaţă. Asistaseră la discuţii contradictorii de multe ori, dar nu se ţipase niciodată atât de tare. De când se ştiau, îşi văzuseră părinţii unul în braţele celuilalt, sau citind unul lângă altul, râzând, povestind. De câtva timp însă, se schimbaseră. Se purtau prieteneşte, dar nu mai erau prieteni.

Hayley s-a ocupat de fratele ei, simţind că mama lor n-avea nevoie de una dintre conversaţiile lui lungi.

–Mami, a zis ea, în două minute vine mama Carlei să ne ducă la şcoală, aşa că ieşim. M-am ocupat eu de junior şi tati ne-a făcut pachetele.

Carol şi-a tras fiica lângă ea şi a pupat-o pe frunte.

–Mulţumesc, iubita mea, apreciez mult. Apoi, privindu-l pe

Scott i-a spus: nu te îngrijora, totul va intra în ordine. Copilul a dat din cap:

–Aşa a spus şi mama lui Albert şi după un an, au divorţat. Tatăl lui s-a jucat cu chiloţii unei femei şi mult timp părinţii lui n-au vorbit despre altceva, decât despre chiloţii femeii, lapte de capră şi avocado. Scott a ridicat din umeri, iar Hayley aproape că l-a târât afară.

Carol le-a făcut veselă cu mâna şi după ce au plecat, s-a aşezat obosită pe fotoliu ca să o sune pe Sydney. Venise momentul să discute cu ea şi spera din tot sufletul să fie onestă.

–Bună, Syd, ce faci? a întrebat-o, străduindu-se să pară calmă.

–Am primit o scrisoare care îmi este destinată mie, domnului Lewis. Asta nu o să mă facă să mă simt mai feminină.

–Eşti perfectă aşa cum eşti, a zis Carol, nu trebuie să schimbi nimic la tine. Ah, poate doar prietenul din copilărie.

–Chiar așa rău merge treaba?

–Mda. Cred că am să-l evit un timp, a zis Carol tristă.

–Știi, nu e bine să lași să treacă prea mult timp în astfel de situații. Cât ai de gând să-l ocolești?

–Până când îmbătrânesc și nu mai pot arunca cu lucruri după el, a încercat ea să glumească. Sincer, nu știu ce să fac, Syd. Tu ce mă sfătuiești? Avea încredere în prietena ei și dacă aceasta nu voia să spună mai multe, probabil că era mai bine să lase lucrurile așa, și-a zis Carol.

–Încearcă să te relaxezi, fă-te frumoasă și du-te și ia-l la prânz. Sunt sigură că nu e nimic grav și o să-i facă plăcere să te vadă. Carol s-a gândit un moment și a găsit bună soluția lui Syd. Era mai ușor să-i facă o surpriză și să-l invite la prânz, decât să-și urmeze dorințele și să arunce în el cu tot ce apuca.

–Așa am să fac, a răspuns ea, dintr-odată mai veselă, m-am săturat de atâtea certuri care nu duc nicăieri. Tu ce mai faci?

–Chiar am terminat de vorbit cu mama și îi spuneam că dacă vreodată voi avea copii, în fiecare sâmbătă am să le fac tacos, iar de 4 iulie am să le fac tartă cu mere și porumb copt. Carol a zâmbit și a spus:

–Nu e întotdeauna ca la Disneyland. Să fii părinte este ca și cum ai fi un polițai într-un cartier rău famat al orașului. *La fel și când ești soție,* și-a spus ea în minte, iar după ce au mai vorbit puțin, Carol a închis și a sunat-o pe secretara lui Daniel.

–Thomson și Scott, bună ziua, s-a auzit Sam la capătul celălalt al firului.

–Bună ziua, sunt Carol.

–Cu ce vă pot ajuta? a întrebat Sam, amabilă.

—Aş dori să ştiu dacă soţul meu e liber pentru masa de prânz.

—E liber, a spus ea, ascunzându-şi mirarea. Daniel i-a spus că s-au certat, oare minţise? Să-i spun să vă sune?

—Nu, mulţumesc, doresc să-i fac o surpriză, aşa că voi trece pe la ora douăsprezece la cabinet. Cu ocazia asta, voi avea plăcerea să vă cunosc.

—Aş fi încântată, dar am programare la dentist, a zis Samantha cu tonul cel mai amabil din lume.

—Cu altă ocazie atunci, a spus Carol, după care a închis, iar Sam a intrat la el în birou şi i-a spus ce-a vorbit cu Carol.

—I-ai spus că sunt liber?

—Da, de ce? N-ar fi trebuit?

—Ţi-am spus că ne-am certat. N-am niciun chef să mă cert şi la prânz.

—Îmi pare rău, iubitule, dar e prea târziu. Eu voi părăsi biroul înainte, n-aş vrea să dau nas în nas cu ea. Înţelegi, e jenant. N-am mai fost niciodată pusă în situaţia de o avea alături pe soţia celui cu care mă culc.

—Pentru că nu sunt eu primul om însurat cu care te culci? a întrebat-o, gândindu-se încă o dată că nu ştie nimic despre trecutul ei. Doar atât era pentru ea, un bărbat cu care se culca?

—Ba da, eu ce zic? E prima mea experienţă de genul acesta, aşa că voi pleca la dentist.

—Chiar mergi la dentist?

—Nu. Voi lua prânzul cu Raul.

—Exact ce-mi lipsea, a zis el, ridicând mâinile şi privind la cer.

—Adică?

–Am probleme majore, Sam, iar tu-mi fluturi fericirea ta pe sub nas. Credeam că ai terminat-o cu pămpălăul ăla.

–De ce, ai ceva mai interesant să-mi propui? Pentru el era prea mult. N-ar fi rezistat la un scandal în paralel şi cu amanta lui, aşa că nu a mai spus nimic. Mda, mă gândeam eu, a zis Sam, după care a părăsit încăperea. Era sătulă de toţi bărbaţii care profitaseră de ea şi de sexul în maşini înainte ca ei să se întoarcă liniştiţi la nevestele lor. Nu va mai tolera asta. Ce-şi imagina el? Că va petrece sărbătorile singură în casă, în timp ce el se distra cu familia şi prietenii? Făcuse greşeli în viaţă, dar a învăţat din ele din ele şi nu avea de gând să le mai repete.

CAPITOLUL 5

La ora douăsprezece, Carol și-a făcut apariția îmbrăcată într-o o rochie crem din cașmir, dreaptă, până la genunchi, iar în picioare avea cizme maro de la Ralph Lauren, cu tocuri înalte. Se hotărâse să fie diplomată, iar el voia să facă pace. Era deprimat, iar imaginea pe care o avea în acel moment despre el nu-i servea la nimic. Era sigur aceeași imagine pe care și Carol o avea vizavi de el.

—Arăți superb, a complimentat-o el, mă bucur c-ai luat această inițiativă. Urăsc să fim certați.

Ea l-a privit zâmbind, fără să spună nimic, după care s-au dus la restaurantul de la parterul imobilului. Era plin de lume, dar era frumos și se mânca bine. I-a tras scaunul, iar ea s-a așezat, mulțumindu-i politicoasă. Era mai bine decât să-și scoată ochii. Se uitau unul la altul pe deasupra mesei și nu știau cum să înceapă. Sau cum să termine acea situație jenantă. Se simțeau ca doi străini la o întâlnire aranjată, unde nici unul nu avea ce să-i spună celuilalt. Chelnerul a venit să le ia comanda: salată cu brânză de capră și sos de miere, antricot de vită cu legume crocante și piure.

—Nici mie nu-mi place să fim certați, a zis ea după ce a plecat chelnerul. El a aprobat din cap și a luat o gură de apă, sperând să nu se înece. Trebuie să comunicăm dacă nu vrem să agravăm situația, a continuat Carol.

—Da, ai dreptate.

—Știi bine ce cred eu despre ochi pentru ochi și dinte pentru dinte, a zis ea.

—Că în final rămânem orbi și știrbi? a încercat el să destindă atmosfera.

Însă ea nu era acolo pentru brânza de capră sau glumele lui. Trebuia să știe ce se întâmplă în viața soțului ei și pentru asta avea nevoie de diplomație. Îi trebuia răbdare și se întreba cum ar putea ea să anuleze linia imaginară între *nu prea mult* și *suficient.* În final a optat pentru o întrebare directă:

—N-am să te mint și am să-ți spun că atunci când am venit să te iau la masă aveam și altceva în cap. El a privit-o și s-a așteptat la ce era mai rău. Vreau adevărul, Daniel, chiar dacă n-o să-mi placă.

El și-ar fi dorit s-o liniștească, să-i spună că și el voia să repare totul între ei. Dar pentru a face asta, trebuia să recunoască faptul că, într-adevăr căsătoria lor era *stricată.* Era conștient că a distrus totul cu relația lui extraconjugală, iar acum, avea impresia că o altă persoană, împărțise toți acei ani cu ea. O iubea încă pe Carol, dar nu mai avea pasiune pentru ea așa cum avea pentru Samantha. Însă nu era nebun, știa că nu putea pleca de acasă pentru un vis frumos. Pentru că asta era amanta lui. Doar un vis.

—Ieri, după ce am plecat de la întâlnirea cu clientul meu, am simțit o jenă în piept, a zis el serios. Aveam toate simptomele unui infarct, așa că l-am sunat repede pe Bryan, care m-a dus la spital și a făcut ce a trebuit ca să evite catastrofa. Eram mult prea epuizat aseară și nici nu voiam să te îngrijorez, așa că am preferat să nu-ți spun. Acum îmi dau seama că am greșit, tăcerea lasă loc imaginației, care este mult mai nebună decât realitatea.

Ea l-a privit îngrijorată.

—Dumnezeule, eşti bine?

—Calmează-te, te rog, sunt bine. Am acţionat în timp util. Citisem undeva că dacă simţim că facem stop cardiac, să tuşim des şi să respirăm profund, până vine primul ajutor. Asta serveşte drept masaj cardiac. Şi este exact ce am făcut, iar Bryan a venit repede, deci n-ai de ce să te îngrijorezi.

—Când eşti în pragul infarctului la patruzeci şi doi de ani, lucrurile sunt departe de a fi liniştitoare.

—Bryan a zis că dacă reuşesc să rămân calm şi să fiu mai atent la ce mănânc, voi trăi 100 de ani.

—Şi pentru asta ţi-ai comandat antricot de vită?

—Te asigur, nu e grav, a spus el, gândindu-se că trebuia neapărat să-l sune pe Bryan şi să-l pună la curent. Îl va lua la mişto, dar n-avea altă alternativă. Era foarte fericit că a scăpat uşor şi ştia că nu-şi mai putea permite asemenea imprudenţe. Asta era, se va limita s-o vadă pe Sam doar în cursul săptămânii.

Carol nu s-a gândit nicio secundă că el ar putea minţi cu un asemenea subiect şi şi-a spus că erau norocoşi că nu i s-a întâmplat nimic. Muncea mult şi era stresat, iar ea avea de gând să fie mai atentă cu el. Acum se explica umorul lui diferit, boala îi dădea târcoale de câtva timp. Şi-a pus mâna pe mâna lui şi, zâmbindu-i tandru, i-a zis că-l iubeşte.

—Vei putea întodeauna conta pe mine, Daniel. Te rog să nu îmi mai ascunzi asemenea lucruri. Vreau să te ajut, iar tu ar trebui să te protejezi. Lucrezi prea mult.

În continuare, cu o mină ispăşită, el a aprobat totul şi se simţea al naibii de norocos că a scăpat atât de uşor. După ce au terminat masa, şi-au luat la revedere sărutându-se tandru, după care el l-a sunat rapid pe Bryan.

—Ce faci, omule? l-a întrebat amicul lui.

–Acum bine, a răspuns Daniel, dar ieri după-amiază m-ai scăpat de la un infarct. Te-am sunat și ai venit în fața restaurantului de lângă biroul meu și m-ai dus la spital.

–Cine-i păsărica asta fierbinte pentru care minți așa? a râs prietenul lui.

–N-o să ai detalii, asigură-te doar să fii convingător dacă te va suna Carol.

–Glumești? De ani de zile ne-ai umilit pe toți cu corectitudinea ta, așa că nu-ți imagina c-o să scapi așa repede.

–Umilit? Deci chiar aveți o conștiință?

–Bine, bine, te las în pace acum, dar subiectul nu e închis. Sper că nevastă-ta nu s-a prins că ai o amantă.

–Amantă, infarct, același lucru, a spus Daniel, după care i-a mulțumit și și-a luat la revedere de la el.

După ce a părăsit biroul, Sam a decis să-i urmărească pe soții Huston și a fost foarte dezamăgită când le-a văzut amabilitățile. În universul ei nu se întâmpla așa. Îl privea pe Daniel cum îi trăgea scaunul soției lui, iar ea îi mulțumea zâmbitoare. Doamne, cât o ura. În prezența ei s-a simțit întotdeauna precum verișoara săracă de la țară. O ura din tot sufletul pe sora ei. Era arhitectă, avea doi copii, locuia într-o casă superbă din Manhattan și avea un soț de milioane. I-a pândit tot restul prânzului și când la sfârșit, i-a văzut spunându-și la revedere cu un sărut, a văzut roșu în fața ochilor. Sam a hotărât să-l sune pe Raul și să-i zică să vină s-o ia de la birou la ora cinci. Puțină gelozie n-o să-i strice domnului Huston. Restul zilei a decurs calm. Daniel a evitat-o cât de mult a putut, iar ea nu i-a pus întrebări în legătură cu prânzul. N-avea niciun sens să sară cu gura pe el, o lăsa pe Carol să fie nevasta guralivă. Ea trebuia să rămână femeia perfectă, femeia la care el venea din plăcere... atunci când ea era disponibilă, pentru că începând din acel moment, disponibilitatea ei vizavi de el se va schimba.

La ora cinci fix, Raul a ajuns la cabinet îmbrăcat în jeanși albaștri, cămașă albă și o geacă din piele de căprioară. Arăta bine și părea mulțumit.

—Bună, Sam, i-a spus tandru, sărutând-o cu pasiune. Am venit prea repede?

Daniel și-a făcut apariția în pragul ușii pe care ea o lăsase intenționat deschisă.

—Bună ziua, Raul, ce mai faci? a întrebat el, cu o politețe pe care n-o simțea.

—Am venit să-ți intentez un proces. Nu știi că sclavagismul a fost abolit? a spus Raul, dându-i o palmă peste spate.

—Ziua mea de șansă, a zis Daniel, forțându-se să nu arate cât de agasat era. Unde ați hotărât să mergeți? a întrebat amical.

—La Limani, a răspuns Raul, mulțumit de el. Este un restaurant unde se servește pește din...

—Știu unde este, a zis Daniel plictisit. Era prea mult pentru el. Faptul că era obligat să o suporte pe Carol și să joace teatru era normal, dar nu era obligat să-l suporte pe acel dobitoc. Distracție plăcută, le-a zis fără niciun chef, după care a dispărut în biroul lui. Samantha era satisfăcută de mica victorie, se vedea de la o poștă că era foarte îndrăgostit de ea. Probabil că soția lui îi oferea o grămadă de lucruri, dar nimic din ce își dorea el, așa că nu avea de ce să-și facă probleme.

Mai erau doar câteva zile până la Crăciun. Totul era feeric, cu ambianța sărbătorilor care plutea în aer. În toate magazinele se auzeau colinde, iar oamenii parcă erau mai veseli, grăbiți, ca de obicei, dar mai zâmbitori. Magia Crăciunului le adusese bucuria în suflete. Nu și lui Carol. Făcea cumpărăturile cu Miranda, ca în fiecare an, dar de data asta nimic nu mai era la fel. Oricât efort ar fi făcut Daniel, ea știa că pierduse pe drum o parte din el. Poate cea mai bună. Soțul ei se străduia să facă față în toate situațiile și uneori reușea, dar aici era toată diferența: înainte nu era nevoit să depună eforturi pentru a sta cu ea sau cu prietenii lor, o făcea cu plăcere și totul era natural. Acum însă era diferit. De când Carol auzise frânturile din conversația lui telefonică cu Syd, ceva se rupsese în ea și era în permanență neliniștită și suspicioasă. Oricât încerca să-și spună că totul este în regulă, știa că nu este adevărat. Era mai mult de atât și nici unul din ei nu mai erau fericiți.

Miranda vorbea singură cam de zece minute și privindu-și prietena cu coada ochiului, a văzut absența ei.

—Și în final, a zis aceasta apăsat, a intrat doctorul de gardă în cabinet și am început să ne sărutăm.

—Ce? a întrebat Carol, trezindu-se dintr-o dată.

—Am tot vorbit despre curcan și castane, dar se pare că numai relațiile extraconjugale te interesează la ora asta, a spus Miranda și ea a ridicat din umeri. Îi făcea bine compania prietenei ei, întotdeauna reușea s-o înveselească. Dacă te macină într-atât problema asta, vorbește cu el, Carol.

—Acum, de Crăciun? a întrebat ea. Să-mi spună ce? Că a mai făcut o criză cardiacă sau că dacă tot vorbesc o să-i cauzez eu una? Numai când mă gândesc la asta mă apucă durerea de stomac. Nu ştiu cum voi putea face faţă sărbătorilor de iarnă în acest an. Casa va fi plină, ca de obicei, iar părinţii noştri vor rămâne până după Revelion. Dacă Daniel va recunoaşte că are o amantă va trebui să anulez totul şi dacă decid să nu am nicio discuţie înainte de Ianuarie, va trebui să joc teatru. Nu e uşor să pari veselă în faţa unor oameni care te cunosc atât de bine. Numai gândindu-mă m-am umflat deja în stomac.

—După treizeci şi cinci de ani suntem mereu umflate, a zis Miranda serioasă: ciclu, înainte de ciclu, ovulaţie, crudităţi. Veşnic umflate. Iar după patruzeci de ani, se pare că toate mărcile de haine lucrează în talie *petite*.

—Mulţumesc, doamnă doctor, a zâmbit Carol. L-am auzit pe Scott spunându-i lui Hayley că tatăl lui şi cu mine nu ne mai iubim. Că Daniel mă minte mereu. Miranda a privit-o cu părere de rău. Îşi adora prietena şi spera din tot sufletul să se înşele în legătură cu soţul ei.

—Eu cred că te gândeşti prea mult. Lasă lucrurile să decurgă de la sine, nu precipita nimic. Ştie deja ce şansă are să fie înconjurat de atâta lume care-l iubeşte, iar această vacanţă îi va împrospăta memoria. Daniel este un bărbat deştept, nu va da cu piciorul la ceea ce aveţi. Suntem oameni, fiecare greşim, dar familia este foarte importantă pentru el.

Carol s-a gândit şi a spus tristă:

—Familia, o adunătură de oameni care nu face ceea ce vrea. Miranda a zâmbit la tabloul făcut. M-am gândit să-l urmăresc şi, dacă are o amantă, să am o discuţie onestă cu ea.

—Onestitatea e un dar scump, n-o căuta la o femeie care se culcă cu bărbaţi însuraţi.

—Nici măcar nu e fericit, suferă ca un câine şi din cauza asta nu pot să-l urăsc. Ar fi mai simplu dacă l-aş urî. Dar orice ar fi, nu vreau să devin una dintre acele femei care-și detestă soțul, consumându-și energia atât ei, cât și celor din jur. Voi aștepta să treacă sărbătorile, după care voi pune toate cărțile pe masă. Refuz să-i mai fac psihanaliză și să mă torturez în secret.

–Ești o persoană extrem de puternică, Carol. Ea a privit-o, dar nu i-a spus că nu se simțea așa. Cei puternici iartă și, cu puțin noroc, uită.

–Atunci va trebui să-mi aștept Alzhaimerul pentru că, dacă Daniel are o amantă, nu voi uita niciodată. Și nici nu cred că voi putea ierta, chiar dacă aș vrea. Am fost spectatoarea căsătoriei dezastruoase a părinților mei, nu vreau să mai trăiesc asta încă o dată.

–Mă bucur că Diana vine la New York de Crăciun, a încercat Miranda să schimbe subiectul. Mama ta va reuși să te sfătuiască, vei vedea că totul va fi bine. Nu vrei să fac pregătirile la mine? Tu n-ai capul la gătit anul ăsta.

–N-ai mai ieșit din spitalul ăla de o eternitate, profită de zilele tale libere, Miranda. Ai nevoie de liniște, nu de o casă plină de copii care se ceartă. Și poate o să-mi prindă bine să am lume multă în jur. Mă vor ajuta să-mi uit disperarea.

–N-o lăsa pe Helga în bucătărie dacă nu vrei să ne petrecem sărbătorile la urgență, a zis Miranda și amândouă au început să râdă. Mama lui Syd era o femeie amuzantă și era o plăcere să fi în compania ei, dar în nici un caz nu trebuia lăsată în bucătărie.

–Vin și părinții lui David. Probabil că-și vor anunța oficial căsătoria, a adăugat Carol.

–Mă bucur pentru ei, sunt perfecți împreună, a zis Miranda, după care i-a propus să intre la Regio să bea o cafea.

–O cafea este exact ce-mi trebuie, a spus Carol, oricum nu mă pot concentra la shopping. Îmi vine să cumpăr numai biciuri, lanțuri și pistoale.

–Ai putea să faci carieră cu astea, a râs Miranda.

A ajuns acasă pe la ora șapte și Daniel era acolo. O asculta pe Hayley plângându-se, în timp ce Scott se învârtea prin cameră în pijamaua lui cu dinozauri. Când a dat cu ochii de Carol, a privit-o ușurat și a ridicat mâinile la cer:

–Bine că ai venit, nu știu ce să mă mai fac cu ei. Parcă sunt nebuni astăzi. Ea ar fi vrut să-i spună că așa erau zilnic, nebuni, dar n-a făcut-o.

–Mamă, a zis Heyley nervoasă, îți vine să crezi că Linda a luat notă mai mare ca mine la engleză? Fata asta crede că luna viitoare vor începe construcția unui Starbucks pe Marte. Vorbesc despre planetă, a zis fata gesticulând și făcând-o pe Carol să zâmbească. Sunt cea mai tare din clasă la engleză.

–Numai prostu' nu cunoaște pe cineva mai deștept ca el, a zis Scott, luând un aer matur.

–Se culcă cu profesorul, a continuat Hayley, fără să-și bage fratele în seamă.

–Pentru numele lui Dumnezeu, a zis Carol, are doar cincisprezece ani, cum poți să crezi asta?

–Și ce dacă are doar cincisprezece ani? Aproape toate o fac, sunt printre singurele fete virgine din clasă, a spus ea, într-un fel de reproș. Am aproape șaisprezece ani.

–Da, șaisprezece, nu treizeci, a zis Carol.

–N-am pic de viaţă socială, a zis Hayley supărată. Dacă nu mă distrez acum, când mă voi distra?

–Ai șaisprezece ani, a zis Daniel. Sâmbăta casa e plină de prietenele tale, deci ai viaţă socială. Nu ai viaţă sexuală, ceea ce îţi permite anumite libertăţi, cum ar fi să nu fii închisă în camera ta până la patruzeci de ani. Aşa că profită de fetele tale în continuare şi nu te mai plânge atât.

–Numai fete, nici un băiat. Niente.

–N-ai ţâţe, asta-i problema, a zis Scott serios, iar Hayley s-a apropiat de el şi i-a șuierat în faţă:

–A îmbătrâni o să fie un privilegiu pentru tine dacă-mi mai ieşi mult în cale.

Se hârjoneau des, dar se iubeau. Erau copii buni, iar certurile lor erau deseori amuzante. Acum, Carol şi Daniel încercau să-şi ascundă zâmbetele.

–În sfârşit zâmbiţi şi voi, a zis fata, aducându-i pe un teren minat.

–Ce vrei să spui? a întrebat Carol.

–Poate că nu v-aţi văzut. Nu vă mai vorbiţi niciodată şi vă urmăriţi unul pe celălalt pe ascuns.

Ce progenitură demonică, s-a gândit Carol, *parcă văd c-o să dezvolte subiectul până o să ni se facă rău tuturor.*

–De la lipsa vieţii tale sociale, te-ai gândit să treci direct la analiza căsătoriei noastre? a întrebat Carol, care îşi dorea ca fiica ei să tacă, dar după cum o ştia, aşa ceva nu se putea întâmpla.

–Mă stresaţi şi nu reacţionez bine la stres, a zis fata.

–N-ai iubit, nici ţâţe, părinţii te supără şi nu reacţionezi bine la stres. Ai putea compune un cântec, a râs juniorul, făcându-i şi pe ai lui să râdă.

—Acum știu de ce ai ochiul vânăt, i-a zis Hayley fratelui ei. Nu de la tenis, ci îți dai prea mult cu părerea la școală. Scott a scos limba și a început iarăși să se învârtă prin cameră, făcându-și părinții să râdă. Era tare drăguț în pijamaua lui albă cu dinozauri verzi și roșii.

Aveau mare nevoie de relaxare și amândoi s-au gândit la asta în același timp. Daniel s-a apropiat de soția lui și a luat-o de după umeri. De ce un gest atât de normal i se părea dintr-odată forțat? a gândit el. Știa că a lăsat lucrurile să meargă prea departe și și-ar fi dorit să îndrepte acea eroare, însă nu era sigur că era capabil. Sau că mai putea trăi fără cele două femei.

Era 23 Decembrie și casa familiei Huston era plină. Colindele de la televizor, hainele elegante și decorurile luminoase făceau ca totul să pară și mai festiv. Diana, mama lui Carol și Paul ajunseseră cu o seară în urmă, iar părinții lui Daniel și ai lui Syd - Scott, Emma, Helga și Tom - tocmai sosiseră. Cu ani în urmă, cele două familii au decis să părăsească Hartfordul și să se mute la New York, lângă Daniel și Sydney. Ambele familii și-au cumpărat casă în Turtle Bay, un cartier frumos al Manhattanului, care se întindea de la strada 42 până la strada 53, și continuau să fie vecini din perioada când copiii lor erau la grădiniță. Prieteni de-o viață, erau mai ceva ca o familie. Petreceau toate sărbătorile împreună, mergeau în croaziere în jurul lumii și jucau canastă în fiecare weekend.

Diana a rămas în New Haven și aprecia viața liniștită pe care o avea acolo. După relația dezastruoasă cu Kirk, multă vreme a stat singură, apoi, într-o zi, l-a cunoscut pe Paul. Erau împreună de zece ani și se simțea perfect în echilibru. Soția lui Paul murise de mult, lăsându-l cu două fete care acum erau căsătorite, având fiecare câte doi copii. Relaţia Dianei cu familia lui Paul era bună. De fapt, Diana era în relaţii bune cu toată lumea, fiind îndrăgită de toţi cei care o cunoşteau.

Paul era înalt, suplu, cu păr de culoarea nisipului şi o barbă mică şi îngrijită, care-l prindea bine. La fel ca Diana, era o persoană plăcută şi discretă. Era directorul şcolii unde Diana încă mai preda şi toată lumea îl respecta.

Acum s-au strâns în salonul pe care Carol l-a decorat cu mult bun gust, fiind fericiţi că erau împreună. În general, încercau să se vadă în această formaţie o dată pe lună şi o dată pe an plecau în Manhattan Beach, California. Mergeau la schi în Aspen şi Vermont sau pur şi simplu părăseau New Yorkul, retrăgându-se undeva la ţară doar pentru durata unui weekend.

Diana a privit-o pe sub gene pe Carol şi a văzut că fiica ei era preocupată. S-a apropiat de ea şi, cu un gest tandru, i-a mângâiat părul negru lucios.

—Mi-ar face bine o mică plimbare, ce spui? a întrebat-o Diana, diplomată ca de obicei.

—Bună idee, a răspuns Carol, conştientă că mama ei a înţeles deja starea de spirit în care se afla. Erau apropiate şi nu putea să-i ascundă nimic. De altfel, nici nu dorea, Diana dându-i deseori sfaturi utile. Era calmă, răbdătoare şi iubitoare.

Au mers discutând până la nivelul străzii 90. Locul era de nerecunoscut, îmbrăcat în haina alb strălucitoare a zăpezii. Magazinul Fauchon era superb cu toate decoraţiile de Crăciun. Au decis să bea un ceai la Waldorf, iar Carol şi-a descărcat sufletul în faţa mamei ei, aşa cum era obişnuită încă din copilărie. Diana ştia să asculte, nu judeca niciodată şi încerca să fie utilă.

—Este posibil să te înşeli? Carol a ridicat din umeri. Din câte-mi spui, ai asistat doar la o discuţie telefonică, care după mine, este puţin ambiguă. Nu te poţi baza doar pe asta.

—Da, este posibil. Dar în ultimul timp este distant.

—Poate este obosit. Munceşte mult şi nu are o meserie uşoară. Eu spun să laşi sărbătorile să treacă şi discutaţi după aceea. Acum eşti bulversată şi tristă. Deciziile nu se ia când eşti trist. Sau fericit, a spus Diana zâmbind, mângâind-o pe mână.

—Ai dreptate, dar e atât de greu. Şi sinceră să fiu, mi-e frică de ce voi afla.

—Ştii ce se spune. Viaţa e ca un ecou: ce scoţi din tine vine înapoi şi ce dai, aia primeşti. Eşti o persoană bună, Carol, nu-ţi fie frică.

—Mulţumesc, mami!

Se simţea deja mai bine. Mama ei putea întodeauna s-o liniştească. Era ca un balsam pe rană.

—Ştii cine m-a sunat săptămâna trecută? a schimbat Diana subiectul. Samantha. Este aici, la New York, lucrează într-un birou de avocatură şi este într-o relaţie serioasă. A vorbit chiar şi despre căsătorie. Era foarte entuziastă când povestea despre iubitul ei, un bărbat răbdător, loial şi un bun ascultă-tor. Mă bucur că a reuşit să-şi găsească liniştea, a zis Diana, care prefera să vadă partea bună a cuiva şi nu defectele.

—Eşti sigură că nu vorbea despre câinele ei? a râs Carol. Am văzut-o şi eu acum vreo câteva luni şi mi-a zis că e asistentă dentară.

—Probabil că şi-a schimbat profilul între timp. Cum este? Fizic, vorbesc.

—Foarte frumoasă, dar bizară, ca întotdeauna.

—Niciodată n-ai fost în largul tău în prezența ei, a spus Diana, gânditoare.

—Mda. Așa a fost în vremea copilăriei și așa este și acum. Are ceva această fată care mă jenează.

—Țineți legătura?

—Nu. Mi-a dat numărul ei de telefon. Voia s-o prezint familiei mele, dar n-am sunat-o niciodată. Simt că e o persoană pe care trebuie s-o evit. Știu că sună cam morbid, dar instinctul meu m-a ghidat mereu.

—Da, întotdeauna m-ai uimit cu felul tău de a percepe lucrurile, de a le simți înainte să se întâmple. S-au întors acasă, simțindu-se mai bine. Întotdeauna mama ei o liniștea. A luat-o tandru pe Diana în brațe și a pupat-o, fiind recunoscătoare că o avea. Faptul că petrecea Crăciunul cu ea era cel mai frumos cadou pe care și-l putea dori. Asta și o mașină de debranșat creierul, s-a gândit Carol.

La fel ca în fiecare an, pe 23 Decembrie, toți mâncau la Miranda acasă. Carol era doar cu prietena ei în bucătărie, în timp ce toți ceilalți cântau colinde în sufragerie și se distrau cu copiii.

—Ce gătești acolo? și-a întrebat Carol prietena, uitându-se în cuptor.

—Cocoș cu vin.

—Dar nu ai vin deloc, a zis Carol.

—Crezi? a întrebat Miranda, ascunzându-și privirea și luând sticla de vin aproape goală.

—Doamne, ești criță. Ai băut tot vinul pentru cocoș, nu-i așa?

Miranda râdea în hohote când a intrat Ben în bucătărie.

—Ne e foame tuturor. Mmmm, ce bine miroase. Ai făcut pui la cuptor?

—Cocoş... cu vin, a zis Miranda.

—Când pui vinul? a întrebat el. Puiul e deja făcut.

—Ce chiţibuşar mai eşti, s-a burzuluit ea, după care s-a pus iarăşi pe râs ca nebuna.

Carol şi Ben schimbară o privire rapidă.

—Te pot ajuta cu ceva, draga mea? a întrebat soţul Mirandei, înţelegând ce se întâmplă, iar ea şi-a ridicat mâinile la cer şi apoi s-a lovit peste picioare.

—N-am sos la cocoşel, a râs ea.

—Spune-le că ai făcut pui la rotisor.

—Sau poate faci tu puţin sos? Miranda şi-a mângâiat soţul, lipindu-se ispititor de el, te voi recompensa.

—Vorbeşti despre sex sau despre o operaţie gratuită pe creier? a întrebat el.

—Tu ai grijă de cocoşelul meu, iar eu voi avea grijă de-al tău. Râsetele au umplut bucătăria. Ahhh, cât sunt de beată, a spus Miranda, oprindu-se brusc din râs.

Au petrecut o seară amuzantă, ca întotdeauna. Au mâncat bine, au glumit şi au jucat mima, iar Daniel, pentru prima oară după mult timp, s-a simţit relaxat şi aproape de familia şi prietenii lui. Se simţea binecuvântat pentru toate persoanele din viaţa lui şi avea de gând, în anul următor, să fie mai recunoscător.

A doua zi de dimineaţă, era o hărmălaie de nedescris în casa familiei Huston. Erau un grup zgomotos, dar haios. Tom, Scott Senior şi Paul comentau sezonul de meci, Diana şi Helga povesteau în faţa unei ceşti de cafea, câinele lătra, Sydney tocmai îi spusese o glumă lui Carol şi aceasta râdea în hohote. Prietenii copiilor intrau şi ieşeau non-stop, iar Daniel se întreba dacă nu cumva aceştia chiar dormiseră acolo. Dar senzaţia dimineţii era Zgubi, papagaliţa pe care Helga o adusese copiilor. Aceasta era foarte agitată şi înjura în continuu.

—Vorbeşte mai încet! a urlat Hayley la prietena ei, Brenda, care se certa la telefon cu noul iubit.

David, iubitul lui Sydney, s-a apropiat de Daniel şi l-a întrebat:

—Copiii ăştia locuiesc cu voi? De câte ori venim, şi venim des, ei sunt aici.

—Doar în weekenduri şi vacanţe, a zis Daniel râzând. Sunt copii buni.

—Şi nebuna care plânge la telefon după dragostea pierdută? a întrebat David.

—L-a cunoscut acum trei zile. Mereu suferă după câte cineva, dar nu durează mult, a zâmbit Daniel, obişnuit cu prietena din copilărie a fetei lui.

Brenda tocmai terminase de vorbit la telefon, apoi, în lacrimi, s-a aruncat pe canapea. Daniel l-a privit pe David şi a dat din cap.

—Întodeauna suferindă.

Nu a apucat să o întrebe nimic pe fată, căci Scott junior era deja lângă ea cu gura până la urechi:

—Şi au trăit fericiţi până la adânci bătrâneţi, s-a scălămbăit băiatul, făcându-i pe toţi să râdă. Dar nu împreună.

—Dispari, piticanie! a ţipat Brenda, plângând.

—Nu sunt mic, a zis copilul, supărat.

—N-am văzut adulţi care să poarte pijamale cu dinozauri, a continuat Brenda, iar Diana, pacifistă ca de obicei, le-a propus să joace Go Fish.

—Prrrroasto! Prrroasto! a urlat papagaliţa şi toată lumea a râs.

—Nu ştiu cum am lăsat-o pe Helga să mă bage în asta, i-a şoptit Carol lui Syd, privind-o pe Zgubi, iar acum trebuie să cumpăr mâncare pentru papagaliţă.

Toată ziua au petrecut-o în casă şi s-au simţit, ca de obicei, bine. Până şi Daniel era mulţumit. Sydney şi David şi-au anunţat logodna şi toată lumea i-a îmbrăţişat şi felicitat. În toată acea agitaţie, Carol l-a văzut pe Daniel strecurându-se afară din sufragerie. Când a ştiut că nu o vede nimeni, a urcat în camera lor şi a deschis geamul ca să asculte ce vorbea Daniel la telefon. Se săturase să mai facă atâta pe discreta şi să sufere în tăcere.

—Trebuie să înţelegi, e familia mea, a spus el, nu-mi pot permite aşa ceva. Apoi pauză. Persoana de la capătul firului avea multe de spus. După câteva minute, l-a auzit iarăşi. Sunt responsabil pentru ceea ce zic, nu de ceea ce înţelegi tu. Te-am sunat să-ţi urez un Crăciun fericit, Sam, nu să mă cert, a mai spus el, după care a închis.

Sam? Era un bărbat sau doar o prescurtare? Nu ştia ce să creadă. În ambele cazuri, situaţia era oribilă. Ori avea o amantă care-l certa pentru că nu petrecea Crăciunul cu ea, ori era un bărbat şi atunci soţul ei devenise homosexual. A intrat în sala lor de baie şi şi-a spălat faţa cu apă rece, apoi s-a aşezat pe fotoliul de lângă pat şi a stat aşa cinci minute, încercând să se calmeze. Bulversată, a coborât în salon, unde Diana a observat imediat că ceva nu era în regulă.

—Eşti bine? a întrebat-o şoptit.

—Da. Dacă continui să mă simt la fel de minunat, mă voi sinucide.

Din acea conversație telefonică a înțeles că pierduse dragostea soțului ei și acea iluzie de stabilitate pe care ți-o dădea o căsătorie solidă.

–Tocmai am asistat la o altă discuție telefonică, i-a zis Carol mamei ei. Sunt sigură că are pe cineva și este prins bine de tot. Se pare că relația lui nu va fi pusă pe pauză doar pentru că sunt sărbătorile de iarnă.

–Fă ceea ce crezi că este mai bine și adu-ți aminte, ești înconjurată de lume care te iubește. Niciodată nu vei fi singură, indiferent ce se va întâmpla cu căsătoria voastră.

–Prrroasto! Prrroasto! s-a auzit iarăși nevroticul Zgubi și în unanimitate, a fost declarat misoginul grupului.

–Cine vrea să asculte Beatles? a întrebat Daniel, fiind convins că nimeni nu-i observase absența.

–Ce-i asta? l-a întrebat Scot junior.

–Patru băieți din Liverpool care au devenit populari în lumea întreagă în anii '60.

Hayley și Brenda s-au uitat una la alta, dându-și ochii peste cap.

–N-ai vrut să mergem la schi cu colegii, i-a reproșat Brenda, iar acum facem o expediție în timp, în epoca de piatră.

–Ca și cum am vreun cuvânt de spus în această familie, a zis Hayley, privindu-și părinții cu reproș.

Carol l-a privit pe ascuns pe Daniel; nu era în apele lui. Se întreba dacă el era conștient de tot ce aveau: familie frumoasă, prieteni extraordinari și o viață confortabilă. Era trist când oamenii nu cunoșteau valoarea lucrurilor importante.

–Ești bine? a întrebat Miranda, văzându-și prietena pierdută în gânduri.

–Nu prea. Mai înainte am surprins o discuție telefonică între Daniel și *un* sau *o* oarecare Sam. Se certau.

–Este posibil să fi fost cineva cu care lucrează? a întrebat-o, iar Carol a dat negativ din cap. Îmi pare rău, a spus prietena ei știind că pentru Carol sărbătorile luaseră sfârșit. Daniel făcea pe binedispusul fără să bănuiască durerea ce i-o crea soției lui.

Restul zilelor care au urmat au fost un adevărat calvar. Carol era în permanență încordată și-i urmărea fiecare mișcare lui Daniel. Devenise aproape o obsesie. Noroc că o avea pe mama ei și pe Miranda, cu care putea discuta. În fața celorlalți trebuia să joace teatru, să fie veselă și plăcută. Era foarte greu. Însă până nu știa exact despre ce era vorba, voia să țină totul sub tăcere. Nu mai suporta să-l vadă cum suferă, cum ieșea pe ascuns din încăpere să-și controleze telefonul. Trebuia neapărat să afle adevărul, oricât de dureros ar fi fost. Dorința i s-a împlinit mai repede decât ar fi crezut.

CAPITOLUL 6

Era prima zi a Anului Nou şi după o noapte de petrecere, toţi s-au trezit târziu. Încă două zile şi fiecare se întorcea la casa lui. Chiar dacă nu locuiau departe de Carol şi Daniel, în fiecare an în timpul sărbătorilor de iarnă micul grup se instala la ei şi petreceau împreună o săptămână. Era ca un ritual şi-l respectau cu plăcere.

În acea după-amiază au optat pentru un dejun lejer: fructe, cafea, suc de coacăze şi pâine prăjită. Erau toţi la masă, când s-a auzit un ciocănit la uşa de la intrare. Hayley s-a dus să deschidă, crezând că este unul din prietenii ei.

—Bună, s-a auzit o voce de femeie, sunt secretara tatălui tău şi aş dori să-i vorbesc. Îmi cer scuze că deranjez pe 1 Ianuarie, dar avem o urgenţă.

Hayley a condus-o pe Sam în living, unde erau toţi. Daniel, care auzise conversaţia, s-a ridicat brusc de la masă şi s-a dus în bucătărie să-şi servească o ceaşcă de cafea. De fapt, avea nevoie de un calmant şi de mult noroc. Inima îi bătea atât de tare încât îi era frică să nu explodeze. Cum avea să mai scape de data asta?

—La mulţi ani! a zis Samantha, privind zâmbitoare în jur, iar Daniel a scăpat ceaşca de cafea. Era bine dispusă şi îmbrăcată toată în alb, părea ca o mireasă dintr-un film de groază. Film care acum era viaţa lui, şi-a spus el.

Diana s-a ridicat în picioare şi i-a ieşit în întâmpinare, în timp ce Carol avea impresia că îi va exploda capul.

–Sam, tu eşti? a întrebat Diana, care n-o mai văzuse de la şaisprezece ani, de când a părăsit casa pe ascuns, furându-i o grămadă de lucruri.

–Diana? s-a prefăcut surprinsă. Nu-mi vine să cred cum ne întâlnim. S-a îndreptat spre ea cu mâinile larg deschise şi a îmbrăţişat-o cu căldură, privind peste umărul ei direct la Carol.

–Samantha, ce faci aici? a întrebat Daniel având impresia că aerul se rarefiase în încăpere.

Carol aproape că-şi simţea ochii ieşindu-i din orbite, începând încet să înţeleagă ce se întâmplă. Samantha era Sam din conversaţia telefonică, soţul ei nu devenise peste noapte homosexual, ci amantul surorii ei. Privea de la unu la altul: el transpirat şi în pragul unei crize cardiace, ea veselă şi pusă pe crime.

–Carol, a zis Diana zâmbitoare, nu mi-ai zis de această surpriză. Chiar dacă Samantha nu-i mai dăduse niciun semn de viaţă, era fericită să o revadă. O considerase fata ei şi nu spusese la nimeni, dar plecarea ei o afectase.

–Te asigur, mamă, e o surpriză pentru noi toţi, a zis Carol, încercând să-şi revină din şoc.

–Este secretara mea. Va cunoaşteţi? a întrebat Daniel, în prag de infarct.

–Da. Este sora mea vitregă, a răspuns Carol, privindu-l în ochi, iar el se întreba cum de îl mai ţineau genunchii.

–Ce coincidenţă, a zis Sam, după care, fără să fie invitată, s-a încrustat la masa lor.

Carol era furioasă la culme. Aproape că și-ar fi dorit ca el să fie homosexual. Totul se derula ca într-un scenariu de thriller.

–Bună, Syd, ce mai faci? a salutat-o Sam, ca și cum ele două ar fi fost cele mai bune prietene. Sydney a dat rece din cap, dorindu-și ca pământul să se desfacă și să intre în el.

–Cum se face că lucrezi pentru Daniel? a întrebat Carol. Mi-ai spus că ești asistentă dentară.

–Da. Însă la câteva zile după întâlnirea noastră în acea cafenea, l-am cunoscut pe Daniel. El avea nevoie de o secretară, iar eu doream să-mi schimb profilul, așa că...

–Nu scria în CV-ul tău nimic despre faptul că ai fost asistentă dentară, a zis Daniel, ca și cum ar fi avut vreo importanță.

–Toată lumea minte câteodată, a zis Sam, zâmbind dulce și făcându-i cu ochiul. Uite, de exemplu, tu mi-ai promis că vei trece pe la mine de Crăciun, dar n-ai făcut-o. Mă plâng eu cumva? Daniel s-a înecat cu propria-i salivă, în timp ce Carol privea de la unu la altul ca la o piesă de teatru. Avea un gust amar în gură și simțind odorul Samanthei, i-a venit să vomite. Cunoștea parfumul, era *La vie est belle* de la Lancôme, iar ea și-a spus că nu iubise niciodată acel parfum. Samantha avea gust rău și mirosea urât în percepția lui Carol și, în gândul ei, a poreclit-o „chistul".

Unii dintre ei asistau la spectacol fără să înțeleagă despre ce este vorba, în timp ce aceia care știau, erau șocați de tupeul Samanthei. Daniel era cel mai șocat, înțelegând că amanta lui planificase să le distrugă viețile. De data asta, soarta nu-l mai ierta și el merita să fie pedepsit pentru că a fost cel care a permis totul. Diana care nu înțelegea ce se întâmplă, dar văzând cât de afectată este Carol, a întrebat-o pe Samantha:

–Te-ai întors de mult în New York?

–De câteva luni. Am părăsit Vegasul imediat după separarea de iubitul meu, a mințit ea. I-a privit pe toți și a continuat: era impotent și rasist, locuiam într-un cartier sărac și am ajuns să schimb rețete culinare cu o heroinomană.

Sydney și-a spus că Sam era genul de femeie de care un bărbat divorța cu plăcere, dar pentru asta trebuia întâi ca cineva să o ia de nevastă. Își privea prietenii tristă și se întreba dacă ar fi putut să facă mai mult ca să oprească ceea ce tocmai se întâmpla acolo. Samantha purta un lanț de la Channel care se vedea de la o poștă că este fals. Făcea tot ce făcea doar ca să arate că se stabilise într-o clasă socială din care nu provenea. Era genul de femeie care își căuta fericirea fără să o găsească și asta pentru că adoptase concepții greșite: voia cu orice preț putere, bani și bărbați care puteau să-i ofere așa ceva. Nu era modestă și avea întotdeauna așteptări înalte, fiind în permanență o frustrată care nu făcea decât rău în jurul ei.

–De când sunt aici și lucrez cu Daniel, mi-am găsit stabilitatea. Sunt liniștită și fericită, a spus Samantha, privindu-l complice și cu tandrețe, iar el și-a lăsat ochii în pământ de rușine atunci când toată lumea s-a uitat la el.

Carol i-a făcut soțului ei un semn discret și scuzându-se, au urcat amândoi în dormitorul lor.

–Ăsta era secretul tău? De aia erai stresat și mi-ai făcut viața oribilă? Ai îndrăznit să-ți faci o amantă?

El nu spunea nimic. Oare dormea și avea un coșmar? Palma care i-a fulgerat fața l-a convins că nu dormea deloc. Era complet treaz, iar acel coșmar era chiar viața lui. Până diseară vreau să-ți iei catrafusele și să dispari din casa mea, i-a spus ea pe ton jos.

—Carol, te implor, este o neînțelegere incredibilă. Trebuie să rezolvăm asta, trebuie să-ți explic neapărat ce s-a întâmplat.

—Vrei să spui că sora mea nu-ți este amantă? l-a întrebat privindu-l fix în ochi. Pentru că doar un răspuns negativ la această întrebare ar putea să ne salveze căsătoria. Este cazul?

—Nu este chiar atât de simplu, a bălmăjit el, încercând disperat să caute o scuză plauzibilă. De rezonabil nici nu se mai punea problema în acea situație.

—Ba da, este foarte simplu, a spus Carol, furioasă. Când mergi într-un bar nu poți să spui că ai fost într-o nouă biserică, care era ca celelalte, doar că avea cocteiluri în plus. Secretara, dacă o călărești, nu este o secretară, ci o amantă. El își freca mâinile disperat, căutând să spună ceva.

—Nu sunt atât de rău pe cât par, a zis el neinspirat, dar ce altceva ar fi putut să spună?

—Ți-ai rănit soția, amanta și toată familia. Cât de bun poți fii? l-a întrebat, scoțându-i din dressing o geantă pe care i-a aruncat-o în piept. Fă-ți bagajele și pleacă, m-ai jignit destul.

—Și ce le spunem oaspeților? a întrebat el încercând să tragă de timp.

—De luni de zile nu faci decât să inventezi scuze, sunt sigură că vei găsi tu ceva. Nu mi-ai cerut opinia când ai decis să te tăvălești cu sora mea vitregă, nu mi-o cere nici acum.

Sam a apărut în ușa dormitorului lor și a zâmbit cu răutate, arătându-i lui Daniel adevărata ei față.

—Ce zici de întrorsătura lucrurilor? a întrebat-o pe Carol. Dacă m-ai fi prezentat familiei tale poate nu ți-aș fi făcut niciun rău. Știai că sunt singură într-un oraș nou pentru mine. Dar nu, tu te-ai ferit întotdeauna de mine ca de lepră. Nu-i rău să încerci să faci bine din când în când, n-ai învățat asta în cercurile tale de milionari? Nu te interesează ce se întâmplă în afara universului tău privilegiat, egoisto.

Avea ură în ochi, iar Daniel, furios, a luat-o de mână şi a ţipat la ea, zgâlţâind-o:

—Ne-ai întins o cursă, nu-i aşa? Ai regizat totul de la început, i-a zis el.

—A fost foarte simplu, a răspuns Sam, deloc impresionată. Dar recunoaşte, ne-am distrat al naibii de bine. Întorcându-se spre Carol, i-a zis cu ură: n-ai vrut să mă inviţi în viaţa ta. Niciodată nu m-ai plăcut, mi-ai furat tatăl, mi-ai furat-o pe Diana şi acum ai tot ce mi-am dorit eu vreodată.

—Nu te-am plăcut pentru că ai fost rea, plină de ură şi întotdeauna am ştiut că eşti capabilă de tot ce este mai rău. Nu m-am înşelat, a spus ea păstrându-şi calmul, lucru de care Samantha nu era capabilă. Acum, ia-ţi zâmbetul ipocrit şi victoria de scurtă durată şi ieşi afară din casa mea.

Diana era în uşă şi asista la spectacolul de groază.

—Carol a avut dreptate în ce te priveşte, a zis ea supărata. N-am vrut să văd realitatea în faţă. Eşti diabolică şi aşa ai fost dintodeauna. Pleacă de aici şi să nu mai vii. Nu vreau să te mai văd niciodată!

—Ca şi cum asta ar însemna ceva pentru mine. Păstrează-ţi energia s-o consolezi pe mironosiţa de fiică-ta, care va petrece restul vieţii plângându-şi boul de bărbat. Daniel era în stare de şoc. Cum a putut să fie atât de orb? Nu lucra la poştă sau pe tarla, era avocat şi meseria lui era să cunoască omul, să-i vadă faţa din spatele măştii. Nu văzuse nimic în afară de formele ei rotunde şi performanţele extraordinare în pat, iar acum viaţa pe care şi-o clădise în ultimii şaisprezece ani îi aluneca printre degete.

—Carol, te iubesc, a spus el, încercând cu disperare să poată repara oribila greșeală. Sincer, regret. A plănuit totul, am căzut în capcană, te implor, dă-mi o șansă! Plângea. Nu-i păsa că Diana și Sam erau de față. Toți merităm o a doua șansă. Te conjur, nu da cu piciorul la tot, a continuat el, implorând-o din ochi.

—Eu dau cu piciorul la tot? De când te-am cunoscut n-am făcut decât să mă focusez pe noi și pe familia noastră. Pentru mine această căsătorie a fost lucrul care a contat cel mai mult. Restul a fost un fel de decor în decor. Îl privea tristă și avea impresia că îmbătrânise cu zece ani. Ai o oră la dispoziție să-ți faci bagajele, după care nu mai vreau să te văd. El a dat să spună ceva, dar l-a oprit imediat. Orice ai spune, nu mă va face să mă răzgândesc. Pentru mine nu mai ești decât trecutul meu, iar trecutul se lasă în trecut.

—Nu vreau să las trecutul în trecut, plângea el ca un copil. Este partea cea mai bună vieții mele.

Ea nu-l mai asculta. I-a întors spatele și a părăsit dormitorul. Nu mai era nimic de spus. A trecut pe lângă Samantha fără s-o privească măcar. Era calmă. În ultimele săptămâni fusese atât de stresată încât acum parcă era ușurată că se sfârșise totul. Și-ar fi dorit un alt final, dar măcar acum știa adevărul. O parte din viața ei, poate cea mai bună, se încheia fără ca ea să-și dorească asta. Dar nu mai putea face nimic și nimeni nu o putea ajuta. Să ceară ajutorul cuiva însemna că mai există încă speranța. Din păcate, nu mai era nimic de sperat acolo. Trebuia să-și continue drumul fără el. *Du-te unde ai de te dus cu toată inima.* Hmm, ușor de spus, greu de făcut. Simțea că are o gaură în locul inimii și că nimeni niciodată nu-i va mai umple acel gol oribil. A intrat în baia de pe hol și și-a udat fața cu apă rece. Simțea cum panica revine. Avea impresia că cineva-i pusese gheaţă pe cap, împiedicând-o să gândească. Şi apoi, s-a întrebat dacă era îndrăgostit. Dar asta nu mai avea nicio importanţă. Nu-i venea să creadă că-şi pune astfel de întrebări în privinţa soţului ei. Iubirea vieţii ei, dragostea ei din tinereţe. Se simţea ca şi cum altcineva trăise acea perioadă a vieţii sale. Sau ca şi cum se trezea la realitate după un vis lung. Ce vor zice copiii când vor auzi vestea? Pentru că trebuia să le spună. Viaţa nu se punea pe pauză doar pentru a-i proteja pe copii. Sau ca să digere ea informaţia.

Diana a coborât cu Sam, iar Sydney, care le aştepta în hol, a săgetat-o cu privirea. Samantha zâmbea fără nicio jenă şi după ce Diana a închis uşa în urma ei, a tras aer în piept, simţind că se sufocă. Sam a ieşit din casă, dar răul a rămas înăuntru şi probabil pentru multă vreme.

Miranda a urcat la etaj să vadă ce face prietena ei, dar a dat peste Daniel în dormitorul lor. Era livid. Stătea în şezut pe pat şi-şi privea mâinile.

–Unde e Carol? l-a întrebat încet.

–Mi-am distrus viaţa. Mi-am distrus căminul, a spus el fără să o privească. Plângea. Se simţea în doliu după căsnicia lui. Şi chiar era. Fericirea nu venea într-un pachet care dacă se golea, putea fi înlocuit cu altul comandat de pe Amazon. Timp de şaisprezece ani viaţa lui a fost plină de magie, iar el a transformat magia prin înşelăciunea lui, în mister şi pericol, care l-a dus într-o viaţă tenebroasă. Un univers în care, aşa cum îl avertizase Sydney, totul putea să se întâmple.

Mirandei i s-a făcut milă de el, dar ce putea să facă? Era una din acele situaţii în care cuvintele erau inutile. Îi părea rău pentru prietenii ei şi ar fi făcut orice ca să-i ajute, dar din păcate nu putea. Carol a venit în cameră şi i-a cerut prietenei ei să coboare cu ea. Nici măcar nu l-a privit, iar el se uita disperat în urma ei, întrebându-se cum va putea trăi restul vieții fără ea. O iubise din tot sufletul și o iubise mereu, dar acum devenise bărbatul care o rănise cel mai mult. Persoana din cauza căreia viața pe care ea o iubise atât, se transformase în coșmar. De ce oare oamenii care se iubeau își făceau rău? Și de ce oare nu și-a pus acele întrebări înainte? Se spune că atunci când pierdem pe cineva realizăm cât de importantă a fost acea persoană în viața noastră. Dar el știuse întodeauna că soția lui era perfectă pentru el. Și totuși nu i-a trebuit mult ca să distrugă tot ce au făurit în cei șaisprezece ani.

În salon domnea o liniște asurzitoare. Magia sărbătorilor se terminase pentru toată lumea. Daniel a coborât și el în salon, cu părul ciufulit și ochii roșii. Toată lumea îl privea. Emma s-a ridicat și și-a îmbrățișat fiul.

—Mamă, plângea el, s-a terminat totul. Ea a dat din cap înțelegătoare. I se rupea inima din cauza a ceea ce făcuse el, dar rămânea totuși copilul ei. Viața mea, a continuat el, viața noastră... Am distrus totul, s-a terminat.

Emma plângea împreună cu copilul ei. Era adult, dar și acum își aducea aminte de prima oară când îl ținuse în brațe. De primul lui zâmbet și de primele lui lacrimi. De ziua în care le-o prezentase pe Carol și de fericirea din ochii lui. Au iubit-o pe Carol din primul moment și au continuat să o facă pe tot parcursul căsătoriei lor. Fusese bună pentru Daniel și fuseseră buni împreună. Ceea ce se întâmpla era o tragedie care avea să le afecteze viețile tuturor, pentru o perioadă lungă de timp.

Daniel s-a întors spre Carol și cu o dragoste nemărginită în ochi, i-a spus în fața tuturor.

–Te-am iubit, te iubesc şi te voi iubi mereu. Vei putea oare să mă ierţi vreodată?

–Probabil că te voi ierta într-o zi, când nu mă va mai durea atât de tare, dar acea zi este departe. Se spune că iertarea vine odată cu uitarea...

–Dar eu nu vreau ca tu să mă uiţi, Carol, a zis el plângând.

–Nu mai este vorba de ceea ce vrei sau nu tu. Ţi-ai pierdut acest drept. El plângea în hohote, iar ea l-a privit rece. Nu vreau o scenă, a zis calm. Fii demn măcar acum, la final.

Scott senior s-a ridicat în picioare.

–Cred că ar fi bine dacă am pleca toţi la casele noastre azi.

–Dar eu nu mai am casă, înţelegi? plângea Daniel.

Ben şi Miranda s-au retras discret, iar părinţii lui Syd au urcat în camera lor să-şi facă bagajele.

–Draga mea, i-a zis Emma lui Carol, îmi pare atât de rău.

Carol a dat înţelegătoare din cap după care, scuzându-se, a ieşit din sufragerie. Nu erau responsabili pentru actele fiului lor şi ea îi iubea ca pe proprii părinţi, dar era prea greu să stea acolo şi să-i consoleze. Nu ştia nici măcar cum avea să se consoleze pe ea însăşi. Daniel a privit cum părăseşte încăperea şi deja-i era dor de ea. Un dor care durea teribil. Şi era doar începutul.

–Gata, s-a terminat. Nu mă va ierta niciodată. Mi-a cerut să părăsesc casa.

–Poţi să mergi în apartamentul meu, s-a oferit Syd. Eu oricum dorm la David. Dar dacă vrei, pot să-ţi ţin companie.

–M-ai prevenit, a spus el, dar te-am tratat ca pe o scorpie băgăcioasă. De ce-ţi mai pasă de un imbecil ca mine?

–Pentru că eşti prietenul meu din copilărie şi ai nevoie de mine. Hai să mergem. Într-un fel sau altul, o să se aranjeze cumva, dar acum nu mai e nimic de făcut.

Au trecut aproape şase săptămâni de când el stătea în apartamentul lui Sydney. O vreme nici n-a pus piciorul la birou. Tatăl lui s-a ocupat de concedierea Samanthei, iar Emma făcea tot ce-i stătea în putinţă pentru a-l ajuta să nu se înece complet.

—Poate mor din cauza alcoolului, le spunea el părinţilor, şi nu va mai trebui să va îngrijoraţi că intru în depresie. Din persoana fericită care fusese, ajunsese un bărbat slab care nu mai făcea altceva decât să-şi plângă de milă. Syd era cea care-l forţa dimineaţa să se ridice din pat, să mănânce şi să se spele. Câteodată reuşea să-l scoată din casă dar era când depresiv, când foarte nervos sau foarte beat. David făcea şi el ce putea, dar uneori avea impresia că Daniel nu mai voia să trăiască. Viaţa fără Carol pentru el nu mai însemna nimic. Acum Sydney a ajuns la apartament şi cu un zâmbet plăcut i-a spus:

—Astăzi mergem la masă la ai mei. Tata ți-a pregătit toate mâncărurile tale preferate.

—Prefer să stau acasă şi să mă îmbăt.

—Da, îmi imaginez, însă n-ai de ales. Mama şi-a cumpărat un nou pian şi vrea să-l arate la toată lumea.

—Sper că nu cântă, a zis el, cu un aer terorizat.

Sydney a râs. Mama ei nu ştia nici să gătească, nici să cânte la pian, însă nimeni nu îndrăznea să-i spună şi de fiecare dată când aveau invitaţi, Helga le cânta un cântecel, iar ei mureau fie de râs, fie de plictiseală.

—Ba da, va cânta. Iar tu vei face un *oh* şi un *ah*, vei zâmbi, vei mânca, după care te voi aduce acasă şi toată lumea va fi mulţumită.

—N-am mai văzut-o pe Carol de şase săptămâni lungi. Nu voi mai fi mulţumit niciodată. Sydney l-a privit, încercând să nu-şi piardă răbdarea. Au trecut şase nenorocite de săptămâni şi ea nu-mi răspunde la telefon.

—Chiar crezi că există un fel de prescripţie sentimentală împotriva infidelităţii, Daniel? Crezi că ei nu-i este greu? Nu digeri atât de repede o astfel de trădare. El a aruncat cu telecomanda televizorului în perete. Era a treia pe care o spărgea. Încep să mă satur de comportamentul tău pasiv-agresiv, i-a spus ea. Fă măcar un efort şi încearcă să nu-mi demolezi tot apartamentul.

—De ce mi-e imposibil să mă proiectez în viitor şi să mă văd alături de ea?

Era conştientă că avea nevoie de ajutor, nu de o lecţie de morală, aşa că nu l-a mai certat.

—Lasă rana să se cicatrizeze, Daniel.

—Cât, a urlat el, patru luni, un an?

—Pentru numele lui Dumnezeu, e vorba de o căsnicie, nu de un implant de dinţi. Dă-i o şansă timpului, fii mai răbdător.

—Sunt doar două timpuri, a zis el trist: acum şi prea târziu. Ghici unde mă situez eu? Ea l-a privit cu milă. Am decăzut, sunt un ratat. Am avut totul, iar acum trăiesc în aprtamentul tău şi singurul meu prieten e Jonny Walker.

—Nu eşti un ratat dacă te ridici.

—Mulţumesc, Ghandi, a zis el, dând din cap nemulţumit.

—Socrate, a spus încet Syd, după care l-a forţat să se ridice de pe canapea şi să se îmbrace. Trebuia neapărat să-l scoată din apartament.

În prima săptămână, Carol a fost ca în transă. Nu-i venea să creadă ce i se întâmplase. Diana a rămas la ea s-o ajute, iar Miranda trecea de câte ori putea. Îi mulțumea lui Dumnezeu că le avea. De asemenea, era o ușurare că era independentă financiar. Copiii însă nu încetau să-i pună întrebări la care ea nu avea răspunsuri. De ce nu mai locuiau împreună, când aveau să revină la viața lor de altădată și de ce nu se mai iubeau. Nu putea să le spună că tatăl lor a simțit nevoia de o ameliorare sexuală și pentru asta niciodată nu vor mai fi împreună.

–De ce l-ai dat afară? a întrebat Scott. Doar v-ați mai certat și altă dată.

–E vorba de sex, sunt sigură, a zis Hayley, hotărâtă să primească o explicație.

–Am aflat că tatăl vostru a făcut ceva urât și nu-l mai iubesc, a zis Carol.

–Ca și cum ai putea să încetezi de la o zi la alta să mai iubești pe cineva, a pufnit fiica ei. Carol a mângâiat-o tandru pe obraz. Te-a înșelat, nu-i așa, mama? Așa fac toți bărbații după un timp, a zis copila, luând un aer de expertă în materie. Lui îi arde de femei, în timp ce noi murim încet aici. Pentru că eu sunt scoasă din uz, a zis, terminându-și de dat unghiile cu ojă.

–Ești destul de amuzantă pentru o persoană scoasă din uz, a zis Carol zâmbind.

Acum, după aproape șase săptămâni de la despărțire, suferința era încă mare, dar măcar putea să respire din nou și nu mai făcea atacuri de panică. Își lua foarte multe lucrări de făcut, preferând să se piardă în muncă decât în gânduri. Faptul că mama ei a rămas la New York o ajuta să nu se scufunde. Scott avea coșmaruri noaptea, iar Hayley trecea de la o stare la alta. Putea fi tandră și înțelegătoare, iar în următorul minut să devină arțăgoasă. Își făcuse și câțiva prieteni noi care lui Carol nu-i plăceau.

Paul a venit pentru weekend și toți l-au întâmpinat cu entuziasm. Era un bărbat care întodeauna avea o vorbă bună pentru toată lumea, era calm și eficace, iar Diana îl adora.

Era duminică, la ora prânzului, când s-a auzit o bătaie în ușă. Miranda, care împreună cu Ben și Crisa erau la Carol, s-a dus să-i deschidă lui Daniel. Era slab și nefericit și i s-a făcut milă de el. A intrat stingher în casa lor, unde nimic nu se schimbase. Era ordine ca de obicei, iar atmosfera era primitoare. Mai puțin Carol când a dat cu ochii de el.

—Mi-e dor de tine și de copii, a raspuns Daniel la întrebarea nerostită din ochii ei. N-am mai văzut-o pe Samantha de atunci. S-a terminat totul.

—Și ai venit aici neanunțat ca să culegi aplauze? l-a întrebat. Sarcasmul devenise un mod de apărare când era vorba de el.

—Voiam doar să știi că îmi pare rău și că aș face orice ca să dau timpul înapoi.

—Dorința ta de a te întoarce în trecut n-o să schimbe realitatea faptelor.

—Simt că mă pierd, Carol. Faptul că eu sunt răspunzător pentru acest eșec extraordinar mă macină zi și noapte. Mi-e frică să nu înnebunesc. Oare ai putea să mă ierți vreodată?

–Nu știu. Credeam că, la fel ca mine, consideri căsătoria ca fiind ceva mai mult decât un interludiu înaintea divorțului. Dar se pare că m-am înșelat, nu-i așa?

–Am greșit. Nu sunt eu omul ăsta. În orice caz, nu omul care-mi doresc să fiu. Te implor, zi-mi că poate într-o zi vei reuși să mă ierți.

Suferința lui o afecta, dar nu putea deocamdată să pardoneze impardonabilul.

–Poate. Într-o zi...

Timid, i-a luat mâna și i-a sărutat-o. Plângea ca un copil, iar ei i s-a făcut și mai milă de el.

–Poți să rămâi cu noi la masă dacă dorești, i-a propus ea.

–Mulțumesc, a răspuns recunoscător. Ești o femeie extraordinară.

–Da, știu. Păcat că nu ți-am fost de ajuns, i-a zis, întorcându-i spatele.

A urmat-o ca un cățeluș în salon, unde a fost întâmpinat cu bucurie de toți. Au petrecut o după-amiază liniștită, au vorbit despre sezonul de fotbal, despre noii clienți ai lui Carol, despre școala copiilor și de viitoarea vacanță a Dianei și a lui Paul. Într-un final, familia Simpson s-a retras, dar nu înainte ca Ben să îi promită lui Daniel c-o să-l sune mai des.

–Crezi că se vor împăca? a întrebat-o Ben pe soția lui, în timp ce se îndreptau spre casa lor.

–Mi-ar plăcea, însă mă îndoiesc. A dezamăgit-o prea tare.

–Este adevărat, a dat-o-n bară rău de tot, a spus Ben, dorindu-și ca prietenii lui să se devină cuplul de altădată. Dar *altădată* nu mai exista. Tot așa cum nu exista niciun arbitru al durerii care să stabilească regulile sau să spună de cât timp e nevoie ca tristețea să se estompeze, cât de supărat trebuie să fii. Însă existau cei șaisprezece ani în care ei formaseră cuplul perfect și asta conta.

În salonul lui Carol, copiii săreau fericiți pe lângă tatăl lor.

—Mami, mami, poate tati să vină acasă? a întrebat Scotty, plin de speranță și toți trei s-au uitat rugător la ea.

—Îmi pare rău, dar nu se poate, a fost răspunsul ei, care i-a dezamăgit.

Diana le-a cerut copiilor s-o ajute la debarasarea mesei, iar Hayley și-a săgetat mama cu privirea când a trecut pe lângă ea.

—Nu ți-aș invada teritoriul dacă m-ai primi, îți promit, a insistat Daniel, ca și cum promisiunile lui mai valorau ceva. M-aș culca în camera de oaspeți și nici n-ai ști că sunt aici.

Îi dăduse un deget și acum o înghițea cu cap cu tot, punând-o într-o situație dificilă în fața copiilor. Abuza de ea și Carol se întreba dacă nu făcuse așa întreaga lor viață și ea nu văzuse.

—Daniel, nu vreau să-ți faci speranțe false. M-ai înșelat, n-ai spart o vază. Mi-ai călcat dragostea și încrederea în picioare. Te-am lăsat să rămâi la cină, dar asta nu înseamnă că problemele dintre noi s-au rezolvat și că mâine te poți muta înapoi.

—Dar nu știu să trăiesc fără tine, Carol. Ce pot să fac eu acum, fără familia mea?

—Nu știu, Daniel. Poate vrei să scrii o carte, să crești vaci în Montana sau să deschizi un coffee shop în Malibu. Ești liber să faci ce vrei.

El a privit-o zâmbind.

—Vaci în Montana?

—Ieși din zona de confort, acolo te așteaptă cea mai mare oportunitate, se spune.

–Cine spune asta? a întrebat el trist și neîncrezător.

–Cine nu și-a înșelat nevasta, a venit răspunsul spontan al lui Carol, iar el a înțeles că în ceea ce îl privea, ea se schimbase total. Niciodată nu i-ar fi vorbit așa înainte.

–Asta este extraordinara oportunitate care m-așteaptă în afara zonei de confort? Să cresc vaci în Montana?

–N-am o soluție la toate problemele mele sau ale tale. Și nici nu ar trebui să am în ceea ce te privește. Ți-ai făcut patul, acum dormi în el.

Hayley, care pândise scena, a privit-o iarăși urât și a înjurat încet, apoi a spus cu voce tare:

–E oficial, nu-mi mai ești dragă. Carol a tresărit, iar fetei nu i-a scăpat. Tot așa genială ți se pare zona în care nu te simți confortabil și în care-l împingi pe el?

Daniel i-a pus în acea situație, iar ea trebuia să se descurce. Nu putea să se focuseze pe lucrurile importante care o ajutau să avanseze pentru că el a decis să facă cât de mult zgomot putea pentru a atrage atenția. Dorea să revină acasă și nu se jena să o spună cu voce tare în fața copiilor sau a cui voia să-l asculte. O dorință nebună și nu doar de dragul vremurilor trecute. Însă ea nu voia să mai trăiască în trecut, iar prezentul avea și el pretențiile sale. I-a cerut liniștită să plece, iar el s-a conformat sub privirile acuzatoare ale lui Hayley.

–Îți promit că mă-ntorc mâine, i-a spus el copilei, iar aceasta l-a strâns puternic în brațe.

Zilele care au urmat au fost îngreunate de comportamentul lui Hayley. Abia dacă scotea două vorbe și toată ziua era cu telefonul în mână. Carol o privea în tăcere, ştiind că va trebui să intervină, dar cu mult tact. S-a hotărât în momentul în care directorul şcolii a sunat-o să-i spună că rezultatele lui Hayley lasă de dorit şi că în ultimul timp de-abia mai trecea pe la şcoală. De când Diana plecase, fata avea mai multă libertate. În seara aceea a ajuns acasă la ora şase, iar directorul îi spusese lui Carol că Hayley n-a fost deloc la cursuri. Privind-o cum cobora dintr-o decapotabilă în care patru tineri urlau mai tare decât radioul maşinii, Carol s-a rugat să rămână calmă. A luat o carte din bibliotecă şi s-a aşezat pe canapeaua din salon, făcându-se că citeşte. Hayley a intrat în casă şi s-a grăbit s-o ia în sus spre camera ei.

—Iubito, sunt aici, a strigat Carol, cu o veselie pe care n-o simţea. Aceasta a apărut plictisită în uşă. Voiam doar să ştii că sunt aici în caz că ai nevoie de mine.

—Acum ştiu. Şi nu, nu am nevoie de tine. Nici măcar n-o putea privi în ochi.

—N-am mai stat de mult de vorbă amândouă şi mi-e dor de tine.

—În fiecare zi vorbim, a zis Hayley arţăgoasă.

—Cum a fost azi la şcoală?

—Rutină. N-aş vrea să te plictisesc.

—Încearcă-mă, a spus Carol punând cartea pe măsuţa din faţa ei. Mi-ar plăcea să-mi povesteşti.

—Iar mie mi-ar plăcea să fiu cu prietenii mei în loc să suport acest interogatoriu.

—Nu te interoghează nimeni. Asta se numeşte comunicare, a zis blând Carol.

—N-am nimic de spus.

—De când?

–De când l-ai dat pe tata afară și ai transformat casa asta în pușcărie. Ești gardianul meu.

–Tu ai doar șaisprezece ani, iar eu nu sunt un gardian, ci o mamă care-și iubește copiii.

–Mi-ar conveni dacă m-ai iubi mai puțin. Mă sufoci. Sunt mare, iar tu mă tratezi ca pe o fetiță.

–Vrei să spui că ești o adultă responsabilă?

–Cam așa ceva, a spus fata fără să îndrăznească să-și privească mama în ochi.

–Atunci de ce chiulești de la școală? Hayley a privit-o mirată. Da, a continuat Carol, sunt la curent atât cu notele, cât și cu absențele tale. Deci vezi, eu chiar doream să-ți dau o șansă să-mi explici, dar se pare că nu te interesează nimic care este rezonabil. Fata și-a dat ochii peste cap. Uite cum stă treaba, a continuat Carol, din acest moment îți interzic să mai ieși cu prietenii, îți confisc telefonul și în fiecare zi voi vorbi cu profesorii tăi. Dacă notele și comportamentul nu ți se îmbunătățesc, poți să spui adio vieții tale sociale.

–Nu poți să-mi faci asta!

–Totul depinde de tine.

–Și dacă vreau să mă mut la tata?

–Tatăl tău va fi de acord cu mine, te asigur. Acum du-te în camera ta și apucă-te de învățat.

Fără să mai spună nimic, Hayley s-a retras. Scorpia de maică-sa a reușit s-o sperie. Chiar era în pușcărie. Trebuia neapărat să-i ceară ajutorul tatălui ei.

Daniel a venit în vizită vineri seara. A parcat mașina în fața casei și a stat o clipă să-și privească fostul cămin. Carol era cu Scott în bucătărie, făceau prăjiturile lui preferate, era sigur. Așa era în fiecare vineri, iar lui îi lipsea teribil acea rutină.

Acum, când totul era doar o amintire, aprecia valoarea reală a acelor lucruri mărunte care făcuseră parte din cotidianul lui timp de şaisprezece ani. Avea numai amintiri frumoase acolo şi ar fi dat orice ca să şteargă oribila greşeală şi să revină acasă. A bătut la uşă şi a aşteptat calm să i se deschidă.

—S-a întâmplat ceva? l-a întrebat Carol, mirată să-l vadă iarăşi acolo neanunţat.

—Nu ştiu. Am primit un telefon de la Hayley.

—Bineînţeles că ai primit, a spus ea, dându-se la o parte.

Ca de obicei, casa era primitoare şi mirosea frumos. Un foc vesel ardea în şemineu, iar Scott se amuza în bucătărie dând o formă aluatului, în timp ce Hayley stătea bosumflată într-un colţ. Scott, alb de făină pe toată faţa, i-a sărit fericit în braţe.

—Tati, ce bine c-ai venit, mi-era dor de tine.

—Şi mie, Junior. Dacă mami vă lasă, mi-ar plăcea să vă iau la mine în weekend. O priveau rugător amândoi.

—N-am nimic împotrivă, a spus ea calm. Au sport sâmbăta, iar Hayley are mai multe proiecte de făcut. Are absenţe cu nemiluita şi notele-i sunt dezastruoase. Ca să nu-ţi mai spun de noii ei prieteni. Am încercat de nenumărate ori să comunicăm, dar mă trezesc că ţin monologuri plictisitoare. Armistiţiile sporadice au început să mă obosească.

—Cum este posibil că s-a ajuns aici? a întrebat el, regretând pe loc, iar Carol s-a abţinut de la orice comentariu. Vom face lecţiile împreună şi vom discuta despre toate astea, a promis el, privindu-şi trist fiica. Actele lui aveau repercusiuni pentru fiecare membru al familiei.

Viaţa seamănă câteodată cu un roman insipid, s-a gândit Carol. Trivială, imprevizibilă şi jenantă de multe ori. Din păcate, trecea prea repede. Cu puţin timp în urmă, fiica ei era comunicativă şi iubitoare, însă acum se schimbase total şi era închisă în ea. Oare și ea s-a schimbat de când -a separat de Daniel? Poate nu mai era mama de altădată? Ca să fi o mamă bună nu e nevoie de un antrenor sau de o diplomă universitară. Tot ce-ți trebuia era dragoste... și poate totuși o diplomă în psihologia adolescenților.

—Tati, mănânci cu noi? a întrebat Scott.

—Altădată, cu plăcere, Junior. Acum vreau să vorbesc cu sora ta.

—Ce șansă, a mormăit Hayley, care n-avea chef să fie psihanalizată.

—Știi ce cred eu despre sentimentele ignorate? a întrebat-o tatăl ei, pe un ton jovial.

Hayley a zâmbit, aducându-și aminte de fraza pe care el i-o repetase de nenumărate ori: „un sentiment ignorat e ca o mătușă drogată într-o reuniune de familie, pe care nimeni nu o poate face să-și țină gura închisă”. Copila se simțea mai veselă. Nu zâmbea des în ultimul timp, dar când o făcea era magnifică. Carol o privea și și-ar fi dorit s-o ia în brațe, s-o iubească și să-i spună că totul va fi bine, dar știa că încă era prea devreme.

CAPITOLUL 7

Au ajuns în luna Martie şi comportamentul lui Hayley nu se ameliorase. Faptul că ambii părinţi cădeau de acord în ceea ce o privea, o scotea din minţi fără să o împiedice însă să iasă pe geam din casă noaptea. Într-o seară, împreună cu alţi prieteni de-ai ei, a fost prinsă şi dusă la poliţie. Când telefonul a sunat la 3 dimineaţa, Carol a tresărit speriată.

–Bună seara, doamnă, sunt locotenentul Newman. Îmi pare rău că vă deranjez în plină noapte, dar trebuie să veniţi la poliţie, fiica dumneavoastră minoră este la noi. O găleată de apă rece n-ar fi putut-o trezi aşa repede.

–Sunteţi sigur? a întrebat Carol, cu inima bătându-i să-i iasă afară din piept, fiica mea doarme în camera ei... cred. În urma comportamentului din ultimele luni nu mai era sigură de nimic în ceea ce-o privea pe Hayley.

–Sunt sigur, a răspuns locotenentul Newman şi ea a sărit din pat ca arsă, după care l-a sunat pe Daniel să-l informeze.

Au ajuns aproape în acelaşi timp. Când au dat cu ochii de ea, nu le-a venit să creadă: era îmbrăcată cu blugi rupţi, cu o geacă şi cizme cu ţinte, iar ochii îi erau machiaţi foarte puternic. Era beată criţă, la fel ca toată banda de dubioşi cu care era. Ei nu îi cunoşteau pe niciunul din noii ei prieteni, iar Hayley de-abia era capabilă să meargă drept. Carol îşi privea tristă fata adolescentă şi s-a întrebat dacă s-a lăsat sedusă de idealuri false şi a ratat ceea ce a fost cu adevărat important în viața ei: educația copiilor sau faptul că la treizeci și nouă de ani a rămas singură. Și-a scuturat ușor capul, încercând să alunge vina. Nu, nu era vina ei, ea a făcut tot ce i-a stat în puteri ca să fie totul bine. Aceea era consecința actelor lui Daniel și ea nu voia să se simtă vinovată pentru așa ceva, dar se simțea și în final nici nu mai era important a cui vină era. Tot ce conta era că fata lor se îndrepta cu pași repezi nicăieri.

Sydney și David erau făcuți unul pentru celălalt. Părinții lui, James și Susan Moore, o iubeau ca pe fiica lor, iar Jackson ar fi vrut să fie orice altceva pentru ea, dar nu cumnat. O admira pe ascuns, fiind gelos pe relația lor și câteodată se comporta ca un bărbat abandonat.

—O să-ți găsești și tu perechea, l-a consolat David când fratele lui i-a spus că și-ar dori o poveste ca a lui Romeo și a Julietei. Dragostea lor a durat trei zile și s-a soldat cu cinci morți. Nu cred că vrei asta, nu?

Sydney se simțea adesea prost în prezența cumnatului ei, dar era patronul ei și nu avea de ales.

—Jackson percepe lucrurile într-un mod diferit, îl scuza David. *Diferit de oamenii normali*, și-a spus ea. Când era mic, a făcut o grămadă de ședințe de psihoterapie și nu știu dacă au fost bani aruncați sau a meritat. Sydney a aprobat din cap și David a continuat: cred că e îndrăgostit de tine, de aia e așa bizar.

Norocoasa de mine, și-a spus Sydney hotărâtă să nu-l ia în serios pe Jackson. Fiecare avea în familie o oaie neagră, iar în familia Moore, el era acela.

Carol îşi ducea în continuare viaţa de familie şi de arhitectă cu o energie de invidiat. Îi era încă greu cu Hayley, dar fiind susţinută de Daniel, fata se mai calmase puţin. Notele-i erau mai bune, vorbea mai frumos şi trântea din ce în ce mai rar uşa de la cameră. Aproape totul intrase în normal. Îi era încă foarte dor de viaţa ei de dinainte, dar nu-şi permitea des să se gândească. Trecuseră deja şase luni, dar rănile erau deschise. Daniel închiriase un apartament, nu departe de ei, iar copiii îşi aveau camerele lor. Era în continuare un tată cât se poate de prezent, iar ea aprecia asta. De câteva ori încercase să aducă vorba despre ei, dar ea se eschivase.

—Ţi-e dor de el? a întrebat-o Miranda, servindu-şi o ceaşcă de cafea. De şase luni face pe naiba-n patru ca să te re-cucerească.

—N-am uitat nimic din ce a făcut, a spus Carol tristă. Mi-e dor de perioada când era totul mai simplu. Nu certuri, nu negocieri sau vreo Samantha în vieţile noastre. Miranda o înţelegea. Am auzit că s-a mutat cu Raul, a continuat Carol, pregătindu-se de plecare. Avea trei întâlniri capitale pentru cariera ei şi îşi dorea foarte mult să obţină proiectele. Arhitectura era singura ei distracţie: cunoştea persoane interesante şi se gândea mai puţin la eşecul căsătoriei ei.

În acea zi lua prânzul pe Bleecker Street cu nişte clienţi. În drum spre masa ei l-a întâlnit pe Jackson Moore, care era în compania lui Gordon Trevis, un jurnalist de investigaţii arogant, dar al cărui şarm a avut un efect imediat asupra ei.

–Carol? Carol Huston? a întrebat Jackson, ridicându-se în picioare.

–Bună ziua, a spus ea, rugându-se să-i revină memoria. Nu știa unde mai văzuse fața aceea de buhai.

–Sunt fratele lui David.

–A, da, bineînțeles. Ce mai faceți?

–Mulțumesc, bine. Vi-l prezint pe prietenul meu, Gordon. Gordon, doamna e Carol Huston, arhitecta în vogă a New Yorkului.

–Sunt încântat să va cunosc, a zis jurnalistul, după care i-a pupat mâna. E un semn al destinului faptul că v-am întâlnit când tocmai aveam nevoie de o arhitectă.

–Nu vrei să iei masa cu noi? a invitat-o Jackson.

–Cu cea mai mare plăcere, dar am întâlnire cu niște clienți. Au mai schimbat câteva fraze, după care și-au luat la revedere. Gordon a privit-o într-un fel electrizant, iar ea a știut că o să-l revadă.

A doua zi, la ora nouă dimineața, a sunat-o.

–Bună dimineața, Carol. Sunt Gordon Trevis, ne-am cunoscut ieri.

–Bună dimineața, a răspuns ea zâmbind.

–Aș dori tare mult să ne vedem. Putem să luăm prânzul împreună într-una din zile?

–Este imposibil săptămâna asta, dar am la dispoziție treizeci de minute în această dimineață.

–E perfect.

–La nouă și jumătate, la Four Points? Am o întâlnire acolo, la ora zece.

Era deja acolo când ea a intrat în barul hotelului. Era proaspăt bărbierit, iar părul șaten deschis îi era dat peste cap și-i stătea bine. Ochii aveau culoarea alunei de câmp și parcă-i râdeau mereu. Era îmbrăcat în jeanși negri, cămaşă albă şi o geacă frumoasă din piele neagră.

Când a văzut-o s-a ridicat în picioare.

—Mulţumesc că aţi venit, a zis el.

—Aţi spus că e important.

—Minţeam.

—Da, ştiu, a zâmbit ea.

—Chiar? a întrebat-o şi ea a dat din cap afirmativ. Deci şi eu v-am căzut cu tronc. Avea o privire de copil când i-a spus asta şi aproape a făcut-o să râdă. Era îndrăzneţ, dar nu în felul acela antipatic sau obraznic.

—Etalare de sentimente în stare brută? a întrebat ea bine dispusă. Credeam că sunteţi jurnalist, nu psiholog.

—În facultate, a spus el, am avut o relaţie cu profesoara de psihologie. Se pune?

—Mai vedem, a râs ea. Şi acum, dacă tot mi-aţi dezvăluit o parte din viaţa amoroasă, ce-ar fi să ne tutuim?

A acceptat cu plăcere, după care a comandat cafea, croasanţi, suc de portocale şi fructe de sezon.

—Nu mănânci nimic? a întrebat-o, văzând că bea doar cafea.

—În câteva minute am întâlnirea şi sunt puţin nervoasă. Aş vrea să-i impresionez, nu să vomit pe ei.

—Dacă ai face-o, i-ar impresiona.

Era amuzant şi deloc greoi. Au discutat normal şi Carol a realizat că de mult nu se mai simţise atât de bine. Era un bărbat inteligent şi în ciuda faptului că părea arogant, nu era deloc. S-a trezit comparându-l cu Daniel.

—Am putea să ne mai vedem? Ca prieteni, a adăugat el repede, când i-a văzut privirea.

—Posibil, a zâmbit ea.

—Când ar fi momentul potrivit pentru tine?

—Stai să văd, s-a făcut ea că se gândeşte. Am o adolescentă de şaisprezece ani şi un băieţel de unsprezece. Deci, peste vreo şapte ani?

—Cred că săptămâna viitoare aş fi mult mai disponibil.

A privit-o într-un fel anume. Blând şi sexy. Şi-au dat întâlnire în următoarea miercuri, la prânz, după care s-au despărţit. A fost agreabil, iar cele treizeci de minute au trecut repede. Clienţii cu care avea întâlnire îşi făcuseră deja intrarea în bar şi ea se îndrepta spre masa lor când a văzut-o pe Samantha. Era cu spatele la ea, dar Carol a recunoscut-o imediat. *Parcă aş fi dotată cu un radar de detectat târâturi*, şi-a spus, îndreptându-se spre clienţii ei.

Întâlnirea a durat o oră şi jumătate şi a decurs bine. Încântată şi bine dispusă, a ieşit din bar când Samantha tocmai ieşea din lift cu părul în dezordine şi cu un octogenar suspendat de braţul ei. Abia se putea mişca şi Carol nici nu încerca să-i vizualizeze pe amândoi într-un pat. Sam a văzut-o la rândul ei şi abandonându-şi cavalerul, s-a îndreptat spre ea.

—Bună, Carol, a salutat-o veselă, ca şi cum erau cele mai bune prietene. Mă mai urăşti?

—Numai în zilele în care am timp.

—Apropo, ştii că Daniel are o nouă prietenă?

Parcă-i dăduse cu ceva în cap, dar a răspuns nepăsătoare:

—Mulţumită ţie, Daniel este liber să facă ce vrea. Sper că eşti satisfăcută.

—Mda. Am vrut să ţi-l iau şi ţi l-am luat.

—E mai greu cu păstratul, nu-i aşa?

—Scopul meu nu era să-l păstrez, ci să nu-l mai ai tu.

—Asta e viaţa unei familii, nu o competiţie, a zis Carol disimulându-şi cu greu sentimentele.

—Dar dac-ar fi fost una, a rânjit Sam, aş fi câştigat.

—Pe parcursul vieţii suntem tot într-o competiţie şi toată lumea vrea să iasă învingătoare, însă eu nu mi-aş dori victoria ta. Oamenii de teapa ta sfârşesc tragic.

—În viitorul îndepărtat, când voi ajunge la vârsta ta, voi medita şi eu. Deocamdată sunt ocupată. Carol se pregătea să plece, când Sam i-a atins uşor braţul, reţinând-o. Adevărul este că la început am fost bucuroasă că v-am despărţit, dar nu mai e cazul acum. Chiar regret.

—În acest caz, scuză-mă că te-am tratat ca pe o paraşută insensibilă.

—Dar n-ai spus asta niciodată, a zis Sam, iar Carol şi-a pus mâna la gură zâmbind.

—Ohh...

A părăsit hotelul gândindu-se la ceea ce i-a spus Samantha. Oare era adevărat că Daniel avea pe cineva? S-a surprins întrebându-se dacă încă îl mai iubeşte. În mod sigur că da, dar nu pe cel de acum. Îl percepea pe Daniel ca pe două persoane: una bună cu care petrecuse şaisprezece ani minunaţi şi cealaltă, care o înşelase şi o umilise. Era în doliu după prima, iar pe-a doua urma s-o vadă diseară când îi aducea copiii.

Au ajuns exact la ora douăzeci, iar Hayley, ca de obicei, era plictisită.

—M-a dus o oră s-o văd pe campioana osteoporozei.

—Doamna Delauney, psihologa, traduse Daniel.

—Nu ştiu de ce vă pierdeţi banii cu ea, a continuat fata, femeia e mai nebună decât pacienţii ei.

–Nu trebuie să fii nebun ca să mergi la psiholog, a zis Carol. Despre ce ați vorbit, de ești așa nervoasă?

–Confidențialitate, știi ce înseamnă? Pentru că ea habar n-are. I-a spus tot lui tati.

–Nu mi-a spus nimic din ce nu știam deja, Hayley, a zis el, calm.

–După aceea ne-a prezentat-o pe noua lui prietenă, a spus fata fără să-și ia ochii de la el. Dorind să-l pedepsească, a uitat cât de rău îi putea face mamei ei.

Carol privea fără să spună nimic și nu-i venea să creadă ce auzea. Undeva în adâncul inimii ei, sperase ca Samantha să mintă, dar nu era cazul și totul devenea oficial. Dacă îndrăznise să le-o prezinte copiilor, înseamna că se vedeau de ceva vreme. Și ea care aproape se simțise vinovată când a luat micul dejun cu Gordon. Avusese sentimentul că-și înșela soțul. Ce patetic. În acea dimineață, când s-a trezit, habar n-avea de existența acelei femei, iar acum le-o prezentase deja copiilor.

El se simțea jenat, neașteptându-se ca Hayley să-și dea drumul la gură atât de repede.

–Bine copii, a zis el, sus la duș și în pijamale, vă rog. Când aceștia au părăsit încăperea, a continuat: îmi pare rău că ai aflat așa.

–Încerc să mă obișnuiesc cu surprizele pe care mi le faci, dar mi-e greu să țin pasul.

În ochii lui se vedea jena, dar trebuia să-i spună.

–Pot să vorbesc și eu ? a întrebat Daniel.

–Da, a zis ea, întorcându-se spre el. Stai să te privesc în ochi, ți-e mai ușor să mă minți așa. N-ar fi pentru prima oară.

–Am cunoscut-o acum două săptămâni. Este doctor la Centrul Medical NYU. O cheamă Rebeca.

Ca şi cum numele avea vreo importanţă.

—A fost chiar necesar s-o prezinţi copiilor?

—Devine serios între noi...

—După doar două nenorocite de săptămâni? Am în frigider o cutie de suc de portocale mai veche decât relaţia ta. Ştii ce înseamnă asta?

—Că ar trebui să cumperi suc? Nici nu a terminat bine fraza, că deja a regretat. L-a plesnit cu toată forţa.

—Îmi pare rău, a zis el, frecându-şi obrazul. Dacă te ajută cu ceva, să ştii că mă simt vinovat.

—Vinovat, dar bine, nu-i aşa? Şi nu, nu mă ajută cu nimic. Acum ieşi naibii afară din casa mea!

Oare când relaţia lor fantastică se tranformase într-una de coşmar? Trecuseră de la paharele de cristal la cele de plastic. Acum, stând şi privindu-l cum o anunţa detaşat despre noua lui relaţie, şi-a pus cea mai oribilă întrebare care exista pentru ea: oare toată viaţa ei greşise şi alesese prost? Cei şaisprezece ani de fericire deplină fuseseră o himeră? L-a privit trist, cu sentimentul că avea în faţa ei un străin.

—Nu mai eşti bărbatul cu care m-am căsătorit şi lângă care m-am simţit strălucitoare.

El s-a apropiat şi a prins-o de mână:

—Pot să fiu iarăşi acel bărbat. Pot să fiu tot ceea ce vrei tu să fiu. Faptul că sunt cu Rebeca nu este decât un lucru mărunt de care mă pot debarasa într-o secundă dacă asta îmi ceri.

—Lucru mărunt, aşa numeşti tu trădarea? Şi ştii ce se spune: cum faci lucrurile mici, faci totul în viaţă.

—Da, ştiu. Am fost un dobitoc, dar ceea ce nu s-a schimbat este faptul că te-am iubit, te iubesc şi te voi iubi întodeauna. Am avut un moment în care m-am pierdut, dar dacă mă ierţi voi petrece toată viaţa ca să-mi repar greşeala, să te onorez.

Tu ești o femeie plină de compasiune, de ce nu vrei să-mi mai dai o șansă?

—Fără suferință n-ar exista atâta compasiune, iar eu m-am săturat să sufăr din cauza ta. Nu ai făcut o prostioară, ci m-ai înșelat cu două femei, dintre care una este sora mea. Ai tupeul să-mi ceri iertare în aceeași frază în care mă anunți că ai o nouă iubită? Ce fel de om face asta? El și-a lăsat capul în jos. Pentru mine nu mai ești aceeași persoană cu care m-am căsătorit și nu vei mai fi niciodată. Din bărbatul ideal te-ai transformat într-un tip rău, cu o viață complicată. El nu îndrăznea să spună nimic. O cunoștea și știa că nu-l va ierta. Nu pentru că ar fi fost vindicativă, ci pentru că ce făcuse el era impardonabil. Carol s-a îndreptat spre ușa de la intrare și a deschis-o. Nu-și dorea să-l mai vadă, iar el a plecat trist, lăsând în urma lui viața pe care o iubise atât și pe care o pierduse din cauza lui. Carol s-a lipit de ușa de la intrare, stoarsă de puteri. Viața ei devenise un carusel emoțional. Un carusel care nu se învârtea în sensul bun. Nu-i venea încă să creadă că el se consolase atât de repede. Se pare că nimerise perla rară: frumoasă, medic și amuzantă. Tristă, s-a dus în bucătărie și și-a făcut un ceai de mușețel, gândindu-se la viața ei de altădată. O viață care îi lipsea îngrozitor și la care nu se va mai întoarce niciodată. Sau da? Mai erau oare speranțe în ceea ce-i privea? Speranța oarbă, negarea realității... Se spunea că acolo unde era speranța, era și disperarea. Și unde era căsătoria, era și divorțul. Trădarea lui Daniel o făcuse să devină amară și neîncrezătoare, dar adevărul era că multă lume se despărțea. Statisticile spuneau că un cuplu din trei divorța. Dacă el n-avea o amantă, avea ea. El îi trage pătura noaptea, ea nu vrea să se debaraseze de câinele la care el e alergic. Ei îi place Casablanca, el a văzut

Star-Trek de o sută treizeci de ori. Ce sens avea să te mai angajezi într-o relație când știai că în final tot singur ajungi? s-a întrebat Carol. Dar ei i-a plăcut să fie căsătorită și acea viață îi lipsea. Uneori, dimineața, când nu era complet trează, întindea mâna în pat și-l căuta, apoi își aducea aminte că era singură.

El păcătuise, iar ea îl pedepsise și chiar dacă se spunea că după păcat și pedeapsă exista iertarea, nu vedea cum ar fi putut să treacă peste ceea ce-i făcuse. Muzica din ea dispăruse odată cu finalul căsătoriei lor și se simțea pierdută. Întotdeauna știuse ce voia și unde anume se îndrepta. Nu era genul care să se urce într-o mașină fără a știi unde merge și era de părere că trebuia să-și ia viața în mâini și să conducă acea mașină, dacă nu dorea ca viața să o conducă pe ea. Făcuse totul ca familia lor să fie fericită, dar în final pierduse și Rebeca intrase în viețile lor. Respira sacadat simțind o epuizare necunoscută până atunci. Avea impresia că respiră cu inima, ceea ce însemna că este emotivă... Sau că era în prag de infarct. Oare viața-i pregătea două surprize în aceeași zi? O amantă și un infarct?

În luna Iulie, Sydney și David s-au căsătorit. Părinții ei au ținut neapărat să sărbătorească evenimentul la Spago-Ritz. Totul era fastuos, iar Sydney era convinsă că alegerea ei era bună. Era îmbrăcată într-o rochie ivoar, făcută de o stilistă tânără și talentată, avea umerii goi, era conică, iar de la genunchi curgea în cascade spumoase. Bustul era bătut cu pietre, avea un voal demn de o prințesă și în urechi avea cercei lungi din diamante. La gât nu-şi pusese nici o bijuterie, iar pe mâna avea brăţara din diamante a bunicii ei, Elisabeth. Sala era somptuoasă, iar oaspeţii erau instalaţi la mese rotunde care aveau în mijloc buchete frumoase de bujori în culori pastel, tăiaţi scurt. Feţele albe din damasc erau impecabile, vesela era de porţelan şi paharele de cristal. Toată lumea se distra de minune, în afara lui Carol.

–Sper că n-o să vină cu Rebeca, i-a şoptit Mirandei, care stătea cu ea la masă.

–Ar trebui să te pregăteşti sufleteşte, draga mea, a spus prietena ei, iar Carol a privit-o lung.

–Asta-i Freud de şcoală primară. Chiar crezi că mi-ar ajunge cinci minute de meditaţie într-o sală cu două sute de persoane?

Nici nu a terminat bine fraza, când Matthew McConaughey al avocaţilor şi-a făcut apariţia. Evident, Rebeca atârna de braţul lui şi arăta trăznet. Era o femeie elegantă, cam de patruzeci de ani, avea o ţinută impecabilă şi părea în elementul ei mergând la braţ printre familiile şi prietenii noului ei iubit. Avea părul ondulat, lung până la umeri, de culoare castanie, iar ochii căprui erau mari, blânzi şi umezi.

–Nu ţi se pare că are o privire bovină? a spus Carol încet la urechea prietenei ei, iar aceasta a aprobat din cap. Este superbă, a continuat Carol pe un ton amar.

Junior a fugit printre mese şi a ajuns la ele, cu Hayley pe urmele lui. Era furioasă şi i-a acoperit gura cu mâna:

–Să nu îndrăzneşti, l-a ameninţat, că altfel...

–Da, ştiu, n-ajung la pubertate, a spus el smucindu-se, dar nu mi-e frică de tine. Hayley fumează, a urlat triumfător.

Chiar în acel moment Daniel cu Rebeca au ajuns la masa lor.

–Fumezi? au întrebat ambii părinți deodată.

–Pentru că asta ar fi cea mai mare tragedie din această familie, nu-i așa? Daniel și Carol s-au privit o secundă. Și apoi, aș fi putut foarte bine să mă apuc de fumat din cauza voastră, a spus fata, privind de la unu la altul. Rebeca și-a schimbat poziția de pe un picior pe altul, arătând jenată.

–Îmi pare rău, a spus ea simplu.

–Dar nu într-atât de rău încât să te oprească să te culci cu tata, nu-i așa? a întrebat fata, iar Carol și-a ascuns zâmbetul.

–Aceasta este seara lui Sydney, am venit doar să vă salut, a spus Daniel, simțindu-se din ce în ce mai prost.

–Îmi pare rău pentru această situație, a spus iarăși Rebeca, privind-o pe Carol, știu că mă vedeți ca pe un monstru, dar nu sunt unul.

–Suntem toți monștrii cuiva, a spus Carol, hotărâtă să nu se umilească mai mult decât era deja. Nu sunteți cauza despărțirii noastre, l-ați cunoscut pe Daniel când eram deja separați. Bănuiesc că nu am ce vă reproșa. Rebeca o privea recunoscătoare fără să spună nimic. Era suficient de inteligentă să știe când trebuie să tacă.

–Asta înseamnă că m-ai iertat? a întrebat Daniel, iar Carol l-a privit mirată.

–Încerc să te iert, apoi dau cu ochii de tine și iar îmi trece. El a privit-o zâmbind ușurat, iar ei nu-i venea să creadă cât de mult se schimbase. Părea lipsit de empatie, egoist și prost. Iertarea înseamnă eliberare, vindecare. Înseamnă să lași trecutul în urmă și este exact intenția mea, a continuat Carol, ștergându-i zâmbetul de pe față. Încă sunt prizoniera trecutului, dar fac totul ca să avansez spre un viitor necompromis de acest trecut. Însă așa cum ai spus, aceasta este seara lui Sydney și nu ar trebui să ne spălăm hainele aici.

El a aprobat din cap, după care a luat-o pe Rebeca și s-au îndreptat la masa lor.

Era plasat destul de departe de ea și Carol s-a simțit ușurată că nu erau în câmpul ei vizual. Oricât de demnă încercase să pară, suferea foarte mult.

–Reziști? a întrebat-o Miranda.

–Mă străduiesc, dar nu este ușor. Nu mai este soțul meu, bărbatul care mă făcea să râd, să mă simt frumoasă, ci omul care m-a umilit și m-a făcut să sufăr. Era bărbatul care mă iubea necondiționat, aveam încredere în el și niciodată nu mi-ar fi trecut prin cap că ar putea să mă înșele.

–Se spune că cine iubește necondiționat se va întoarce mereu la acea persoană, a spus Miranda, arătând cu capul spre Daniel care se îndrepta spre ele.

–Îmi acorzi, te rog, acest dans? a întrebat-o el și Carol l-a privit fără să înțeleagă. Oare avea de gând ca toată noaptea să bântuie între cele două mese? Trebuie să-ți spun ceva.

–Ce? Că fiecare zi în care nu moare cineva este o zi bună? Sau că sunt alții cu vieți și mai mizerabile ca a mea?

–Te rog, a insistat el, cu o privire în ochi care-i aducea aminte cât de mult l-a iubit.

Formația a început să cânte „The end of the road", care era melodia lor și Carol și-a spus că soarta își bătea joc de ei. Fără niciun chef, s-a ridicat și s-au îndreptat spre ringul de dans, cu zeci de ochi care-i urmăreau. Au început să danseze, iar mirosul ei familiar l-a înnebunit. I-a plăcut întodeauna cum mirosea, iar acum și-a băgat nasul în părul ei mătăsos.

Tot ce-mi lipsea, și-a spus Carol agasată. Avea tupeu să se comporte așa cum o făcea. Ca și cum n-ar fi suficient de deprimant că și-a adus amanta în fața tuturor prietenilor și familiilor lor.

—Hai să n-o dăm în melodramă, i-a spus împingându-l uşor. Îi era greu să fie atât de aproape de el, să-i simtă braţele în jurul taliei şi respiraţia pe tâmplă. Era o intimitate pe care nu şi-o mai putea permite.

—Te iubesc atât de mult, Carol. Chiar nu merit o a doua şansă? Şi unii criminali au acest drept.

—Realizezi că iubita ta ne priveşte, la fel ca încă două sute de persoane?

—Un singur cuvânt din partea ta şi dispare.

—Mă cunoşti mai bine de atât. Chiar ai crezut că vei obţine o a doua şansă expunându-te cu încă o amantă? Spune-mi, încă bei?

—Pentru mine era totul pierdut.

L-a privit stupefiată. Avea de ales între a pretinde că îşi bătea joc de ea, sau să recunoască faptul că într-adevăr îşi bătea joc de ea. A continuat să danseze, fără să mai vorbească. Dansa cu un străin. Aşa era mereu în ultimul timp când se întâlneau. Avea impresia că el făcea parte din ea, iar în momentul următor devenea un necunoscut. Îl pierduse definitiv. Dar probabil că nu-l avusese niciodată. Nu poţi să pierzi ceva ce n-ai avut niciodată, ceea ce probabil însemna că viaţa ei din ultimii şaisprezece ani a fost doar o fantasmă? Parteneriatul sfânt dintr-o căsnicie este un drum cu două sensuri, iar acum ea realiza că întodeauna au folosit doar un sens. Al lui.

—Îl cunoşti pe bărbatul care se uită la noi? a întrebat-o, întrerupându-i gândurile. Ea s-a întors şi l-a văzut acolo: înalt, frumos şi elegant. Nu-l aştepta, dar s-a bucurat că venise. A dat să se desprindă din braţele lui, dar Daniel nu a lăsat-o.

—Cine naiba este papiţoiul ăsta? Nu crezi că ar trebui să-mi explici şi mie?

–Ţi-ai pierdut acest drept în momentul în care ai decis să te culci cu sora mea. Te rog să-mi dai drumul.

–De ce aş face asta? a întrebat-o cu tupeu, fără să-şi desprindă mâinile de pe ea.

–Ţi-am spus, pentru că te-ai culcat cu sora mea şi-mi eşti dator pe viaţă.

Lui Gordon nu i-a scăpat mica scenă şi a venit la ei, ţinându-se drept. Seara devenea interesantă pentru unii şi obositoare pentru alţii.

–Bună seara, i-a salutat, după care a pupat-o familiar pe obraz. Îmi acorzi acest dans?

–Cine dracu' eşti? Tu nu vezi că deja dansează?

–Ah, îmi cer scuze. A întins mâna şi s-a prezentat. Mă cheamă Gordon Trevis, bănuiesc că dumneavoastră sunteţi tatăl.

Carol a bufnit în râs, iar Daniel a privit-o furios.

–Foarte amuzant.

Toţi ochii erau îndreptaţi spre ei, în timp ce Rebeca îşi făcea drum prin mulţime ca să ajungă la Daniel.

–Trebuie să-ţi prezint pe cineva, i-a spus luându-l de mână, dar el nu avea niciun chef să îl lase pe imbecilul din faţa lui să danseze cu soţia lui.

–Sper că e un psihiatru, a zis Gordon în şoaptă, dar Daniel a auzit şi a sărit pe el.

Prietenul lui, Lenny şi Scott senior i-au despărţit, dar răul fusese deja făcut. Rebeca a plecat fără să îşi ia la revedere de la nimeni, iar Daniel nici măcar nu a încercat s-o oprească.

–Eşti OK? l-a întrebat Sydney, mai târziu în acea seară. Era tristă pentru prietenul ei şi dezamăgită de faptul că i-a făcut o scenă în noaptea nunţii, dar ştia cât de mult suferea.

–Carol se pare că şi-a găsit un iubit cu care pare foarte complice, Rebeca a plecat şi probabil îmi va da un picior în fund, ţi-am stricat nunta şi m-am făcut de râs. Toate astea în cinci minute. Nu sunt eu micul geniu de la Ritz? Sydney era de acord, dar nu a spus nimic.

Carol se simţea bine în compania lui Gordon şi se amuza cum n-o mai făcuse de mult. El îi şoptea ceva la ureche şi ea râdea în hohote. Nu se aşteptase ca el să-i facă o surpriză, dar era fericită că o făcuse.

Daniel, care vedea totul de unde era, mişca agitat din picior.

–Nu-ţi mai face sânge rău singur, i-a zis Lenny. Uită-te în altă parte, încearcă să te distrezi, doar este nunta prietenei tale din copilărie.

–De când se întâlneşte oare cu el şi cine naiba e papiţoiul ăla?

–E jurnalistul Gordon Trevis şi e un rechin în meseria lui.

–Îmi făcea ca mie morală, dar nu-i mai bună cu nimic. Nu mai există muieri serioase. Este o legendă că femeile mai aşteaptă în ziua de azi o a treia întâlnire. Convenţionalism de doi lei, aşa îl numesc doamnele.

–Chiar dacă ar fi aşa, asta nu mai e problema ta.

–După tine ar trebui să fiu fericit când îl văd pe jurnalist examinându-i amigdalele nevesti-mii cu limba?

–Nu, dar sunteţi separaţi de opt luni, iar ea probabil că va mai cunoaşte şi alţi bărbaţi. Va trebui să te obişnuieşti.

Nu era uşor să se obişnuiască cu faptul că soţia lui era cu un alt bărbat şi asta doar din cauza lui.

Şi în acea noapte Carol a dormit singură, dar el n-avea de unde să ştie asta. Nu era încă în acel punct al vieţii, deşi şi-ar fi dorit să se debaraseze de lanţurile care o ţineau în trecut.

CAPITOLUL 8

A doua zi Sydney şi David au zburat la Cannes. Luna Septembrie în Sudul Franţei este foarte plăcută. Temperatura este perfectă, iar nebunia din Iulie şi August e terminată. Şi-au făcut rezervarea la Carlton, care, după Syd, era cel mai şic hotel de pe Croisette. De câte ori venea la Cannes se caza în acel hotel, iar de câţiva ani, domnul S, unul dintre manageri, devenise prietenul ei. Întotdeauna calm şi eficient, făcea ca şederea ei acolo să fie perfectă. Cu trei ani în urmă, Syd o cunoscuse şi pe soţia acestuia, o blondă minionă şi haioasă. Fizic, nu se potriveau: el era înalt şi brunet, introvertit, cu umor sec, în timp ce ea era deschisă, întodeauna înconjurată de prieteni şi veselă. Cumva amândoi se completau unul pe celălalt şi erau împreună de aproape douăzeci de ani. În seara aceea, Lucas, băiatul lor de unsprezece ani, o aştepta pe Sydney în holul hotelului cu mama lui. Când a văzut-o, i-a sărit în braţe şi a pupat-o fericit. Într-o zi o va lua de nevastă şi vor trăi fericiţi până la adânci bătrâneţi. Când a dat cu ochii de David, zâmbetul i-a dispărut.

—Doresc să ţi-l prezint pe soţul meu, i-a şoptit ea la ureche. Copilul l-a măsurat din cap până în picioare pe David.

—Într-o zi o să te înşele şi atunci să nu uiţi că eu te aştept, a şoptit la rândul lui, făcând-o să zâmbească.

–Ţi-am adus un cadou, Lucas, i-a spus David. Eşti foarte important pentru Sydney, deci şi pentru mine.

Copilul şi-a privit prietena, apoi a ridicat din umeri.

–Aş putea să încerc să fiu drăguţ, i-a şoptit iarăşi lui Sydney, făcând-o să râdă, apoi i-a zâmbit cu toţi dinţii lui David.

–Eşti un băiat inteligent, i-a spus acesta, întinzându-i cadoul, pe care copilul l-a luat fericit. Ca să nu mai spun că eşti foarte frumos. Sunt convins că în câţiva ani o să ai o grămadă de iubite. Lucas l-a privit serios, acela era un subiect care-l interesa.

–Când crezi că pot să încep sa le invit la cinema?

–Când o să fii bogat şi celebru, i-a spus mama lui, împingându-l spre lift. Ştia că acela era un subiect pe care Lucas l-ar fi dezbătut o seară întreagă dacă ar fi fost lăsat, ori prietenii lor călătoriseră unsprezece ore şi erau obosiţi. Ajunşi în apartamentul lui Grace Kelly de la etajul şapte, Sydney a ieşit pe terasa care dădea spre Marea Mediterană şi muntele Esterel. Plajele private de pe Croisette erau populate, fără să fie însă aglomeraţia din luna August. De fiecare dată când ajungea acolo, Syd se simţea minunat. Apartamentul avea două dormitoare şi un salon mare. Canapelele şi fotoliile erau îmbrăcate în mătase aurie, erau lămpi cu picioare de cristal şi abajururi galbene în toate colţurile camerei şi un bar era instalat pe unul dintre pereţi. Peste tot în living se aflau tablourile prinţesei Grace. Totul era făcut cu bun gust, iar Sydney îl privea încântată pe David, care povestea cu Lucas şi mama lui. După ce aceştia au plecat, ei au decis să facă un duş şi să iasă la plimbare pe Croisette. În seara aceea Sydney dorea să ia cina la hotel, urmând ca în zilele următoare să viziteze Juan les Pins, Antibes, Saint Paul de Vence, Monaco şi Saint-Tropez.

Timpul trecea repede, iar ei profitau la maxim și stăteau în cameră doar câteva ore pe noapte, când făceau dragoste înlănțuiți până dimineața. Deși dormeau foarte puțin, erau în plină formă și mereu ocupați cu vizitele, prietenii și plaja.

Își luau micul dejun la restaurantul hotelului, unde bufetul era plin cu faimoșii croasanți francezi și pain au chocolat, sortimente de pâini, brânzeturi și fructe, după care traversau strada și coborau la plaja hotelului. Paturile și umbrelele aveau culoarea bej, la fel ca uniformele ospătarilor. Syd prefera pontonul sau prima linie de paturi, unde simțea mai bine briza plăcută a mării. Făceau schi nautic, înotau și se destindeau la soare. S-au plimbat prin Suquet, au băut cafea la Volupte, și au mâncat la La Môme, La Petite Maison și într-o zi au plecat la San Remo. Împreună cu prietenii lor de la Cannes, au stat două zile la Monaco Bay și au dansat la Jimmy's, Lucas fiind foarte frustrat că nu avea dreptul să meargă în discotecă.

După trei săptămâni superbe, noii căsătoriți și-au luat la revedere de la prietenii lor europeni și au zburat spre casă, unde părinții lui Sydney le organizaseră o petrecere surpriză. Erau fericiți pentru fata lor. Arăta bine, iar David o sorbea din priviri. Toți prietenii lor erau acolo și tinerii căsătoriți erau fericiți de întoarcerea acasă, chiar dacă le era dor de vacanța lor.

David și-a luat tandru soția în brațe și a sărutat-o pe obraz, în timp ce ea înghițea al treilea sandvici cu ou.

—Pot să sper că poate mănânci pentru doi?

—N-am nimic împotrivă, a zis Helga, la cincizeci și șase de ani, accept cu plăcere rolul de bunică. Sydney a râs, privindu-şi mama cu dragoste: era amuzantă, pozitivă şi de când o ştia trişa în legătură cu vârsta.

—Cincizeci şi şase? Parcă i-ai făcut acum patru ani, a spus Sydney încet.

—Ştii bine că eu iau la fiecare patru ani doar câte un an. Şi aşa o să fii şi tu când o să depăşeşti patruzeci şi doi de ani.

—Doamne, cât eşti de scumpă şi cât te iubesc, a zis Syd, luându-şi mama în braţe şi pupând-o tandru.

—Vrei să mă faci să plâng?

David le-a luat pe amândouă de după umeri şi le-a pupat pe rând.

—Iar eu vă sunt recunoscător, i s-a adresat el Helgăi, pentru că mi-aţi dat o fată minunată.

—O s-o ai mulţi ani lângă tine. Noi, femeile din familia Alexander, suntem de cursă lungă. Bunica mea a murit la o sută şapte ani, iar mama la cei optzeci şi doi de ani, joacă golf, bridge, conduce şi are un amant.

—Da, a râs Syd, am o bunică fenomenală, niciodată n-am auzit-o plângându-se. De trei luni e în croazieră în jurul lumii şi moare de ciudă că a ratat nunta, dar ne trimitem mail-uri şi e la curent cu tot ce se întâmplă.

Când Hayley a văzut-o pe Syd, a alergat veselă spre ea şi i s-a aruncat în braţe.

—Oh, Syd, ce bine arăţi bronzată. Cum a fost la Cannes?

—Ca de obicei, foarte bine. Am înotat, am vizitat, ne-am întâlnit cu prieteni şi am mâncat numai bunătăţi.

—Sex deloc? a întrebat Junior. Doar de asta s-a înfiinţat luna de miere, nu? Adulţii îl priveau amuzaţi. În ultimul timp, le-a explicat el, mă fascinează sexul. Aşa că dacă nu vreţi să întreb la şcoală, mai bine îmi spuneţi voi.

—Ai vreo iubită? l-a întrebat David.

–Trei.

Hayley și-a dat ochii peste cap.

–Și toate sunt la grădiniță.

–Geloaso, a spus Scott , crapi de ciudă că tu n-ai pe nimeni.

–Rambo în costum de leopard, a zis Hayley, făcând pe interesanta. Te-ai îmbrăcat pentru un Safari Tanzanian? Râsete.

–Sunt îmbrăcat în militar, proasto. Petrecerile lor nu erau amuzante dacă cei doi copii Huston nu se ciondăneau. Scott i-a întors spatele surorii lui și apropiindu-se de David, l-a întrebat încet:

–Când o să am și eu o iubită de-adevăratelea? Știi tu...

–Peste vreo cinci ani, dacă o să fii cuminte.

–Și dacă o să fiu rău?

–O să ai mai multe, a zis Helga, care trecea pe lângă ei.

Daniel și-a făcut intrarea la braț cu Rebeca, surprinzându-i pe toți. De la nunta lui Sydney, când aceasta plecase fără să-și ia la revedere de la nimeni, nu mai avusese vești de la el.

Hayley își privea părinții neputând încă să se obișnuiască cu ideea că nu mai formau un cuplu. Noroc că era și Brenda la petrecere și putea vorbi cu ea tot ce-i stătea pe suflet. Erau prietene de mulți ani și se înțelegeau bine. Mama Brendei era scenaristă, și deseori era plecată în Los Angeles, iar tatăl ei era biolog. O combinație ciudată, dar care funcționa. Nu erau prieteni intimi ai familiei Huston, dar se apreciau reciproc.

–Te deranjează să-l vezi cu Rebeca? a întrebat Brenda.

–E o tipă cool și nu e vina ei că ai mei sunt despărțiți, dar uită-te la mama cât suferă când îi vede. Carol privea agasată cu câtă ușurință se integrase Rebeca în grupul lor.

–Cum ești, draga mea? a întrebat-o Diana, care venise cu Paul în vizită.

–Încerc să fac față cum pot.

–Te descurci foarte bine.

–Atunci de ce doare așa de tare? a întrebat Carol. Dianei îi părea rău să-și vadă fata suferind. Regreta că familia lor se destrămase, că istoria se repeta. Își dorea ca fiica ei să fie fericită și se simțea neputincioasă că nu putea să facă nimic ca să o ajute. Spera din tot sufletul că dacă într-o zi Carol va cunoaște un alt bărbat, să nu îl compare cu Daniel. Comparația este hoțul fericirii și putea fi foarte greu dacă situația îți scăpa de sub control. Daniel s-a apropiat încet de Carol și a salutat-o zâmbind:

–Bună. Îmi pare bine să te văd. Ea a preferat să dea doar din cap. De ce ești supărată pe mine?

–Vrei să spui, în afară de faptul că m-ai înșelat și că la toate chefurile noastre te afișezi cu Rebeca?

–Ah, deci ești geloasă, a zâmbit el, iar ea încă se mira de cât de mult se schimbase. Promit s-o țin ascunsă de acum, dacă asta te deranjează atât de tare. Va fi secretul nostru.

–A păstra un secret e o activitate solitară. Crezi că ești capabil? a întrebat ea.

–N-o să fie simplu, ținând cont că avem același cerc de prieteni. Ea l-a privit trist. Oare o să mă ierți vreodată? Carol doar a ridicat din umeri. I-ar fi plăcut și ei să ajungă mai repede la acea fază. Era un cadou care și-l făcea ei însăși, ar fi putut avansa mai repede.

–Nu-mi aduc aminte de o perioadă a vieții mele să nu te fii iubit, a adăugat el. Chiar și atunci când nu te cunoșteam. Cred că te-am așteptat mereu. Ai fost dragostea vieții mele și știam asta, dar cred că la un moment dat mă obișnuisem și nu te mai apreciam la adevărata valoare. Și apoi te-am pierdut pentru ceva atât de stupid. Și-a lăsat capul jos, plin de regrete, și pentru o secundă ei i s-a făcut milă de el. Cât de prost poate fi un om să dea cu piciorul la o asemenea viață? Pentru că am avut o viață minunată împreună. Carol l-a privit agasată.

–Și toate declarațiile acestea ar trebui să-mi ridice moralul? Sau să-mi spele creierul și să fac ca și cum nimic din toate astea nu s-a întâmplat? Să pretind că Samantha a fost doar un vis urât și Rebeca doar o doctoriță prost îmbrăcată.

El a aprobat. Era de acord că rochia ce-o purta iubita lui era cam bizară.

–Ea și-a făcut-o singură, a răspuns el, fără să știe de ce. Poate, într-adevăr, gura nu-i era conectată cu creierul.

–Deci nu poate da pe nimeni în judecată? a zis Carol, după care a făcut stânga împrejur și l-a lăsat acolo.

Oare mai cunoștea multe căi prin care s-o rănească? Nu-l mai credea când îi spunea cât o iubește. Fiecare om avea crucea lui de dus și propria lui bătălie pentru care trebuia să lupte. Crucea ei era Daniel, iar bătălia pe care o purta, era cu propria-i inimă. Se zbătea între dragoste și ură. Îi plăcea să-l audă făcându-i declarații și se ura pentru asta. Crezi că cei pe care-i iubești nu vor pleca niciodată și într-o zi afli că sora vitregă ți-a sedus soțul, iar tu nu mai poți face mare lucru. Stai ani de zile cu cineva și crezi că-l cunoști, apoi fără să fi prevenit, viața se schimbă și te întrebi dacă nu cumva este vina ta. Îl ura pentru că ajunsese să se îndoiască de ea.

Lui Carol i-ar fi plăcut ca Gordon să fie acolo cu ea, să aibă un partener care să-i ridice moralul. Și ca și cum Universul îi ascultase doleanța, David a venit la ea să-i prezinte un prieten: aproximativ treizeci și cinci de ani, brunet, cu ochi albaștri surâzători și un fizic de atlet, acesta i-a zâmbit cald, întinzându-i mâna.

—Carol, a zis David, ţi-l prezint pe William, prietenul şi partenerul meu de golf.

—*Există fiinţe ale căror destin este să se întâlnească*, l-a citat el pe Claude Gallay, iar Carol a ridicat o sprânceană. Şi nu spun asta tuturor femeilor, a adăugat el, făcând-o să râdă.

Avea chef să-şi schimbe ideile, să uite de Daniel şi de iubita lui prost îmbrăcată.

—Aveţi multe în comun, excepţie făcând această frază de introducere, a spus David, privindu-şi prietenul. Am să vă las să faceţi cunoştinţă, iar eu mă duc să-mi văd de treburile mele de om căsătorit. Era fericit şi mândru să fie cu Sydney.

—Sunteţi singură? a întrebat el, după ce a plecat David.

—La petrecere sau în viaţa de zi cu zi?

—Nu sunt dificil, a glumit el, dacă sunteţi liberă doar în seara asta, e păcat, dar mă pot adapta rapid.

—În seara asta mi-aş dori doar un prieten cu care să mă pot tutui, să râd şi să dansez, nimic mai mult. Crezi că ai putea fi tu acel prieten?

—Sigur, a zis William zâmbind, orice ca să-l facem gelos pe soţul tău. L-a privit. Ei, da, a continuat el, ştiu aproape totul despre tine.

—Păcat. Eu prefer persoanele care ştiu cât mai puţine lucruri despre mine, a spus Carol.

—Pot să uit totul rapid şi să trec direct la bârfele despre partenerele soţilor. Cât de prost se pot îmbrăca unele persoane? a întrebat el, fixând-o pe Rebeca şi făcând-o pe Carol să râdă.

—Ai trecut testul, a zis ea.

—Dacă vrei să-l enervezi, putem pleca chiar acum. Nu locuiesc departe.

–Prea uşor, a râs ea, gândindu-se că dacă ar fi putut ar fi plecat de acolo, ca să nu-l mai vadă pe Daniel, care se uita la ei. Ştia că ar fi fost capabil de la o secundă la alta să facă o scenă în văzul tuturor.

–Bine, cum vrei. Atunci mă voi duce la mine acasă şi o să-i fac singur în ciudă. Carol râdea cu lacrimi. Uitase de Daniel şi de doctoriţa lui creatoare de modă. Îmi place că eşti veselă. Nu pot să am încredere în oamenii trişti. Sunt periculoşi. Ea a aprobat din cap. Ce-ai zice să luăm masa într-una din zilele astea? a întrebat-o şi Carol a acceptat cu plăcere.

–Îţi place restaurantul Boulay?

–Îţi plac copiii abuzivi?

–Nu-ţi face probleme, copiii mă adoră, a răspuns el. Sunt pedopsihiatru.

Ea l-a privit mirată.

–Serios?

–Serios. Ce credeai că sunt?

–Profesor de tenis. Nu eşti prea tânăr pentru psihiatrie? a glumit ea.

–Am patruzeci şi patru de ani, a spus el cu mândrie, reuşind s-o impresioneze.

–Care e secretul tău de arăţi aşa tânăr?

–Râd mult, a răspuns el.

–Deci nu eşti căsătorit, a glumit ea.

–Divorţat. Ai impresia că ştii bine o persoană şi e suficient să asişti la un curs culinar, ca să-ţi dai seama că greşeşti. În plus de faptul că se îndrăgostise de profesoara ei, a început să-şi cumpere tot felul de arme. Şi în ziua în care a pus pe masă nişte brânză, o armă şi seminţe de in, pentru că era mereu constipată, a explicat el făcând-o să râdă, am decis că e momentul să întorc pagina. În fine, a zis el, îmi promiţi o seară într-un restaurant şic?

—Mâncare franţuzească şi meniuri pe care nu poţi colora? Cred că m-ai putea convinge, a răspuns Carol veselă. William era o persoană plăcută şi era fericită că îl cunoscuse.

Acum, în patul ei, se gândea la acea seară. Fusese agreabil, excepţie făcând gelozia lui Daniel. Venise de câteva ori la ei încercând să-l provoace pe William, fără să reuşească, iar ea i-a ignorat remarcile făcând excepţie de prezenţa lui acolo. A decis să întoarcă pagina, să avanseze fără să se mai gândească atât la viaţa ei din trecut. Sau, cel puţin, să încerce. Oricine este capabil de orice. Ea de ce n-ar putea începe un nou capitol? De câte trădări mai avea nevoie ca să se convingă că el nu mai avea nicio legătură cu bărbatul cu care se căsătorise? Minţea mult şi probabil că o făcuse întotdeauna, dar ea nu şi-a dat seama. Îi spunea c-o iubeşte şi apoi se culca cu Rebeca, căreia, în mod cert, îi zicea acelaşi fraze clişeu. Undeva în inima ei, Daniel îşi avea locul lui, pe care nu-l merita, era conştientă. În toate aceste luni, nu făcuse mari eforturi ca să fie iertat pentru că a înşelat-o. Se smiorcăise de câteva ori, îi ceruse de câteva ori să discute şi apoi i-a prezentat-o pe Rebeca. Dragostea nu trebuia să fie perfectă, doar onestă, dar în cazul lor nu se mai punea problema de onestitate.

Viaţa era ca o partitură muzicală, dar muzica pe care ea o auzea în capul ei era cea a stropilor de ploaie ce băteau în fereastră, era o muzică tristă, de care ea se săturase. A adormit şi pentru prima oară după multă vreme, a avut un somn odihnitor, fără vise sau coşmaruri.

A doua zi când s-a trezit, copiii erau deja în bucătărie, pregătiseră micul dejun și cafeaua ei.

–Vă mulțumesc, a zis ea recunoscătoare, pupându-i pe amândoi. Oare avea impresia sau Hayley era bine dispusă?

–Mami, a zis Scott , te-ai distrat bine aseară cu Will?

–Da. E foarte simpatic.

–O să-l mai vezi? a întrebat și Hayley.

–Posibil. M-a invitat la cină săptămâna viitoare și am acceptat.

–O să te sărute, a zis puștiul. Carol a zâmbit și i-a zbârlit părul. Dacă n-o s-o facă, sigur e gay, a continuat copilul.

–De unde-ai mai scos-o și pe asta? a râs mama lui.

–Am văzut o emisiune la televizor. Dacă nu săruți o fată după a doua întâlnire, clar ești fătălău.

–William și cu mine suntem doar prieteni.

–Pe mine nu m-ar deranja dacă te-ai săruta cu el. Doar tata face sex cu Rebeca. Carol și-a dat ochii peste cap, obișnuită deja cu obsesia copilului. Era o fază trecătoare, dar prin care trebuia să treacă. I-am urmărit, a continuat el. Hayley m-a pus, iar eu am acceptat pentru cinci dolari.

–Nu-mi vine să cred că-ți manipulezi fratele, a spus Carol șocată de ce auzea. E prea mic pentru așa ceva. Și tu ești prea mică pentru așa ceva.

–Nu mai este chiar atât de mic și nu mai e așa ușor ca înainte, a zis fiica ei. A crescut și nu mai cooperează.

–De ce l-ai pus să spioneze?

–Am vrut să-i fac o farsă Rebecăi, a zis ea, ridicând din umeri.

–Credeam c-o placi, a spus Carol, iar Hayley și-a lăsat capul jos, ezitând un moment. Mama ei a observat și a privit-o insistent, după care fata s-a hotărât să vorbească. Oricum va afla, era mai bine să îi spună ea.

—M-am răzgândit, n-o mai plac. I-am găsit un test de sarcină.

Carol a primit vestea ca pe un şoc electric. I-a spus-o simplu ca bună ziua. Se ştia că lucrurile simple provocau cele mai mari încurcături, iar ea era îndreptăţită să creadă asta.

—La patruzeci de ani, a comentat Hayley, te apropii mai mult de moarte decât de o sarcină, nu? Eu aşa credeam, iar acum regina fertilităţii face pipi să vadă dacă mai e încă prolifică.

—Mami, eşti şocată? a întrebat-o Scott.

—Nu, a răspuns Hayley în locul ei, asta e starea ei naturală de când s-a despărţit de tata.

Oare ce braţ doare când faci criză cardiacă? s-a întrebat Carol. Asta-i mai frecventă la bărbaţi, dar imbecilul ăla chiar o să-i provoace una. Copiii s-au luat la ceartă, iar ea nu pricepea ce se întâmplă. Telefonul fix a sunat şi Carol s-a dus să răspundă. Era Miranda, care-i propunea să meargă amândouă la alergat.

—Cu plăcere, a acceptat Carol, o să-mi facă bine puţină mişcare. Am mai multe şanse să întâlnesc un extraterestru în sufragerie decât să opresc zgândărelile copiilor.

Miranda a râs.

—Sunt simpatici foc.

—Da, dar nu la nouă dimineaţa, după o noapte bogată în alcool.

—Credeam c-o să spui sex.

—E prima oară când îl văd, Miranda, chiar credeai c-o să-l bag în patul meu? N-am făcut-o niciodată, de ce aş începe acum?

—Pentru că ai patruzeci de ani și la vârsta asta îndrăznim mai multe: putem face dragoste cu un bărbat foarte tânăr sau foarte roșcat. Și putem să avem doar o aventură de-o noapte. Râsete. Ca de obicei, Miranda reușea s-o binedispună. Și-a pus un trening și s-a dus s-o ia la alergat, dar în final au decis să bea cafea, să mănânce croasanți și să bârfească.

—Am alergat și m-am înfometat destul între treizeci și treizeci și cinci de ani, a spus Miranda cu gura plină, acum am chef să fac ce vreau.

—Ah, a râs Carol, deci ai treizeci și cinci de ani?

—Pe acolo...

— Ai patruzeci și unu, doamnă. Și poți s-o spui cu mândrie, n-ai nici un rid la ochi.

—Asta pentru că am încetat de mult să mai folosesc creme anti hemoroizi. Toate cremele astea super luxoase și pline de activi cu nume bizare îmi fac bine, a zis Miranda, mușcând cu poftă dintr-un croasant. Nici tu nu ai riduri.

—Câteva la inimă, dar am decis să întorc pagina. M-am săturat să mă trezesc tristă din cauză că mi s-a furat bărbatul. Nu așa se zice, că un bărbat adevărat nu poate fi furat? Deci, să-l păstreze cine vrea.

Ben, ciufulit și simpatic, a apărut în bucătăria lor mare și luminoasă:

—'Neața, frumoaselor. S-a apropiat de soția lui și a pupat-o tandru pe gât. Ce face prostituata mea mică? Amândoi chicoteau și Carol spera să nu primească detalii din noaptea precedentă.

—Un pupic și vă las în pace, a zis Ben, îndreptându-se spre buzele Mirandei.

—Te-ai spălat pe dinți? l-a întrebat ea, ferindu-se puțin.

—Gaițo, a certat-o el, dându-i o palmă peste șezut.

—Sconcsule, a spus ea, dându-i una după ceafă.

—După ce vomit mă duc să tund gazonul, le-a informat el. E a treia palmă după ceafă pe care o primesc în dimineața asta. Unde e Crisa?

—La mine acasă, a zis Carol. Ne-am debarasat de copii ca să facem sport și în final am decis să mâncăm și să bârfim.

—Bine faceți, a spus Ben zâmbind, anunțați-mă când vine Crisa. Ea tunde gazonul, a răspuns Ben la întrebarea nerostită a soției lui. I-am promis doi dolari.

—Doi dolari?! au zis amândouă în cor.

—Hei, hei, e vorba de o peluză mică, nu oblig un pui de chinez să facă geci cu paiete pentru șaizeci de cenți pe oră. Amândouă râdeau. Carol își iubea prietenii și era fericită pentru ei; se înțelegeau bine și era o plăcere să fii în compania lor.

Toată lumea căuta fericirea. Copiii o găsesc într-o prăjitură bună, unii adulți într-o pereche de pantofi scumpi, un croasant sau o bârfă. Nu mai știa în ce categorie se integra. Nu poți să-ți închei brusc căsătoria și apoi să faci biscuiți și să te comporți ca și cum nimic nu s-ar fi întâmplat. Dar avea de gând să devină iarăși femeia de altădată: veselă, o mamă și o prietenă bună. Se spune că, o persoană este cu adevărat, așa cum se simte atunci când este singură, când nu o vede nimeni.

Când era singură citea, își găsea ocupații și nu mai plângea atât de des. Făcuse un pas înainte, însă mai avea mult de lucru cu ea însăși; dincolo de fericire și de nefericire se află pacea, iar ea știa exact ceea ce-și dorea în acea perioadă. Își dorea pacea. Voia să uite anul care tocmai trecuse și să nu-și mai aducă niciodată aminte de el. Suferise prea tare și se schimbaseră prea multe în viața ei ca să mai dorească să-şi aducă aminte de gândurile nopţilor ultimului an. Oare unde se duc gândurile pe care le uităm? s-a întrebat ea. Citea o carte de Sigmund Freud, care cu zeci de ani în urmă îşi pusese aceeaşi întrebare. El spunea că sursa nevrozelor sunt conflictele conştiente sau inconştiente şi sexualitatea reprimată. Era ea oare nevrozată? Şi dacă da, care era remediul? Metodele psihanalitice sau sexul? Gândul i-a zburat la William şi a zâmbit, aşteptând cu plăcere să-l revadă.

Gălăgia veselă a copiilor o făcea să se simtă mai puţin singură. Forfota lor zilnică era un scut împotriva fantomelor trecutului. Îi lipsea viaţa de cuplu şi îi simţea lipsa lui Daniel, cel de altădată. Îi era dor să-l aibă în patul ei, să-şi pună capul pe pieptul lui şi să citească o carte bună, sau să vadă împreună un film bun. Îi lipseau cinele lor, jocurile în familie şi discuţiile. Acum, conversaţiile lor erau sterile şi jenante, nicio legătură cu cele de dinainte de capitolul Samantha. Câteodată o ura pentru ce-i făcuse; i-a distrus viaţa, apoi a plecat în lumea largă, naiba ştie pe unde, s-a gândit Carol cu amărăciune. Aflase de la Sydney că după ce Raul a părăsit-o, s-a mutat din New York în căutarea unei noi iubiri... sau a altei familii pe care putea s-o distrugă.

Lui Carol îi lipsea iubirea şi ar fi dat orice ca să se simtă protejată şi în siguranţă, aşa ca înainte. Iubirea poate aduce cea mai mare fericire şi, în acelaşi timp, poate provoca cea mai profundă durere, dar totuşi, suntem mereu în căutarea ei. Personal, îşi dorea să se îndrăgostească şi să fie iarăşi fericită, dar era încă în doliu după fosta ei viaţă.

A urcat la copii în cameră să vadă ce fac. Brenda, Clara şi Crisa erau acolo, îl tachinau pe Scott.

–Harry Potter e un fătălău, râdeau fetele, iar el le privea furios. Suferea că era în minoritate, dar n-avea ce face. Nici măcar Crisa, care avea aceeaşi vârstă cu el, nu era de partea lui.

–V-am făcut creveţi în foietaj şi un platou enorm cu fructe proaspete de sezon, le-a spus Carol veselă, întrerupându-le cearta.

–Sper că ai ascuns sub ele şi o prăjitură cu ciocolată, a zis Scott sărind în picioare, gata întotdeauna pentru o masă bună, făcându-şi mama să râdă.

Au coborât veseli în sufragerie şi, în unanimitate, au decis că mâncarea pregătită de Carol era delicioasă. Au vorbit despre omul modern care în zilele acelea era o femeie, iar Scott s-a enervat iarăşi. Ar fi vrut să argumenteze şi el, dar fiind mai mic, unele discuţii îl depăşeau, iar ele râdeau fără să-şi dea seama că îl răneau. Când a vrut să le explice un eseu pe care trebuia să-l dea la şcoală şi de care era foarte mândru, Brenda i-a spus c-o să-l lase să le citească dacă le promitea că nu bagă cuvântul alien în nicio frază.

–Nişte proaste, i-a şoptit el mamei lui, iar ea l-a mângâiat împăciuitoare pe cap.

După ce-au strâns masa şi copiii au urcat la etaj, Carol şi-a servit un pahar de Napa Valley şi a luat o carte să citească. Descoperise o nouă autoare de romane care scria poveşti interesante, inspirate din realitate. Se străduia să se concentreze, dar în acea seară n-avea mintea la citit; Daniel trebuia să ajungă dintr-un moment în altul. A sorbit din vin şi s-a gândit la ce frumos era de târgul de artă din Miami, la Art Basel. În luna Iunie a acelui an nu fusese, aşa ca în fiecare an și-i lipsea. De obicei, mergea doar ea și Daniel. Amândurora le plăcea arta. Pe lângă Art Basel, care era cel mai frumos târg din lume, în afară de cel din Elveția, la Miami mai erau încă alte paisprezece expoziții. Petreceau întotdeauna patru zile minunate. Mâncau la restaurantele din South Beach sau Lincoln, se plimbau pe plaja enormă, își luau cafeaua de la Starbucks-ul de la parterul blocului unde închiriau un duplex cu vedere la ocean, parc și restaurante. Da, Miami era locul lor. Ciocănitul la ușă a trezit-o din visare. Când au auzit, copiii au coborât în fugă și i-au sărit tatălui lor în brațe.

–Tati, abia aștept vinerea viitoare să ne duci la acvariu și la petrecerea din parc, a spus Scott. Mi-am pregătit deja cu ce să mă îmbrac și îți promit că vei fi mândru de mine. Daniel părea încurcat, iar lui Carol nu i-a scăpat. Se obișnuise deja cu anulările lui, dar copiii sufereau de fiecare dată, rupându-i inima.

–Ăsta e unul din motivele pentru care am venit în seara asta, a spus el, iar Hayley a scos un pufăit pe nas, în timp ce Scott a făcut un *nooo* lung. Rebeca are o conferință medicală la Santa Barbara și vreau să merg cu ea.

–Bineînțeles că vrei, a spus Hayley în barbă, dar el s-a făcut că nu aude.

–Aș dori să rămân puțin singur cu mama voastră, vă rog.

–Atunci nu trebuia să faci copii, a strigat Scott furios că a anulat weekendul împreună, după care a luat-o în sus pe scări, cu Hayley în spatele lui.

–Și pe tine te deranjează că am anulat? a întrebat-o el pe Carol, după ce copiii au părăsit încăperea.

–Atașamentul tău la procesul medical din Santa Barbara nu mă afectează personal, dar copiii nu apreciază să-i lași baltă de câte ori ai tu chef să faci pe medicul. Sper să aveți un weekend minunat. *Asta este tot ce puteți face... și să evitați obiectele mari care cad,* a continuat în gând.

–Arăți bine, i-a zis, fără să ia în seamă ce spusese ea. Făcea deseori asta în ultimul timp. Punea întrebări la care nu aștepta răspunsuri, iar pe Carol o deranja treaba asta. M-ai învățat ce înseamnă să-ți fie dor, a continuat el, privind-o cu dragoste nemărginită. Așa era el acum: o anunța că pleacă în weekend cu iubita și apoi îi făcea o declarație de dragoste ca și cum nimic nu s-ar fi schimbat între ei. S-a apropiat de ea și i-a atins tandru fața.

–Cât de frumos poate fi cineva? a șoptit el. Încă te mai iubesc atât de mult. Carol a făcut un pas înapoi, ștergându-și obrazul. Uneori, lucrurile nu sunt ce par a fi, a zis el blând, încercând s-o atingă încă o dată.

–La un moment dat va trebui să te oprești din aceste manipulări oribile care oricum nu funcționează. Mi-ai frânt inima, Daniel. Crezi că dragostea sau suferința au termen de valabilitate?

–Și inima mea e frântă, dar bănuiesc că face parte din viață, a spus el.

–Din viața mea, da. Tu se pare că ești bine mersi, chiar dacă te plângi încontinuu. Decizi într-o seară că încă mă mai iubești și, hodoronc-tronc, după luni de la despărțire vrei să fiu ca și cum nimic nu s-a schimbat între noi.

–Zece luni, a zis el pe un ton din care reieșea că ea este cea vinovată. Ura când o manipula; în afară de faptul că-i insulta inteligența, îi aducea aminte de omul care devenise și pe care nu-l plăcea.

–Da, zece luni de zonă crepusculară. Ți-ai distrus familia, apoi ai bocit puțin și la nici cinci luni de la separarea noastră te-ai cuplat cu Rebeca. Iar eu trebuie să fiu în continuare reprezentanta diviziunii de moravuri.

–Credeam că aștept degeaba. Că nimic bun nu ni se mai putea întâmpla.

–Poate se întâmpla ceva pozitiv dacă așteaptai mai mult de cinci minute. Tu aștepți în mai multe părți, ceea ce înseamnă că eu am devenit o opțiune pentru tine, deci nici tu nu vei mai fi prioritatea mea. El o privea mirat, ca și cum era sărită de pe fix. Dacă așa ai fi fost acum șaptesprezece ani când te-am cunoscut, nici cu coada ochiului nu m-aș fi uitat la tine. Era supărată și privirea ei spunea totul.

–Felicitări, Carol! Până astăzi ai reușit de minune să disimulezi toată oroarea asta pe care ți-o inspir.

–Îmi provoci multă supărare și fericire deloc, așa că te voi lăsa să pleci. De mâine îmi sun avocata și intentez acțiunea de divorț.

El a privit-o calm, cu milă într-un fel. Apoi și-a dus mâna la buzunarul interior al hainei, a scos un plic mare și i l-a dat. L-a luat încet și l-a desfăcut: era cererea lui de divorț. Nu-i venea să creadă. Încă o dată a reușit s-o ia prin surprindere. L-a privit. O privire glacială, deși în interior fierbea, dar nu voia ca el să vadă cât o afecta. Nu merita. A fost o soție și o mamă model, nu merita să fie tratată astfel. Avea impresia că înghițise o pilulă de coșmar.

–Îmi pare rău, a zis el, ești OK?

–Nu, dar voi supraviețui. Acum pleacă, i-a cerut, iar el s-a conformat pe loc. Era conștient de faptul că pentru ea era un șoc, indiferent dacă ea însăși avea de gând să divorțeze. Nu era niciodată plăcut să primești plicul maro cu anularea vieții de dinainte.

După ce a plecat Daniel, s-a aşezat în fotoliu cu cererea de divorţ în mână şi a lăsat frâu liber lacrimilor. Plicul acela făcea ca totul să devină atât de real şi definitiv. Soarta îi rezerva în continuare situaţii complexe cu care trebuia să se confrunte, iar găsirea unei modalităţi simple de abordare devenea o sarcină dificilă pentru ea. Uşa de la intrare s-a deschis şi a văzut-o pe Miranda intrând. Fără un cuvânt, aceasta s-a apropiat şi a luat-o în braţe. Au stat aşa câteva minute şi Carol se ruga ca nu cumva unul dintre copii să coboare. Îşi aducea aminte de noaptea în care a surprins-o pe mama ei plângând după Kirk. I-a sfâşiat inima, nu voia să le facă aşa ceva copiilor ei. Era deja suficient că ea avea inima frântă.

–Cum ai ştiut? a întrebat-o pe Miranda.

–A venit la noi şi ne-a spus.

–Mulţumesc că ai venit. Fără tine n-aş fi putut să trec prin această perioadă neagră, a zis ea, luând mâna prietenei ei. Nu voi uita tot ce ai făcut pentru mine.

–Poţi să scrii negru pe alb? a întrebat Miranda încet.

–Ştii, a zis Carol printre lacrimi de râs şi de plâns, tu ţi-ai greşit profesia. Clown ar fi trebuit să fii.

–Mda, ştiu. Dar atunci poate lucram într-un circ şi trebuia să călătoresc mult. Ce te-ai fi făcut fără mine?

–Aş fi fost pierdută.

–Îţi promit că n-o să plec niciodată nicăieri. S-au ţinut strâns în braţe ca două surori şi într-un târziu, Carol s-a oprit din plâns. Trebuia să înceteze să se mai gândească la el. Să-l iubească sau să-l urască. Era băgată într-o beznă profundă din cauza acelor sentimente contradictorii şi trebuia neapărat să iasă din acel întuneric. Cineva a spus odată că ura nu poate alunga ura; doar dragostea putea face asta.

Întunericul nu poate alunga întunericul, doar lumina putea face asta. Știa bine ce avea de făcut în viitor, întrebarea era dacă va reuși să pună în practică. Știa că într-o bună zi se va elibera, tot ce-și dorea era că acea zi să vină cât mai repede. Fericirea era ceva ce toată lumea dorea, iar ea va face tot posibilul să se simtă iarăși fericită. Șși-a început viața cu dreptul și ar fi trebuit să fie o viață minunată, dar ceva a mers prost. Îngrozitor de prost, și s-a trezit îngenuncheată. Venise momentul să se ridice și să meargă mai departe, să lase trecutul în urmă și să bată destinul care de un an de zile își bătea joc de ea.

CAPITOLUL 9

Un capitol din viaţa ei se terminase şi trebuia să accepte asta cât mai repede. Din păcate, era mai uşor de spus decât de făcut. În ultima săptămână, Gordon a sunat-o aproape zilnic, dar nu a avut dispoziţia necesară să-l vadă. Momentul parcă trecuse. De fapt nici nu ştia dacă existase vreodată. N-avea chef de cine romantice. De altfel, în ultimul timp nici măcar nu mai cina şi slăbise 3 kg. De când cu cererea de divorţ, totul devenise oficial. Imediat după ce i-a declarat dragostea şi i-a spus că e frumoasă, i-a dat lovitura de graţie. Iar acum, ea trebuia să se ridice şi să meargă mai departe, aşa cum aşteptau toţi de la ea. Putea sa urce cu uşurinţă pe o scenă şi să ţină un discurs în faţa a zeci de persoane, dar i se părea al naibii de greu să accepte finalul căsătoriei ei. Era o actriţă lamentabilă pe scena vieţii ei. Soneria telefonului a scos-o din gândurile dureroase. Era William şi l-a salutat zâmbind. Îi făcea plăcere să-l audă.

–Cad prost sau bine? a întrebat-o, simţind-o cum îşi forţează vocea să sune vesel.

–Mă bucur că mă suni. De ce crezi că mă inoportunezi?

–Sunt psihiatru, ai uitat?

–Pedopsihiatru, iar eu am aproape patruzeci de ani.

–Şi eşti superbă. Ea a râs.

–Unde eşti? l-a întrebat.

–Tocmai am terminat o şedinţă cu un copil.

–Duminica?

–E un pacient mai aparte, pentru el n-am ore.

–Ce a făcut?

–Și-a amenințat fratele c-o să-i fotografieze organele interne și aproape a făcut-o, a zis el.

–Vrei să vii la o cafea? l-a întrebat, iar el a acceptat.

După cincisprezece minute bătea la ușa ei. Era îmbrăcată în jeanși și tricou, nu era machiată, iar părul desfăcut îi cădea pe umeri în șuvițe rebele, făcând-o să arate tânără. El o găsea foarte frumoasă.

–Ai ajuns, a spus ea inutil. El i-a oferit un buchet mare de trandafiri roșii, iar ea i-a mulțumit. Aseară am hotărât să divorțăm, a zis Carol fără să știe de ce.

–Îmi pare rău.

–Credeam că lucrurile o să fie mai ușoare.

–Da, toți credem asta, a spus William, mângâindu-i tandru fața.

–N-aș vreau să-ți dau speranțe false, a zis ea. Sunt făcută praf la ora asta.

–Îți promit să te tratez ca pe o verișoară la care vin în vizită.

Ea a râs. Îi plăcea faptul că era decontractat și prietenos. Au mâncat tartă cu somon și spanac, după care s-au dus să se plimbe. Cu un an în urmă, la acea dată, era încă o femeie fericită, cu o familie perfectă. Acum se plimba cu un alt bărbat, iar soțul ei își acompania nouă iubita la Santa-Barbara.

–Lucrurile se schimbă, a zis William, parcă citindu-i gândurile. Îi părea rău pentru ea, era o femeie bună, plăcută și cu care era ușor să fii. Nu-l cunoștea pe Daniel, dar credea că este un dobitoc să dea cu piciorul la așa ceva.

–Asta nu înseamnă că se și îmbunătățesc.

–Câteodată pot fi bune, a zis el blând, știind prin ce trecea.

—Îmi pare rău că te indispun cu problemele mele.

—Nu trebuie să-ţi cer scuze pentru cine eşti sau pentru ceea ce simţi, Carol.

L-a privit şi s-a bucurat că era cu el. Intrase în lumea ei fără vreo permisiune, invitaţie sau avertisment, iar acum încerca să-i fie un prieten bun. Voia să ştie ce filme îi plăceau, care era mâncarea ei preferată şi ce a determinat-o să se facă arhitectă. Avea răbdare şi nu părea că vrea ceva de la ea, ceva ce ea nu putea să dea. Nu era pregătită pentru o nouă relaţie, chiar dacă şi-ar fi dorit una. Din păcate, trebuia să treacă peste doliul căsătoriei şi apoi să meargă mai departe. La ora cinci şi-au luat la revedere în faţa casei Mirandei. Petrecuseră câteva ore plăcute şi el spera s-o revadă.

—Arăţi bine, i-a zis Miranda lui Carol, întinzându-i un Cosmopolitan pe care tocmai îl pregătise.

—Mă simt de parcă tocmai am ieşit de sub un camion.

—Unde ai fost?

—M-am plimbat cu William. E inteligent, haios şi cu bun simţ. Mă face tot timpul să râd.

—Data viitoare, în timp ce vă amuzaţi aşa bine, dezbrăcaţi-vă în pielea goală. O să-ţi facă şi mai bine.

—Nu pot să mă bag în patul unui om pe care-l cunosc de cinci minute.

—Fă-o pe masa din bucătărie atunci. Fă-o unde vrei, numai fă-o odată. De zece luni n-ai nicio activitate sexuală. Ben a apărut cu părul ud. Sper că nu te-ai şters iar cu şosetele după duş, l-a certat Miranda.

—De ce, nu e bine?

—Într-o zi, a spus ea privind-o pe Carol, fata mea va pleca, iar eu voi rămane doar cu el. Ben i-a dat o palmă peste fund, după care a plecat. Va trebui să ne obişnuim cu gândul că în câţiva ani îşi vor lua zborul, a spus Miranda sorbind din cupa roz.

—Sper c-o să mor înainte, a glumit Carol, fericită că Scott era încă mic. Râdeau.

—Da' de unde, a spus Miranada, te vei recăsători şi vei mai face un copil. În timp ce tu vei schimba scutece, eu voi face croaziere cu omul cu şosetele.

—Nu ţi-ai mai dorit niciodată un al doilea copil? a întrebat-o Carol.

—Ba da, mi-ar fi plăcut să mai am un bebeluş. Apoi mi-am adus aminte că la doi ani încep să vorbească, iar la şaisprezece, nu-ţi mai vorbesc deloc. Mi-au trebuit câţiva ani buni să nu mai fiu furioasă pe parinţii mei, care nu făceau decât să mă iubească.

—Crisa e minunată.

—Da, dar nu o dată mi-a reproşat absenţa repetată.

—Eşti medic, plecai să salvezi vieţi, a zis Carol. Prietena ei era o mamă bună, un medic bun şi o persoană devotată.

—Spune-i asta unui copil de patru ani care are febră. Sau când de Crăciun mama ei e de gardă.

—Hai să vorbim despre lucruri pozitive, cum ar fi de exemplu costumele de Halloween. În ce te deghizezi?

—În monstrul acela din *Berk, vaca are trei capete.*

Carol, care tocmai lua o înghiţitură de Cosmopolitan, s-a înnecat. Au râs cu lacrimi amândouă. Dacă încă putea să râdă aşa, atunci poate nu era chiar totul pierdut.

Era miercuri, 31 Octombrie, o zi superbă de toamnă. Carol avea întâlnire cu Miranda, care în ultima clipă a fost reţinută la spital. A hotărât că o mică plimbare în Central Park o să-i facă bine. În linie dreaptă, de-a lungul şi de-a latul aleilor, erau zeci de copaci cu un coronament ruginiu, frumos. S-a gândit să se ducă până la Boat House să bea un ceai în faţa şemineului şi să admire lacul. La câţiva metri distanţă l-a văzut pe William. Era îmbrăcat în jeanşi bleu, o cămaşă albă şi o geacă Polo în culoarea cafelei cu lapte. Îl prindea bine stilul casual-elegant şi Carol a zâmbit, gândindu-se că gol i-ar sta şi mai bine. Miranda îi băgase numai tâmpenii în cap.

—Mă primeşti pe banca ta? l-a întrebat. El s-a ridicat în picioare şi a pupat-o pe faţă, fericit să o vadă.

—Ai sânge francez? l-a întrebat.

—Nu, sunt doar un bostonian transplantat în New York care e fericit să te vadă. S-au aşezat pe bancă. Tu eşti născută în New York?

—În New York toţi sunt de peste tot şi nimeni nu este de nicăieri. M-am născut în Connecticut.

—Numele de Connecticut vine de la cuvântul Mohegan, care înseamnă *lângă un râu mare*. Din ce oraş eşti?

—New Haven.

—Ai fost la Yale? Ea a afirmat, cu un zâmbet. Am un prieten în New Haven. De câte ori merg la el mă duce la Long Wharf Theatre, şi mâncăm pizza în Wooster Square. Aveţi foarte multe restaurante italiene acolo. Mi-a plăcut acel orăşel.

—Orăşel? E al doilea cel mai mare din Stat, după Bridge-port.

—Mai ştiu că George W. Bush şi Benjamin Spock sunt năs-cuţi în oraşul tău.

—Mai sunt şi alţii, a zis ea şi au început să râdă. Cine e Benjamin Spock?

—Un pediatru american care a publicat o carte despre educaţia şi creşterea copiilor. O voi aplica atunci când voi avea copii. Ea a zâmbit şi nu i-a spus că nici un manual nu te învăţa să creşti copii. Pe soţul tău l-ai cunoscut în timpul facultăţii? a întrebat-o şi ea a dat din cap afirmativ. Toate drumurile duceau la Roma. Oare îi va pune întrebări despre viaţa ei?

—Este tot din New Haven?

—Nu. Hartford. La fel şi Syd. Sunt prieteni din copilărie.

—Pare fată făină. Sunteţi prietene?

—Din facultate. Stăteam mult pe la ei prin campus.

—Ce n-a apreciat Daniel la tine? Faptul că eşti întreprinzătoare şi independentă sau că eşti frumoasă foc?

—Nu e genul acela. E destul de complicat, a răspuns, plăcându-i complimentul lui, dar fără să comenteze.

—Divorţurile sunt complicate în general. Şi când iubim, de asemenea. Dar când o dragoste este nocivă, nu merită trăită.

—Îmi faci psihoterapie? a zâmbit ea.

—Promit să nu te facturez.

—Tu n-ai copii?

—De la o zi la alta, soţia mea a decis că e lesbiană şi din acel moment am fost total renegat de uterul şi de noua ei iubită. Precum şi de părinţii ei, care mă condamnau pe mine pentru preferinţele ei sexuale.

—Cu ce se ocupă?

—Fotomodel. Îi plăcea pictura, dar nu era foarte ambiţioasă.

N-avea pic de durere sau jenă când îi povestea. Se vedea că era complet vindecat. Ce faci diseară? a întrebat-o el.

—E Halloween, deci ne deghizăm. Ne punem măştile, dar pentru mine este o seară ca toate celelalte. Port mască de un an deja, a spus şi el a dat din cap.

—Eu n-am nimic în program.

—Încerci să te încrustezi la seara noastră de Halloween?

—Am vreo şansă?

—Doar dacă te deghizezi.

—Bineînţeles, a sărit el ca un copil. Pot să fiu un călugăr benedictin cu aspect de criminal.

—Eu sunt o bucătăreasă machiavelică şi am un satâr mare. Vino pe la şapte, i-a spus ea amuzată, iar el a zâmbit cu gura până la urechi, încântat ca un adolescent care a obţinut ce a dorit. Era simplu să fie cu el: nu bătea câmpii şi nici nu vorbea despre ceva rău ce s-a întâmplat la cineva urât în epoca de piatră. Era simpatic, avea conversaţii inteligente şi părea eficient. Dacă nu i-ar fi fost viaţa atât de complicată, s-ar fi văzut uşor într-o relaţie cu cineva ca el, dar din păcate nu era cazul. Trebuia să-şi facă ordine în suflet şi apoi să se gândească la relaţii amoroase. Cine ştie, poate că ziua aceea nu era chiar atât de departe.

La şapte fix bătea la uşa ei. Hayley, îmbrăcată într-o rochie prea decoltată, aşa cum i-a spus Carol doar de zece ori în acea seară, i-a deschis uşa.

—Bună seara. Bănuiesc că eşti Cenuşăreasa? a spus William, privind-o întrebător şi puţin jenat.

—Sunt mama ei, a răspuns fata, plictisită.

–Bineînțeles că ești, a mormăit William în barbă și a urmat-o în salon, unde Hayley s-a aruncat pe un fotoliu.

–De ce e așa cald aici? s-a plâns ea. Mi se lipește rochia asta de gură.

–E din vâscoză? a întrebat el, doar ca să facă conversație.

–Vâscoză? Am față de cineva care poartă vâscoză? a întrebat Hayley făcând o grimasă, iar el s-a foit jenat. Ești pedopsihiatru, n-ar trebui să fii în elementul tău în prezența copiilor? Sau a ființelor umane?

–Bună seara, s-a auzit Carol, iar el s-a ridicat în picioare, fericit să scape de discuție. Avea o sticlă de Bordeaux în mână și William spera să desfacă sticla cât mai repede. Avea mare nevoie de alcool dacă trebuia să petreacă seara cu mama Cenușăresei.

A apărut și Scott cu masca *Scream* pe față, iar William a scos din rucsac două cranii de mort pe care le adusese expre pentru el. Știa că o să îi placă darul și când a văzut extazul băiatul, William a zâmbit mulțumit.

–Băieții n-au niciodată suficiente capete de mort, nu-i așa?

–Cool, a zis Junior, încântat. Mi le dai de tot?

–Sunt ale tale, a răspuns William, privind încântarea de pe fața copilului.

Brenda a intrat în casă deghizată în vrăjitoare. Era nemulțumită, ca de obicei.

–M-am despărțit de Carl, a explicat ea fără să fie întrebată, iar Carol a dat din cap înțelegătoare, în timp ce Hayley și-a dat ochii peste cap. Erau obișnuite cu dramele Brendei, care din fericire, nu țineau niciodată mult.

–Brenda, ți-l prezint pe William, un bun prieten, a spus Carol, iar Hayley a ridicat o sprânceană.

–L-ai cunoscut acum cinci minute, a zis fata.

–Nu chiar, a minţit William, ne-am mai văzut acum câţiva ani la Paris, la un salon de arhitectură.

–Şi eu am fost în vară la Paris, a spus Brenda, plictisită. Bizar oraş: femeile au păr pe picioare şi bărbaţii poartă genţi.

Râsete.

S-a auzit o bătaie în uşă, iar Hayley a mers să deschidă. Nu erau copii veniţi după bomboane, ci Daniel cu bomboana lui, Rebeca. Carol se întreba ce căutau acolo. Rebeca arăta trăsnet, îmbrăcată într-un costum cu culori vii: purta fustă scurtă, iar în picioare avea botine cu tocuri înalte. Era machiată de seară şi se ţinea dreaptă lângă iubitul ei. Hayley a studiat-o din cap până-n picioare, după care a trecut la atac.

–Ştiu. Te-ai deghizat în prostituată bătută. Rebeca nu a răspuns, Carol a făcut un efort supraomenesc să nu râdă, iar Daniel doar şi-a privit fata. Poate că ar fi fost mai bine să îşi lase iubita în maşină, aşa cum sugerase aceasta. De ce ai venit cu ea? l-a întrebat Hayley. Nici măcar nu sunteţi deghizaţi. Măcar el, şi l-a arătat printr-un semn cu capul pe William, s-a îmbrăcat. În ce, nu se ştie, dar măcar a încercat.

–Sunt călugăr, a spus William, zâmbind jenat. Seara se anunţa din ce în ce mai catastrofală şi el încă nu avea nici un pahar de vin în mână.

–Şi nu ştiai că dacă eşti călugăr, n-ai voie cu femei?

Carol a privit-o pe Hayley cu reproş, în timp ce Daniel o privea cu ochii mari.

–Pentru că eşti cu el acum? Luna trecută erai cu Gordon. Luna asta îi preferi mai tineri?

–Îţi dă chef să-ţi faci un lifting? l-a întrebat Carol calmă, deşi fierbea de furie. Cum îndrăznea să apară neanunţat, cu iubita la braţ şi s-o psihoanalizeze? Rebeca s-a mişcat de pe un picior pe altul, jenată la rândul ei. Ce doreşti? l-a întrebat.

–Am făcut o singură greşeală şi acum te-ai hotărât să mă umileşti schimbându-ţi amanţii la fiecare lună? Am fost un tată şi un soţ bun timp de şaisprezece ani, merit puţin respect.

–Ai încercat să fii şi ai ratat, a spus Carol, nevenindu-i să creadă cât de mult s-a schimbat Daniel. Nu avea nicio legătură cu soţul ei, un bărbat retras, cu umor fin şi inteligent. Bărbatul din faţa ei era un ţopârlan insensibil. A fi tată şi soţ nu înseamnă să ai un contract pe doi, zece sau treizeci de ani. E pe viaţă, nu există termen de expirare.

–Şi toţi anii în care am fost un soţ şi un tată bun mi se anulează?

–Este adevărat că ai fost un soţ bun, dar ai trecut de la asta la un tip pe a cărei maşină scrie *honk for fuck*. Şi din cauza ta, familia noastră discretă a ajuns să se certe în faţa unor străini.

El a privit-o furios:

–Am eu o maşină pe care scrie *claxonaţi dacă vreţi să vă futeţi*? De unde scoţi toate astea şi de ce vrei să-mi faci rău? Carol nu a spus nimic, doar a ridicat din umeri.

–Cred că ar fi bine să plecăm, i-a spus Rebeca lui Daniel, însă el nu a ascultat-o şi a continuat să vorbească, făcând acea conversaţie din ce în ce mai penibilă:

–Ştiu că tu crezi că voi uita mai repede ca tine viaţa pe care am avut-o, dar nu este adevărat. Nu întotdeauna cei care pleacă uită mai repede, Carol. Aceasta l-a privit, apoi a privit-o pe Rebeca, care era din ce în ce mai jenată. Se va învăţa minte altădată să mai vină neanunţată în casa ei. Cumva îi părea rău pentru doamna doctor, dar nu era jobul ei să o protejeze.

–Nu poţi să vii la mine în casă cu noua ta iubită, să-mi spui că-ţi este greu şi că ţi-e dor de viaţa de dinainte şi apoi să aștepți ca eu să șterg totul cu buretele, a zis Carol, făcând excepție de prezența celorlalți.

–Ba da chiar asta vreau, a zis el, iar Rebeca a făcut un pas în spate. De-abia atunci Carol a realizat că Daniel era băut.

–Ești beat, i-a spus ea, iar William și Rebeca s-au retras spre bucătărie, lăsându-i să discute.

–Da, sunt băut, iar tu ești o proastă că dai cu piciorul familiei noastre. Mâine dimineață nu voi mai fi beat, dar tu tot proastă vei fi, a zis Daniel, șocând-o. Era pentru prima oară când o înjura. Inversa rolurile ca și cum toate acelea erau din vina ei. Reușind să rămână calmă, s-a îndreptat spre ușa de la intrare și, cu un gest al mâinii, i-a poruncit să iasă afară din casă. El știa că a depășit limita și fără să mai spună nimic, a părăsit casa cu Rebeca pe urmele lui. După ce a trântit ușa și le-a cerut copiilor să urce la etaj, a luat sticla de vin și și-a umplut paharul, fără să-i propună și lui William. Uitase total de el și de toată lumea. În ultimul timp Daniel avea darul s-o enervezc atât de tare încât să uite cu cine este.

William s-a apropiat încet de ea.

–Mi-ai promis o seară distractivă și te-ai ținut de cuvânt. Ea a ridicat din umeri, cerându-și scuze din priviri.

–Înțelegi bine că toate acestea nu făceau parte din plan, a spus ea tristă. Câteodată nu ne iese cum ne dorim.

–Și ce anume îți dorești? a întrebat-o, privind-o atent.

–Îmi doresc să fiu bine, a răspuns ea după ce s-a gândit puțin. Faptul că era un ascultător atât de bun îl făcea foarte seducător. Vreau să mă focusez pe ce este important în viață, restul este doar zgomot. El continua să o privească în felul acela tandru, iar ei îi plăcea.

–Nu-ți este ușor, iar faptul că soțul tău vine aici cu noua iubită fără să te anunțe, nu te poate ajuta cu nimic. Apropo, ai văzut-o cum umblă? Este atât de rigidă încât dacă n-ar avea părul lung și sâni, ai spune că este un bărbat gata să invadeze Polonia. Ea a început să râdă veselă.

—Spui asta doar ca să mă înveselești sau chiar crezi că umblă ca și cum ar avea o mătură în fund?

—Un pic din amândouă, a zis el, înlăturându-i o șuviță de păr din ochi, după care a pupat-o pe obraz. Din instinct, ea s-a retras. A fost un gest rapid, care lui nu i-a scăpat. Să-mi spui dacă am încălcat vreo regulă, a zis el delicat, iar ea s-a relaxat. De ce un gest atât de simplu o făcea să se simtă ca și cum îl înșela pe Daniel? Timp de optsprezece ani, de când era cu el, nu s-a gândit niciodată la vreun bărbat, iar acum i se părea greșit. Dar nu era greșit. Soțul ei o înșelase cu sora vitregă, iar acum era într-o relație cu Rebeca.

—Noua regulă e că nu mai există reguli, a spus ea curajoasă și William a zâmbit blând. Știa că nu era genul de femeie care să sară de la un bărbat la altul și nici nu aștepta asta, de aceea îi plăcea atât de mult de ea. Toată lumea mă crede perfectă și ca atare trebuie să mă comport ca și cum aș fi, a continuat ea. Mama perfectă, soția perfectă. Este obositor.

—Nu mai trebuie să fii soția perfectă, a spus el blând.

—De atâtea ori Daniel mi-a spus că sunt diferită de toate celelalte femei, a zis ea tristă, iar eu l-am crezut. Apoi mi-a adus în dormitor o altă femeie. El o privea fără să spună nimic, iar ea a zis repede: este o metaforă, înțelegi că nu mi-a adus o altă femeie fizic în cameră. William a dat din cap afirmativ, fără să o întrerupă. Avea nevoie să vorbească, să-și golească sacul. Și-ar fi dorit ca el să fie cel care să o ajute să-și recâștige încrederea în ea.

—Hai să mergem să ne distrăm și să mâncăm tone de bomboane, i-a propus ea, făcându-l să înțeleagă că destăinuirile pe ziua aceea erau terminate. Dar mâine mai era o altă zi, iar el nu avea intenţia să plece nicăieri.

Au trecut aproape două săptămâni de la Halloween şi s-a văzut des cu William. Erau încă la stadiul de prieteni, dar într-o seară el a sărutat-o şi ea a fost surprinsă să vadă ce plăcut era. Aprecia însă că nu-i forţa mâna. Totul era natural, le făcea plăcere să fie unul cu altul şi ea se simţea din ce în ce mai apropiată de el. Avea nevoie de reconfort, ţinând cont de faptul că Daniel s-a decis să fie din ce în ce mai dezagreabil. Era agitat şi obsedat de persoana ei. A aflat că William a invitat-o să petreacă Ziua Recunoştinţei în Boston, la părinţii lui şi parcă a hotărât să-i facă viaţa un coşmar. Şi ca şi cum comportamentul lui nu i-ar fi fost suficient, într-o zi, Rebeca a sunat-o şi a rugat-o să se întâlnească cu ea. Oare ce voia? Nu era îndeajuns că trăia cu soţul ei? La început s-a gândit să o refuze, însă n-a făcut-o. Bănuia că trebuie să fie serios din moment ce Rebeca şi-a călcat pe suflet şi a sunat-o.

S-au întâlnit într-o cafenea din centru. Amândouă erau îmbrăcate elegant, iar Rebeca purta aceeaşi geantă Channel cu care Carol a văzut-o deja de trei ori. Oare dormea noaptea cu ea?

–Îţi mulţumesc că ai venit, a zis Rebeca politicoasă, iar ei i-ar fi plăcut să-i spună că n-avea nicio dorinţă să fie acolo.

–I s-a întâmplat ceva lui Daniel? a întrebat-o politicos, iar când chelnerul a venit să le ia comanda, a cerut un pahar de vin alb. Singurul mod de a supravieţui unor asemenea prânzuri era să te îmbeţi.

–Este foarte agitat și deseori are tensiune. L-am întrebat dacă avea și înainte, dar nu mi-a răspuns.

–Întotdeauna a fost sănătos, a spus Carol, dar am înțeles că bea foarte mult de când este cu tine. Rebeca s-a foit pe scaun, iar ea și-a cerut scuze. Nu este vina ta, n-ar fi trebuit să spun asta. S-au privit un moment, după care Carol a continuat: este dificil să stau de vorbă cu amanta soțului meu, cred că înțelegi.

–Da, înțeleg mai mult decât crezi, a spus Rebeca, privindu-și unghiile date cu ojă mată de culoare deschisă. Acum câțiva ani am avut rolul tău și nu a fost ușor s-o am în față pe... Își căuta cuvintele, iar Carol s-a auzit spunând:

–Târfa soțului? Nici n-a terminat bine fraza că a regretat. Îmi pare rău, n-ar fi trebuit să spun asta, se pare că astăzi este ziua gafelor. Rebeca a zâmbit înțelegătoare și a continuat:

–N-am să intru în detalii, doar doresc să știi că soțul meu m-a lăsat pentru ea.

–Și de ce trebuie să știu eu asta? a întrebat-o nedumerită. Nu vedea sensul acelei destăinuiri. Sau a acelei întâlniri.

–Eu l-am cunoscut pe Daniel deja separat, a zis Rebeca, scuzându-se într-un fel, conștientă de faptul că indiferent cum s-a terminat căsătoria lor, ea a distrus șansele unei eventuale împăcări. Carol a privit-o așteptând, dar aceasta nu a mai spus nimic.

–De asta mi-ai dat această întâlnire, ca să obții verbal binecuvântarea mea?

–Bineînțeles că nu, a spus repede Rebeca. Doream să-ți spun că Daniel e încă îndrăgostit de tine și că dacă și tu ești de el și-l vrei înapoi, eu mă retrag. Carol a privit-o mai atent. Oare juca teatru sau chiar credea ce spune? Îl iubesc mult, a răspuns Rebeca la întrebarea nerostită, de aceea sunt gata să fac tot ce-mi stă în putință ca să fie fericit.

Poate că nu era doar o femeie prost îmbrăcată care se culca cu bărbați însurați, și-a spus Carol, fiindu-i cumva ciudă să descopere că amanta soțului ei era nu numai frumoasă, dar și umană. Se purta civilizat și, în definitiv, nu din cauza ei s-a terminat mariajul lor.

—Ce crezi? a întrebat-o Rebeca atunci când a văzut că nu răspunde.

—Cred că ești o persoană integră pentru...

—Pentru o târfă? a zâmbit Rebeca, iar Carol și-a spus că merita sarcasmul ei.

—Îmi cer scuze că te-am jignit, n-a fost intenția mea, a spus Carol, gândindu-se că niciodată nu s-a mai scuzat de atâtea ori într-un interval atât de scurt.

—Ba da, a fost, dar te înțeleg. Nu e ușor rolul pe care-l ai. Partea bună este că am vârsta ta și sunt dispusă să dispar dacă-mi ceri. Brendy, amanta soțului meu, avea douăzeci de ani și îi era complet egal ce doream eu sau copilul meu.

—La ora actuală nici eu nu știu exact ce-mi doresc, a spus Carol cu onestitate, dar deși la început mi-a displăcut, apreciez demersul pe care l-ai făcut astăzi. Cred că ești o persoană bună și n-am nimic împotriva ta, în alte circumstanțe am fi putut fi prietene, dar așa cum ai spus, rolul meu nu este ușor. Îmi doresc să întorc pagina, deci dacă tu vrei să rămâi cu Daniel, eu n-am nimic împotrivă. Cel puțin asta cred acum, nu știu ce e de făcut mâine.

Era dureroasă acea negociere deasupra capului lui Daniel, omul pe care l-a adorat timp de optsprezece ani, bărbatul tinereții ei și tatăl copiilor. Bărbatul cu care își făcuse planuri pentru tot restul vieții lor. S-au despărțit în termeni corecți, iar Carol a apreciat în final demersul pe care l-a făcut Rebeca. Trebuia să recunoască faptul că o plăcea, era frumoasă, agreabilă şi modestă... însă rămânea amanta soțului ei.

Carol s-a decis să se întâlnească cu Gordon la ea acasă, dar i-a invitat şi pe Syd cu David şi pe Miranda cu Ben. Pentru ea, Gordon era doar un prieten, dar simțea că el voia mai mult. Era mai simplu să-l vadă cu lume în jurul ei. Prietenii copiilor erau la etaj făcând o hărmălaie incredibilă, ca de obicei. Erau împărțiți în grupul celor mari - Hayley cu prietenele - şi grupul eşantioanelor, cum le spuneau ele. Michael, noul prieten a lui Scott s-a îndrăgostit de Hayley, iar lui Junior nu-i plăcea. Copilul venise în Octombrie la New York, în urma separării părinților lui; mama era politiciană şi a rămas la Washington, iar el s-a mutat la New York cu tatăl lui, care era neurochirurg. Nu i-a fost uşor să se mute din singurul cămin pe care-l cunoscuse, dar s-a integrat destul de repede. Avea note bune, era bun la sport, iar Scott l-a adoptat rapid. Acum, cei doi băieți au decis să saboteze defileul de modă pe care Hayley şi prietenele voiau să-l facă în salon. Când Hayley a ieşit în viteză din cameră în noua ei ținută, junior i-a pus piedică şi aşa a început bătaia. Carol a fugit sus să vadă ce se întâmplă şi l-a văzut pe Scott călare pe sora lui.

—Da-te jos de pe ea, a spus luându-l de braţ si obligându-l să se ridice. De când te bați tu? Am crezut că ai capul pe umeri, l-a certat mama lui.

—Nici ea nu l-ar mai fi avut dacă ai fi venit cu cinci minute mai târziu, a zis puștiul furios. Ne-a poreclit eșantioane. Ele, patru hematoame în mătase.

—Toată seara te-ai plimbat pe hol cu chitara aia și nici măcar nu știi să cânți, a zis Hayley aranjându-și hainele.

—Iar tu n-ai țâțe, dar porți sutien, a zis Scott.

—Ești veșnic lipit de spatele meu, iar la școală, din cauza ta trec drept o idioată.

—N-ai nevoie de nimeni pentru asta, a zis Junior, iar Carol le-a cerut să se calmeze.

—Ce accesorii să-mi pun? a întrebat Clara, prietena lui Hayley, care era împopoțonată mai ceva ca un pom de Crăciun.

—O banderolă pe ochi, sau acoperă-i pe ai noștri înainte să orbim, a zis Michael, iar Scott a început să râdă, enervându-și sora și mai tare.

În salon, Miranda dansa de una singură, iar Ben o privea zâmbind.

—Ți-e ciudă că am atâta energie, nu-i așa, iubitule?

—Și unei centrale atomice i-ar fi, a răspuns el. Așa erai când ai fost însărcinată. Ce-ar fi?

—La vârstă noastră suntem mai aproape de osteoporoză decât de o sarcină, a citat-o pe Hayley, fără să se oprească din dans.

Gordon se amuza urmărindu-i, îi găsea simpatici.

—Ai să râzi, a zis Ben, dar eu când eram mic...

Miranda nu l-a lăsat să-și termine fraza.

—Aaah, iar vom avea dreptul să ascultăm memoriile lui intrauterine.

—Vedeți de ce m-am făcut comentator sportiv? Măcar acolo pot vorbi, mă eliberez, a zis el, făcându-i pe cei din salon să râdă.

—A ieșit o carte pe piață cu exerciții pentru oamenii căsătoriți, a zis David. Mă gândeam că ar fi interesant să o citim.

—Mda, a spus Syd, una din cărțile pe care voi, bărbații, le citiți și noi femeile trebuie să ne ameliorăm?

Cele patru adolescente și-au făcut apariția în salon, mândre de ținutele lor, iar adulții le-au aplaudat. Gordon a profitat de agitația din jur și s-a apropiat de Carol.

—Mi-a fost dor de tine, mi-aș dori să te văd mai des. Ce dorea el și ce voia ea, erau două lucruri diferite. Ce zici? a întrebat-o, când a văzut că ea nu zice nimic.

—Din păcate, deocamdată n-am de oferit decât prietenia mea. La cei patruzeci de ani știa că dorea să fie iarăși fericită, își dorea un bărbat al ei, voia să se îndrăgostească iarăși și să simtă fluturi în stomac. Dar nu simțea nimic din toate astea pentru Gordon.

—Când vei fi pregătită să te investești într-o relație să mă anunți, i-a spus el, am să te aștept.

—O să-mi amintesc, a spus ea, dorindu-și să închidă acea conversație.

Se vedea greu la brațul unui alt bărbat în afară de Daniel, dar își dorea din suflet să evolueze. Se spunea că la prima dragoste erai iubit mai mult, în rest, erai iubit mai bine. Acum ea era în faza de schimbare de viață și încă învăța să se adapteze fiecărei situații. Nu era simplu s-o iei de la început după șaisprezece ani de căsătorie perfectă. Pentru că pentru ea fusese perfectă. În afară de faptul că era mamă și voia să-și vadă copiii crescând frumos, avea planuri și pentru ea, ca femeie. Se spune că timpul este inamicul numărul unu și deşi se simţea şi era în floarea vârstei, ştia că partea cea mai frumoasă a vieţii era în spatele ei.

–Cum am fost, mami? a întrebat-o Hayley, trezind-o din visare.

Scott, parfumat în exces, voind s-o impresioneze pe Brenda, îşi urma sora ca un căţeluş şi Hayley i-a pus un deget pe frunte, oprindu-l să se apropie mai mult de ea. El s-a strâmbat la sora lui, iar Brenda s-a apropiat de el şi l-a mângâiat pe cap.

–Eşti chiar simpatic când nu afişezi aerul ăsta meschin şi plângăcios. Ce ar fi acum să faci duş, înainte să asfixiezi pe cineva cu parfumul tău? Scott a privit-o cu ochi mari, iar Brenda a continuat: vrei să mă impresionezi sau vrei să mă asfixiezi?

Scott s-a simţit vexat când a văzut că fetele s-au pus pe râs, dar nu a vrut să le lase să se vadă asta. Va găsi el ac de cojocul lor în zilele următoare. Împreună cu Michael, avea să pună la cale un plan de răzbunare care îl va ajuta să-şi marcheze teritoriul.

CAPITOLUL 10

Ziua Recunoștinței a sosit și Daniel a venit să-i ia pe copii la el. Întâlnirea lor a fost destul de rece, iar când Carol l-a anunțat că pleacă la Boston cu William, atmosfera a devenit glacială.

–Bine, dar voiam să-ți aduc copiii cu o zi mai devreme, a spus el.

–Nu așa am stabilit, Daniel. Am și eu viața mea, de aceea există un program, ca să pot și eu să-mi planific timpul. Trebuie să respecți regulile.

–Ar fi mai ușor pentru mine să le respect, dacă aș știi pentru ce motive le fixezi.

–Nu poți să vii aici când și cum ai tu chef. Nu sunt la dispoziția ta, a zis ea, încercând să-și păstreze calmul. S-a săturat de aceleași dispute care nu duceau nicăieri. El a fost cel care a distrus acea relație și tot el era cel cu pretenții.

–Înainte erai mereu disponibilă pentru familia ta.

–Da și cu ce m-am ales?

–Cât mai ai de gând să mă pedepsești? Eu încă te iubesc și aș merge până la capătul lumii după tine.

Carol i-a arătat ușa de la intrare.

–Poți să începi chiar acum.

El a privit-o rece, iar ea i-a pupat pe copii, urându-le o sărbătoare frumoasă, după care s-a dus să-și pregătească valiza pentru Boston. Syd i-a spus că părinții lui William erau familia tipică din vechea gardă, temelia de nezdruncinat a societăţii. Se considerau un fel de făcători ai lumii şi erau foarte convenţionali. Carol era puţin anxioasă în privinţa acestui voiaj şi nu înţelegea de ce William o prezenta familiei lui, iar ea nu-şi mai amintea de ce a acceptat. Într-o familie ca a lui nu-ţi aduceai prietena de cinci minute la Ziua Recunoştinţei. Şi-a luat numai haine sobre şi elegante. S-a gândit să-şi pună şi treningul, sperând din suflet că noaptea, familia lui îşi dădea perlele şi costumele jos. David a spus că bunica lui era şefa clanului şi era singura mai amuzantă. William mai avea o soră care urma să vină cu soţul şi cele două fiice adolescente şi mai era Bryan, fratele mai mic, care la treizeci şi cinci de ani era celibatar şi-n plus, actor. În lumea lor, Bryan făcea impresia unei ciori pestriţe.

La ora patru, William a venit şi a luat-o cu maşina.

–Ce drăguţă şi elegantă eşti, i-a spus, bucuros să o vadă.

–Vreau să fac impresie bună.

–La prima vedere pot fi înfricoşatori, dar când lasă măştile să cadă, sunt oameni plăcuţi. Nu râd, nu se îmbrăţişează, dar sunt persoane oneste şi politicoase.

–Cum eşti cu ei? l-a întrebat.

–Într-o perioadă erau supăraţi pe mine, dar acum le-a trecut.

–De ce s-au supărat pe tine?

–În afară de faptul că am băgat o lesbiană în familie, vrei să spui? Carol a râs. Era atât de sincer şi spontan încât nu puteai decât să-l îndrăgeşti. După cum vezi, a continuat el, fiecare avem bagajul nostru pe care trebuie să-l purtăm. Dacă vrei să petreci trei zile bune, fă ce crezi tu, simte-te bine. Oricum vei fi criticată.

–Serios?

El a râs, amuzat de stresul ei. Nu, familia lui nu critica. Poate doar în spatele cortinei. Zborul a durat patruzeci și cinci de minute, iar la aeroport îi aștepta mașina, condusă de șoferul personal al familiei. Carol privea pe geam spre frumosul oraș. Bostonul era unul din cele mai vechi și bogate centre economice, financiare și culturale din nord estul Statelor Unite.

–Stau departe părinții tăi? l-a întrebat ea.

–În Beacon Hill.

Bineînțeles că în Beacon Hill, a gândit ea.

–Mi-ar plăcea să vizităm Museum of Fine Arts, a spus Carol, să ne plimbăm pe Beacon Street și State House. Îmi place mult stilul lui Charles Bulfinch.

–Vom face tot ce dorești, a zis el. Într-o dimineață vreau să te duc în Boston Common. Ador acel parc și am o grămadă de amintiri plăcute acolo.

–Amintiri din copilărie sau deocheate?

–Ai fi geloasă?

–Aș putea, bănuiesc.

–Bănuiești?

–Nu m-am gândit încă...

–Mi-ar plăcea să știu unde duce această relație, a zis el, iar ea s-a întrebat dacă era cu el pentru că îi plăcea foarte mult sau doar se folosea de el ca să întoarcă pagina. *I'm getting over someone by getting in front of someone else.*

–Tocmai acum ți-ai găsit să vorbim despre asta, când trebuie să-ți cunosc familia? Nu crezi că sunt destul de stresată? l-a întrebat continuând să se uite pe geam, iar el a mângâiat-o pe mână, zâmbind. Au ajuns în Beacon Hill. Carol admira clădirile în stil victorian care evocau Anglia. O parte din acele case fuseseră desenate de arhitectul Bulfinch în secolul al

XIX-lea, despre care învățase în facultate. Acest cartier nu era celebru numai datorită frumuseții lui tipice și a prețurilor exorbitante, ci și datorită rezidenților importanți din toate timpurile. Acolo a locuit romanciera americană Louisa May Alcott, pictorul american John Singleton Copley, renumit prin portretele lui clasice și mulți alții.

Au ajuns la destinație. Șoferul le-a deschis portiera, iar tatăl lui William le-a ieșit în întâmpinare. Era un bărbat înalt, cu părul gri, avea umeri largi, o alură sportivă și voce profundă. A dat mâna cu ea și a privit-o fix în ochi. În tribul lor, îmbrățișările nu erau tolerate. Mama lui William și-a făcut apariția și, așa cum se aștepta Carol, nu era deloc genul bunicuței blânde cu coc la spate și privire caldă. La fel ca soțul ei, era înaltă, dreaptă și toată îmbrăcată în Channel. Purta o rochie de lână bej cu bleu, avea cercei cu perle în urechi și un zâmbet pur convențional. După ce l-a îmbrățișat scurt pe William și i-a aranjat o șuviță de păr, a dat mâna cu ea și a analizat-o rapid, evitând să pară nepoliticoasă. I-a spus bun venit, a întrebat-o dacă a avut un zbor plăcut, după care a condus-o la camera ei. Carol se uita în spate, căutându-l din priviri pe William care nu era nicăieri, apoi mama lui i-a spus că se întâlneau toți în living la ora șase și jumătate. Carol a zâmbit, simțindu-se ca la grădiniță și după ce Patricia s-a retras, a intrat în dormitor. Camera era spațioasă, cu mobilă prețioasă și ea și-a spus că dulapul florentin era foarte valoros. Era construit din abanos și decorat cu o mulțime de pietre prețioase și semiprețioase: agat, ametist, și cuarț. Carol cunoștea o piesă de valoare, fiind pasionată de antichități. În partea dreaptă a șemineului era un fotoliu cu rame albastru violet și decorațiuni sub formă de păsări și flori aurite. Piese ca acelea erau demne de Muzeul din Liechtenstein și ea și-a spus că familia lui William trebuia să fie foarte bogată. Patul era mare, îmbrăcat în lenjerie albă moale, brodată la exterior, iar pe jos erau covoare lucrate de mână în culori calde, asemănătoare cu cele ale draperiilor groase din mătase.

Și-a pus o rochie neagră de cocktail, brățara cu diamante și o pereche de cercei mici care sclipeau printre șuvițele ce-i cădeau din cocul făcut la spate. Se simțea frumoasă și sofisticată, dar când i-a văzut pe toți cum erau îmbrăcați, și-a spus că rochia ei părea prea modestă, tocurile pantofilor prea înalte, iar geanta pe care nu știa de ce o luase cu ea, avea culori prea vii. Mama lui se schimbase într-o rochie gri-perlă de la Chanel, cu mâneci trei sferturi, iar în piept avea o broșă superbă din diamante.

Elisabeth Evans, bunica lui William, ședea într-un fotoliu și o privea fără nicio expresie pe față. Se vedea de la o poștă că era șefa familiei. Avea părul alb, coafat impecabil, iar ochii gri sfredelitori îi erau încă frumoși. Camera era spațioasă, decorată cu mult bun gust, creând o ambianță primitoare. Măcar atât, și-a spus Carol, camera să fie primitoare dacă membrii familiei erau glaciali. William a făcut prezentările și Carol a trecut de la unul la altul cu zâmbetul pe buze. Donna, sora lui William era blondă, de statură potrivită și slabă, iar Carol nu putea să spună dacă este drăguță sau nu. Părea ștearsă și foarte diferită de soțul ei, Thomas, care era înalt, brunet și amabil. Fetele lor, Aurora și Kelly, aveau cincisprezece și șaisprezece ani, erau vesele și păreau inteligente.

—Ești iubita lui William? a întrebat-o Aurora și ea l-a privit repede, neștiind ce să spună. Adevărul era că nici ea nu știa ce erau unul pentru altul.

—Suntem doar prieteni, a spus Carol, dorindu-și ca guvernanta care le servea masa să aibă ceva tare în sticla pe care o aducea.

—Care este pasiunea ta? a întrebat-o Kelly, care era blondă ca mama ei, cu pielea măslinie ca a tatălui. Era superbă și o știa, dar nu arăta.

—Am multe pasiuni, a răspuns Carol, zâmbind și luând o gură din paharul cu porto care i s-a servit, una dintre ele fiind antichitățile. De altfel, i s-a adresat ea Patriciei și lui Elisabeth, am remarcat superba comodă Harrington de la etaj. A fost făcută de Thomas Chippendale, nu-i așa? a întrebat ea, fiind sigură că nu se înșela. Cunoștea bine operele renumitului producător de mobilă.

—Da, este Thomas Chippendale, a răspuns bunica lui William, încântată să aibă în față o cunoscătoare. De când vă cunoașteți? i-a întrebat, privind de la unu la altul.

—De la nunta lui David, a spus William, zâmbindu-i bunicii sale. Se înțelegea bine cu ea și, spre deosebire de părinții lui, nu-l critica. I-am spus că puiul este bun, iar ea a ridicat din umeri nepăsătoare. Apoi am întrebat-o ce crede despre o seară în doi și ea m-a întrebat ce cred despre un picior în testicule. Patricia a început să tușească nervos, iar Elizabeth a râs, obișnuită cu glumele nepotului ei. Carol s-a înecat, întrebându-se ce naiba îl apucase pe William să vorbească așa.

După treizeci de minute care au părut ca treizeci de ore, au trecut la masă, unde au fost serviți de patru persoane. Au mâncat cremă de sparanghel verde, pâine prăjită cu unt din flori de chives, quiche cu trei brânzeturi și roșii uscate, rondele de somon cu sos de piper verde, pește la cuptor cu piure și mazăre, iar ca desert, tiramisu cu cireșe.

Carol a fost în centrul atenției tot timpul cinei, fiind chestionată de cele două fete în permanență. La un moment dat s-a întrebat dacă acestea au fost puse de Patricia s-o bombardeze cu întrebările despre viața ei. Când au întrebat-o cu ce se ocupă părinții ei, ea a evitat să dea detalii despre Kirk. Nu-și putea imagina cum le-ar putea povești escapadele lui sexuale și petrecerile cu cocaină. Părinții lui William erau căsătoriți de aproape cincizeci de ani și reprezentau aristocrația americană de modă veche. Voiau să știe unde s-a născut, ce școală a făcut și dacă avea copii. Când cina a luat sfârșit se simțea ca o delincventă juvenilă care jucase ping-pong toată seara. A fost ridicol acel interogatoriu. William și ea erau doar prieteni, nu urmau să se căsătorească.

—Ai rezistat bine, i-a zis el, când lunga cină s-a terminat. Văzându-i zâmbetul copilăresc, a început să se destindă. Ajunși în fața camerei ei, ea s-a întors și l-a privit.

—Ai o familie interesantă.

—Îți mulțumesc, a spus el simplu și, fără să mai adauge ceva, a sărutat-o. Cald, tandru și... prea scurt? Oare faptul că se afla în casa acelor oameni convenționali o făcea să-și dorească să facă dragoste cu el? Era fructul oprit sau avea legătură cu faptul că a băut două pahare de vin în plus? Probabil că amândouă. În plus, n-a mai făcut dragoste de când s-a despărțit de Daniel. Oare ar fi fost deplasat dacă i-ar fi propus să petreacă noaptea cu ea?

—Noapte bună, l-a auzit pe William și dezamăgită, l-a pupat pe obraz, după care a intrat în camera ei. Era sigură că în acea casă sexul era interzis pentru toată lumea. Își imagina cu greu cum au putut fi concepuți cei trei copii ai familiei

Evans. Bănuia că Patricia dormea cu broşa în piept, aşezată în şezut, ca să nu-şi strice coafura.

A doua zi, la ora opt, toţi erau în living la micul dejun şi îmbrăcaţi la patru ace. Carol îşi pusese treningul şi când şi-a făcut apariţia a avut impresia că va fi condamnată la moarte. A avut toată noaptea coşmaruri cu ei, iar acum coşmarul continua. Oamenii aceia chiar dormeau îmbrăcaţi la patru ace. Cu zâmbetul pe buze, a ignorat privirile lor şi s-a aşezat la masă, gândindu-se că nici măcar pentru William nu şi-ar fi pus taiorul la micul dejun.

–Suc de rodii? a întrebat-o Donna, privind-o fără nici o expresie pe faţă.

Oare ar fi prea mult dacă i-aş cere să pună vodcă în suc?

–Mulţumesc, da.

Slavă Domnului, nimeni nu a mai interogat-o. Discutau între ei despre politică, serviciile lor şi despre Crăciun. Se comportau perfect, erau politicoşi, dar nu exista pic de căldură acolo. Tachinările de familie erau interzise şi probabil de aceea William se comporta cu ei ca un băieţel rău.

–Ne scuzaţi, dar noi trebuie să plecăm, a spus el după treizeci de minute oribil de lungi. Carol trebuie să se întâlnească cu un client, după care o voi duce prin muzee.

–Nu uita, mâncăm la ora şapte, a zis tatăl lui.

–N-are cum să uite, o repeţi de câte ori ai ocazia, a zis Elisabeth, care făcea doar act de prezenţă, nu mânca niciodată dimineaţa. Carol o plăcea, era singura din familie care era amuzantă.

Ziua a trecut repede, iar William s-a dovedit a fi un ghid bun şi interesant. Era grijuliu cu ea şi de câteva ori a sărutat-o tandru, iar ei i-a plăcut. O privea atent când îi vorbea şi o complimenta des. Se simţea bine în prezenţa lui. Au umblat mult prin frumosul oraș supranumit și leagănul Americii moderne. Bostonul avea o arhitectură absolut splendidă și existau multe clădiri vechi. Mai mult de treizeci la sută din populația orașului era reprezentată de tineri. S-au plimbat pe Cărarea Libertății și au admirat clădirile istorice, au viziat Muzeul de Arte Fine, strada Newbury și Castle Island.

Când au ajuns acasă era ora șase și Carol s-a dus direct în camera ei, fericită că nu i-a ieșit nimeni în cale. A făcut duș, după care a sunat-o pe Diana, apoi pe copii, iar la șase și jumătate a coborât împreună cu William în salon, unde erau deja toți adunați. În încăpere se mai afla o persoană pe care Carol n-o știa. Era Sarah Moore, o blondă înaltă, cam de treizeci și cinci de ani, cu o statură zveltă și un zâmbet încântător, care i s-a lărgit până la urechi în momentul în care l-a văzut pe William. Ei nu i-a aruncat nici măcar o privire. Era atât de fericită să-l vadă pe William, încât i-a sărit de gât și nu i-a mai dat drumul, iar pe el nu l-a deranjat deloc. Carol s-a gândit că asemenea efuzie sentimentală ar putea să-i ucidă pe cei din familia Evans dar, spre surpriza ei, aceștia erau fericiți să asiste la întâlnirea celor doi.

–Sunt prieteni din copilărie, a explicat Donna, zâmbind pentru prima oară.

–Sunt fana lui de când eram mică, a zis Sarah, fără să-și ia ochii de la el.

Ea făcea parte din decor și se vedea că era des în contact cu familia Evans. William era fericit să-și întâlnească *fana*, pe care n-o mai văzuse din vară, când toți au mers în vacanță în New Hampshire, așa ca-n fiecare an.

–Din Ianuarie mă mut în New York, a anunțat radioasă Sarah. Voi fi editor șef la Vogue.

Sărea în sus de bucurie şi aplauda de parcă era un copil, iar familia Evans o privea cu zâmbetul pe buze. Nepoatele lui William au sărit s-o felicite şi se vedea că cele trei erau foarte apropiate. Glumele şi îmbrăţişările le erau permise şi, câteodată, chiar şi ţipetele de bucurie. Carol se simţea din ce în ce mai invizibilă şi cina i s-a părut interminabilă. Cu o seară în urmă a fost în plin ring de box, iar în seara aceea a devenit femeia invizibilă. Şi-a spus că dacă mai stă încă două zile cu ei, o să devină alcoolică. William era lângă ea, dar părea la milioane de kilometri depărtare. Era total fascinat de zglobia Sarah, care monopoliza întreaga conversaţie.

–Vă daţi seama, m-a invitat la un hotdog! Am eu faţă să îngurgitez tot acel concentrat de nitriţi şi coloranţi? Am luat-o la fugă fără să-mi fac bagajele. Se spune că în viaţă primeşti lucrul pentru care te-ai pregătit. Eu nu m-am pregătit pentru asta, deci iată-mă iarăşi celibatară.

–N-a fost să fie destinul tău, a zis Donna, zâmbindu-i dulce.

–Eu ştiu deja ce viitor voi avea, a zis Sarah, misterioasă şi l-a privit pe sub gene pe William. Ţii minte, l-a întrebat întorcându-se spre el, discuţia aia pe care am avut-o acum câţiva ani? Sper că n-ai uitat, a spus ea, iar el o sorbea din priviri.

Carol îi privea fără grai. Cum îndrăzneau să se comporte ca şi cum ea nici nu exista? Când, într-un final, William a binevoit să-şi aducă aminte de existenţa ei, a fost surprins să vadă privirea din ochii lui Carol.

–E inofensivă, te asigur, i-a şoptit.

–Oamenii pot părea inofensivi... şi să nu fie.

–Eşti geloasă? Te deranjează exuberanţa lui Sarah?

–Nu. Ce mă deranjează e atitudinea ta vizavi de ea.

–Bine, dar mie mi-e ca o soră...

–O soră care ar vrea al naibii de mult să te bage în patul ei.

–Toată lumea știe că Sarah e îndrăgostită de mine încă din copilărie, dar pentru mine e doar sora mai mică.

Și atunci cum se face că am devenit dintr-odată invizibilă? ar fi vrut să-l întrebe, dar n-avea niciun sens. Sau drept. În definitiv, ei nu erau un cuplu. Oricum, acel weekend a fost o idee proastă și abia aștepta să plece acasă.

Ajunsă în camera ei, a văzut că are multe apeluri pierdute și toate de la Rebeca. Inima a început să-i bată cu putere și primul gând i-a fugit la copii. Dacă se întâmplase ceva cu ei? În mesajul vocal, Rebeca îi spunea că Daniel a avut un accident de mașină și că se află la urgență, în spitalul Mount Sinai. A sunat-o stresată pe Hayley, iar aceasta i-a spus că Daniel era în comă. A simțit cum o cuprinde panica și și-a spus că trebuie să se abțină în fața fiicei ei. Își simțea copilul bulversat, nu mai voia să adauge și ea un strat de amărăciune. Dar era dificil să rămână calmă. Soțul ei era în comă, iar ea era la Boston, într-o casă unde s-a ridiculizat la maxim și nimănui nu-i păsa de ea.

–Iau primul avion și vin.

–N-are rost, mamă. În noaptea asta oricum nu te vor lăsa la el. Și pe noi ne-au trimis acasă. Ne sună dacă intervine ceva. Vocea îi era ștrangulată și a simțit cum se forțează să nu plângă.

–Va fi bine, draga mea, a asigurat-o Carol, nefiind sigură de nimic.

–Nu vreau să moară. Medicii nu sunt deloc optimiști.

Soțul ei era pe patul de moarte, copiii erau cu amanta acestuia, iar ea era la trei sute treizeci de mile distanță, într-o casă unde nu-şi avea locul. În capul ei era un haos total şi se gândea că ar fi fost bine să plece în noaptea aceea. Familia ei avea nevoie de ea mai mult ca niciodată.

—Scott cum e?

—Nu i-am spus nimic. Rebeca a zis să te aşteptăm.

—Bine a făcut. Mă ocup eu mâine de asta. Dar poate tatăl tău se va trezi până atunci.

—Are coastele rupte şi traumatism cerebral.

Şi-a spus că nu se simţea capabilă să înfrunte asta, dar nici nu putea să nu facă nimic. În viaţă erau situaţii pe care nu le puteai amâna. Întotdeauna şi-a spus că nimic nu putea fi mai oribil decât iubirea neîmpărtăşită. S-a înşelat. Moartea era mult mai grea. Niciodată nu s-a gândit că Daniel ar fi putut să moară. Oamenii care s-au iubit atât de mult ca ei doi ar trebui să rămână o veşnicie împreună. Dar aşa ceva se întâmplă numai în romanele siropoase de dragoste sau în filme. Însă viaţa ei nu era un film, iar ea nu era o actriţă care-şi învăţase rolul pe de rost. A închis cu Hayley şi se s-a simţit ca şi cum un camion de marfă tocmai a trecut peste ea. S-a dus să-l caute pe William şi să-l înştiinţeze despre plecarea ei anticipată, dar pe hol s-a întâlnit cu mama lui, care i-a spus că acesta ieşise cu Sarah într-un pub.

—Te pot ajuta cu ceva, Carol? a întrebat-o politicos Patricia.

În câteva cuvinte i-a povestit cele întâmplate şi faptul că va trebui să plece. A uimit-o reacţia doamnei Evans, care a luat-o în braţe şi a încercat să o încurajeze. A simţit atâta reconfort în braţele acelei străine, încât şi-a vărsat tot amarul. Ştia că nu se face, dar nu-i păsa şi s-a trezit spunându-i Patriciei toată viaţa ei. Îi făcea foarte bine să se descarce, iar în ochii doamnei Evans nu era nici ironie, nici plictiseală şi nici milă. Era doar înțelegere. Ceva s-a petrecut în acea seară între cele două femei. O frontieră a căzut. Persoanele acelea reci, înguste și prea convenționale, erau de fapt niște oameni buni, civilizați și extraordinar de umani.

–Fă ceea ce simți tu că trebuie să faci, draga mea. Dacă nu vrei să aștepți până dimineață, îți dau mașina cu șoferul și la ora trei, maxim, ești la New York.

Scurt și la subiect, iar ea a acceptat cu plăcere. I-a lăsat câteva rânduri lui William, i-a mulțumit încă o dată Patriciei și a plecat spre casă.

La două și jumătate era deja la spital și vorbea cu unul dintre medicii lui Daniel. Era Benjamin Campbell și numele-i era cunoscut de undeva, dar s-a gândit că probabil se înșală. Și-ar fi adus aminte dacă ar mai fi văzut înainte acel chip plăcut, acel calm extraordinar și siguranța pe care o afișa acel om.

–Doamnă Huston, a spus acesta amabil, întinzându-i mâna, sunt tatăl lui Michael, prietenul lui Scott. Îmi pare bine să vă cunosc în sfârșit. Păcat de circumstanțe. Deci nu s-a înșelat, nu a înnebunit chiar de tot. Carol a găsit forța să zâmbească, apoi doctorul i-a spus că Daniel avea probabil nervul optic atins și că următoarele ore erau foarte importante. Dacă ieșea din comă era deja un semn bun, dar exista posibilitatea ca el să rămână orb. Încă era prea devreme ca să știe când și cum îl vor putea opera, dar a asigurat-o că echipa de medicii era excelentă și că va fi observat îndeaproape.

–Mulțumesc, a spus Carol cu voce tristă, abia auzită.

Cum s-a putut oare, ca într-un interval aşa de scurt, să i se schimbe viaţa atât de radical? Simţea pe umeri greutatea acelui an şi dintr-odată şi-a dorit ca mama ei să fie acolo, cu ea. Telefonul mobil a vibrat, iar ea a răspuns. Era Patricia, care dorea să ştie cum era soţul ei. Ştia ce înseamnă pentru Patricia să sune pe cineva la trei dimineaţa. Însemna dărâmarea barierelor convenţionalităţii. Şi a făcut-o doar din dragoste şi stimă.

A decis să rămână la spital şi s-a întins pe o canapea în hol. S-a trezit la ora şapte, fără să ştie unde e. O dureau toate, iar ochii îi erau umflaţi de la cât a plâns. Apoi şi-a amintit şi, dintr-odată, a cuprins-o panica. Dacă a murit, dacă nu-l va mai vedea niciodată? S-au despărţit supăraţi, iar el acum putea să moară cu sentimentul că ea-l ura. Dar ea nu-l ura, ea voia doar să şteargă acel an nenorocit cu buretele şi să se întoarcă la viaţa ei. La lumea ei, în care Samantha şi Rebeca nu existau. Cineva a atins-o încet pe umăr şi l-a văzut pe doctorul Campbell întinzându-i o cafea aburindă.

—Nu e una din cele mai bune, dar e fierbinte, a zis el simplu.

—Mulţumesc! Cum e Daniel?

El a dat din cap. Nu era nicio schimbare încă. Ea ştia că întotdeauna, în ceva rău, era şi un sâmbure de ceva bun, dar nu vedea cum ar fi putut ieşi ceva pozitiv din faptul că Daniel era în comă. Îl prefera cu Samantha sau cu Rebeca, numai mort, nu.

Miranda şi-a făcut şi ea apariţia. A luat-o în braţe pe Carol şi aceasta a pufnit în plâns, iar doctorul Campbell s-a retras discret. Pentru moment nu era nimic de făcut.

—Cum ai ştiut că sunt aici? şi-a întrebat ea prietena.

—Am fost de gardă şi tocmai am aflat. Cum e Daniel?

–În comă și nicio schimbare de aseară.

–Echipa de medici care se ocupă de el e fantastică. Totul va fi bine. Cuvântul *bine* i se părea indecent în holul acelui spital. Amândouă au coborât la restaurantul spitalului, iar când s-au întors, Hayley și Rebeca erau deja acolo. Și-a strâns copilul în brațe și a avut impresia că s-au întors în timp, iar ea era iarăși fetița care avea atâta nevoie de mama ei. Era palidă și ochii-i erau roșii de la plâns și nesomn.

–Ne-am certat chiar înainte să părăsească apartamentul Rebecăi, a zis Hayley, cu ochii în lacrimi. L-am enervat tare și era băut... Iar acum e în comă din cauza mea.

–Nu spune asta, a zis blând Carol, pupându-și fata pe cap.

–N-am putut să-l opresc, a intervenit Rebeca și Carol doar a dat din cap. În ultimele săptămâni nu mai era el însuși, bea mult și s-a închis în el.

–Unde este Scott ? a întrebat-o Carol.

–L-a dus mama mea la școală. Nu e la curent cu nimic. M-am gândit că ai vrea să-i spui tu.

Nu, nu voia, dar trebuia s-o facă. Au hotărât să meargă câteva ore acasă, să facă duș și să se schimbe.

–Dacă se trezește între timp, i s-a adresat Hayley Rebecăi, te rog să-i spui că-l iubesc mult și că-mi pare rău.

Când a ajuns acasă, Carol s-a simțit ca și cum a părăsit New Yorkul de o eternitate. Poate că aceea nu era viața ei, poate era doar o simulare. Telefonul a sunat și ea a sărit ca arsă. Era cineva care greșise numărul. De acum încolo asta va fi viața ei? Să tresară de fiecare dată când suna telefonul? S-a băgat în duș și a lăsat apa caldă să curgă pe ea. I-a făcut bine pe moment, dar când s-a dus la fiica ei în cameră și a văzut-o dormind în poziția fătului, a cuprins-o mila și toată starea aceea de neputinţă a revenit. Întotdeauna când ne doare ceva sau avem o suferinţă mare, ne întoarcem la poziţia fătului. Este, probabil, nevoia noastră de a reveni la acea perioadă unde n-aveam nicio grijă. Se spune că persoanele care dorm în acea poziţie sunt în general sigure pe ele şi echilibrate, nu era cazul fiicei ei. Carol s-a hotărât s-o sune pe Diana şi să-i spună ce s-a întâmplat.

–Îmi pare atât de rău pentru Daniel, draga mea şi sper să-şi revină repede. Este o perioadă dificilă pentru tine şi pentru noi toţi, în general, aşa că am decis să vin astăzi la New York. Familia trebuie să fie împreună în astfel de momente.

–Poţi? a întrebat Carol, cu lacrimi în ochi, simţindu-se iarăşi ca o fetiţă ce avea nevoie de protecţia mamei ei.

–Evident, fata mea, locul meu e lângă tine. Carol a dat din cap, simţindu-se deja mai bine. Mama ei a ştiut dintotdeauna cum s-o ia, era ca o adiere de vânt într-o zi caniculară. A aţipit chircită pe canapea, când, la ora unsprezece, a trezit-o telefonul lui Sydney. Era la spital şi voia să ştie cum erau copiii şi ea. După câteva minute a închis şi s-a dus să se îmbrace. Telefonul a sunat iarăşi şi de data asta era William. A preferat să nu răspundă şi aşa a făcut zile întregi. S-a purtat oribil în acel weekend, iar ea nu avea timp să-şi analizeze sentimentele. Familia ei avea nevoie de ea şi aceea era prioritatea ei.

Acum erau toţi la căpătâiul lui Daniel şi nimic nu s-a schimbat. Emma, mama lui, parcă se gârbovise şi părea mai bătrână. Soţul ei se ţinea drept lângă ea şi o consola cum putea, era roca ei de peste patruzeci de ani. Carol le-a admirat întotdeauna căsătoria şi i-a plăcut să creadă că aşa erau şi Daniel cu ea. Niciodată nu crezuse că vor ajunge să vorbească despre divorţ, iar acum era acolo, la patul lui, iar el era ca o legumă. Voia să aibă grijă de el. Oare iubirea nu însemna să ai grijă de celălat în orice circumstanţe? Deci încă îl mai iubea, şi-a răspuns ea la întrebarea pe care nu îndrăznise să şi-o pună. Oare îl va iubi toată viaţa? Va reuşi să-l ierte? Şi dacă-l va ierta, va afla el vreodată? Stătea inert pe pat şi parcă faptul că o înşelase nu mai părea chiar atât de grav. Nu mai conta decât ca el să trăiască.

Rebeca a intrat în salon distrugând imaginea mentală a familiei ei perfecte. Era sătulă de gândurile ce-i fugeau în permanenţă prin cap, de faptul că se trezea obosită şi că mergea la culcare şi stătea ore întregi trează gândindu-se la viaţa ei, la ce a făcut sau la ce nu a făcut, încât uneori îşi dorea pur şi simplu să dispară într-o galaxie unde suferinţa nu avea acces. Dar aşa ceva nu exista, iar ea nu a fost niciodată o laşă, şi-a înfruntat întotdeauna problemele, fără să fugă niciodată de ele. Aşa că nu-i rămânea decât să-şi vadă înainte de viaţă şi să facă cum credea că era mai bine.

Zilele care au urmat au fost plate, nicio modificare, aceeaşi rutină. Făceau cu schimbul între ei, în aşa fel încât să fie cineva în permanenţă la căpătâiul lui Daniel, dar acesta nu părea să ştie nimic. Copiii s-au obişnuit puţin cu situaţia şi şi-au ajutat mama cum au putut. Carol însă era ca în transă. Un robot progamat să facă aceleaşi lucruri: şcoală, spital şi casă. Doamna Clara, menajera, îi era de mare ajutor, ca întotdeauna.

William o suna zilnic şi-ntr-un final ea a decis să aibă o discuţie cu el. Din acea noapte în Boston, nu au mai vorbit. Era înconjurată doar de prietenii intimi şi de familie. În rest, nu dorea să vadă pe nimeni. Oamenii cu inima frântă deveneau epuizanţi la un moment dat, iar ea nu dorea să devină una dintre acele persoane, nu dorea să se transforme într-un vampir energetic. Făcea eforturi mari, dar îi era greu să vadă că starea lui Daniel nu se modifica. Nu dorea să-şi piardă speranţa, dar în capul ei era confuzie totală. După ce el a înşelat-o, şi-a spus că nu va ajunge niciodată nicăieri dacă rămânea cu el, acum s-a trezit gândindu-se că prefera să nu ajungă nicăieri cu el decât să ajungă undeva fără el. Era complicat tot ce-i trecea prin minte şi nu avea răspunsuri la tot, dar a fost bărbatul vieţii ei, omul pe care l-a iubit şi cu care a făcut doi copii minunaţi. Asta conta chiar mai mult decât faptul că el o înşelase.

Era nouă seara când a părăsit spitalul, iar William o aştepta în parcare.

—Bună, a spus el zâmbind amabil, iar ea l-a salutat dând din cap, încercând să ascundă faptul că era surprinsă. Nu-i plăcea că a trecut fără să o anunţe, dar adevărul era că nici ea nu i-a răspuns la apeluri.

—Cum este Daniel?

—La fel. I-au făcut câteva teste complicate şi se pare că nu e chiar atât de grav, însă e tot în comă.

—Îmi pare teribil de rău, Carol.

În legătură cu ce?

—Îţi mulţumesc, a zis simplu.

El a insistat să meargă să mănânce sau să bea ceva şi în final ea a acceptat. S-au dus la o cafenea, nu departe de spital, dar Carol abia aştepta să plece acasă, regretând că a acceptat invitația. Nu se simțea dispusă să discute despre toate și despre nimic în acea perioadă a vieții ei, când totul galopa rapid spre *nicăieri*.

–Mama întreabă mereu de tine, te-a plăcut mult.

–Da, a zâmbit tristă Carol. Cine ar fi crezut? Prima mea impresie a fost că este o femeie de gheață, dar de fapt este o persoană umană, sensibilă, o femeie extraordinară. Mă sună săptămânal să mă întrebe de starea lui Daniel.

–Mi-a fost dor de tine, a spus el repede.

–William, te rog, nu e momentul.

–Trebuie să mă explic.

–Nu-mi datorezi absolut nimic. Iar dacă am avut un moment al nostru, acela a trecut. Acum chiar nu-și mai au rost explicațiile.

–Doream doar să știi, dacă te interesează, că între mine și Sarah nu e nimic.

–Îți mulțumesc pentru onestitatea ta nesolicitată, dar nu, nu mă interesează.

–Putem rămâne prieteni măcar?

–N-am nimic împotrivă, însă cred că înțelegi că la ora aceasta viața mea se limitează între școala copiilor și spital. Nu pot și nu doresc să fac altceva. Când situația se va schimba, te voi căuta. Acum trebuie să plec, a spus ea ridicându-se, iar el s-a ridicat la rândul lui, i-a luat mâna și a pupat-o, lăsând-o apoi să plece. Știa că a pierut-o și că nu era genul de femeie care să tolereze tratamentul la care a supus-o în Boston.

Când a ajuns acasă, Carol a fost plăcut surprinsă să vadă că Diana și Paul au pregătit o masă frumoasă și i-au invitat pe Ben, Miranda și prieteni de-ai copiilor. Era obosită, dar fericită pentru acea cină surpriză. Nu era nimic sofisticat, dar faptul că era înconjurată de toate persoanele care-i erau ei dragi o făcea să se simtă mai bine. Michael a venit şi el, acompaniat de Benjamin, tatăl lui, care părea diferit fără hainele de spital. Au schimbat câteva cuvinte, după care acesta le-a urat o seară bună.

—Dacă nu sunteţi aşteptat în altă parte, a spus Paul, ne-ar face plăcere să staţi cu noi, doctore.

—N-aş vrea să mă impun, a spus el, privind-o pe Carol.

—Insist, a intervenit Diana, care-l aprecia pe Benjamin. Era un medic şi un om bun şi în ultimele două săptămâni a susţinut-o mult pe Carol. Ştia cum să discute cu ea despre starea lui Daniel și se s-a ocupat întotdeauna personal să o anunțe de cea mai mică modificare.

Au petrecut o seară agreabilă, evitând să vorbească despre spital şi lucruri triste. Copiii făceau ambianţă şi râdeau fericiţi, iar Carol s-a bucurat că măcar ei au revenit la normal. Michael l-a ajutat mult pe Scott să iasă din situaţia dureroasă, era amuzant şi inteligent, iar în acea seară a hotărât să-i dea un atac cardiac tatălui său.

—Într-o noapte, a spus copilul, când încă eram la Washington, m-am ascuns în dulapul din camera alor mei şi...

—Stai puţin, a zis repede Benjamin, care-şi amintea perfect de acea noapte, termină mai întâi ce ai în farfurie. Şi apoi nu uita, i-a şoptit el, mi-ai promis că nu mai vorbim niciodată despre subiectul acela. Ce ţi-ar trebui că să păstrezi un secret?

—Un miracol, a spus fiul lui, râzând. O să-ţi spun mai târziu, i-a zis el lui Scott, dând din cap.

—E un secret, a repetat Benjamin. Cum faci să nu-ţi pese?

—Aşa, a răspuns puştiul, ridicând din umeri şi făcându-i pe toţi să râdă.

Când a sunat telefonul lui Carol, toți au înghețat, așteptându-se la ceva rău. Era ora douăzeci și unu și în afara lui Sydney, nimeni nu suna decât dacă era vreo urgență. Era Rebeca, care a anunțat-o că Daniel s-a trezit, iar Carol a început să plângă încet de fericire. A plecat la spital împreună cu Benjamin, Hayley și Miranda și nimeni n-a vorbit nimic până acolo. Rebeca și părinții lui erau lângă el; Emma a venit și a strâns-o în brațe pe Carol.

—S-a trezit doar pentru un minut, le-a spus, acum doarme, nu mai e în comă.

—Este normal, a zis Benjamin. Este epuizat, iar corpul lui are nevoie de odihnă, a spus și, apropiindu-se de el, i-a luat tensiunea, după care s-a uitat la pupile. Era în afara oricărui pericol, dar mai trebuia să vadă dacă îi era creierul afectat. I-a lăsat pe toți în familie, după care s-a dus să discute cu echipa din tura de noapte, iar mai târziu, când și-au luat revedere în fața casei ei, Carol i-a mulțumit pentru tot ce a făcut pentru Daniel.

—Nu știu ce m-aș fi făcut fără ajutorul tău în aceste zile. Dacă într-o zi vei avea nevoie, să știi că poți conta pe mine, a spus ea.

—Mi-am făcut doar meseria, dar ar fi ceva ce mi-aș dori să faci pentru mine. Ea l-a privit așteptând. Să bem o cafea împreună, dar nu la cafeteria spitalului.

—Ăsta nu e șantaj emoțional? a glumit Carol, care îl plăcea pe Benjamin. Era un doctor bun și un prieten minunat.

—Ba da. Dar trebuie să recunoști că o fac cu clasă.

Râsete. De mult nu s-a mai simțit atât de veselă ca în acel moment și îi era recunoscătoare. Într-un fel, el a devenit ancora de care s-a agățat ca să nu se scufunde. I-a promis că într-una din zile va merge la cafea cu el, după care şi-au luat la revedere, ştiind că aveau să se vadă la spital.

Întinsă în patul ei, Carol se mişca din stânga în dreapta fără să reuşească să adoarmă şi în final a decis să se întoarcă la Daniel. Trebuia să fie cu el când se va trezi.

Ajunsă la spital, s-a îndreptat cu paşi egali pe coridoarele cunoscute, gândindu-se că nu aveau să-i lipsească atunci când nu va mai trebui să meargă acolo. Era o atmosferă tristă, pe care doar pacienţii şi familiile lor o observă, personalul spitalului era obişnuit, făcea parte din cotidianul lor.

A intrat în salon şi a văzut-o pe Rebeca dormind pe un fotoliu lângă patul lui. Prima dorinţă a lui Carol a fost să o trezească şi să-i spună să se ducă naibii acasă la ea şi să-i lase în pace. Nu a făcut asta, ci s-a aşezat pe celălalt fotoliu de lângă Daniel, fără să facă zgomot. Rebeca s-a mişcat, apoi a deschis ochii încet. Erau roşii şi umflaţi în urma plânsului. S-au privit un moment, apoi Rebeca a zis:

—Se spune că fără tristeţe nu ai aprecia gustul fericirii, dar m-aş lipsi cu plăcere de ea. Carol o privea tăcută, cunoştea sentimentul. M-am culcat într-o seară şi totul era bine, a continuat Rebeca, când m-am trezit dimineaţa totul era diferit şi parcă de atunci viaţa mi se schimbă mereu, iar eu am impresia că plutesc şi că n-o să-mi mai găsesc niciodată locul sau Pământul. S-au privit. O prietenă mi-a spus, nu de mult, că arăt tristă şi singură şi ştii ceva? Arăt aşa pentru că aşa sunt, tristă şi singură. *Oare ce voia de la ea*, s-a gândit Carol, *să o consoleze*? Ca şi cum i-a citit gândurile, Rebeca a spus repede: nu-ţi spun asta ca să îmi plâng de milă sau ca să mă consolezi, e un fel de retrospectivă a vieţii mele. Am terminat şefă de promoţie, m-am căsătorit şi am avut un copil, după care el m-a părăsit pentru o fată de douăzeci de ani. Viața chiar nu este corectă și deseori mă întreb cu ce o să mă aleg în final? Carol a privit-o ridicându-se și aranjându-și cămașa. Probabil cu o pisică, sperând că n-o să-mi mănânce fața, dacă voi fi norocoasă, a mai zis Rebeca și Carol a strâns buzele.

–S-a mai trezit de când m-a sunat Emma? a întrebat Carol, nedorind să-i asculte plânsetele. Pentru Dumnezeu, femeia trăia cu bărbatul ei, oare ce aștepta de la ea?

–Nu s-a mai trezit, a spus încet, apoi și-a luat la revedere. Spune-i lui Daniel că voi veni mâine, a mai zis, după care l-a mângâiat pe mână și a părăsit salonul.

Daniel a avut o tentativă de trezire pe la ora trei dimineața, după care s-a trezit de-a binelea, la ora șase. Carol nu dormea și, plină de speranță s-a apropiat de patul lui și l-a mângâiat pe față. Era confuz, nu vorbea nimic, dar nu era orb, iar ea i-a mulțumit în cap lui Dumnezeu. Se uita prin salon fără să știe unde este și a fixat-o fără nicio expresie.

–Bună Daniel, a zis ea încet, luându-i mâna într-a ei. S-a uitat la ea pierdut, rupându-i inima. Ai avut un accident, dar acum ești bine, a spus zâmbind, încercând să pară încrezătoare. A continuat să o analizeze fără să spună nimic și după un scurt moment, și-a întors capul și a privit într-un colț al camerei. A stat așa câteva minute, timp în care Carol a chemat medicul. După ce Doctorul Hanks i-a verificat reflexele și l-a pus să-i urmărească degetul cu privirea, l-a întrebat cum se simte.

–Cât mai trebuie să stau aici? a răspuns automatic Daniel. Nu avea nici o expresie în ochi, însă se înțelegea că nu-și dorea să fie acolo.

—Trebuie să vă ținem sub observație câteva zile după care, dacă totul decurge bine, vă vom externa. Soția dumneavoastră și familia vă vor face să vă simțiți mai puțin singur, a spus medicul, iar Daniel a privit-o pe Carol după care a spus ca pentru el, *soția*. Carol și doctorul Hanks s-au privit.

—Știți în ce an suntem? l-a întrebat neurologul, iar Daniel a dat să spună ceva, după care s-a oprit. Carol și-a dus mâna la gură înțelegând că este amnezic.

—Este frecvent după o lovitură la cap să fie amnezic, a explicat medicul. Memoria o să-i revină progresiv, dar în cât timp, nu se știe. Carol a dat din cap ca un robot, știind în același timp că el putea să rămână așa pentru totdeauna. Ca și cum i-ar fi citit gândurile, neurologul a continuat pe un ton jos. De asemenea există și posibilitatea de a rămâne amnezic permanent, dar nici asta nu se știe cu exactitate. Vă sugerez ca-n următoarele zile să-i aduceți fotografii de familie și să-i povestiți cât mai multe lucruri care ar putea să-i trezească interesul, să-i stimulcze memoria. După ce doctorul Hanks a părăsit salonul, Carol a încercat să povestească cu Daniel, însă el privea pe fereastră și din când în când se uita la ea, fără niciun interes.

Zilele care au urmat erau mai mult sau mai puțin asemănătoare. Carol venea zilnic la spital cu albume de poze, îi povestea cum s-au cunoscut și cât de bun era el ca avocat. Daniel obosea repede și nu vorbea aproape deloc. Câteodată, se întorcea brusc spre ea și o privea lung. O privire bizară, rece, în care parcă se vedea ura.

–S-a întâmplat ceva? l-a întrebat ea odată.

–Tu să-mi spui, a zis el pe un ton glacial.

Avea momente când îi era frică de el. Într-una din zilele când era cu el, Benjamin a trecut și a rugat-o să iasă cu el pe hol, iar Daniel a privit lung în urma lor.

–Știu că este în ultimul moment, dar voi îndrăzni să te întreb dacă ai vrea să luăm cina împreună? Părea timid și ei i-a venit să zâmbească.

–Mi-ar face plăcere, a răspuns ea.

Se vedeau destul de des în ultimul timp și ea se simțea în largul ei alături de Benjamin. Părea să aibă o capacitate nelimitată de a o face să se simtă confortabil. Era cel mai drăguț și sensibil prieten bărbat pe care-l avusese vreodată. Și Gordon îi era un prieten devotat, dar cu Benjamin era diferit. Nu era nimic la el care s-o neliniștească. Nu-i făcea curte, iar ei i-a convenit. Era foarte bizară viața ei în acea perioadă, total diferită de ceea ce cunoscuse până atunci. Îl avea pe Daniel pe un pat de spital, era un William care o suna aproape zilnic și Gordon, care era plin de solicitudine. Avea patru bărbați în viața ei și nici un pic de viață sexuală.

Când s-a reîntors în salon, Daniel a săgetat-o cu una dintre acele priviri care o speriau. Părea nervos și nebun.

–El este unul din medicii mei sau vine pe aici după tine?

–Nu vorbi prostii, a zis ea, privindu-și mâinile, pe care le ținea în poală ca o școlăriță. Exact așa se simțea.

–Ai ieșit vreodată cu el?

–Doar la cafea, dar...

–Și de ce nu mi-ai spus? a întrebat-o el, nervos.

–Pentru că nu e important.

–E suficient de important din moment ce ai decis să ții secret față de soțul tău. Am văzut complicitatea dintre voi.

–Familiaritatea dintre noi este normală, din moment ce suntem prieteni, a spus ea calmă.

–Familiaritatea naște copii, doamnă.

–Carol. Mă cheamă Carol. Cum îndrăznea s-o ia de sus după ce a făcut? Dar el nu știa ce a făcut, i-a spus în mare că nu erau tocmai în termeni buni și că nu locuiau împreună.

–Nu schimba subiectul, s-a răstit la ea, făcând-o să tresară.

–Te rog să te calmezi, Daniel, nu este bine să te enervezi așa după traumatismul cranian suferit.

–De asta nu mai locuim împreună, pentru că ai decis să te fuți cu toți medicii din spital? a strigat el, parând nebun de legat și făcând-o să-și piardă răbdarea.

–Nu. Ai plecat pentru că ai decis să te distrezi puțin cu sora mea vitregă.

–Ești o javră mincinoasă și manipulatoare, ieși naibii afară de aici! a urlat el, crezând că minte.

Nimeni nu a îndrăznit să-i spună lui Daniel motivul separării lor; i-au spus doar că locuia cu Rebeca și că era avocat. Până atunci nu-și exprimase dorința că ar vrea să știe mai multe, iar acum, când i-a spus, a tratat-o ca pe o mincinoasă. Avea des tulburări de comportament, iar ea a preferat să nu-l enerveze, așa că a plecat.

CAPITOLUL 11

În seara aceea, Carol a ieşit cu Benjamin la Aurora Soho; şi-au comandat focaccia de cartofi cu caşcaval afumat, rulouri Caprese, linguini cu vongole şi cotlet de miel cu mozzarella şi anghinare. Ca desert au luat cannelloni şi sufleu de ciocolată cu îngheţată de vanilie şi Carol şi-a zis că, dacă continua să mănânce aşa, se va face cât dulapul.

–Ai impresia că iei masa cu King Kong sau doar vrei să mă îngraş? a râs ea, văzându-l cum îl solicita pe chelner, comandând când una, când alta. Era a doua oară când cinau împreună şi începea sa aprecieze momentele petrecute în prezenţa lui. Era un adevărat gentleman, o sursă impresionantă de informaţii şi anecdote bune.

–Eşti perfectă aşa cum eşti, chiar dacă un kilogram sau două în plus nu ţi-ar strica.

–Nu sunt obişnuită să mănânc atât de mult seara, a zis ea, muşcând încă o dată din Cannelloni.

–Observ, a zis el serios şi ea a început să râdă.

–În seara asta sărbătoresc externarea lui Daniel, a spus ea lăsând capul în jos.

–O să mi se pară bizar să nu te mai întâlnesc pe holurile spitalului. M-am obişnuit cu tine acolo, a zis Benjamin privind-o blând. Era un om bun, empatic şi un chirurg de excepţie.

–Stai la două case depărtare, poţi trece când vrei, a zis ea, cu tonul cel mai natural posibil.

–Mâine pe la cinci dimineaţa ar fi bine pentru tine?

Ea râdea cu poftă şi era toată murdară de zahăr pudră pe gură şi nas.

–Eşti foarte sexy, a zis el ştergându-i buza inferioară, iar ea s-a oprit din râs, stânjenită. Îl plăcea, dar nu era pregătită pentru o relaţie, în plus el era separat de soţia lui, dar încă nu erau divorţaţi.

–Săptămâna viitoare e ziua lui David, ai vrea să vii la petrecerea lui de aniversare? a zis ea dorindu-şi să nu se mai gândească la cât de sexy era sugându-şi uşor degetul după ce a curăţat-o pe ea.

–E o întâlnire?

–Posibil. Părinţii lui doresc să-i facă o seară surpriză în apartamentul lor din Midtown.

–Şi bănuiesc că Daniel va fi prezent. Nu ţi-e frică de vreo scenă din partea lui?

–N-am ce să-mi reproşez. Pot să invit ce prieten vreau.

–Asta sunt eu pentru tine, a întrebat el blând, doar un prieten? Era unul din momentele acelea în care nu mai poţi da înapoi, poţi numai să mergi înainte.

–Încă nu m-am gândit.

–Te plac mult şi ştiu că şi tu simţi acelaşi lucru, Carol.

–Nu-mi pot permite să gândesc în perspectivă, înţelegi? a spus ea timid.

–Nu prea. Mai ai sentimente pentru soţul tău? Crezi că te vei întoarce la el?

–Când era în comă m-am gândit la asta, acum nu mai sunt sigură, a spus ea cu onestitate. E total diferit de bărbatul cu care m-am căsătorit. Simt că mă dă înapoi în multe privințe și nu știu de ce.

—Pentru că îi permiți?

—L-am iubit optsprezece ani. Câteodată îmi spun că ar fi mai simplu dacă l-aș ierta.

—Calea cea mai ușoară nu e întotdeauna și cea mai bună.

—Da, știu, însă sunt debusolată. Nu este ușor să întorci pagina, a spus, și el nu i-a zis că din păcate cunoștea prea bine acel sentiment.

—Înțeleg, dar dacă știi că nu vei putea rămâne, nu mă lăsa să mă îndrăgostesc de tine.

Era luată prin surprindere de onestitatea lui și de faptul că lucrurile avansau atât de repede, însă trebuia să recunoască faptul că se simțea atrasă de el ca un magnet.

—Ce propui? l-a întrebat ea.

—Să mă alegi pe mine. Ea a zâmbit.

—Nu mai cred în *și au trăit fericiți până la adânci bătrâneți*. Tipul care a spus asta a fost un visător.

—Nu crezi că viața ar fi tristă fără speranțe sau vise? Fă ce crezi tu că te-ar face fericită, a spus el privind-o în felul acela sexy care o înnebunea. Ea dădea din cap fără să spună nimic și el a continuat: Norocul nu umblă târâș și nici nu-ți dă de veste, Carol. Trebuie să-l vezi atunci când apare, să sari pe el și să nu-i mai dai drumul. Mingea e în câmpul tău.

Cum de se ajunsese acolo atât de repede?

—Îți promit că mă voi gândi la toate astea, a zis ea, spunându-și că în mod sigur nu va dormi la noapte. Restul serii l-au petrecut povestind despre filme, despre noua galerie de artă de pe strada 42 și de felurile de mâncare preferate. Aveau multe în comun; citeau aceleași cărți, le plăceau comediile și piesele de teatru, șahul și California.

A condus-o acasă mai târziu, dar nu a vrut să intre atunci când ea l-a invitat. A privit-o doar blând şi a mângâiat-o pe păr, după care i-a urat noapte bună. Ar fi vrut să-l poată alege pe el, dar nu mai avea vârsta la care se putea arunca orbeşte într-o relaţie. Nu era pregătită să facă marele pas, dar nici nu voia să-l piardă. Era un tată fenomenal, un neurochirurg strălucit şi un bărbat care nu-şi băga femeile în pat doar pentru că putea. Nu era despărţit pentru că aşa a dorit el, ci pentru că soţia lui se îndrăgostise de un altul. Ştia că suferise mult şi nu dorea să-i mai cauzeze şi ea probleme, dar în acelaşi timp trebuia să ţină seama de priorităţile ei, acelea fiind familia. Iar Daniel făcea parte din familia ei. Nu era nimic simplu în viaţa ei acum că ajunsese la răscruce de drumuri. Cu Daniel trecea printr-o perioadă de dulce-amar, şi nu putea să şteargă optsprezece ani din viaţa ei cu buretele. Trecuse de la o viaţă la alta cât ai clipi din ochi şi încă nu se dezmeticise; avea o grămadă de responsabilităţi şi prea puţină glorie, dar nu se plângea din acest punct de vedere. Copiii ei erau buni chiar dacă Hayley trecea printr-o adolescenţă dificilă.

David a avut o petrecere surpriză foarte reuşită. Prietenii soţiei lui erau acum prietenii lui şi se considera norocos că făcea parte din acel grup de oameni plăcuţi. Mai erau discuţii şi intrigi, ca peste tot, dar acesta era un lucru bun pentru că nu aveai timp niciodată să te plictiseşti cu ei. A primit cadouri frumoase, dar cel mai nepreţuit a fost cel oferit de Sydney.

– Un bebe? a repetat el de mai multe ori, făcând-o să râdă. Ochii îi luceau de bucurie și Sydney îl pupa fericită și îi cânta la ureche la mulți ani.

– Acesta este show-ul tău privat și după ce toată lumea va pleca îți voi oferi un alt cadou, i-a șoptit lipindu-se tandru de el.

– E cel mai frumos cadou pe care l-am primit vreodată. Sunt cel mai fericit bărbat de pe Pământ. Toată seara nu s-a desprins de lângă ea: o mângâia pe față, pe păr, îi pupa mâinile și o hrănea.

– Știi că nu e maimuță, nu-i așa? a spus Miranda. Ai înfundat-o de struguri și ai zgârmăit-o toată seara în cap. Pe Sydney a pufnit-o râsul. Râzi, râzi, a continuat Miranda, vei vedea ce bine-ți va fi când în plină noapte o să te trezești să vomiți.

– Cel puțin voi vomita din cauza sarcinii și nu din cauza impozitelor, a răspuns Sydney, fericită. Copilul este singurul care te face să vomiți nouă luni de zile și urlă când vine pe lume, dar care este considerat un cadou inestimabil.

– Vei vedea tu când sânii tăi vor fi singurul bar deschis în oraș și nu vei mai putea ieși nicăieri pentru că va trebui să alăptezi din două în două ore, a spus Miranda, terminând al patrulea pahar de vin. Ben a luat-o de mână și i-a șoptit ceva după care ea s-a oprit din comentarii strâmbându-se.

– Îmi aduc aminte de croazieră, a spus Daniel dintr-odată și toată lume l-a privit. Știu că mâncam bine și râdeam mult. A privit-o pe Sydney și i-a spus: jucam la cazino amândoi, așa-i?

– Da, a zâmbit ea.

– N-aveam voie să facem baie noaptea în piscină, dar noi am îndepărtat fileul și am înotat, îți aduci aminte?

Întrebarea îi era adresată lui Carol, şi da, îşi aducea perfect aminte. Făcuseră dragoste sub clar de lună, după care s-au retras în cabina lor şi au continuat. Aproape în fiecare seară se duceau să vadă apusul soarelui.

Ai observat sclipirea aceea scurtă? o întrebase el. *E cel mai desăvârşit moment al oricărui apus, e clipa perfectă. Noi doi am avut parte numai de clipe perfecte şi-ţi mulţumesc.* Fusese epoca de aur, apoi el i-a aplicat proverbiala lovitură fatală şi toate clipele lor perfecte au dispărut în ceaţă. O pusese aproape la pământ, dar încet, încet, revenea la viaţă. Era aproape tot atât de greu ca şi când înveţi să umbli. A simţit că se sufocă şi discret, a ieşit pe terasă să ia aer. Benjamin a urmat-o.

—Cum te simţi? a întrebat-o.

—Ca într-o poveste ieftină de tele-realitate. Pot fi amuzante când le urmăreşti confortabil de pe canapeaua ta, dar când câmpul de bătaie e chiar viaţa ta, devine sinistru.

—Ştiu ce simţi. Când Susan m-a parăsit, m-am îngropat în muncă. Lucram 20 de ore pe zi ca să nu am timp să mă tot întreb de ce a preferat să ne părăsească, pe Michael şi pe mine.

—Şi acum?

—Am înţeles că nu mai trebuie neapărat să accept lucrurile pe care nu le pot schimba. Ci să schimb lucrurile pe care nu le pot accepta. Am acceptat ideea că Michael şi cu mine nu-i eram suficienţi. Iubitul ei este politician şi au multe în comun. Ceea ce nu pot să accept însă este faptul că nu cere mai des să-l vadă pe Michael. De multe ori anulează în ultima clipă. Privirea tristă din ochii lui mă înnebuneşte.

—Oare ce se întâmplă cu noi, oamenii?

—Viaţa, nimic altceva.

—Câteodată am impresia că am aterizat de pe o altă planetă, direct în cap.

—Cunosc senzaţia, a zis el, zâmbind trist. De câte ori găsesc o soluţie, apare o altă problemă, deci încerc să iau lucrurile mai uşor, să iau viaţa aşa cum e.

—Şi reuşeşti?

—Nu întotdeauna, dar am învăţat să trăiesc cu asta. Sunt suficient de deştept ca să-mi dau seama că nu sunt un idiot masochist. Ne-a mai părăsit şi acum trei ani şi am primit-o înapoi. Mi-am spus că păcatul e omenesc, dar acum s-a terminat. Nu pot face aceeaşi greşeală de două ori. A doua oară devine o alegere sau un hobby.

Îl descoperea pe zi ce trecea şi îi plăcea din ce în ce mai mult. Era sensibil şi serios, un bărbat de drum lung, care nu vorbea numai de dragul de a se auzi. Nu-i plăceau rutele solitare, dar nici nu se arunca în braţele primei venite. Era un chirurg tânăr, renumit şi extrem de atrăgător. Ar fi putut avea ce femeie şi-ar fi dorit, dar luni întregi n-a făcut decât să muncească şi să se ocupe de fiul lui, iar pentru asta îl respecta enorm.

În spatele lor a apărut Daniel.

—Îmi permiţi? l-a întrebat el scurt pe Benjamin.

—Evident, a răspuns acesta, lăsându-i pe amândoi pe terasă.

Daniel privea cerul.

—Cum te simţi? l-a întrebat ea.

—Ca la o petrecere cu colegii de muncă... numai că eu am fost concediat. Carol nu a zis nimic, el s-a întors spre ea şi a privit-o în ochi. Ne-am iubit mult, nu-i aşa? Ea a aprobat, dând din cap. Ce cretin am fost.

—N-a fost în totalitate vina ta. Ai fost sedus cu mare artă.

–Da, Samantha. Nici măcar nu-mi mai amintesc de faţa celei care mi-a dat viaţa peste cap. Ai mei mi-au povestit în cele din urmă. Cum am putut fi atras de o asemenea persoană când te aveam pe tine? E ca şi cum în restaurant chelnerul îmi ia din faţă filet mignonul şi-mi serveşte o limbă de porc.

–Ce comparaţii faci, a râs ea.

–Uneori se întâmplă lucruri ciudate, care nu-şi găsesc niciodată rezolvarea. Ea a dat din cap, înţelegând perfect ce voia el să spună. Eu nu sunt unul din acei bărbaţi care cred că mariajul este o instituţie detestabilă, necinstită şi arhaică, nu-i aşa? Mă cunoşti mai bine decât mă cunosc eu la ora asta, ce crezi?

–Nu mai ştiu ce să cred. Atâtea sacrificii făcute...

–A face sacrificii înseamnă a deveni adult. Îmi aduc aminte citatul ăsta debil, dar nu mai am nicio amintire personală. L-a privit, dar nu avea nimic reconfortant să-i spună. Benjamin e iubitul tău? a întrebat-o privind-o atent.

–Nu, suntem doar prietcni. Rebeca şi cu tine, cum sunteţi?

–Face multe eforturi, este extenuant, a zis el părând obosit. Poate chiar mai extenuant decât amnezia asta nenorocită.

–Medicii sunt optimişti, a spus ea împăciuitoare.

–Medicii nu sunt în locul meu. Iar dacă starea mea o să se înrăutăţească, o să-mi zică *medicina nu e o ştiinţă exactă, domnule Huston.* Ea l-a privit ştiind că are dreptate, apoi a surprins-o cu propunerea lui. M-ar ajuta mult dacă aş fi acasă cu tine şi copiii. Sunt convins că un mediu familiar mi-ar fi benefic.

–Şi cum o să facem când Rebeca va veni să te vadă? Sau când Benjamin va trece pe la mine?

–Suntem adulţi, ne vom descurca.

–Mda, dar copiii nu sunt adulţi.

–Ce-ar fi să votăm, ca înainte? S-au privit. Vezi, a spus el, deja încep să-mi amintesc. Votam, nu-i aşa?

–Da, dar de data asta n-o să votăm.

–Pentru că? a întrebat-o.

–Pentru că nu vreau să-ţi dau speranţe false. Sunt deseori confuză în ultimul timp, dar nu pot să uit că m-ai înşelat. Nu cred că voi putea vreodată. Daniel a privit-o trist, o plăcea din ce în ce mai mult şi chiar nu înţelegea cum de a fost atât de nebun s-o înşele.

–Mi-aş dori ca măcar pentru o lună să ai tu amnezia mea; te-aş curta, te-aş răsfăţa şi te-aş determina să te reîndrăgostești de mine.

–Dar nici nu-ţi mai aduci aminte de mine, a zis Carol încercând să evite acel drum.

–Îmi aduc aminte că-ţi plac rulourile cu somon şi brânză, că eşti o conservatoare progresivă şi că atunci când erai mică îţi era frică de oala minune şi de cutia poştală. Știu că eşti femeia vieţii mele, a mai spus el zâmbind blând. Ea a lăsat capul jos. Îmi mai aduc aminte că niciodată n-ai fost adepta sexului de reconciliere. E adevărat?

–Unde vrei să ajungi cu toate astea? a întrebat ea, încă uimită să vadă tot ce-şi amintea el despre ea.

–E simplu. Pentru mine e o certitudine că eşti femeia vieţii mele.

–Şi eu am fost convinsă timp de optsprezece ani că eşti bărbatul vieţii mele, dar în ultimul an, am aflat că eşti doar un bărbat.

–Nu vorbi aşa, te rog. Pare atât de definitiv.

–Probabil că te voi iubi mereu, Daniel, dar niciodată aşa ca înainte. Bărbatul cu care m-am căsătorit, nu mai este. El nu m-ar fi făcut niciodată să sufăr. Trebuie să accept această departajare, altfel mor.

—Adică vrei să spui că există doi Daniel?

—Nu, doar unul; celălalt e mort şi îngropat. Cred că am abandonat ideea că o să mai fiu cu tine vreodată.

—N-o să ştii niciodată ce-ar fi fost în continuare, dacă n-ai fi abandonat.

—Am avut doza mea de suferinţă pe acest an. Acum e momentul să mă gândesc şi la mine, a zis Carol.

—Şi când spui asta, îl incluzi şi pe Campbell?

—Îmi pui prea multe întrebări, Daniel, iar eu n-am toate răspunsurile.

—Te rog, ia-mă înapoi, voi fi sclavul tău până la moarte. Dacă o să-mi spui *sari*, te voi întreba de *la ce înălţime*, voi face tot ce-mi vei cere. Plângea. Întotdeauna crezuse că un bărbat puternic poate fi sexy când plânge. O idioţenie.

—Daniel, ţi-am spus că nu sunt pregătită să iau o decizie, iar tu îmi forţezi mâna.

—Bine, mă opresc, dar vreau să ştii că te voi aştepta dacă e nevoie şi o viaţă întreagă.

Când s-au întors să intre în casă, au dat cu ochii de Rebeca. Carol a privit-o un moment, după care a trecut pe lângă ea şi înainte să deschidă uşa, a auzit-o spunându-i lui Daniel:

—Îţi doresc din suflet să-ţi găseşti pacea şi sper să fii fericit. L-a mângâiat pe faţă, după care a părăsit petrecerea. Ea nu mai avea nimic de sărbătorit.

Ajunşi acasă, după ce copiii s-au culcat, Diana, Paul şi Carol şi-au făcut o ceaşcă de ceai şi au vorbit despre petrecere, despre Daniel, Benjamin şi confuzia ei generală.

—Nu eşti obligată să iei toate deciziile într-o noapte, a spus Diana. Apoi, după o scurtă pauză, a privit-o pe Carol şi s-a hotărât să-i spună: săptămâna trecută m-a sunat Samantha din Vegas. Și-a reluat meseria de artistă.

—De prostituată, mamă.

—L-a întâlnit pe Kirk în Vegas, se pare că e în stadiul final de cancer de colon. Mă gândeam că poate ar trebui să mergem să-l mai vedem o dată, a spus Diana tristă și Carol a dat afirmativ din cap, reținându-și lacrimile. Chiar dacă nu a fost un tată bun, era totuși tatăl ei. Tristă, s-a întrebat când oare se va liniști viața ei.

A doua zi de dimineață erau toți la cafea, când s-a auzit un bătut în ușă. Carol s-a dus să deschidă și a fost uimită să-l vadă pe Daniel. Toată lumea l-a întâmpinat cu bucurie. Nu venise cu un motiv anume, doar dorea să fie cu ei. Carol a simțit că se sufocă și, fără să spună nimic, s-a dus în dormitor, și-a pus un trening pe ea și a ieșit să alerge. Avea nevoie de mișcare și de aer curat. Acea perioadă a anului, pe care ea o adorase întotdeauna, era diferită acum, el schimbase totul. Iubea sărbătorile de iarnă, dar anul acesta era prea dureros. Daniel a fost bărbatul tinereții ei, omul care i-a oferit cei mai minunați copii și viața pe care orice femeie și-ar fi dorit-o. Acum, era doar persoana care-i luase toate astea înapoi și pentru asta, câteodată îl ura.

S-a trezit în fața casei lui Benjamin și a simțit nevoia să-l vadă. Când să traverseze strada, ușa casei lui s-a deschis și o roșcată drăguță, cu un bagaj în mână, a ieșit acompaniată de el. Și-au luat la revedere în pragul casei, strângându-se tandru în brațe.

A continuat să alerge mai bine de o oră, dar aerul rece nu a reuşit să-i înlăture imaginea lui Benjamin cu frumoasa roşcată. Trecuse de vârsta la care credea că puţină competiţie putea fi stimulantă. Mare i-a fost surpriza să-l vadă pe Benjamin ieşind din casa ei când s-a întors de la alergare.

—'Neaţa! a spus el, vesel.

—Bună, a zis ea, rezervat.

—Şi mie îmi place să alerg, data viitoare să-mi spui şi o facem împreună. Ea îl privea indiferentă, decisă să nu-i spună că-l văzuse cu roşcata. Aseară când m-am întors acasă, sora mea din California era la mine şi am stat la poveşti până la patru dimineaţa. A plecat acum o oră şi sunt mort de obosit. Ea a răsuflat uşurată venindu-i să-l ia în braţe de bucurie şi să-l pupe, dar n-a făcut-o.

—Am văzut-o când alergam, dar am crezut că este soţia ta, a spus ea încercând să pară neutră.

—De aia erai aşa rezervată? a întrebat-o zâmbind.

—Crezi că sunt geloasă?

—Eşti?

—Eu am întrebat prima, a râs ea.

—Geloasă, nu ştiu, dar cred că nu eşti indiferentă la şarmul meu irezistibil. Eşti timidă şi ţi-ai pierdut puţin încrederea, ceea ce aduce un plus sex-appeal-ului tău.

—Pentru că femeile labile psihic şi nesigure pe ele ţi se par şarmante şi sexy? a râs ea.

—Vorbeam de timiditate, nu de labilitate psihică.

—Îţi plac timidele? l-a întrebat zâmbind şi simţindu-se veselă.

—Da, dar nu cele care leşină când văd un bărbat gol. Tu cum eşti?

—Nu pot promite nimic, a râs ea.

–Ce? Că nu vei leșina sau că n-o să mă vezi gol?

–Rămâne să descoperi singur, a spus și el a zâmbit. Mi-e frig, intru în casă. Te-aș invita, dar...

–Da, l-am văzut pe Daniel, a zis încercând să pară natural.

–Gelos? a întrebat ea ridicându-și o sprânceană.

–Îți plac bărbații geloși?

–Doar dacă nu o iau la fugă când văd o femeie leșinată din cauza unui bărbat gol.

Și-au luat vedere râzând și ea i-a promis să-l sune mai târziu când Diana și Paul plecau, iar copiii mergeau la petrecerea Clarei. Înăuntru toți jucau Monopoly.

–Mami, a zis fericit Scott, tati își aduce aminte de joc. Daniel s-a ridicat de la masă și s-a apropiat de Carol.

–Vrei să vorbim? Nu, nu voia, dar se pare că n-avea de ales. S-au retras în zona bucătăriei. Copiii au nevoie de mine. E foarte importantă o prezență masculină în viața lor.

–Sensul tău de responsabilitate te onorează, dar e puțin cam târziu, nu crezi?

–Niciodată nu e prea târziu. Experiența prin care am trecut mă face să percep altfel viața.

–În urma experienței trăite din cauza ta și eu percep altfel viața. Din păcate, nu suntem pe aceeași frecvență.

–Suntem adulți inteligenți, putem schimba asta, Carol.

–Daniel, când ai decis să mă înșeli, ai anulat contractul nostru de căsătorie. Nu e ca și cum ai anula contractul de la cablu, pentru numele lui Dumnezeu.

–Ce vrei să spui?

–Benjamin și cu mine ne-am hotărât să trecem la o etapă superioară.

–Și asta include sexul sau e deja ceva consumat? a întrebat el răutăcios și ea a preferat să nu spună nimic. Nu sunt de acord cu nimic din ce se întâmplă; știam eu că tot ce voia era să te bage în patul lui.

—Nu-ți cer acordul, doar te informez. Nu uita, Daniel, nu-ți datorez nimic, ar trebui să-mi apreciezi onestitatea.

—Spui asta doar pentru că așa te vei simții liberă să faci ce vrei.

—Sunt liberă să fac ce vreau, iar libertatea asta ți-o datorez. Amnezia ți-a șters amintirea celor două femei cu care ai fost, dar nu și existența lor. Tu ai uitat, dar eu nu, iar acum am decis să merg mai departe cu Benjamin, fie că-ți place sau nu. Nu-ți dau de ales și nici nu e negociabil, iar data viitoare când mai vii să vezi copiii, telefonează înainte. Nu vom fi veșnic prezenți și la dispoziția ta.

Supărat, și-a luat haina din hol și fără să-și ia la revedere de la nimeni, a plecat trântind ușa în spatele lui, lăsând-o cu copiii ce aveau mii de întrebări și reproșuri în ochi.

La ora trei, când a rămas singură, l-a sunat pe Benjamin și când a invitat-o la el, a acceptat cu plăcere. Salonul era mare și predomina maroul. Un șemineu decora camera primitoare și luminată de mai multe veioze cu lumină caldă. În partea stângă a livingului urcai două trepte și acolo trona un pian frumos, George Steck; nu era pus ca indiciu vizibil al statutului social, Michael lua lecții zilnic și era pasionat.

—Ai reușit să-i oferi copilului un cămin cald, a zis ea, privind admirativ în jur.

—În care ești binevenită când dorești.

—Voi reține asta, dar întâi trebuie să te cunosc mai bine.

–Îți spun eu ce trebuie să știi: sunt serios, frumos, deștept și sunt adeptul monogamiei.

–Chirurg și monogam? Hmmm, rarisim, a zis ea.

–Sunt perla rară, nu trebuie să mă scapi, a spus înlănțuindu-i mijlocul și privind-o în ochi. Era pentru oară când stăteau atât de aproape. Să-mi spui dacă mă apropii prea mult, a spus el.

–Cred că pot face față.

–Ah, am uitat că mai ai trei bărbați care-ți dau târcoale.

Ea a izbucnit în râs punând mâinile pe umerii lui. Era mai înalt ca ea cu două capete și avea brațe de atlet.

–Într-adevăr, sunt o depravată. Am patru bărbați în viața mea și cu niciunul nu se întâmplă nimic, dacă înțelegi ce vreau să spun. Da, înțelegea, acela fiind una din calitățile pe care le admira la ea.

–Dacă totul o să iasă cum dorim, îți promit că te voi recompensa, i-a spus el privind-o tandru.

–Vorbești de sex sau îmi propui o operație gratuită pe creier?

–Depravată și glumeață, două calități care-mi plac la tine, dacă știi să repari și mașini, atunci ziua de naștere a lui Michael nu mai e cea mai frumoasă zi din viața mea.

Carol râdea în hohote, iar el a sărutat-o, luând-o prin surprindere. A fost un sărut scurt, dar care i-a înmuiat genunchii. Îl privea în ochi fără să știe ce să zică sau să facă și el i-a luat-o înainte:

–Răspunsul la întrebarea ta nerostită *cum mă placi până acum*, este: Wow, te plac mult de tot. Carol a zâmbit, dar nu i-a spus că îl plăcea la fel de mult.

–Nu ai dreptul să mă privești așa cum o faci în momentul ăsta. Nu încă, a zis ea.

–Știu că negocierea este un semn sigur al succesului, dar în cazul de față nu se pune. Inima nu înțelege negocierile, a zis el, înlăturând o șuviță de pe obrazul ei și sărutând-o încă o dată. Ea a ridicat ochii la el dorind să spună ceva, dar n-a lăsat-o. Știu că-ți plac muzeele și opera, că ai avut multă iubire în viața ta, dar ai suferit mult și mai știu că acum ești doar într-o perioadă în care preferi să mergi la muzee decât să te angajezi într-o nouă relație, însă nu te voi lăsa. Ce avem noi acum, este minunat, de mult nu m-am mai simțit atât de bine și să fiu al naibii dacă voi renunța la așa ceva. Cred că sensibilitatea ta feminină în ceea ce privește acest subiect este trecătoare și în scurt timp o să spui că am dreptate.

–Nu întotdeauna apreciez punctul de vedere masculin atotștiutor asupra feminității mele, dar hai să spunem că de data aceasta sunt tolerantă, a spus ea zâmbind. Cel mai important este cum mă faci să mă simt. Benjamin a privit-o înclinându-și capul spre umărul stâng și încă o dată ea și-a spus că era al naibii de sexy. Știa să asculte și asta îl făcea și mai seducător.

–Hai recunoaște, tu chiar ai chef să mă săruți, a zis el făcând-o iarăși să râdă.

–Da, recunosc, a spus ea, dar ce-ai zice dacă am vorbi despre Crăciun? Ce a spus Michael despre faptul că veți veni cu noi în Connecticut?

–E încântat. În patru ani, acesta o să fie primul Crăciun pe care o să-l sărbătorim împreună. În fiecare an am lucrat. Ea l-a privit tandru și el a continuat: este și primul nostru Crăciun, al meu și al tău, a spus el cu un zâmbet drăgăstos în ochi. Un „prim Crăciun" duce la altele, a spus el îndepărtând o șuviță de pe fața îmbujorată a lui Carol.

—Va fi un Crăciun bun pentru toată lumea, familia lui Paul este haioasă. O să ne distrăm bine, a zis ea având doar gânduri porno în cap: Benjamin cu ea în pat, Benjamin cu ea în jacuzzi, ei doi pe pârtia de schi făcând dragoste și lista era la lungă.

Se juca cu părul ei, îi mângâia fața și a sărutat-o pe sprâncene, frunte și apoi pe buze. Mobilul ei a sunat, dar el n-a lăsat-o să răspundă.

—Oricine ar fi, va lăsa un mesaj, a zis el.

Era Samantha care nu a lăsat niciun mesaj, ci a mai sunat o dată și Carol a răspuns.

—Salut, a zis Sam, ca și cum se despărțiseră de cinci minute, sunt în fața casei tale. Kirk a murit și ți-am adus cenușa. Pentru nu știu ce motiv, a vrut neapărat s-o ai tu.

—Vin imediat, a zis Carol, privindu-l pe Benjamin cu ochi mari. Trebuie să plec, i-a spus ea după ce a închis telefonul, ceva oribil s-a întâmplat. Tatăl meu a murit, și sora mea vitregă mă așteaptă în fața casei cu cenușa.

—Acea soră care...

—Da, a spus ea fără să-l lase să termine fraza. Vorbim mai târziu, a mai zis, după care l-a sărutat pecetluind pactul tacit. Erau un cuplu acum și dacă sora ei n-ar fi așteptat-o cu cenușa tatălui lor în fața ușii, ar fi fost o zi minunată.

S-a îndreptat spre casă și a văzut-o stând dreaptă, îmbrăcată într-o haină de vizon și cu o geantă Salvatore Ferragamo în mână. Prostituția merge bine, și-a spus Carol, neavând niciun chef să stea de vorbă cu ea și privind urna pusă deja pe pragul casei. S-au salutat rece apoi Carol a întrebat-o:

—Când a murit?

—Acum trei zile, a zis Sam mutându-şi greutatea de pe un picior pe altul şi părând înaltă cocoţată pe cizmele Ralph Lauren. Ai să mă inviţi în casă sau vrei să mă ţii în faţa uşii?

—Data trecută când mi-ai trecut pragul mi-ai adus numai veşti proaste. Te prefer la exterior.

—Vreau un ceai cald, a spus Sam, neţinând cont de ce vorbea Carol, putem trece peste ceea ce s-a întâmplat acum 1000 de ani.

—S-a întâmplat acum un an şi de atunci viaţa multor persoane nu mai e aceeaşi. Numai a ta se pare că nu s-a schimbat şi că facturezi tot la oră, a spus Carol zâmbindu-i.

—Admit că merit insultele, dar nu vrei s-o faci în casă, la căldură?

Carol cedă fără niciun chef.

—M-am schimbat, să ştii, a zis Sam instalându-se confortabil în faţa şemineului. Chiar regret ce ţi-am făcut şi aş dori să mă poţi ierta. Ţin la tine, chiar dacă ţi-e greu să crezi.

—Nu poţi frânge inima cuiva şi să spui că ai afecţiune pentru acea persoană.

—Tocmai am făcut-o. Sunt o altă persoană şi sunt mândră de mine.

—Când o să poţi să-ţi achiţi datoriile sau să-ţi îndrepţi greşelile cu mândria ce-o simţi, o să fie super.

—Eşti nostimă şi chiar îmi place de tine, dar noi două nu jucăm în aceeaşi echipă.

—Venind din partea ta o iau drept compliment, a răspuns Carol.

—Nu mă urî, tu ai totul, eu n-am nimic în afara unor bunuri materiale. Mi-am dorit şi eu o familie a mea.

–După care m-ai întâlnit pe mine și ai decis c-o vrei pe a mea, a zis Carol, așezându-se fără niciun chef pe fotoliul din fața ei.

–Da și sincer regret. Carol a privit-o, dând din cap, iar Samantha a continuat: cruzimea și compasiunea pot fi întâlnite în aceeași persoană, să știi. M-am schimbat, a zis aranjându-și părul lung, coafat în valuri care-i încadrau fața frumoasă.

–Am observat. Porți tocuri mai înalte.

–Și asta, a râs Sam, ca și cum tocmai i s-a făcut un compliment. Kirk a murit acum trei zile și a făcut-o tot așa cum a trăit: cu tam-tam mare și exigențe și mai mari. A vrut neapărat să-ți aduc cenușa și să-ți spun că ai fost preferata lui. Carol a privit-o surprinsă, iar Sam a continuat: da, ai înțeles bine, a îndrăznit pe patul de moarte să-mi spună că tot pe tine te-a preferat, dar cumva lucrul acesta mă ajută să trec mai ușor peste moartea lui.

Carol a simțit un vid și un mare regret, aducându-și aminte de acea dimineață în care i-a spus că merge după țigări și să-i cumpere o păpușă. Pe atunci încă îl iubea enorm și credea tot ce i se spunea. Magia copilăriei. Stătea și-și privea sora nevenindu-i să creadă cât de bine dispusă era, comportându-se de parcă erau cele mai bune prietene. Dar Carol știa că asta făcea parte din trăsătura ei de caracter, și anume perversitatea. Era o femeie fără empatie, egoistă și vindicativă care în permanență avea impresia că nu își merită soarta și că asta se datorează lipsei de noroc și nu a faptului că făcea numai rău în jurul ei. Îi venea să se sufoce și camera mare părea dintr-o dată prea mică, aerul nu era suficient pentru amândouă.

—Te-ai împăcat cu Daniel? a întrebat-o luând o gură de ceai și uitându-se cu ciudă în jur. Carol îi cunoștea privirea, doar crescuse cu ea și știa cât de rea putea fi. Nu voia să-i spună că nu și-a revenit niciodată după ce Daniel și cu ea s-au separat.

—O să mă scuzi dacă n-o să răspund la această întrebare. Șuetele în jurul unui ceai cu tine îmi dau frisoane pe coloana vertebrală, cred că înțelegi, a spus, iar Samantha a început să râdă veselă, confirmând perversitatea ce-o caracteriza.

—Soțul tău este un debil profund, crede-mă, trebuie să-mi fi recunoscătoare că te-am scăpat de el. Meriți ceva mai bun, a spus ea purtându-se ca și cum i-ar fi făcut o favoare.

—Cred că este momentul să pleci, a spus Carol ridicându-se în picioare. Nu era obligată să stea și să-i suporte aerele de samariteană. Și cum Samantha nu făcea niciun gest, ea a luat-o de braț forțând-o să se ridice. Te rog să nu mai vii pe aici, să nu mă mai cauți niciodată și să stai departe de familia mea. Samantha a început iarăși să râdă și după ce a ajuns la ușă, s-a întors spre ea și i-a zis:

—Întotdeauna te-ai comportat ca și cum ai fi Florence Nightingale. Ei bine, nu ești. Ești doar o femeie pe care soțul a abandonat-o după două fraze pe care i le-am spus. Dacă ți s-a terminat căsătoria este din cauză că ești foarte plictisitoare și că ai o părere prea bună despre tine. Nu i-au trebuit mai mult de două minute să se îndrăgostească de mine, imbecilului ăla de soț al tău. A fost floare la ureche, a mai spus ea după care, zâmbind diabolic, a deschis ușa larg și a plecat lăsând-o așa. Carol stătea și privea în urma ei simțind un gust amar, gustul durerii și al pierderii.

CAPITOLUL 12

Carol, Benjamin şi copiii erau în drum spre New Haven, la mama ei. Copiii sporovăiau veseli şi îşi făceau o grămadă de planuri: Hayley dorea să meargă la teatrul Long Wharf şi în Wooster Square, să mănânce într-un restaurant italian. Lui Michael i-ar fi plăcut să viziteze Yale, ştia deja că aceea era facultatea pe care voia să o facă.

–Ştiţi că Al Capp e născut aici? a întrebat Benjamin admirând frumosul peisaj. Era un timp plăcut, aproape prea cald pentru acea perioadă a anului.

–Serios, Capone e de aici? au sărit cei doi puşti de-odată.

–Al Capp e autorul unor benzi desenate americane faimoase. Nu se poate să nu cunoaşteţi serialul Abbie an' Slats, a zis el, făcând-o pe Carol să râdă, în timp ce băieţii au schimbat o privire dezaprobatoare.

Au ajuns la destinaţie. Casele din suburbie participau la concursul de decoraţiuni de Crăciun, totul sclipea şi aveai impresia că dintr-un moment în altul îl vei vedea pe Moş Crăciun la colţul străzii. Casa Dianei sclipea ca într-o carte poştală de Crăciun. Erau peste tot ghirlande luminoase, iar într-o parte a salonului, un pom imens, plin de globuri multicolore, de îngeri şi steluţe argintii decora încăperea. În şemineu ardea un foc vesel, iar ambianţa era festivă din toate punctele de vedere.

–Bine aţi venit, ne bucurăm că faceţi Crăciunul cu noi, le-au urat Diana şi Paul, instalându-i confortabil în living room.

–Mulţumim de invitaţie, a spus Benjamin, recunoscător să sărbătorească cu ei. Crăciunul trebuia făcut în familie, cu persoane dragi, iar el spera că Michael nu se va gândi în noaptea aceea la Crăciunurile de altădată. În acea casă primitoare, cu gazde atât de amabile, simţea că făceau parte dintr-o familie adevărată. A privit-o pe Carol cu drag şi şi-a spus că a fost norocos să o întâlnească, era o persoană bună, caldă.

–De ce te uiţi aşa la mama? a întrebat Scott şi Benjamin a tuşit surprins. Şi când credea că nu putea să fie mai rău, a fost mai rău.

–Tata e foarte excitat de o vreme, a zis Michael înfulecând un biscuit de casă şi făcându-i pe toţi să zâmbească pe sub mustaţă.

–Ce tot îndrugi acolo? l-a certat în şoaptă Benjamin.

–N-ai mai avut şi tu o femeie de mai bine de şase luni, a continuat Michael hotărât să-i dea tatălui lui o criză cardiacă de Crăciun. Benjamin s-a mişcat jenat pe fotoliu, privindu-şi gazdele şi ridicând din umeri ca şi cum nu înţelegea ce spune copilul. Scena era mai mult decât amuzantă din cauza reacţiei lui.

–De unde ai mai scos-o şi pe asta? a întrebat Benjamin, simţindu-se din ce în ce mai prost.

–De la tine. Te-am auzit când vorbeai cu Bobby la telefon. Este prietenul lui cel mai bun, a explicat copilul.

–Şi ce anume te-a făcut să înţelegi asta? a întrebat tatăl lui încercând să pară nonşalant... şi eşuând.

–N-am mai avut și eu o femeie de mai bine de șase luni. Asta-i fraza pe care tu ai spus-o, a răspuns puștiul, umplându-și gura cu alune, iar Benjamin se ruga să se înece și să tacă din gură câteva minute.

–Am pregătit quiches cu asparagus și parmezan, a zis Diana încercând să îl salveze pe Benjamin, soufflé cu patru brânze, toasturi cu ficat de gâscă, iar ca felul doi avem rățușcă în sos de miere cu piure de cartofi și legume la tigaie.

Benjamin i-a mulțumit gazdei din ochi pentru că reușise să oprească discuția penibilă, chiar dacă acum mult prea multă lume era la curent cu lipsa vieții lui sexuale.

–Mmm, a șușotit Carol la urechea lui, un chirurg monogam în călduri. Interesant, a spus ea, făcându-l să zâmbească.

S-a auzit o bătaie în ușă, iar Diana s-a dus să-i deschidă vecinei ei, Lisa. Carol a strâns-o cu drag în brațe, când aceasta a intrat în sufragerie, o știa dintotdeauna. Fiica ei i-a fost cea mai bună prietenă în copilărie, apoi viața le despărțise: Kimberly se mutase în California, iar ea în New York și din când în când se mai auzeau la telefon sau se vedeau de Crăciun sau Paște.

–Ce bine arăți, Carol, parcă tot fetița aia mică și drăgălașă ai rămas, nu se vede că au trecut anii peste tine.

–Iar dacă sting lumina, par și mai tânără, a râs Carol, conștientă că natura a fost bună cu ea. Kimberly a venit?

–Din păcate nu are vacanță Crăciunul acesta, dar Brandon e la mine, vine și el imediat.

Lui Hayley i s-au aprins beculețele, îl știa pe nepotul Lisei și-l plăcea: era blond cu ochi verzi și mereu bronzat, un adevărat californian.

–Vin repede, a zis ea, luând-o la fugă sus pe scări unde era camera ei.

—Se duce să se machieze pentru Brandon, a explicat Scott, o să dureze o eternitate.

—Ce-ar fi să mergem şi noi să ne punem hainele în camere şi să coborâm după aceea? i-a propus ea lui Benjamin, după care s-au scuzat şi s-au retras.

—Eşti instalat bine? l-a întrebat Carol după ce a terminat de despachetat. Privind în jur, observă cât de ordonat era.

—Este perfect, am tot ce-mi trebuie, iar camera mea este foarte primitoare, la fel ca Diana şi Paul. Îţi mulţumesc de invitaţie, a zis el, zâmbindu-i cald.

Hayley a apărut în uşă ţinând o rochie în mână.

—O detest, de ce-ai pus-o în valiză?

—Pentru seara de Crăciun, Hayley.

—Nu pot să cred că sunt obligată să îmbrac aşa ceva şi nimeni nu e mort.

—E o rochie elegantă şi frumoasă, iar tu eşti prea machiată.

—Sunt în vacanţă.

—Dar e abia două după-amiază şi nu cred că ai fost invitată la vreun bal mascat.

—Vreau să-l impresionez pe Brandon, a zis fata.

—Crede-mă, o să fie impresionat; dar cum rămâne cu Mike, parcă ziceai că eşti îndrăgostită de el?

—Sunt, dar el nu-i aici, a spus fata cu indiferenţa caracteristică vârstei.

După ce au terminat de despachetat totul, au coborât în salon unde Brandon şi-a făcut apariţia în acelaşi timp cu familia lui Paul. Arăta bine, era natural, vesel şi deloc îngâmfat, iar Hayley nu-şi mai lua ochii de la el. S-au instalat în salon, iar Paul a desfăcut o sticlă de şampanie. Ambianţa era jovială și toată lumea se simțea bine. Anna, fata lui Paul, a întrebat-o pe Carol cum este Daniel.

—Amnezic și recalcitrant, dar am învățat să mă adaptez la schimbările vieții, a spus ea și pentru prima oară de la despărțire se simțea mai relaxată. În sfârșit suferința se diminua, iar ea avea iarăși chef de viață, asta datorându-se și faptului că-l cunoscuse pe Benjamin. Tu ai întâlnit pe cineva? a întrebat-o Carol, cunoscând povestea Annei, pe care soțul o părăsise pentru secretara lui de 20 de ani.

—Ies cu ginecologul meu și avantajul este că nu trebuie să vorbesc despre fertilitate, știe tot.

—E serios între voi? a întrebat Diana.

—Pur sexual, a spus Anna pe ton jos ca să nu o audă Paul. Tatăl ei și cu ea erau foarte complici, dar existau limite pe care nu le depășea.

—Un început bun, nu? a spus Benjamin, regretând imediat că se bagă în acea conversație cu o persoană pe care tocmai o cunoscuse.

—Oh, zise Anna, privindu-l aproape indecent, un chirurg aproape virgin și care e de acord cu sexul pur, fără obligații sau angajamente?

—Dar de abia ați ajuns! a zis Benjamin. Copiii ăstia sunt diabolici, a mai spus el privindu-l încruntat pe Michael și făcându-i pe toți din încăpere să râdă. Carol îl plăcea pe zi ce trecea mai mult, iar Diana găsea că cei doi se potriveau de minune. Fata ei era o femeie puternică care nu rămânea niciodată la pământ, la fel ca și Anna. Când aceasta din urmă a aflat că soțul o înșală, nu și-a plâns de milă, ci i-a făcut valiza și a schimbat yala de la ușă, apoi și-a văzut de viața ei. Tinerele din ziua de astăzi nu mai acceptau minciunile soților trădători, așa ca în tinerețea ei și pentru asta le admira, a gândit Diana.

Era dimineața de Crăciun, în șemineu ardea un foc plăcut și la radio se auzeau colinde. Toată lumea se simțea bine în atmosfera de sărbătoare, chiar și copiii încetaseră să se tachineze. Diana și Paul au pregătit micul dejun: ouă fierte moi, cornuri calde cu unt și dulceață din fructe diferite, migdale și cafea. Adulții doar ciuguleau, păstrându-se pentru mai târziu. Miranda, care tocmai ajunsese din New York împreună cu familia, cumpărase creveți cu portocale și cârnăciori în foietaj. Pentru masa de Crăciun aveau supă de linte, iar ca fel principal, curcan umplut cu castane și prune, piure de cartofi și legume. Ca desert, Paul făcuse plăcintă de dovleac și Benjamin cumpărase mai multe sortimente de cheesecake. În bucătăria mare se simțea mirosul delicios de cafea și toată lumea vorbea în același timp, cumva înțelegându-se.

Carol a primit telefon de la Gordon care i-a urat sărbători fericite. A sunat-o și William, care și-a anunțat logodna cu Sarah și acum vorbea cu Daniel. Acesta și-a cerut scuze pentru comportamentul deplasat și i-a spus că-i va reda libertatea, dacă asta era într-adevăr ce-și dorea.

—Ce te-a determinat să devii atât de rezonabil? l-a întrebat bine dispusă.

—Magia Crăciunului, a zis el neconvingător, precum și faptul că mă obișnuiesc cu ideea că nu mai vrei să fii cu mine. A făcut o pauză mică după care a spus: și evident, antidepresivele au rolul lor.

– Cred că trebuie să ne vedem de viețile noastre, a spus ea. De fapt tu îți vezi de viața ta de mult, acum este rândul meu. Fiecare cu viața lui.

– Ce vrei să spui? a întrebat Daniel. Acum că ești în cuplu cu domnul doctor eu n-o să mai pot să vin în croaziera de Anul Nou cu toată familia și prietenii noștri? Pentru că indiferent dacă îți convine sau nu, să știi că vin. Carol a zâmbit, spunându-i că nici măcar nu-i trecea prin cap să-i interzică să vină, ar fi fost inutil. El făcea întotdeauna ceea ce voia. Cu zâmbetul pe buze, i-a urat un Crăciun fericit și a închis telefonul. Când s-a întors a dat nas în nas cu Hayley. Era îmbrăcată într-o rochie de-a Melissei, care de-abia îi acoperea chilotul, iar spatele îi era atât de decoltat, încât îți puneai întrebarea dacă purta într-adevăr un chilot. Părul îi era tapat la maxim și avea ochii machiați puternic cu negru.

– Ce-i asta? a întrebat Carol șocată.

Melissa, nepoata lui Paul, care la rândul ei era travestită într-un gen de prostituată, a răspuns în locul lui Hayley.

– Ce să fie? O fată de șaisprezece ani din secolul XXI.

– Stripteuză de șaisprezece ani, vrei să zici, a spus Carol cerându-i să urce imediat la etaj să se schimbe. Bosumflată, Hayley a luat-o la fugă pe scări bombănind într-una.

– Mai nou îmi vorbește de parcă aș fi idioată, i-a spus Carol Mirandei, privind în sus după ea pe scări și întrebându-se dacă avea chiloți pe ea.

– Draga mea, este o adolescentă, iar tu ești mama ei, evident ești o idioată.

– Vei vedea și tu când Heidi a ta o să poarte rochii minuscule fără chiloți pe ea și o să-și dea ochii peste cap la fiecare cuvânt pe care-l scoţi, a spus Carol şi prietena ei a râs cu poftă.

Au stat la masă până la ora 11, au vorbit despre vacanţă şi Benjamin regreta că trebuia să lucreze, dar la insistenţele lui Scott, i-a promis lui Michael să-l lase pe el să meargă. Trebuia totuşi să valideze asta cu mama lui, care în mod normal ar fi trebuit să petreacă Crăciunul cu copilul lor.

Îmbrăcaţi frumos, la ora trei s-au pus la masa de Crăciun şi s-au ospătat cu toate bunătăţile, apoi au ieşit la plimbare în New Haven. Au fost la biserică la slujbă, după care au servit prăjituri la o cafenea franţuzească din centrul oraşului şi chiar dacă toţi se plângeau că trebuia să-şi desfacă pantalonii, au mâncat toate deserturile comandate. A fost un Crăciun bun pentru toată lumea şi Diana era mulţumită de cum decurgeau lucrurile. O privea pe Carol şi îşi spunea că este fericită. Partea grea trecuse. Suferinţa a fost mare, pe măsura dragostei ce o avusese pentru soţul ei, dar lucrurile intrau încet pe făgaşul lor.

În noaptea aceea, când toată lumea dormea, Carol a urcat pe furiş la Benjamin. El a deschis uşa şi a fost mirat s-o vadă acolo.

–Surprins? a şoptit ea.

–Plăcut surprins, a şoptit el la rândul lui, trăgând-o repede în cameră şi privind pe hol ca un adolescent care făcea o prostie.

–Frumos decor, a spus ea privind camera ca și cum nu o cunoștea, iar Benjamin a tras-o lipindu-i corpul de corpul lui și făcând-o să râdă.

–Să nu-mi spui că ai venit să vorbești despre decor, a zis el făcând-o și mai tare să râdă. Avea o foame și o disperare în ochi care o amuza, dar în același timp era multă tandrețe. L-a privit plină de dragoste, iar el a început s-o sărute. Trupul îl durea de dorință și ea îi simțea bărbăția. S-a oprit la un moment dat din sărut și a privit-o tandru, după care a întrebat-o:

–Ești sigură că asta vrei? Ești pregătită?

Drept răspuns, ea a lăsat halatul lung din mătase să-i cadă pe podea. Era complet goală. Niciunul din ei nu știa cine a făcut prima mișcare. Blânda alinare a devenit o dorință animalică. Se sărutau frenetic și el o ținea strâns. A pus-o încet pe pat ș ia mângâiat-o întâi cu privirea, apoi cu mâinile și cu gura.

–Doamne, cât ești de frumoasă.

A intrat încet în ea și Carol a gemut de plăcere. Benjamin a încercat să se retragă, dar ea l-a tras mai aproape, încercuindu-i mijlocul cu picioarele ei lungi. Făcea dragoste cu ea, împlinind-o, întregindu-i trupul. Era blând, iubitor și continuă să crească, apoi dintr-odată a fost deasupra a tot. Era un extaz total, o împlinire și fericire aproape insuportabile, o acuplare animalică dincolo de rațiune. El i-a șoptit:

–Iubește-mă, Carol, iubește-mă.

Trupul lui era pe ea, în ea, parte din ea și erau una. Au făcut dragoste până în zori, au vorbit și au râs și era ca și cum se știau de-o viață. Nu a crezut că ar putea trăi o astfel de intensitate cu un alt bărbat. Era vindecată de Daniel și era mulțumită că nu a rămas cu sechele în intimitate.

—Trebuie să plec în camera mea înainte să se trezească ceilalţi. Mă simt că o delincventă juvenilă, a râs ea, în timp ce se îmbrăca.

—Delincventă juvenilă fericită sau cu remuşcări?

—Am terminat cu remuşcările. Mă bucur că m-am dat la tine, altfel cine ştie cât mai trebuia să aştept. Râdeau amândoi.

—Tu mi-ai spus că vrei s-o iei mai încet, să ne cunoaştem.

—M-am răzgândit ieri când a povestit Michael de conversaţia ta cu Bobby, a zis ea râzând.

—Am vrut să-l pedepsesc, dar în final am să-l răsplătesc, a zis Benjamin începând să o sărute iarăşi pe sâni. Au făcut dragoste cu pasiune încă o dată. Nu se mai săturau unul de celălalt. Soarele a răsărit şi-n final Carol a trebuit să-l părăsească. Pe hol, în timp ce fugea spre dormitorul ei, s-a întâlnit cu Diana. Aceasta era proaspătă şi deja îmbrăcată.

—Bună dimineaţa, a zis ea timid, sperând ca mama ei să nu-şi dea seama ce se întâmplă.

—Noapte bună, Carol, a spus Diana zâmbind, iar Carol a luat-o în braţe şi a pupat-o cu dragoste, după care a fugit în camera ei. Era fericită şi cum a pus capul jos, a adormit. Pentru prima oară, după mult timp, somnul i-a fost odihnitor, profund şi fără vise. S-a trezit buimacă la ora douăsprezece, s-a spălat şi s-a îmbrăcat rapid, după care a coborât în salon. Erau toţi adunaţi acolo, dar ea nu l-a văzut decât pe el. Se uitau unul la altul de parcă atunci se descoperiseră. Nici măcar nu-şi dădeau seama că erau priviţi.

—De ce ai dormit aşa mult? a întrebat-o Scott şi copiii o priveau atent, aşteptând.

—A avut o noapte lungă, a răspuns Hayley şi copiii s-au pus pe râs.

Crisa a tras-o de mânecă pe Miranda, dorind să-i vorbească.

–Dacă nu sângerezi, nu mă deranja, a zis mama ei fără să-și ia ochii de la Carol și Benjamin.

–O să trebuiasacă să-ți spun mamă? a întrebat Michael și toți, în afara lui Benjamin, au pufnit în râs.

–Ce-ar fi s-o lăsați puțin în pace, a zis Miranda. Dacă tot o întrerupeți, n-o să ne spună nimic.

Carol a privit-o cu ochii îngustați după care a luat-o de mână și a târât-o până în bucătărie după ea.

–Chiar toți știu? Cum se poate, doar m-am furișat când dormeați.

–Te-au văzut băieții, a spus Miranda dând din cap veselă.

–Ce afurisiți de copii, a zis Carol, mișcându-și ochii în cap de parcă era nebună.

–Cum a fost?

–Doar nu-ți imaginezi c-o să-ți dau detalii, a zis ea, dorindu-și să spună în gura mare la toată lumea că a fost cel mai incredibil sex pe care-l avusese vreodată.

–Preferam să aud varianta ta decât cea a lui Scott și Michael, a spus Miranda și lui Carol aproape că i-au ieșit ochii din cap. Au ascultat tot la ușă, i-a explicat prietena ei.

–Mi-e rău, a zis Carol, ducându-și o mână la cap, oare de ce n-am căzut azi noapte pe scări, să-mi rup un picior și să nu mai ajung în camera lui?

–Era doar o glumă, a zis Miranda râzând.

–Una foarte proastă!

–Mă bucur că ai făcut marele pas, în sfârșit. Benjamin este un tip excepțional, o viață nouă începe pentru tine și te susțin sută la sută. Carol a privit-o mijindu-și ochii.

—Ce-mi ascunzi? a întrebat-o simțind că știa mai multe decât voia să spună. Se cunoșteau de-o viață, n-avea cum să-i ascundă nimic. Miranda a privit-o cu ochi mari și Carol a continuat: Mă susții sută la sută? Acum câteva zile voiai să-i dau o șansă lui Daniel. Miranda s-a mișcat pe scaun. Ce s-a schimbat între timp?

—Nimic, am doar încredere în alegerea ta.

—Rahat, a zis Carol. Răspunde-mi la întrebare.

—Bine, am aflat ceva, dar n-o să-ți placă.

—M-am obișnuit cu veștile proaste, iar astăzi chiar cred că pot să încasez orice.

—Nepoata femeii mele de menaj, pe care Ben a dat-o afară, i-ar fi spus că a avut o aventură cu Daniel.

Orice, nu și asta, și-a spus Carol.

—Și eu care eram fericită să-l am ca soț. Eram mândră să fiu perechea lui și l-am adorat timp de optsprezece ani, a fost persoana în care aveam cea mai mare încredere. Iar acum mi se pare doar un monstru venit dintr-o zonă crepusculară. Oare câte alte aventuri o fi avut? Miranda n-a zis nimic. Omul ăsta va rămâne în viață doar pentru că e ilegal să omor pe cineva, a continuat Carol supărată, după care s-au dus în salon. Nu mai era nimic de zis. Încă o dată, Daniel reușise să-i strice buna dispoziție și fericirea pe care tocmai o regăsise. În definitiv nu puteai să ieși fără sechele dintr-o căsătorie de optsprezece ani în care soțul perfect nu era altceva decât un monstru.

—Mami, a întrebat Hayley, ce să-mi cumpăr pentru croazieră, să se uite toată lumea după mine?

—Schiuri, a zis Scott pe un ton serios, făcându-i pe toți să râdă.

S-au îmbarcat la Fort Lauderdale pe 30 Decembrie. Era o zi superbă şi toţi erau încântaţi să scape de paltoane şi cizme. Toată lumea era veselă şi admira luxosul vapor. Existau optsprezece punţi, zece restaurante, boutique-uri, un cazino, multe baruri, săli de sport, pereţi de escaladă înalţi de peste treisprezece metri, spa-uri, piscine şi un patinoar. Era un oraş ambulant. Era vasul cel mai luxos pe care-l văzuseră vreodată.

—Cum e posibil să nu-mi amintesc de numele copiilor, dar să-mi aduc aminte că am plătit preţuri exorbitante pe croaziere? a întrebat-o Daniel pe Carol. Am fost un tată oribil, nu-i aşa?

—Nu, doar un soţ oribil, a spus ea deloc supărată. Încă nu i-a spus că ştie despre femeia de menaj a Mirandei şi se întreba dacă avea vreun sens s-o facă. Şocul îi trecuse, iar ea era fericită cu Benjamin, n-avea niciun sens să-şi mai învenineze sufletul.

—Ştiu că am fost fericiţi împreună şi că eşti o femeie bună. Stomacul meu îmi spune asta, este sistemul meu de ghidare.

—Sistemul meu de ghidare îmi spune că m-ai minţit, m-ai manipulat şi...

—Sper că sfârşitul frazei e mai bun, a zâmbit el amar.

Zâmbetul pe care ea l-a îndrăgit atât, a determinat-o să abandoneze orice discuţie în acel sens.

—Ascultă, Daniel, chiar nu am chef să intru pe acest teren.

Sydney şi David veneau spre ei şi Carol le-a mulţumit în gând că o salvau de la o discuţie penibilă. Ea arăta radioasă, iar burtica-i era cam mare pentru cele trei luni de sarcină.

—Eşti sigură că eşti gravidă doar de...

Carol s-a oprit când l-a văzut pe David făcându-i semne disperat.

–Chiar crezi că nu te văd în geam? l-a întrebat Syd fără să-l privească. Mai bine mi-ai aduce un hamburger. Apoi, întorcându-se spre Carol, a zis disperată: Mi-e foame, veşnic mi-e foame. Voi naşte un copil de zece kilograme, iar primele lui cuvinte vor fi, o urăsc pe mama.

–În afară de mâncat, a întrebat blând David, ce altceva ai avea chef să faci?

–Să pun bombe pe ici, pe colo, după care să mănânc liniştită un hamburger, a spus Sydney parcă simţindu-şi hormonii tropăind prin tot corpul. Era în permanenţă înfometată şi nervoasă, iar David se comporta impecabil făcând tot posibilul să-i facă viaţa uşoară. Soţul ei a pupat-o pe obraz după care se duse să-i aducă un hamburger.

–Îţi ştie de frică, a spus Carol zâmbind.

–În plus de înfometare, am şi un umor de rahat.

–Nu e prietena ta? a întrebat Carol privind în stânga şi arătând cu capul pe o femeie drăguţă şi suplă.

–Fără mine ar purta şi acum desuuri prea mari şi-ar merge la saloane de coafură care i-ar rata decolorarea. Dar a uitat toate astea, a răspuns Syd.

–Nu mai vorbiţi deloc?

–Ba da. Când n-avem încotro.

–O cunosc şi eu? a întrebat Daniel, foarte interesat, iar Carol l-ar fi plesnit.

–Nu te pune cu prostu', a şoptit Syd la urechea lui Carol, că are mintea odihnită. E vacanţă, lasă-l acum, îl omori la New York.

David a apărut cu un pahar mare de suc de fructe şi Syd l-a privit cu ochii ieşiţi din orbite.

–Stai, a spus el, nu te enerva. Mai avem puțin până la cină. Mă gândeam să mergem în jacuzzi, după aceea să-ți fac un masaj bun și mergem să ne odihnim puțin în cabină. Știa ea ce înseamnă odihnă și în momentul acela nu avea chef să se odihnească, doar să mănânce un hamburger sau 10.

–Ai un sens foarte singular în ceea ce privește preliminarul, iubitule. Dacă chiar voiai să mă seduci, mi-ai fi adus nenorocitul de hamburger pe care l-aș fi înghițit în cinci secunde, după care aș fi culpabilizat și aș fi optat pentru puțin exercițiu fizic.

–Imbecil, a zis el, dându-și o palmă peste frunte. Altceva ce-aș putea face ca să mă ierți?

Syd a ridicat din umeri.

–Cred că e prea târziu să vorbim de-o mamă surogat sau de adopție, nu? Acum mă scuzați, mă duc să caut nenorocitul de hamburger, iar tu nu vii cu mine, i-a spus ea soțului ei care s-a conformat. Daniel a privit în urma ei și a spus șocându-i pe toți:

–Antipatică muiere.

–E prietena ta cea mai bună, a zis Carol uimită, iar el a ridicat indiferent din umeri.

–Vrei să mergem la un cocktail? a întrebat-o, iar ea l-a refuzat.

–Mă așteaptă Miranda la piscină, a spus ea și Daniel a făcut un pfff, după care a plecat în treaba lui.

Prietena ei era întinsă pe un pat, alături de Ben.

–Interdicție să lingeți bordul piscinei, a strigat ea la copii și Carol a zâmbit. Cum te simți? a întrebat-o Miranda.

–Cu Daniel la bordul vasului e mai complicat decât credeam.

—Psihologii cred că aproape optzeci şi cinci la sută din familii sunt disfuncţionale, a zis Ben şi Carol l-a privit, făcându-i cu mâna unui ospătar.

—Şi asta ar trebui să mă facă să mă simt mai bine? Ben s-a ridicat şi s-a aruncat în piscină fără să mai spună nimic.

—Nu ştiu dacă te poate consola cu ceva, a spus Miranda, dar se zice că suferinţa ne ajută să creştem.

—Nu, nu mă consolează cu nimic, a spus Carol după care şi-a comandat un Strawberry Daiquiri fără alcool. Aş vrea şi eu să ştiu care este diferenţa între suferinţa ce te face să suferi ca un câine şi cea care te ajută să te maturizezi? Oare de ce mi-am comandat ceva fără alcool, am nevoie de o băutură tare. Şi de un vapor pe care Daniel nu este. Ori îmi face curte cu disperare, ori se comportă ca un dobitoc. Mai înainte discutam cu Syd de una din fostele ei prietene care e aici, iar el părea foarte interesat de ea.

—Se duce o muncă colosală cu prostul care are şcoală, a zis Miranda şi amândouă au râs. Un tânăr de treizeci de ani a trecut pe lângă ele şi le-a privit insistent. Un regal pentru ochi şi pentru suflet, a şoptit Miranda.

—E mai tânăr cu mult ca tine, a spus Carol.

—Se pune dacă mă aflu în tunelul de întoarcere în timp?

—Nu. Dar faptul că eşti măritată, se pune.

—Cine eşti tu, conştiinţa mea?

—Nu, doar prietena ta. Apropo, l-ai înşelat vreodată pe Ben?

—O singură dată, acum nouă ani. Mi-a fost ruşine să-ţi spun. N-a contat deloc. A fost doar o noapte.

—Un tip despre care nu ştiai nimic? a întrebat Carol zâmbind şi interesată la maxim.

–Știam că familia lui avea antecedente de diabet, iar el avea o placă de metal la femur.

–Deci un pacient, a râs Carol. Ați făcut-o în cabinetul tău?

–Pui prea multe întrebări pentru o simandicoasă.

–Așa mă vezi, ca pe o femeie simandicoasă?

–Câteodată mă întreb dacă faci caca vreodată. Râdeau în hohote.

–Întotdeauna reușești să mă faci să mă simt bine, a spus Carol, privindu-și prietena cu dragoste. Tânărul de treizeci de ani a auzit și s-a întors brusc.

–Da, a zis Miranda, privindu-l cu sprâncenele ridicate, suntem lesbiene.

–Iar eu sunt în Paradis, le-a zis el, făcându-le cu ochiul, după care a plecat, lăsându-le râzând.

–Cred că în Rai sunt mai multe femei decât bărbați, a spus Carol, visătoare.

–De ce, pentru că alăptați? a întrebat Ben, care tocmai s-a întors și și-a auzit soția vorbind cu tânărul. Era nervos, așa că Miranda l-a lăsat în pace, privindu-și prietena cu coada ochiului. Râdeau pe ascuns, iar Ben dădea dezaprobator din cap făcându-le și mai tare să râdă.

Carol avea un apartament micuț, dar cochet. Benjamin nu putuse să se elibereze de la spital, doar Michael venise și se distra de minune cu Scott. Hayley își găsise deja o prietenă și se pregăteau pentru cină, se îmbrăcau, se dezbrăcau, râdeau și făceau glume de parcă s-ar fi știut de-o viață. Amanda avea 17 ani și venise cu părinții ei, pe care Carol îi întâlnise și i-a plăcut pe loc: erau modeşti, deschişi, şi-şi adorau fata, care profita de situaţie. Hayley şi-a făcut apariţia într-o rochie bej, mulată pe corp şi scurtă. La prima vedere aveai impresia că e goală.

—O să porţi aşa ceva în public? a întrebat Carol.

—Amanda mi-a împrumutat-o. E o rochie pe care Julia Roberts era cât pe ce s-o cumpere...

—Du-te şi te schimbă, trebuie să coborâm la restaurant.

—Nici dacă aş face parte dintr-o gaşcă de drogaţi nu s-ar purta aşa, a bombănit fata, ducându-se să se schimbe.

Restaurantul era somptuos, pe două etaje, acestea comunicând de-o parte şi de alta prin scări largi, decorate pentru noaptea de Anul Nou. În mijlocul restaurantului trona masa elegantă a căpitanului, iar o armată de ospătari se mişcau ca furnicuţele prin restaurant asigurându-se că totul era perfect. Masa lor era mare, erau şaisprezece în total şi era situată aproape de cea a căpitanului. Toată lumea era elegantă, iar atmosfera era veselă şi festivă. Ei mâncau în al doilea sitting, la ora, 21:00 după care aveau show-ul.

Acum toată lumea era instalată, iar chelnerul le lua comanda petrecând o bună parte din timp cu Sydney, care decise să încerce toate mâncărurile din meniu. Cei de la masă o priveau amuzaţi.

—Mi-e poftă de porc, aduceţi-mi vă rog şi porc, i-a spus ea chelnerului.

—De la atâta porc, ai grijă să nu te transformi în scroafă, s-a auzit Daniel, uimindu-i, iar Sydney l-a privit cu ochii mijiţi.

—Mi se pare sau Daniel e diferit? a întrebat-o Diana, încet pe Helga.

—Are toate şansele să devină criminal în serie, i-a răspuns aceasta în şoaptă. La capătul mesei l-au auzit din nou.

—Ah, gata, v-am şocat, dar când Ben spunea mai înainte că striptease-ul este o instituţie culturală pentru că toate fetele vorbesc cel puţin două limbi, toată lumea a râs. Zic şi eu o frază şi vă sufocaţi cu propriile limbi. Era foarte nervos, iar Ben a încercat să-l calmeze.

—Glumeam, Daniel. Dar este minunat că memoria ţi-e din ce în ce mai bună.

—Ar putea fi şi mai bună dacă doamna m-ar primi acasă, a zis el, arătând-o cu capul pe Carol.

Muzica a început să cânte, iar ospătarii, în şir indian, făceau paradă în întregul restaurant. Toată lumea îi aplauda. Un ospătar a venit la masă şi a invitat-o pe Syd la dans.

—Vezi să nu-l mănânci, a zis Daniel râzând cu poftă şi toată lumea l-a privit.

—Foarte amuzant, tati, a spus Hayley aranjându-şi rochia cloşată argintie.

—Întotdeauna ai fost aşa bizară? a întrebat el, privind-o de parcă atunci ar fi văzut-o pentru prima oară.

—Nu, doar de când ai înşelat-o pe mama cu Sam, s-a răstit Hayley, furioasă. Te porţi ca un nebun şi asta pentru că eşti nebun, a spus fata plângând acum, iar Carol a luat-o după umeri încercând s-o liniştească.

—Ce? Cine-i Sam? a întrebat Scott care nu era la curent cu relaţia extraconjugală a tatălui său.

—Oare toţi copiii sunt aşa proşti sau numai ăsta în particular? a întrebat Daniel, după care s-a ridicat în picioare şi privindu-i pe fiecare în parte, a continuat: singura modalitate de a mă face să mai iau cina cu voi e să mi-o înfundaţi pe gât, a spus el, după care a părăsit restaurantul.

Reuşise să le strice seara şi după ultimul show s-au retras în cabinele lor; Sydney s-a dus cu Miranda la ea în cabină ca să-i împrumute un roman şi când au intrat au văzut petale de trandafiri care duceau la patul înconjurat cu zeci de lumânări.

–Oare a planificat o seară romantică sau doar vrea să te ardă de vie? a întrebat Syd şi au pufnit amândouă în râs.

–Sunt frântă, a zis Miranda, sper să mă ardă, n-am niciun chef de romanţă în seara asta. Nici nu a terminat bine fraza, că Ben a apărut în faţa lor, gol puşcă. Au fost câteva secunde de linişte, timp în care nimeni nu a făcut nimic, după care s-a acoperit repede.

–Mazel tov, o să te ardă pe rug, a şoptit Sydney la urechea Mirandei, după care a părăsit încăperea.

CAPITOLUL 13

Era a treia lor zi pe vapor şi se îndreptau spre Aruba. Hayley a apărut cu noul ei prieten, Colin, şi l-a prezentat la toată lumea.

–Oh, un englez, ce şic, a zis Syd, luând o muşcătură de pizza şi înghiţind-o fără s-o mestece.

–Sunt ca prinţul William, dar fără familia lui bizară.

–Anglia e în Europa, nu? a întrebat Michael.

–Patria lui Harry Potter şi a lui David Beckham, a zis Scott, mândru de cultura lui.

Daniel şi-a făcut apariţia, iar Hayley i-a prezentat şi lui prietenul.

–Bună Colin, a zis el amabil, dar indiferent.

Tânărul s-a ridicat în picioare şi a dat mâna cu el.

–Am un verişor pe care-l cheamă Daniel. Îl urăsc, e un mare pervers.

–Mda, a zis Daniel, după care s-a aşezat lângă Carol şi l-a ignorat tot restul prânzului pe Colin. Cine naiba e cretinul ăsta? a întrebat-o el pe soţia lui care zâmbea. Într-adevăr, William era bizar, diferit de grupul lor... sau de vreo persoană normală.

–Cum eşti astăzi? l-a întrebat, sperând să fie mai bine dispus decât în celelalte zile.

–Fericit, împlinit şi recunoscător. Dimineaţă mi-am adus aminte din prima unde e ascensorul. Părea supărat şi ea l-a privit tristă. Toți îl tratau ca pe un convalescent și de câte ori apărea de undeva, ei toți se opreau din ceea ce făceau.

—Ești tot timpul nervos, a spus blând Carol, poate ți-ar prinde bine niște ședințe cu un psihiatru.

—Da, a răspuns el agresiv, ca multora dintre voi.

Carol se ruga ca el să nu facă iarăși o scenă. Emma, mama lui, stătea în capul mesei frecându-și mâinile supărată; era o femeie bună și suferea mult să-și vadă copilul așa. Scott, soțul ei, o consola cum putea, dar nu era întotdeauna ușor.

—Câți copii vrei să ai? a întrebat-o Colin pe Syd, care încă nu se oprise din mâncat.

—Doi, a răspuns David în locul ei.

—Însă pe următorul îl vrem invizibil, a adăugat Syd cu gura plină.

—Chiar nu mai vrei un al doilea copil? a întrebat-o soțul ei.

—Ba da, când vei purta tu uter. Uită-te la mine, nu sunt decât în trei luni și am aproape o mie de kilograme.

—Mai renunță la hotdogi, iubito.

—Bine, dar ăsta e foarte mic, a zis ea, mușcând cu poftă dintr-un crenvurst.

—E al șaptelea, Syd.

—Pentru că acum îmi numeri dumicații?

—Întotdeauna ai fost așa bizară? a întrebat Daniel. Ceva la femeia aia îi displăcea, dar nu știa încă ce. Toată lumea i-a spus că era prietena lui din copilărie și nu înțelegea cum naiba putea să fie prieten cu ea? El sau altcineva.

—Nu chiar, a răspuns calm Sydney, în general ne înțelegeam bine și-ți plăcea compania mea.

Emma a început să plângă încet, iar Scott senior încerca s-o consoleze. Toate persoanele de față îl adorau pe Daniel, dar își dădeau seama că în urma accidentului devenise o altă persoană.

Când la masa de seară a apărut însă cu Beatrice, fosta prietenă a lui Syd, toți au rămas cu gurile căscate. Ceruse o masă de două persoane, nu departe de a lor, iar când a trecut pe lângă ei, abia i-a salutat. Carol s-a înroșit de nervi și umilință, dar nu a spus nimic. N-au vorbit mult la cină și oricât ar fi dorit să găsească subiecte de conversație, ochii li se îndreptau mereu la masa lui Daniel. Acesta părea să petreacă o seară minunată, iar Beatrice era numai un hi hi hi și-un ha ha ha.

Tot restul croazierei Daniel și l-a petrecut în compania lui Beatrice. Se intersectau la piscină, la cazino, în restaurant, peste tot și Carol regreta că acceptase ca el să vină pe vapor. Niciodată, nimeni n-o tratase așa. Omul pe care ea-l iubise atât și pentru care ar fi murit, o trata ca pe ultimul gunoi.

Zilele următoare au vizitat Saint Bart și Saint Martin, au făcut scufundări, au înotat, și au făcut cumpărături. Totul decurgea bine, până îl vedeau pe Daniel, care se dădea în spectacol.

Ultima lor seară a fost veselă până în momentul în care Daniel a venit la masa lor și i-a informat că el și Beatrice rămâneau în continuare pe vas. Mai târziu în acea noapte, a bătut la ușa apartamentului lui Carol cerând să-i vorbească. Ea a acceptat fără niciun chef știind că el va insista până va ceda. I-a deschis ușa, iar el s-a instalat direct pe fotoliu privind-o fără nici o expresie pe față.

—Cunoașterea trecutului, a spus el, mă limitează, nu mă ajută, așa că am decis să ies din viețile voastre. Vreau să încep de la zero. Ea l-a privit buimacă.

—Nimeni nu poate să înceapă de la zero, ăsta-i un mit.

–Bine, atunci vreau să fiu fericit, să-mi fie mai uşor, a zis el, brusc vlăguit. Viaţa e grea.

–Grea în comparaţie cu ce? Despre ce vorbeşti?

–Am o veste proastă, a zis el încet, iar ea şi-a dat ochii peste cap. *O altă veste proastă*, şi-a spus ea, *oare nu se va termina niciodată?* Am aşteptat momentul potrivit, dar...

–Nu există momentul perfect pentru a anunţa o veste proastă, aşa că dă-i drumul, Daniel.

–Vreau să divorţez, a zis el, iar ea l-a privit trist. Uitase că îi dăduse deja plicul maro cu cererea de divorţ. N-avea niciun sens să-i reamintească sau să intre în alte discuţii pe această temă. Totul era suficient de dureros fără ca să mai adauge ceva. Oare cu ce greşise de era obligată să treacă de două ori prin durerea aceea?

–Da, cred că a venit momentul să finalizăm, a zis ea ridicându-se şi deschizându-i uşa. Voia să termine acea discuţie cât mai repede. El s-a ridicat, iar când a ajuns lângă ea s-a oprit o clipă şi a mângâiat-o pe obraz, după care a ieşit din apartament şi din viaţa ei.

Prin faţa ochilor i se perindau imagini din timpul căsătoriei lor, când amândoi se iubeau şi aveau o viaţă extraordinară. Carol şi-a pus un pulover şi a ieşit pe balcon; luna se oglindea în marea întunecată şi cerul era înstelat. Totul părea atât de romantic, dar ea era atât de tristă încât s-a lăsat pradă lacrimilor. N-a ştiut cât a stat aşa, dar, într-un final, s-a hotărât să dea drumul amintirilor. Avea familie mare şi prieteni buni, un Benjamin extraordinar, era sănătoasă şi avea o casă frumoasă, ce mai voia? Trebuia să se obişnuiască cu ideea că orice ar face, căsătoria lor era terminată. Aşa este în viaţă, când credem că ştim toate răspunsurile, întrebările se schimbă. Ea crezuse că va îmbătrâni cu Daniel, îşi făcuseră planuri împreună, iar acum totul era terminat și nu știa dacă își va mai putea face vreodată planuri cu altcineva. Chiar și cu Benjamin. Începea să trăiască acel divorț ca pe o moarte și se străduia mult să nu se lase bătută. Câteodată reușea și altădată era foarte greu. Își pierduse încrederea în ea, iar acum Benjamin restabilea încet această treabă. Se spune că oricine te face să ai încredere în tine este cineva extraordinar, căruia îi datorezi mult.

Privea cerul înstelat respirând profund, până când s-a calmat. Liniștea îi urla în urechi și și-a promis să încerce să ia viața așa cum era. Se spunea că atunci când înveți să iei viața așa cum este, de obicei ea devine așa cum îți dorești. Acela era un moment bun pentru ea de a se elibera sau de a deveni orice, absolut orice o făcea să se simtă iarăși vie. La 39 de ani era încă tânără și nu putea să rămână fără vise sau planuri. N-ar fi putut niciodată să accepte doar să se trezească dimineața și să-și spună *of, o altă zi de luni*. Nu avea nevoie de dezbateri politice ca să i se pună un nod în stomac, doar gândul la Daniel era de ajuns pentru acest lucru, dar avea să facă tot posibilul să nu mai permită nimănui să aibă o asemenea putere asupra ei. Atunci, acolo, și-a făcut o promisiune pe care avea de gând să o țină cu strictețe: să fie fericită.

New York-ul era îmbrăcat în zăpadă, totul era luminos și plin de viață. Carol și Benjamin luau prânzul împreună pentru prima oară de la întoarcerea ei din croazieră. Și-au comandat midii cu usturoi și pătrunjel, hummus cu sfeclă roșie și friptură de cocoş înăbuşit. Era uşor să fie cu el, era un bărbat bun şi plăcut, puţin distrat în acea după-amiază.

–Îmi pare rău că n-am putut veni cu tine în croazieră, a zis el scoţându-şi sacoul bleumarin şi punându-l pe scaun. Michael mi-a spus de Daniel.

–Da, a fost penibil, dar în final e mai bine aşa. La sfârşitul croazierei am ajuns la comun acord să finalizăm odată cu divorţul. Nu mai are niciun sens să o tărăgănăm aşa, a spus Carol calmă, iar el şi-a lăsat ochii în farfurie. După o scurtă pauză deranjantă, Benjamin a spus:

–Susan a venit din Washington, în timp ce tu erai în croazieră şi mi-a spus că relaţia ei s-a terminat şi ar vrea să ne împăcăm; că ar fi mult mai simplu pentru Michael dacă ne-am întoarce la Washington.

Carol a simţit amar în gură, iar inima a început să-i bată cu putere. Tot ce mai spera era ca el să nu-şi dea seama, nu mai putea suporta atâtea umilinţe. Deci de aia se purta bizar, decisese să mai dea o şansă căsătoriei lui. Şi ea care crezuse că era serios între ei.

–A vorbit cu directorul spitalului şi fosta mea slujbă încă mă aşteaptă, a spus el continuând să nu o privească.

Lui Carol îi venea să se ridice şi s-o ia la fugă, să se ascundă în gaură de şarpe, undeva unde nimeni n-ar mai putea s-o rănească sau să o umilească.

–Ai de gând să spui şi tu ceva? a întrebat-o el.

Avea un ton pe care ea nu i-l cunoştea şi făcea mari eforturi să nu-l repeadă aşa cum merita. După un scurt moment a spus:

–Mă bucur pentru postul tău şi pentru Michael. E bine, dacă asta este ce-ţi doreşti.

El a privit-o atent.

–Chiar crezi că asta este ce-mi doresc?

–Nu știu, a șoptit ea, nu sunt în pielea ta.

La masa lor a venit o femeie, tipul masculin, ciontoasă și tunsă băiețește.

–Carol, ce plăcere, nu ne-am mai văzut de la terminarea Facultății.

–Adriana, a zâmbit ea forțându-se, a trecut o eternitate, dar te-aș recunoaște și în o mie de ani. Mă bucur să te văd. Ți-l prezint pe Benjamin, un prieten. Benjamin, ți-o prezint pe colega mea de facultate, Adriana Gates.

–Green, a corectat-o ea. M-am căsătorit.

–Cu un bărbat? s-a auzit Carol întrebând și Adriana a pufnit în râs. Benjamin doar privea fără să spună nimic, iar Carol ar fi vrut să moară. Iartă-mă, te rog, nu știu ce e cu mine.

–Nu te mai scuza atât, sunt obișnuită cu asemenea întrebări.

Carol o plăcuse dintotdeauna pe Adriana, era o tipă glumeață, pe care puteai conta dacă aveai nevoie. Nu știuse însă niciodată dacă aceasta era heterosexuală sau lesbiană. Benjamin a continuat să se holbeze la ele fără să spună nimic.

–Crezi că se droghează? a întrebat-o ea pe Carol, uitându-se cu coada ochiului la el.

–Nu, a râs Carol. E chirurg.

–Ah, deci poate să prescrie medicamente. Mama e dependentă de Xanax.

Carol râdea cu poftă.

–Nu te-ai schimbat deloc, ai același umor care m-a binedispus întotdeauna.

–Ți-a plăcut mereu să râzi, erai fericita grupului.

–Da. În ce lună eşti? a întrebat Carol, văzându-i burta măricică.

–Dar nu sunt gravidă.

–Doamne, Dumnezeule, fac numai gafe azi, îmi pare atât de...

– Glumeam, a râs Adriana, iar Carol a răsuflat uşurată. Sunt în cinci luni. E a doua sarcină şi pot să-ţi spun că era mult mai bine la treizeci de ani.

–Totul era mai simplu la treizeci de ani, a zis Carol.

–Daniel, ce mai face?

–Ne-am despărţit, a spus Carol simplu.

–Credeam că relaţia voastră va dura pentru totdeauna.

–Câteodată *pentru totdeauna* se termină mai repede decât credem, a spus ea încercând să nu pară atât de amară precum se simţea.

–Şi eu sunt la a doua căsătorie. Primul m-a părăsit pentru că nu suporta reuşita mea profesională şi s-a cuplat cu o piţipoancă de douăzeci de ani. Ştii cum e treaba, fetele de douăzeci de ani sunt fabuloase până ies cu soţul tău. Oricum, el era un cretin fără remediu, care nu mă băga în seamă decât când eram goală sau îi serveam masa. Ca să-i atrag atenţia ar fi trebuit să mă introduc în casă pe ascuns, deghizată în hoţ. Carol râdea cu lacrimi şi nu-şi mai amintea de ce Adriana nu mai făcea parte din cercul ei de prieteni. Nu părea deloc supărată pentru ce îi făcuse soţul ei, rănile cicatrizaseră demult. Carol era fericită să-şi revadă colega de facultate, iar în final şi-au schimbat numerele de telefon, promiţându-şi să nu se mai piardă din vedere.

–Simpatică prietena ta, a spus Benjamin pe un ton indiferent.

—De asta nu ai scos niciun cuvânt? El a privit-o și i-a atins mâna blând. Vreau să merg acasă, a spuse ea privindu-l în ochi.

—Acum? a întrebat-o el mirat.

—Mi-am adus aminte că am ceva de făcut. *Cum ar fi să mă arunc în cap de pe fiecare clădire din Manhattan*, a continuat în mintea ei.

—Acum?! a întrebat el iarăși, iar ea s-a scuzat și a părăsit restaurantul.

S-a dus direct la Miranda. Știa că prietena ei se pregătea pentru o seară importantă, dar trebuia s-o vadă.

—Crisa doarme la mine? a întrebat-o Carol.

—Ar fi bine, nu știu la ce oră vom veni, a răspuns prietena ei ținând două coliere în mână. Pe care să-l pun?

—Amândouă sunt superbe.

—Dar dacă le pun pe amândouă o să mă confunde toți cu Elton John, deci alege tu unul pentru mine.

—Tu care toată viața ta ai bravat interzisul, de ce nu? a râs Carol.

—Pentru că în seara asta toate somitățile medicinei vor fi prezente și vreau să fac impresie bună, a zis ea, scoțându-și bigudiurile. Arăta de parcă cineva i-ar fi pus o claie de paie roșii în cap. Aaaaah, a țipat Miranda oripilată, semăn cu o femelă caniș rea. Ben a auzit-o și i-a adus o cascheta.

—Ține-o, acoperă mizeria, a spus el făcând-o pe Carol să râdă, iar Miranda l-ar fi omorât.

—Foarte amuzant, Ben.

–Am o idee, a zis Carol, Hayley e expertă în machiaj şi coafat, în cinci minute te aranjează. După ce a trecut criza şi o aşteptau pe Hayley, Miranda şi-a privit prietena şi a întrebat-o:

–Mi se pare mie sau eşti supărată?

–Benjamin şi cu mine ne-am despărţit, a zis Carol încet, înghiţindu-şi nodul din gât. Susan i-a propus să se întoarcă la Washington, iar el a acceptat.

–Îmi pare atât de rău, draga mea. Ce au toţi bărbaţii? Eram sigură că este bărbatul perfect.

–Este, de aceea nevasta lui vrea să-l recupereze, a spus ea tristă şi Miranda a mângâiat-o pe mână. Probabil că am fost un criminal teribil într-o altă viaţă, iar acum plătesc, a spus Carol aproape în lacrimi. Miranda gândea că prietena ei nu merita aşa ceva, viaţa nu era corectă. M-am ataşat de el, credeam că e bun pentru mine, dar se pare că greşesc mereu. Să mă învăţ minte altădată să mă mai cuplez cu bărbaţi care sunt doar despărţiţi. Nu ştiu ce-a fost în capul meu.

Hayley şi-a făcut intrarea cu mare zgomot, iar Scott se ţinea scai de ea.

–Vezi cum faci să-ţi laşi amprentele pe geanta mea de coafură şi-o să le ai pe ale mele în jurul gâtului. A început s-o aranjeze pe Miranda şi vorbea mult, dar avea mâini magice. Nu înţeleg, a întrebat fata, ce are tipa aia în plus faţă de mine?

–Pe iubitul tău? a râs Scott.

–Iar eşti îndrăgostită? a întrebat-o Miranda, care era la curent cu toate aventurile adolescentei. Nu eşti stabilă, a zis ea zâmbind.

–Asta pentru că n-are de ales, a zis Scott. O săptămână cu ea, să vorbeşti numai de dantelă şi pantofi şi fugi înghiţind pământul. Râsete. Hayley ştia ce face şi coafura Mirandei începea să prindă formă. Aceasta a început să strâmbe din nas, ducându-și o mână la stomac.

—Mi-e greață, a zis ea, e probabil de la ce am mâncat la prânz.

—A fost excelent ce ți-am gătit, a zis Ben, e mâncarea favorită a lui Lindsay Lohan.

—Atunci se explică de ce vomită atât de des, a spus Miranda rugându-se să nu vomite pe toți în acea seară. După zece minute arăta de parcă ar fi ieșit dintr-un coafor bun. I-a mulțumit lui Hayley și i-a spus prietenei ei că dacă nu venea prea târziu de la petrecere, va trece pe la ea. Și-au luat la revedere urându-le o seară bună, după care Carol și copiii s-au dus acasă. Mare a fost surpriza lui Carol când a dat nas în nas cu Benjamin.

—Poți să-ți vorbesc o clipă? a întrebat el luând-o de mână.

—Sunt foarte ocupată în seara asta, te sun mâine, a spus ea repede încercând să se eschiveze.

—Nu faci nimic, a zis Scott și ea l-ar fi ciupit ca să tacă din gură, dar copiii ei nu tăceau niciodată.

—Două minute, te rog, a insistat Benjamin. Ajunși în fața casei, nu l-a invitat înăuntru. De ce ai plecat așa de la restaurant?

—Ce trebuia să fac? Să iau masa liniștită, după care să vin să te ajut la făcutul bagajelor?

—Despre ce vorbești, Carol?

—Nu spuneai că pleci la Washington?

—Nu. Îți spuneam doar ce mi-a propus Susan, n-am zis că voi și accepta. Ea l-a privit cu ochi mari și el a luat-o de mână. Credeam că e clar totul între noi, dar se pare că m-am înșelat. Carol l-a privit fără să spună nimic. Se înșelase de atâtea ori că de data aceea prefera să-l lase pe el să vorbească. Cu tine doresc să rămân, a continuat el, n-au fost vorbe în vânt când ţi-am zis că vreau să încercăm. Te iubesc şi cred că eşti cel mai bun lucru ce mi s-a întâmplat de nici nu mai ştiu când.

—Vorbeşti serios?

—Crezi că mi-aş permite să fac asemenea glume? A luat-o în braţe şi a sărutat-o, iar ea se simţea în siguranţă şi ar fi vrut să rămână aşa mereu. Totul i se părea perfect, dar ştia că viaţa nu era perfectă şi dragostea cerea sacrificii. Întotdeauna. Iar ea nu mai voia să facă sacrificii pentru nimeni şi pentru nimic, dar acolo, în braţele lui, se simţea ca într-o zonă liberă în care suferinţa şi sacrificiile nu existau. Pentru moment totul era perfect şi preferă să trăiască clipa, să ia fiecare zi aşa cum era şi să nu-şi mai facă atâtea planuri.

A ajutat-o să pregătească masa pentru ei şi copii şi s-a dovedit a fi un bucătar rapid. Au servit paste cu sos tomat şi salată verde, pui şi legume crocante la cuptor.

—Mami, a zis Scott, când erau toţi la masă, pot s-o invit pe Sophie la noi sâmbăta viitoare? E din Paris şi nu cunoaşte pe nimeni. Carol a zâmbit şi a acceptat dând din cap. Era obişnuită cu băiatul ei care invita în weekend colegi de clasă. Erau copii buni şi lui Carol îi plăcea să aibă casa plină. Făcea tot ce-i stătea în putinţă ca toată lumea să se simtă bine la ea în casă şi să revină acolo în fiecare weekend; aşa îşi ţinea copiii aproape, dorindu-şi ca atunci când vor fi mari să revină mereu acolo, la oaza lor de pace.

—Va fi foarte fun, a zis Hayley, uitându-se la mama ei, fata este alergică la tot, în afară de polen, aşa că pregăteşte nişte fagure de miere şi un spray pentru astm bronşic. Benjamin şi Carol se forţau să nu zâmbească, în timp ce Scott o privea furios. Sâmbătă merg la un chef cu Kyle, îmi poţi împrumuta brăţara cu safire, mama? a întrebat Hayley.

—Cine e Kyle, îl cunosc? a întrebat Carol și Hayley a dat din cap că nu. În cazul acesta nu mergi nicăieri. Dar poți să porți brățara. Scott și Michael au început să râdă și Hayley i-a săgetat cu privirea.

—Visez să părăsesc casa asta, să plec departe, să nu mă mai găsiți, a spus fata supărată.

—Și eu am același vis, a zis fratele ei, serios, numai că în visul meu nu te caut deloc, îți iau doar camera. Hayley s-a întors și l-a privit.

—Când m-ai trezit noaptea trecută din cauza coșmarului cu dinozauri, erai fericit să mă găsești, nu? Copilul s-a uitat jenat în jur după care i-a dat un picior pe sub masă surorii lui.

Benjamin și Carol s-au privit pe deasupra capetelor lor zâmbind amuzați. Era ceva electric în privirea lor și Benjamin își aminti de ea goală în patul din Connecticut.

Cineva a bătut la ușa de la intrare și Hayley s-a dus să deschidă. Era Brenda care venise să-i aducă lui Carol cartea de arhitectură ce i-o împrumutase mamei ei.

—Am răsfoit-o și eu, mi se pare interesantă, a zis fata. Cred că vreau să devin arhitectă.

—Ai citit-o? s-a mirat prietena ei. Asta înseamnă că nu te mai vezi cu Raul?

Brenda a ridicat din umeri.

—Nu. Poartă lenjerie feminină. Hayley s-a strâmbat și Carol cu Benjamin au început să râdă. Oricum nu-mi plăcea familia lui, a continuat Brenda: sora lui mai mică n-are nicio personalitate și mă urmărea ca un cățeluș, în timp ce, cea mare are personalități multiple.

—Acum că i-ai demolat pe toţi din familia lui Raul, a zis Carol, vrei să mănânci cu noi? E mâncarea favorită a lui Hayley.

—Nu este, a zis fiica ei, dând din cap critic.

—Oh, atunci am greşit, a zâmbit Carol, e mâncarea mea preferată. Benjamin se distra de minune, serile cu ei erau delicioase şi asta nu avea nicio legătură cu mâncarea.

—Mama nu mă lasă la ziua lui Alice, i-a zis Hayley Brendei.

—Păcat. A mea îmi împrumută rochia ei de la Dior, cool, nu?

—O să-i furi vedeta lui Alice, a zâmbit Hayley, dorindu-şi să poată şi ea merge la petrecere.

—Oricine-i poate fura faţa lui Alice, are optzeci de kilograme şi nu-i înfund eu cârnaţii pe gât. Apoi, întorcându-se spre Crisa şi Scott, i-a întrebat:

—Voi sunteţi doar prieteni sau iubiţi?

—Este o prietenă ca şi Michael, doar că nu-i miros picioarele, a zis Scott făcându-i să râdă.

Nu a trecut mult şi s-au pomenit cu Ben şi Miranda; faimoasa seară a fost anulată din cauza unui incendiu şi Carol le-a propus să mănânce cu ei. Benjamin s-a ridicat şi i-a servit, făcând pe gazda casei. Cele două prietene s-au privit scurt.

—Am ratat ceva? a şuşotit Miranda la urechea lui Carol.

—Nu pleacă, am înţeles eu greşit, îţi povestesc mâine, a zis şi Miranda a dat din cap după care a luat o gură din friptură.

—Carnea asta e delicioasă, a zis ea înfulecând de parcă n-ar mai fi mâncat de o eternitate.

—Deci şi tu te-ai săturat de grăunţe şi ierburi, a zis Ben făcându-i să râdă. Toţi de-acolo ştiau că Miranda ţinea foarte mult la silueta și sănătatea lor, pe lângă faptul că nu era un as în bucătărie.

– Poţi să bodogănești cât vrei dar, datorită lor, vei avea o viaţă lungă, a spus ea băgându-și în gură o bucată mare de carne.

–Dacă asta o să trebuiască să mănânc mereu, atunci nu sunt sigur că vreau să trăiesc aşa mult, a zis Ben în barbă, iar Benjamin râdea. Am început să rumeg, i-a explicat el lui Benjamin dând din cap.

–Măcar aşa-ţi ocupi şi tu timpul, a spus Miranda.

–Vrei să spui că nu fac nimic toată ziua? s-a burzuluit soţul ei punând tacâmurile jos.

–Nu. Doar că stai prea mult în oglindă. Copiii râdeau cu gura până la urechi în timp ce Carol şi Benjamin priveau doar în farfurie încercând cu disperare să nu izbucnească şi ei în râs.

–Şi ce-i rău în a vrea să arăt bine? Ce fel de bărbat ţi-ai dori? a întrebat-o el fără să aştepte un răspuns. Dacă aşa stau lucrurile, a zis Ben, ia-o pe maică-ta săptămâna viitoare la operă. Mie oricum nu-mi place să ascult o bandă de nebuni cum urlă a moarte într-o limba străină. Am făcut efortul ăsta doar pentru tine, acum prefer să stau acasă şi să rumeg. Copiii râdeau acum cu lacrimi şi nici Carol nu se mai putea abţine.

–Ăsta-i doar un motiv ca să stai cu floricelele tale, a spus Miranda şi toţi o priveau, iar Ben şi-a strâns buzele.

–Râde de mine pentru că vorbesc cu florile când le ud, a explicat el. Toţi florarii vorbesc cu ele, doamnă.

–Nu ca şi cum ar vrea să le ducă-ntr-un motel, Ben, a zis Miranda încet şi de data aceasta la masă a fost isterie generală. Ben a vrut să spună ceva, dar nimeni nu l-a lăsat şi în final a abandonat. După ce s-au calmat, Miranda şi-a pupat soțul și i-a spus că este iubirea vieții ei și Ben a zâmbit încântat. Gata, furtuna trecuse; se tachinau deseori, dar nu stăteau niciodată supărați mai mult de cinci minute. Era o plăcere să fii în compania lor și Benjamin se simțea cu ei ca și cum i-ar fi cunoscut de o viață.

—Mă duc în garaj să iau un bax cu apă, a zis Carol, ridicându-se în același timp cu copiii, care au urcat în camera lor contrazicându-se în legătură cu un film pe care urmau să-l vizioneze.

În timp ce Carol lua apa din frigiderul din garaj, a auzit un zgomot bizar la ușă, ca și cum cineva încerca să intre. Au trecut-o fiori pe șira spinării și o presimțire rea a pus stăpânire pe ea. Ușa care despărțea casa de garaj s-a deschis și l-a văzut pe Benjamin. A răsuflat ușurată.

—Ce e cu tine, ești albă ca varul?

—Am auzit un zgomot afară.

—O fi fost vreo pisică sau ceva, a spus el, sărutându-o

—Ai venit să mă ajuți cu apa? l-a întrebat râzând, în timp ce el îi săruta acum gâtul.

—Printre altele, a zis el încet, începând să îi deschidă nasturii de la cămașă.

Ea a chicotit.

—Casa e plină de copii curioși, nu cred că ar trebui să facem asta. Sunt mici radare ambulante.

El a continuat s-o sărute senzual pe gât și o căldură plăcută i-a cuprins tot corpul.

—Ești ca un dulce secret pe care aș dori să-l păstrez doar pentru mine, a șoptit el.

—De păstrat, cu plăcere, dar în ceea ce privește secretul, cred că e prea târziu.

Benjamin i-a sărutat ochii și tâmplele, apoi a coborât spre buzele ei cărnoase, sărutând-o pasional.

–Nu îndrăznesc să-mi imaginez privirea unui alt bărbat pe tine. N-am mai simțit asta până acum.

I-a cuprins sânul în palmă și a început să-l sărute. Abil, i-a îndepărtat sutienul și i-a supt încet miezul roz. Mâinile lui erau peste tot, iar ea n-avea decât o dorință, aceea de a-l simți în ea. S-a auzit din nou acel zgomot și Benjamin s-a oprit din ce făcea. Era clar că cineva dorea să intre în garaj.

–Ai dreptate, e cineva afară, a șoptit el, deschide-mi repede ușa garajului.

Ea s-a grăbit la mașină să ia telecomanda, dar s-a împiedicat și a făcut zgomot. Benjamin a deschis garajul și a fugit afară. O umbră neagră și rapidă apucase să intre deja în mașina parcată nu departe și, călcând accelerația a dispărut în noapte.

–Ai reușit să vezi ceva?

–O siluetă într-o mașină neagră, cu număr de New York, mi se pare.

–Crezi că putea fi Daniel? a întrebat ea bulversată.

–N-am văzut mare lucru, dar cert este că cineva ne-a observat în seara asta.

S-au întors la masă, uitând apa în garaj.

–V-a fost foarte sete și ați băut-o pe toată? a întrebat Miranda văzându-i cu mâinile goale.

–Cineva se învârte în jurul casei, a explicat încet Benjamin. Voia să intre în garaj.

–Crezi că ar putea fi Daniel? a întrebat și Miranda.

–Eu nu cred, a zis Ben, m-a sunat înainte să ajungem aici și era undeva cu Beatrice, se auzea muzică în surdină.

–Hoţ nu cred că era, a zis Miranda. Se vede din stradă că e lumină peste tot şi casa e plină. Poate a fost Samantha?

–Să-mi mai fure ce? a întrebat Carol. Un rinichi?

Benjamin i-a propus să meargă cu copiii să doarmă la el, dar ea a refuzat. Probabil că a fost un tânăr delincvent care voia să fure o bicicletă.

După ce a rămas singură, a controlat de mai multe ori toate uşile şi ferestrele. Era pentru prima oară când nu se simţea în siguranţă acolo şi presimţirea aceea rea i-a cuprins iarăşi inima, ca într-o menghină. În noaptea aceea nu a dormit deloc şi amintirile vieţii ei de dinainte o bântuiau că o fantomă răzbunătoare. Şi-a adus aminte de vacanţele lor în Florenţa, când vizitau galeriile şi muzeele, de hotelul de pe Canal Grande, în Veneţia şi de lungile lor conversaţii. Îi plăcuse întotdeauna să discute cu soţul ei, era inteligent şi interesant, nimic de-a face cu Daniel cel de acum care era egocentric şi agresiv.

–Când te gândeşti la viitorul îndepărtat, o întreba el, mă vezi lângă tine?

–Evident că eşti lângă mine.

–Asta înseamnă că avem o căsătorie trainică.

–Nu ştiai asta până acum?

–Ba da, dar te iubesc atât de mult, încât cred că mi-e frică să nu te pierd, Carol. Ne este atât de bine, încât mi-e teamă. Avem tot ce ne-am dorit vreodată. Promite-mi că, orice ar fi, n-o să mă părăseşti niciodată.

–De ce vrei să te părăsesc? a spus ea, blând. *Eşti tot ce mi-am dorit vreodată.*

Iar acum era singură în patul lor imens şi se întreba cum au putut degenera lucrurile în acel fel. Şi-a adus aminte de o discuţie din copilărie între ea şi Sam, când Diana o pedepsise pe aceasta din urmă pentru că-i ascunsese lui Carol un proiect. Seara în camera lor, Samantha i-a spus că este coșmarul copilăriei ei și i-a promis că într-o zi destinul se va schimba și va deveni ea coșmarul lui Carol. A mai adăugat apoi că acela era singurul ei scop din viață și că până nu-l atingea nu se va lăsa.

Erau adolescente, dar ura ce-o văzuse în ochii Samanthei o sperie. Privirea aceea o bântuia și mai mult acum, în camera scufundată în beznă și intuiția-i spunea că, în mod cert, sora ei vitregă nu era prea departe.

CAPITOLUL 14

Era sfârşitul lui Ianuarie, Hayley şi Scott erau la tatăl lor, iar Carol lua prânzul cu Sydney la Beacon, un restaurant şic, cu decor clasic. Mâncarea era excelentă, serviciul impecabil şi muzica de fond aproape inexistentă. Şeful de sală era zâmbitor şi semăna cu Clark Kent în Superman.

Syd tocmai i-a spus lui Carol că Daniel practic o ştersese de pe lista lui de prieteni, nu se mai întâlneau niciodată, iar rarele lor convorbiri le aveau atunci când Syd suna, dar el nu părea să aprecieze. Daniel îi lipsea mult, dar nu putea să-l forţeze s-o vadă sau să redevină omul de altădată.

–Nu pot să înţeleg cum a stat cu mine şaisprezece ani şi a fost un model de tată şi soţ, iar acum este aşa diferit. Sydney nu i-a spus că David credea că probabil nu a fost, dar că şi-a jucat bine rolul. Discuţia lor a fost întreruptă de Beatrice, noua iubită a lui Daniel, care s-a oprit la masa lor stând ţanţoşă cu un pahar de şampanie în mână şi cu o faţă care cerea palme.

–N-am vrut să te deranjez, i s-a adresat ea lui Syd, ignorând-o complet pe Carol, dar mă gândeam că vrei să ştii de mine şi Daniel. Ne-am mutat împreună.

Carol a primit vestea ca un pumn în stomac.

–Ce drăguţ, aşa-l vei putea ajuta cu copiii, a spus Syd, ştiind cât îi displăceau acesteia. Era o femeie egoistă căreia nu-i păsa de nimeni şi de nimic. Bărbaţii din viaţa ei, întotdeauna bogați, erau doar accesorii, un fel de premiu și niciodată nu-i considera ceea ce erau cu adevărat. Ființe umane.

—Nu intră în aranjamentul nostru chestia cu copiii, dar astea sunt treburi care intervin atunci când ai o relație cu un tătic.

—Da, bănuiesc că trebuie să fie foarte frustrant să fii nevoit să crești copiii unui tip pe care doar l-ai cunoscut.

—L-am cunoscut acum trei ani, dar el nu-și mai aduce aminte. A fost o noapte memorabilă, a spus Beatrice zâmbind complice.

—Nu și pentru el, se pare, a spus Carol, care simțea cum voma îi urca încet în gât.

Beatrice i-a aruncat o privire de parcă atunci ar fi văzut-o pentru prima dată, apoi a întrebat-o:

—Ne cunoaștem cumva?

—Nu, nu ne știm, dar avem ceva în comun.

—Cum ar fi? a întrebat-o aceasta privind-o ca pe o gospodină de la periferia orașului.

—Cum ar fi nopțile memorabile cu soțul meu.

—O, a spus ea făcând pe surprinsa, tu ești fosta soție. Dar am înțeles că ce-a fost între voi e mort și îngropat, deci n-am ce să-mi reproșez. Nu avea niciun regret.

—Poate doar acea noapte memorabilă în care eu încă mai credeam că am o căsătorie perfectă. Dar, bănuiesc că trebuie să fiu recunoscătoare că nu i-ai făcut și un bebe.

—Imposibil, a zis Beatrice fără jenă, urăsc copiii și-n plus, fac doar sex anal. Acum mă voi întoarce la masa mea și-o să vă las să mă bârfiți liniștite. Le-a întors spatele unduindu-și șoldurile, iar mersul ei pe tocurile înalte, era perfect. La fel ca lovitura de grație pe care i-o dăduse lui Carol.

—Ai știut de relația lor? a întrebat-o pe Sydney, furioasă.

—Nu, niciodată, îţi jur.

—Faptul că nu demult am descoperit că Daniel a avut multe relaţii extraconjugale m-a rănit foarte mult, m-a şocat. Dar ce am aflat acum, mi-a pus capac. Noi am avut o viaţă sexuală bună, normală. Cel puţin aşa credeam eu. Iar acum aflu că lui îi place sexul anal. Carol, în stare de şoc şi scârbită, îşi duse mâna la gât: oare de când mă înşeală şi câte aventuri o fi avut?

Syd îşi înţelegea perfect prietena, ea însăşi fiind şocată.

—Eu ştiu doar de Samantha. De altfel, chiar voiam să-ţi spun că am văzut-o la New York, în compania lui Jackson, scumpul meu cumnat. Carol a privit-o întrebându-se când se va termina acel război interior al ei. Când va putea să ia masa liniştită cu o prietenă şi să vorbească de orice altceva decât de impostorul ei soţ.

—Se cunosc bine?

—Jackson a trecut de câteva ori pe la biroul lui Daniel şi probabil aşa s-au descoperit. Ştii, bizarii se atrag. Carol îşi mişca furculiţa în farfurie fără să se atingă de mâncare. Crezi că ea ţi-a făcut vizita nocturnă?

—Mă aştept la orice din partea ei. Mă urăşte de moarte şi de mică s-a jurat să devină coşmarul vieţii mele. A reuşit, a zis Carol cu amărăciune.

—De ce nu te muţi cu Benjamin?

—Pentru că frica nu e un motiv suficient pentru a-ţi începe viaţa cu cineva. Prefer deocamdată să merg pe vârful picioarelor.

—Spre ce?

—Syd, nu suntem încă niciunul divorţaţi.

—Şi ce-o să faci în continuare?

—Poate nimic... poate totul.

—Carol, ai o viață reușită. Copii extraordinari, o carieră de succes, o casă minunată.

—Nu uita umilința, trădarea și alte detalii sordide. Uneori, îl urăsc pe Daniel.

—Cea mai bună răzbunare este să fii fericită, iar dacă vrei să-l pedepsești, uită-l.

Asta-și dorea și ea, dar deocamdată îi era greu. De câte ori reușea să se ridice, într-un fel sau altul, el iar îi dădea lovitura de grație și o punea la pământ. Și-ar fi dorit să existe un ascensor spre fericire, dar din păcate nu exista, trebuia să ia scările, la fel ca toți ceilalți. Încetul cu încetul, piesă cu piesă viața ei se destrăma. Era pusă la perete și tot ce-și dorea în acel moment era să-și plângă de milă, dar nu-și permitea. Simțea că duce în spate toată durerea lumii și nu mai știa cât mai putea îndura. Se simțea singură, dar nu era, avea doi copii de care trebuia să se ocupe și cărora nu le putea spune întotdeauna adevărul. Avea zile în care se simțea fericită și spunea că ce era mai greu, era în spatele ei, ca apoi, în ziua următoare, să cunoască o altă amantă a soțului ei și să fie iarăși îngenuncheată. Trebuia să întoarcă pagina odată pentru totdeauna și să găsească lumina. *Întunericul este un drum, iar lumina este un loc.*

Cele două prietene și-au luat rămas bun, promițându-și să se vadă mai des. Destinul însă le pregătea ceva care le va obliga să își țină promisiunea.

Era vineri seara și Carol cu Benjamin erau încântați să petreacă un moment singuri. Hayley și Scott erau la prieteni pe toată perioada weekendului, iar Michael era la Washington la mama lui.

Au luat cina la Jekyll & Hyde, după care s-au plimbat prin Greenwich, apoi în cartierul lor. Era o seară plăcută şi amândoi aveau chef să se plimbe la lumina lunii.

—Două zile împreună şi singuri, a spus el fericit şi ea a aprobat din cap, la fel de mulţumită. În cele cinci luni de când suntem împreună am reuşit să fim singuri de două ori, nu-i aşa?

—Între serviciile noastre şi copii, e deja bine că am reuşit să ne vedem şi atât.

—Ar fi mai simplu dacă am locui împreună, a spus Benjamin, luând-o prin surprindere. Ea şi-a privit pantofii, iar el a luat-o de mână făcând-o să se oprească.

—Nu crezi că sărim nişte etape, Benjamin?

—Nu, altfel nu-ţi propuneam, a zis sigur pe el. Cu Susan am stat trei ani înainte să oficiem totul şi la ce mi-a servit? Oamenii se schimbă mereu. Ce-i mai trist e că am ştiut întotdeauna că nu e o femeie pentru mine. Tot aşa cum acum sunt convins că noi doi suntem făcuţi unul pentru celălalt.

—Dacă eşti de acord, aş dori să avem această discuţie altădată.

—Nu, nu sunt de acord, a spus el încet, dar ferm.

—Eşti un bărbat extraordinar, Benjamin, dar...

—Şi asta-ţi displace într-un bărbat?

—Nu. Mi-e doar frică să nu sufăr din nou.

—Înţeleg, dar eu nu sunt Daniel. Îţi promit că o să dau întotdeauna ce e mai bun din mine şi o să caut tot ce e mai bun în tine. Te voi asculta când îmi vei vorbi, voi fi refugiul tău şi niciodată nu te voi înşela. Era plăcut să-l asculte, să se ştie iubită aşa cum o iubea el, aveau aceleaşi dorinţe şi principii, dar asta crezuse şi despre Daniel. Ce zici? a întrebat-o el când au ajuns în faţa casei ei. Timp de câteva secunde Carol a privit casa cufundată în beznă şi imagini cu căminul ei de altădată i s-au perindat prin faţa ochilor. Casa toată luminată şi plină de prietenii lor şi ai copiilor, weekendurile în faţa şemineului cu Daniel, vorbind, râzând sau făcând dragoste. Atunci nu se gândea că totul poate lua sfârşit sau că lui îi plăcea sexul anal. Trecuse doar un an şi trei luni de când se despărţiseră, dar ea avea impresia că toate acelea se întâmplaseră într-o altă viaţă. *Duşmanul din casa mea*, a zis ea încet, intrând în casă cu Benjamin. A aprins veiozele peste tot, după care a desfăcut o sticlă de vin şi s-au instalat confortabil în salon.

–Deci? a insistat Benjamin servind vin în paharele mari, rotunde. Un zgomot la uşa de la intrare i-a întrerupt şi două secunde mai târziu Daniel şi-a făcut apariţia în salon.

–Cum ai intrat? l-a întrebat Carol, ridicându-se.

–Am o cheie. Asta e şi casa mea, ai uitat?

–Nu, n-am uitat, dar am avut un acord. Fără vizite surpriză.

–Nu se pune, sunt amnezic, a spus el recalcitrant. Toate pactele pe care le-am stabilit, pică. Nu văd de ce ar trebui să le respect.

–Pentru că tu eşti cel care ai încălcat *pactul* principal, cel pe care l-ai făcut acum şaisprezece ani în biserică.

Benjamin s-a apropiat de ea, a pupat-o pe tâmplă şi i-a spus că o va suna a doua zi.

–Sun-o când vrei, a spus Daniel agresiv, dar în casa mea n-o să-ţi mai faci mendrele sexuale. Benjamin s-a îndreptat spre el fixându-l cu o privire de gheaţă. L-a privit direct în ochi, apoi i-a lăsat să-şi rezolve problemele. Carol era mai mult decât furioasă.

—Cum îndrăzneşti să vii în casa mea şi să mă umileşti în halul acesta?

—Este şi casa mea şi din câte ştiu eu, încă suntem căsătoriţi, ceea ce face din tine o bigamă.

—Nu încerca să mă faci să par persoana cea rea în toată povestea asta, n-o să meargă. M-ai înşelat şi manipulat habar n-am câţi ani.

—Despre ce vorbeşti?

—Am aflat că ai avut o aventură cu nepoata lui Estela, femeia de menaj a Mirandei, şi că acum trei ani ai sodomizat-o pe Beatrice în biroul tău, aşa că ia-ţi morala despre bigamie şi ieşi dracului afară din casa şi viaţa mea! Nu voise să spună toate acelea, dar nu-i dăduse altă posibilitate. Depăşise de mult limita bunului simţ, iar ea se săturase de toate umilinţele prin care trecea din cauza lui.

—Habar n-am despre ce vorbeşti şi n-o să merg nicăieri. De altfel, intenţionez să mă reinstalez aici, a spus el neperturbat.

—Te voi târî în toate tribunalele dacă e nevoie, dar aici nu vei rămâne, a spus ea apropiindu-se de el.

—Până la verdictul judecătorului voi sta aici, indiferent că-ţi place sau nu, doamnă. Nu-i venea să creadă că trece dintr-un coşmar în altul; acela ar fi trebuit să fie weekendul ei romantic cu Benjamin, începutul noii ei vieţi fantastice. Dar fantastic nu exista, chiar dacă era un cuvânt pentru asta.

—Şi ce crezi că vei obţine în final? a întrebat ea, epuizată. Nu vei obţine nimic, între noi doi totul s-a terminat pentru totdeauna.

—Vom vedea, a spus el dându-şi părul peste cap şi trântindu-se pe canapea. N-ai ceva de băut? Un whisky, coniac. Hai, te rog, n-am chef de ceartă, sunt istovit psihic, am nevoie de tine, eşti persoana care mă ajută să mă menţin pe linia realităţii, eşti vocea raţiunii. Trecea de la o stare la alta fără să-şi dea seama.

–Ca şi cum ai avea una, a spus ea vlăguită, ştiind că nu putea să-l dea cu forţa afară din casă.

–Nu ştiu ce trebuie să fac.

–Parcă erai fericit cu Beatrice şi nu voiai să-ţi mai aminteşti trecutul. Ai renunţat de mult la integritate, restul ar trebui să fie floare la ureche, nu să mă întrebi pe mine ce trebuie să faci în continuare.

–Te iubesc, Carol şi te vreau înapoi, a spus el calm.

–Şi crezi că asta e suficient? Eu nu te mai iubesc şi deseori în ultimul timp după ce am aflat de toate escapadele tale sexuale m-am întrebat cum de am putut să fiu atât de oarbă. M-ai îngenuncheat şi m-ai umilit cum nimeni n-a făcut-o niciodată, nu-ţi pierde timpul crezând că vei putea reveni în viaţa mea.

–Nu pot să accept, a spus el, plângând acum.

–N-ai de ales. Acum te rog frumos fii rezonabil şi pleacă; îţi promit că ne va fi mult mai uşor dacă rămânem în termeni buni.

–Nu plec nicăieri, dar am să-ţi dau o veste bună, a zis cu o faţă de înmormântare.

–Venind de la tine, o veste bună nu poate fi decât una proastă, deghizată.

–Nu mai am familie, serviciul nu-mi mai place, aşa că stau şi mă întreb, ce mă ţine să nu golesc o sticlă de whisky şi să-mi curăţ urechea cu pistolul?

–Şi asta ar trebui să mă facă să te iau înapoi? Pentru că dacă ai impresia că şantajul emoţional funcţionează cu mine, să ştii că te înşeli. Sunt obosită, nu mai am chef de ameninţările şi discuţiile tale. Nici acum şi nici altădată. Te rog încă o dată să pleci.

–Te iubesc şi ştiu că şi tu încă mă iubeşti, a insistat el, iar ea l-a privit obosită şi fără niciun sentiment. Era goală la interior, reuşise să o stoarcă ca pe o lămâie şi pentru asta îl ura. Au fost întrerupţi de soneria telefonului fix.

–Alo, doamna Huston?

–Da, eu sunt.

–Bună seara, doamnă, sunt poliţistul Holister, din Las Ve-gas. Fata dumneavoastră este la noi.

–Faceţi o confuzie, a spus ea calmă, fata mea este la New York.

–Hayley Huston din New York se află la secţia de poliţie din Vegas, doamnă, şi fiindcă este minoră trebuie să veniţi după ea.

A devenit albă ca varul şi a trebuit să se aşeze pe fotoliu. Toată camera se învârtea cu ea şi avea senzaţia că va vomita dintr-un moment în altul.

–Sunteţi sigur? a întrebat Carol. Pot să vorbesc cu ea? A urmat o mică pauză, după care la celălalt capăt al firului, a auzit vocea plângăreaţă a lui Hayley:

–Mami, îmi pare rău.

–Pentru că ai fost prinsă sau pentru că ai minţit? a spus Carol, întrebându-se cum oare viaţa ei liniştită se transfor-mase în acel coşmar interminabil.

–Iartă-mă, te rog, mami, plângea fata şi în mod normal ei i s-ar fi rupt inima, dar nu de data aceea.

–Profită de libertatea ce-o ai la poliţia din Vegas, pentru că, odată ajunsă acasă, n-o să mai ştii ce semnifică acest cuvânt, i-a spus încet, dar apăsat. Nu este o ameninţare, ci o promisiune, domnişoară! A închis telefonul şi a încercat să se reculeagă. Daniel, tolănit pe canapea, o privea absent, ca și cum n-ar fi fost vorba și de fiica lui. S-a gândit că era bine s-o atace puțin, prea se credea perfectă.

–Bună treabă ai făcut. Îți trimiți copiii în natură, fără nici un control, că să poți să-ți aduci hăndrălăul acasă.

Carol și-a spus că era complet nebun și a încercat să-l ignore. A pus mâna pe telefon și a sunat la familia Robinson, unde-și lăsase ambii copii să doarmă, așa cum se întâmpla uneori în weekend. Era un ritual care începuse cu ani în urmă și niciodată nu au fost probleme.

–Alo, s-a auzit vocea unei tinere care mesteca gumă.

–Bună, sunt mama lui Hayley, aș dori să vorbesc cu Tania, te rog.

–Nu e acasă. E plecată la Montreal cu soțul ei. Sunați-o luni, a zis aceasta, indiferentă.

–Unde e Scott ? a întrebat Carol, din ce în ce mai speriată.

–Sus, doarme cu prietenul lui. Eu am grijă de ei.

–Nu te mișca de acolo, vin imediat.

După ce a terminat convorbirea cu fata, a sunat repede la aeroport să-și rezerve un loc pentru Las Vegas. Primul zbor era în două ore și după ce l-a rezervat, a sunat-o pe Miranda și i-a explicat în mare situația.

–Du-te liniștită, mă duc și-l aduc pe Scott la mine. Grăbește-te la avionul tău.

–Îți mulțumesc, a zis Carol, după care a închis și a fugit să-și ia actele. Daniel era un spectator bizar, o privea fără pic de emoție. Avea pupilele dilatate și un rânjet înfricoșător. Din păcate, n-avea timp să se ocupe de nebunul ei de bărbat, avea o adolescentă la două mii trei sute de mile, la o secție de poliție și un băiat care dormea păzit de o minoră. Fără să-şi mai piardă timpul cu Daniel, s-a dus în garaj, s-a urcat în maşină, după care l-a sunat pe Benjamin.

—Te rog lasă-mă să te duc eu la aeroport, eşti mult prea bulversată ca să conduci la ora asta. Ea a acceptat fiindu-i recunoscătoare. Pe drum au discutat, iar el a reuşit s-o calmeze puţin, asigurând-o în privinţa lui Scott. Era pe mâini bune cu Miranda, iar el urma să treacă pe la prietena ei când se întorcea de la aeroport. O va ţine la curent cu totul. Era un bărbat minunat şi era norocoasă să-l aibă în viaţa ei complicată.

A ajuns în Vegas la două dimineaţa, ora locală. Oraşul era impresionant de frumos şi lucea în mii de culori, dar în Carol se instalase o beznă rece. A ajuns la poliţie, a făcut formalităţile necesare, după care s-a pus pe un scaun înconjurată de prostituate şi proxeneţi, aşteptând să i-o aducă pe Hayley. Nu înţelegea cum şi de ce viaţa ei se transformase aşa; de la meciuri de hockey şi petreceri cu copii buni, ajunsese să-şi aştepte copila la poliţia din Vegas. Când aceasta s-a apropiat de ea, nici măcar nu a recunoscut-o, atât era de machiată şi de tapată. Era îmbrăcată cu jeanşi rupţi, cu un maieu imprimat cu un cap de mort şi o geacă neagră de piele, plină de ţinte. Fata ei făcea parte perfectă din decor, nu se deosebea de celelalte tinere îmbrăcate la fel de bizar ca ea. Şi-a privit copilul din cap până în picioare, dar a preferat să nu spună nimic, pentru că nu avea nimic bun de spus. Hayley plângea, iar după ce poliţistul a convins-o pe Carol că familia Robinson urma să vină să-şi recupereze odrasla, a părăsit sediul poliţiei. În taxiul care le ducea la aeroport, Carol se întreba cum de viaţa ei devenise atât de haotică. O durea capul de la stres şi nesomn şi abia aştepta să ajungă acasă.

Au aşteptat două ore în aeroport pentru următorul zbor şi-n tot acest timp, Hayley a plâns încontinuu. I-a povestit mamei ei că prietenii ei (din care doi erau majori) şi cu ea au pus la cale această escapadă cu ceva timp în urmă. Credeau că se vor amuza de minune şi că nimeni nu va afla. Însă lucrurile au degenerat. Cu ajutorul unor cărţi de identitate false au reuşit să între în cluburi, au dansat şi totul a fost perfect, până în momentul în care amicii lor s-au îmbătat şi le-au abandonat acolo. Au fost acostate de doi tineri drăguţi care le-au dat de băut, le-au tratat ca pe două adulte, şi-n final le-au propus să meargă la ei, la Cezar Palace, să facă o petrecere. Totul părea frumos şi normal, dar când au ajuns în apartamentul lor, au încercat să le violeze. Printr-o minune, Hayley a reuşit să scape din mâinile unuia din băieţi, după o luptă care a durat destul de mult. Lăsându-şi *partenerul* la pământ, s-a dus repede şi a sunat la poliţie, dar prietena ei n-a fost atât de norocoasă ca ea. După ce Carol a ascultat ce s-a întâmplat, şi-a simţit stomacul tare ca piatra, durând-o îngrozitor. În noaptea aceea, în timp ce ea se plimba liniştită cu Benjamin, fata ei era cât pe ce să fie violată şi viaţa să i se schimbe radical în rău. Înainte să urce în avion, Carol s-a dus la baie şi s-a spălat cu apă rece, respirând profund şi mulţumindu-i lui Dumnezeu că totul se terminase cu bine. Cel puţin pentru Hayley.

Cu câteva ore înainte

După treizeci de minute de la plecarea lui Carol, Miranda s-a dus la casa familiei Robinson să-l recupereze pe Scott. A așteptat câteva minute bune până când *dădaca* Tracy a binevoit să-i deschidă. Avea ochii umflați, iar rimelul îi cursese, făcând-o să arate ca într-un film de groază.

–Unde este Scott ? a întrebat Miranda. Aceasta i-a arătat din cap scările ce duceau la dormitoarele de la etaj și fără să mai spună ceva, s-a dus sus. După afișul de pe ușă, i-a fost ușor să ghicească care e camera lui Peter. A deschis încet și l-a văzut pe băiat dormind, dar Scott nu era cu el. Și-a spus că probabil dormea în camera Erikăi, sora băiatului, dar nu era nici acolo. Același lucru în dormitorul părinților și camera de invitați. Scott parcă intrase în pământ. A coborât și s-a dus să vorbească cu Tracy.

Mai este un alt dormitor în afara celor de sus? Fata a ridicat nepăsătoare din sprâncene și a pocnit un balon de gumă de mestecat. Miranda a prins-o de umeri și, uitându-se fix în ochii ei, i-a spus pe o voce joasă:

–Concentrează-te Tracy, ai acceptat să ai grijă de doi minori, iar la ora asta, în dormitorul de sus este doar unul. Știi ce înseamnă asta? Fata a privit-o cu ochii mari, speriați. Unde este Scott ? Tracy a început să se bâlbâie panicată.

–Nu știu, credeam că sunt sus amândoi.

–Când l-ai văzut pe Scott ultima oară? a întrebat Miranda, din ce în ce mai alarmată. Cu ochii făcându-i ca girofarurile în cap, Tracy a încercat să-și amintească cu disperare.

–Când s-a dus la culcare, a spus, deloc convinsă.

Miranda a insistat.

–Chiar l-ai văzut urcând? Fata a închis ochii și, respirând des, a încercat încă o dată să-și amintească. Lacrimile îi curgeau pe obraji și a început să vorbească repede, salivând abundent.

–Nu l-am văzut intrând. Vorbeam la telefon cu prietena mea, și-n plus, am fumat Marijuana. Saliva abundent și, realizând gravitatea situației, a cuprins-o panica și mai tare. Miranda s-a dus iarăși în camera lui Peter și l-a trezit. Când acesta a fost complet treaz, l-a întrebat de Scott .

–A plecat cu un bărbat, a răspuns copilul, încă hăbăuc. Îl cunoștea. Miranda a realizat gravitatea situației, nevenindu-i să creadă ce se întâmpla. Auzise dintotdeauna de răpiri, dar nu cunoscuse pe nimeni până atunci căruia să i se întâmple asta. Era oribil.

–Cine era?

–Habar n-am, a răspuns Peter, deloc stresat.

–Și de ce n-ai spus la nimeni? a întrebat Miranda, fără niciun sens pentru că era deja prea târziu.

–Ți-am zis, Scott îl cunoștea. Nu mi s-a părut important.

–Când și unde s-a întâmplat asta?

–Pe la ora zece seara, pe strada noastră.

–La zece seara?

–Da, a zâmbit Peter, cu inconștiența specifică vârstei, Tracy e o imbecilă de primă clasă.

–Și tu la fel, Peter. Din cauza voastră, Scott a fost răpit.

Copilul a privit-o speriat și a început să plângă.

–Peter, dacă vrei să-l ajuți pe Scott va trebui să te concentrezi și să-mi dai cât mai multe informații. Acesta plângea în hohote acum.

–Dar nu mai știu nimic. Era noapte. Și fiindcă Scott îl știa, nu mi s-a părut ciudat.

–De ce crezi tu că-l ştia? I-a spus pe nume? Copilul s-a gândit un moment, după care a spus:

–Nu, dar bărbatul l-a strigat pe nume.

–Deci era un bărbat. Gras, slab, alb, negru?

–Nu ştiu, parcă alb, plângea copilul, era noapte şi nu se vedea prea bine, iar eu nici nu m-am străduit să mă uit pentru că nu mi s-a părut bizar.

–Şi ce i-a zis lui Scott?

–Şi-a oprit maşina puţin mai departe de noi şi i-a strigat că are întâlnire cu Carol, dar că nu-şi mai aduce aminte exact adresa. Miranda îl privea înmărmurită.

–A urcat în maşină şi a dispărut în noapte? Nu ţi-a zis nimic? Nu v-a văzut nimeni altcineva?

–Mi-a zis doar că se întoarce. Şi grasu' a spus zâmbind: Nici o grijă, campionule, în maxim douăzeci de minute ţi-l aduc înapoi. I-am adus un joc fabulos şi vreau să-l vadă. Apoi au plecat.

–Deci, era gras?

–Da, era gras şi n-avea păr prea mult pe cap, a spus băiatul, fericit că îşi aducea aminte.

–A plecat în viteză? Peter s-a gândit puţin, după care a spus:

–Nu. Şi maşina era neagră, a spus el mândru. E importantă culoarea, aşa-i?

–Totul e foarte important, Peter.

–Nu mai ştiu nimic altceva.

–De ce nu i-ai spus nimic lui Tracy când ai intrat în casă?

–Pentru că e o toantă şi oricum se certa la telefon cu iubita ei. Ştii, e din aia care o face cu fetele, lesbi, a şoptit copilul dând din cap. Din păcate, n-avea timp să se ocupe de rata lesbianismului din cartier, aşa că, după ce a concediat-o pe

Tracy, care era revoltată că nu e plătită, l-a luat pe Peter la ea și a sunat-o pe Syd s-o informeze.

—Sun chiar acum la poliție și văd ce pot face. Carol cum e?

—Carol nu știe nimic. În momentul în care-ți vorbesc, e în avion spre Vegas. Hayley e la poliția de acolo.

—În Vegas, la poliție?

—Nu cunosc detalii, dar cel puțin ea e în siguranță.

—Daniel e la curent?

—Nu știu nimic. O să-l sun pe Benjamin, poate știe el mai multe. În seara asta au fost împreună.

—Ține-mă la curent, a zis Syd, după care a închis telefonul.

Miranda l-a sunat pe Benjamin și acesta i-a spus că a dus-o pe Carol la aeroport și că urma să se întoarcă în cursul dimineții.

—Când a sunat-o poliția din Vegas era cu Daniel, i-a spus acesta. Se certau pentru că el dorește să revină acasă. De altfel, cred că e încă acolo. Miranda îi plângea pur și simplu de milă prietenei ei, care era atât de puțin norocoasă și a hotărât să meargă să vadă dacă Daniel era acasă la ea. Se auzea muzică de la o poștă și toate ferestrele erau luminate. A intrat și l-a văzut cu o sticlă de whisky pe jumătate goală, cu părul răvășit și dansând ca un nebun. Miranda a oprit muzica, iar el s-a întors spre ea și a privit-o ostentativ.

—Hmmm, ești atractivă într-un fel ușor misterios, a spus el, trăgând o râgâitură. Întotdeauna am simțit că te atrag. Dacă aș fi vrut, te-aș fi futut de mult.

—Ești patetic, Daniel, revino-ți înainte de a pierde chiar totul din viața ta. El a rânjit vulgar și s-a apropiat de ea.

—Voi, femeile, sunteți ca vacile. Vă place să vă deschideți botul, să faceți gălăgie, fără să spuneți totuși nimic.

—Crezi că e bine să bei atât alcool după accidentul pe care l-ai avut? În fiecare seară eşti beat?

—Câteodată şi la prânz, a râs el, luând încă o gură de whisky. Curva de Carol nu mă mai vrea. Se fute aici cu chirurgul, dar eu nu mai am dreptul să vin neanunţat. Voi, femeile, nu sunteţi bune decât la supt şi la striptease.

Era şocată de comportamentul lui vulgar, nu-l mai văzuse niciodată aşa. Cum era posibil ca omul pe care-l ştiuse de ani de zile şi care a fost un gentleman perfect, să decadă în acel hal? Şi dacă colega ei, Chiara, a avut dreptate când i-a spus că Daniel era cunoscut la secţia de cardiologie, dar nu ca pacient, ci mai repede ca *vânător*? I-a spus că este un pervers narcisist, dar nu o luase în serios, Chiara având reputaţia de nimfomană mitomană. Acum Miranda se întreba dacă nu cumva aceasta a spus adevărul.

—La ce te gândeşti? a întrebat-o el, părând iarăşi normal.

La faptul că fata ţi-e la poliţia din Vegas, iar Scott a fost răpit acum câteva ore. El s-a oprit o fracţiune de secundă, după care a urlat la ea:

—Şi din cauza cui? Din cauza curvei de mamă pe care o au. I-a trimis de acasă că să poată ea să şi-o tragă mai bine. Toate sunteţi nişte curve, a urlat el, după care a dus sticla la gură şi a supt din ea până la ultimul strop. Apoi, dintr-o mişcare, a apucat-o de gulerul gecii şi a târât-o până la uşa de la intrare şi aproape a azvârlit-o afară. Benjamin, care era în faţa casei, a văzut toată faza şi a prins-o la timp în braţe, evitând o căzătură urâtă. Daniel a trântit uşa cu putere şi ei doi au plecat la Miranda acasă. Nu mai era nimic de făcut acolo. Au stat de veghe o mare parte din noapte, după care au aţipit pe fotoliile din sufragerie. Era încă întuneric afară când i-a trezit sirena poliţiei. Sperau că poate l-au găsit pe

Scott și l-au adus acasă, dar din păcate veniseră să-l ia pe Daniel, care, în chiloți, făcea o hărmălaie de nedescris. Era beat criță și cânta cât îl ținea gura. Când polițiștii au încercat să-l urce în mașină, el a început să urle și mai tare:

—Ar trebui să-mi căutați fiul în loc să arestați un avocat care-și plătește taxele la timp.

—Domnule Huston, sunteți aproape de comă alcoolică.

—De comă democratică, sticlete nenorocit.

Era în plin delir, urla cât de tare putea și nicicum nu voia să urce de bună voie în mașina poliției. Reușise chiar să-și dea și chiloții jos.

—Sunt republican. Țin cu partea republicană!

—Dacă ții la părțile tale genitale, a șuierat la urechea lui unul dintre polițiști, urcă dracului în mașină, ai trezit tot cartierul.

—Sunt un avocat respectabil, am să vă fac un proces de-o să vă usture fundul, a mai apucat el să spună, înainte ca oamenii legii să-l bage cu forța în mașină.

Carol și Hayley au ajuns din Las Vegas la ora trei după-amiază. Peste tot era ordine, niciun semn că Daniel ar fi trecut pe acolo. Miranda și Benjamin se ocupaseră de toate după ce Daniel a fost dus la secție.

După ce și-a făcut duș, Carol a sunat-o pe Miranda, era al treilea apel la care aceasta nu răspundea și i-a lăsat un mesaj în care îi cerea să o sune.

—Hai să mergem, ne aşteaptă, i-a spus Miranda lui Benjamin, care era lângă ea şi se holba la telefon la fel ca ea. Nu mai putem să tragem de timp şi nici nu avem de ce.

—O să-i spunem că Brad, fostul soţ a lui Syd, care e cel mai bun detectiv din oraş, se ocupă de caz. Să nu-i aminteşti nimic de Daniel şi de faptul că e la sediul poliţiei, a mai zis el.

—L-a scos Ben de dimineaţă, era tot mahmur, aşa că a stat cu el până când a adormit.

Când au sunat la uşa lui Carol, aceasta a deschis aproape instantaneu. Era încă în halat, cu părul ud şi picioarele goale. Ochii îi erau obosiţi şi părea mică şi slabă. I-a privit, apoi a scos capul pe uşă şi a privit afară:

—Unde e Scott? Amândoi se uitau la ea fără să poată articula un cuvânt. S-a uitat de la unul la altul şi pe secundă ce trecea, pe faţa ei se instala panica. Unde e Scott? a repetat ea întrebarea, de data aceasta ridicând tonul. Mâinile au început să-i tremure, iar în ochi i-a apărut o licărire de gheaţă şi Benjamin a recunoscut starea de şoc. Chiar dacă repetase scenariul de zeci de ori, Miranda nu-şi găsea cuvintele şi în final, Benjamin a spus cu voce calmă.

—Se pare că aseară a plecat cu un prieten de-al familiei voastre, dar Peter nu ştie prea multe detalii. Sunt sigur că Junior te va suna dintr-o secundă într-alta. Carol continua să privească de la unul la altul şi ochii i se mişcau în cap ca la o nebună. A simţit amar în gură şi toată mobila din încăpere se învârtea în jurul ei.

—Ce prieten? Despre cine vorbiţi? i-a întrebat.

—Nu ştim exact.

—Dar ce ştiţi exact? i-a întrebat, din ce în ce mai panicată.

—Că aseară a urcat într-o mașină neagră în care era un bărbat pe care Scott îl cunoștea. Acel bărbat ar fi avut întâlnire cu tine.

Mobila nu înceta să danseze prin fața ei, apoi o ceață albă i-a acoperit ochii, și după câteva secunde a leșinat. Benjamin a reușit s-o prindă, anticipând reacția. Când s-a trezit și a realizat că nu a fost coșmar, a început să plângă și să pună întrebări. Cei doi o linișteau cum puteau și Miranda i-a dat un calmant puternic, care a adormit-o repede, apoi s-au ocupat de Hayley, care în pragul depresiei, bântuia ca o fantomă dintr-o cameră în alta, întrebând de Scott.

În casă era un du-te vino și Carol avea o migrenă oribilă. Privea haosul din jurul ei, simțindu-se neputincioasă. Un ofiţer mâzgălea pe un carnet câteva cuvinte, în timp ce altul discuta prin stație și o oră mai târziu casa era plină de oameni în uniforme. Scott dispăruse ca și cum ar fi fost răpit de persoane invizibile.

Sergentul Michael Cumming o privea pe Carol și se întreba cum să-i zică acestei mame că timpul care trecea nu era în favoarea lor? Că cel care-l răpise pe Scott, realizând gravitatea actului, putea să se sperie și să-l rănească sau mai rău, să-l omoare. Sedată puternic, Carol privea în jurul ei: agenţii FBI îi invadaseră strada și casa, băteau la ușile vecinilor și îi întrebau dacă văzuseră ceva cu o seară în urmă. Nu, nimeni nu văzuse nimic, acela era un cartier calm. Probabil că Scott a plecat într-adevăr cu un prieten al familiei, unul care nici măcar nu se sinchisește să dea un telefon mamei copilului şi să spună unde este. Pentru toată lumea era foarte clar că minorul a fost răpit.

Pe Carol a cuprins-o o senzaţie de ireal, ca şi cum era într-unul din acele coşmaruri care urma să se dilueze cu primele raze ale soarelui. Soarele era pe cer de mult, iar coşmarul persista. Vocea lui Daniel a adus-o brutal la realitate.

—Ţi-l prezint pe agentul special Margulies, Biroul Federal de Investigaţii l-a însărcinat cu acest caz. E o şansă pentru noi.

Acest caz, caz, caz, şansă, şansă, Carol auzea ca un ecou tot ce i se spunea. Margulies avea în jur de patruzeci şi cinci de ani, era înalt, atletic şi părea competent. Avea părul şaten şi ochi căprui frumoşi, cu privire pătrunzătoare. Acesta s-a uitat la Carol şi şi-a dat seama că afişa un calm pe care nu-l simţea. Se zbătea să rămână demnă, dar tremuratul mâinilor şi spaima din ochi o trădau. Timp de o secundă i-a fost frică să nu leşine. Avea să-i pună o grămadă de întrebări, dar nu credea că va obţine ceva. În ciuda părului ei necoafat şi a treningului ce şi-l aruncase pe ea, şi-a spus că era al naibii de frumoasă. Era distinsă şi politicoasă, dar părea că vine dintr-o emisferă necunoscută.

—Doamnă Huston, a zis el blând, vă rog să-mi spuneţi ce ştiţi exact.

Ea doar a ridicat din umeri şi instantaneu, ochii i s-au umplut de lacrimi.

—L-am lăsat să plece, a spus ea cu vocea înecată în lacrimi, nici măcar n-am sunat la familia Robinson să verific. E totul numai din vina mea, i-am dat drumul şi l-am scăpat, iar acum poate e mort pe undeva. Avea faţa plină de lacrimi şi-n ochi acea implorare a disperatului care se îneacă şi care speră că cineva-l va salva în ultima clipă. Durerea din privirea ei te îndemna s-o iei în brațe și s-o consolezi, să-i spui că totul o să fie bine, dar el știa că nu putea face asta.

— Normal că e doar vina ta, a spus Daniel, fără pic de delicatețe și ofițerul de poliție l-a săgetat cu privirea. Margulies îl știa demult pe Daniel și-l apreciase atât ca om, cât și ca avocat. Nu era cazul în momentul de față. Părea un maimuțoi excitat, pus pe harță și fără pic de tact sau îngăduință. S-a întrebat dacă nu cumva era implicat în răpirea copilului său, se întâmpla frecvent asta.

— Iar dumneavoastră, domnule Huston, ce făceați aseară în jurul orei zece?

— V-am mai spus, eram aici cu ea și cu amantul ei.

Margulies era cunoscut pentru flerul lui legendar, care-i permitea să detecteze cele mai infime minciuni, dar nu simțea nimic în legătură cu Daniel.

— Există cineva în viața voastră, s-a adresat el amândurora, sau în trecutul vostru, care v-ar dori răul sau ar vrea să se răzbune?

— Samantha, a spus Carol repede, femeia mă urăște. Este sora mea vitregă și fosta amantă a soțului meu. Nu văd cine altcineva mi-ar vrea răul.

— Ar putea fi un client al soțului dumneavoastră, care n-a fost mulțumit de serviciile lui, dar faptul că Scott îl cunoștea elimină această posibilitate. Ați avut un client pe care copilul dumneavoastră îl cunoaște, un client care v-a amenințat? l-a întrebat și Daniel a negat din cap.

— Va spun că e ea, a plătit pe cineva să-mi ia copilul. De mică s-a jurat să-mi facă viața coșmar. Dacă cineva l-ar fi furat pentru bani, am fi primit deja telefon, nu?

— Nu e o regulă.

Ea și-a lăsat capul în mâinile care-i tremurau mai mult ca înainte, era înghețată de frig și o dureau tâmplele îngrozitor.

–Vrei un ceai? a întrebat-o Benjamin calm, luând-o după umeri.

–Ca și cum ceaiul tău ar ajuta-o cu ceva, s-a rățoit Daniel nervos. De altfel, nu înțeleg ce naiba cauți tu aici, totul s-a întâmplat din cauza ta. Benjamin s-a apropiat de el și i-a spus cu voce joasă, dar apăsată:

–Îți suport de mult nebuniile, ar fi momentul să te oprești. Acesta este un moment de criză, în care membrii familiei trebuie să fie uniți.

–Pentru că dacă i-o tragi nevesti-mii crezi că faci parte din familie acum? Nu sunt aici să-ți primesc ordinele.

–Nu te obligă nimeni să te alături unei mișcări fasciste, doar se face apel la rezonabilitatea și utilitatea ta. Insultele nu ajută la nimic, ai face bine să te concentrezi pe esențial. Înainte ca Daniel să răspundă, famila Roberts, de unde Scott dispăruse, a apărut în salon cu o scrisoare; Tania i-a întins plicul lui Carol și a spus cu voce abia auzită:

–Am găsit-o în cutia noastră poștală acum cinci minute. Nu știu de când e acolo sau cine a pus-o.

–Când a fost ultima oară când v-ați controlat cutia poștală? a întrebat Margulies.

Tania a încercat să-și amintească, după care a dat din cap și a început să plângă.

–Cred că acum vreo două zile, a spus soțul ei. Știți, în timp ce noi eram în Montreal, fata noastră a fost violată și Scott răpit, de atunci trăim un haos total.

Margulies și-a pus o pereche de mănuși și a luat scrisoarea din mâna lui Carol.

–V-o citesc eu, după care vreau s-o trimit la laborator și la un expert în grafologie.

Pregătiți două milioane de dolari, dacă vă vreți copilul înapoi. Debarasați-vă de sticleți și așteptați următoarele instrucțiuni. O mișcare greșită și vă trimit colonul puștiului prin poștă!

Carol a vomitat instantaneu pe picioarele lui Daniel.

–Ai făcut-o intenționat, cățea, a mârâit el, dar nici nu a apucat să-și termine fraza, că pumnul lui Benjamin i-a și închis gura. În timp ce locotenentul s-a băgat între cei doi, Miranda și-a luat prietena de după umeri și a ajutat-o să urce în dormitor. A întins-o pe pat și i-a dat un alt calmant. S-a pus în poziția fătului, plângând încet. Avea impresia că pielea ei mirosea a creatină și a carne de vită. Părul îi era încâlcit, iar ochii îi erau tiviți cu roșu. După zece minute, a căzut într-un somn agitat.

CAPITOLUL 15

Cu ceva timp în urmă, Sam decise să se întoarcă la New York, să părăsească oraşul păcatului, de data aceea, definitiv. Voia să-şi lase trecutul în urmă şi Vegasul, odată cu el. Chiar dacă era persona non grata la New York, voia să se reîntoarcă acolo. Oraşul era mare, Carol şi ea puteau conlocui liniştite fără să se întâlnească. Problema era că nu avea unde locui şi nici nu avea mulţi bani puşi deoparte. Destinul însă planificase totul. Într-una din micile ei vizite la New York, s-a întâlnit într-un bar cu Jackson, fratele grăsun al lui David, care transpira abundent şi se fâstâcea ori de câte ori dădea cu ochii de vreo femeie... frumoasă sau nu.

–Îţi mai aduci aminte de mine? a abordat-o el, cu broboane pe frunte.

–Oh, Jackson, evident că-mi aduc aminte, a zis ea, cu un zâmbet larg. Ştia să-i facă să se simtă importanţi pe toţi porcii de teapa lui. Sunteţi prietenul lui Daniel, a mai spus ea, ştiind foarte bine că nu era adevărat.

–Nu, mai degrabă suntem duşmani civilizaţi, a rânjit el, arătându-şi dinţii plini de nucă sau brânză. Pot să te invit la un pahar în seara asta? a întrebat-o şi ea a acceptat, după ce l-a lăsat să insiste puţin.

–Doar unul, mâine dimineaţă trebuie să mă întorc în Vegas, a spus ea şi el a luat o mină bosumflată, iar Samantha s-a gândit că seamănă cu un purcel de lapte. Ea a început să râdă și i-a spus că în curând va reveni definitiv la New York, unde avea nevoie de prieteni noi. Au ridicat paharele și au ciocnit, pecetluind astfel noua lor uniune: uniunea între un porc din Manhattan și o prostituată din Vegas. Combinația putea face tot atâtea ravagii ca o adunătură de proști la un loc.

A petrecut momente plictisitoare în compania lui Jackson, ori de câte ori se întorcea în New York, dar știa că într-o zi va avea nevoie de el. În prezența lui era toată numai un hi hi hi și ha ha ha, chiar dacă n-o interesa nimic din ce îi spunea, pentru că Jackson nu era numai libidinos, era și neinteresant. Deocamdată însă nu-și permitea luxul unei companii mai bune și știa că pe el îl va putea manipula ușor. Cunoștea bărbații, știa cum să-i ia, doar lucrase cu ei... pe ei, sub ei, mă rog, ce importanță mai avea?

Când nu era la New York țineau legătura prin telefon și în scurt timp s-au apropiat mult. Obișnuiau să se sune regulat, își povesteau unul altuia ce mai făcuseră, cum se mai distraseră și își programau noile întâlniri. El se lăuda cu banii lui, pe care-i avea doar pe hârtii, iar ea mințea mai ceva ca el. Vizitele la New York au devenit din ce în ce mai dese, el se oferise să-i plătească biletele de avion, și-n final, într-o seară, au sfârșit prin a face sex. A fost dezgustător pentru ea și mirific pentru el. Așa a început relația lor. Acum locuiau împreună de câteva săptămâni, iar Jackson era mai fericit ca niciodată. Avea la discreție sex de calitate și nici nu mai trebuia să plătească. Dar nu după mult timp, urma să înțeleagă că lucrurile gratuite erau de fapt cele mai scumpe. Sexul cu Samantha era fabulos, dar urma să plătească un preț exorbitant, care nu se traducea numai în bani. Devenise dependent de ea și tot ce ea-i cerea, era literă de lege pentru el. Întotdeauna a fost cam zgârcit, dar cu Samantha se oprise din numărat. Din păcate, se oprea des şi din muncit, pierzând multe afaceri bune şi ascunzându-i adevărul lui David.

–Eşti îngândurat, iubitule, a spus ea, masându-i picioarele butucănoase. Erau în salonul lui, iar ea era aşezată pe covorul din faţa canapelei, jucând rolul nevestei mulţumite.

–Nu vreau să te obosesc cu serviciul meu.

–Suntem un cuplu, poţi să mă oboseşti din când în când, doar şi tu strigi *prezent* la toate cerinţele mele sexuale. *Iar eu sunt o eroina că nu vomit niciodată pe tine*, şi-a spus ea.

–Ştii, de când am pierdut procesul din cauza lui Daniel, câţiva clienţi buni mi-au întors spatele.

–Să nu mai aud de blestemata aia de familie, din cauza lor am fost obligată să părăsesc New York-ul. Poate că am fi fost de mult împreună dacă rămâneam aici şi acum am fi avut o familie a noastră. O fetiţă frumoasă ca mine şi cu mintea ageră a tatălui ei. Ştia că lui i-ar fi plăcut să fondeze o familie, dar ei doar gândul îi dădea dureri de stomac.

–Niciodată nu e prea târziu, regina mea. Nimic nu m-ar face mai fericit decât să am o prinţesă mică pe aici, un bebeluş roz şi grăsun care să se hrănească la sânul superb al mămicii ei.

–Vorbeşti de alăptat? l-a întrebat ea oripilată. Numai la Naţional Geographic mai vezi asta în zilele noastre. Deocamdată vreau să mă răzbun pe familia Huston şi apoi mai vedem noi ce facem, a zis Samantha, scoţându-l din visul lui nerealist. Nimeni nu trebuie să ştie că suntem împreună.

–Ce ai în cap? a întrebat el interesat. Acţiunile rele o excitau pe Samantha şi când era excitată, sexul era incredibil.

–Încă nu ştiu, dar cert este că nu ne-ar strica vreo două milioane de dolari. Sunt putrezi de bogaţi. Ştii că Daniel mi-a spus că în seiful de acasă au bijuterii şi bani în valoare de câteva milioane de dolari? El a rânjit, descoperindu-și dinții veșnic murdari.

–Am putea să-l răpim pe mucosul ăla mic, a zis Jackson într-o doară și ea s-a întors brusc spre el și l-a privit admirativ.

–Știi că ești eroul meu? E o idee genială, iubitule.

–Glumeam, a spus el râzând, puștiul mă cunoaște.

–Tocmai de aia e o idee extraordinară: poți merge la el la școală și să spui că te-a trimis Daniel, sau așa ceva.

–Draga mea, mai repede intri în Casa Albă decât într-o școală elementară privată din New York, știi doar. Cred că treaba asta merge prea departe, iubito, nu suntem hoți de copii. Am spus asta în glumă.

–Evident că nu suntem, de aceea o să-l tratăm bine și n-o să-l ținem decât puțin cu noi. Poliția nici nu va știi, a adăugat ea pupându-i pulpele butucănoase și masându-i încet sexul.

–Crezi că ar putea funcționa? a întrebat-o, din ce în ce mai excitat.

– Evident, îl luăm, îl umflăm de bomboane, prăjituri și tot ce-i place lui, îi cumpărăm cele mai sofisticate jocuri video și așteptăm cele două milioane, după care îl ducem înapoi liniștiți, a spus ea în timp ce se juca cu el și îl făcea să geamă. Ne trebuie un plan, a spus Sam, dându-i drumul spre marele lui regret.

–E simplu. Vineri seara sunt invitat la masă la Syd și David. Le voi subtiliza o cheie de la apartament și într-o zi, când ei vor fi la muncă, pun microfoane peste tot. Vorbesc mereu la telefon cu Carol și vom afla repede programul ei și al copiilor.

–Știi în ce hal mă excită inițiativa ta? a zis Sam, punându-se în genunchi lângă el și deschizându-i încet nasturii de la pantaloni. El grohăia mulțumit, știind că următoarele minute vor fi cele mai frumoase din viața lui; Sam se pricepea la ce făcea, mai bine ca oricare prostituată ce-o avusese până atunci.

A fost floare la ureche pentru Jackson să instaleze microfoanele în casa fratelui său şi în fiecare zi se delectau ascultându-le discuţiile. Aşa au aflat de weekendul în care copiii dormeau la familia Robinson. Sam, cu perucă în cap, a pândit aproape toată după-amiaza strada lor. A văzut-o pe Hayley plecând cu o bandă de adolescenţi, lăsându-i pe cei doi băieţi cu o dădacă puţin mai mare decât ei. Părinţii copiilor nu se vedeau niciunde.

–Ăsta e momentul când îl putem lua pe Scotty fără probleme, i-a zis ea lui Jackson, prin telefon.

–Să vin acolo?

–Da, copiii se joacă singuri pe stradă. Va fi floare la ureche, dar trebuie să te mişti repede, nu se ştie când îşi va face apariţia familia Robinson.

Noaptea răpirii

–Hei, Scotty, ce mai faci? a întrebat Jackson, din maşina lui neagră, pe care o oprise la câţiva metri depărtare. Nu voia ca prietenul puştiului să-l vadă, dar nu risca prea multe pentru că era deja întuneric. Maică-ta ştie că la ora asta eşti pe străzi? l-a întrebat şi copilul a fugit la maşină.

–Te rog să nu-i spui nimic, altfel o să mă pedepsească o lună şi nu vreau. Promiţi să nu-i spui, te rog?

–OK, fie, de data asta, dar un favor se plăteşte cu un alt favor. Am întâlnire cu maică-ta la voi acasă şi m-am pierdut. Ştiu că locuiţi la câteva străzi distanţă, dar m-am săturat să mă tot învârt prin cartier, aşa că ce-ar fi să-mi arăţi unde stai şi după aia te aduc înapoi și suntem chit. Ţi-am adus şi ultimul joc video, a adăugat el şi copilul a sărit în maşină fericit.

–E cool maşina ta, a zis Scott.

–Da, m-a costat al naibii de mulţi bani, dar merită. Trag puicuţele la ea ca la miere, a mai spus, făcându-l pe băiat să râdă. Şi lui îi plăceau fetele. Telefonul lui Jackson a sunat şi el i-a răspuns lui Sam, făcându-se că vorbeşte cu Carol.

–Bună Carol, m-am cam pierdut prin cartier, dar am dat de Scott care se plimba cu familia Robinson şi i-am rugat să-l lase cinci minute să mă aducă la tine acasă, a spus făcându-i complice cu ochiul puştiului.

–Eşti un mascul feroce, a şoptit Sam la capătul liniei, sunt atât de excitată încât atunci când ajungi acasă, am să-ţi ofer cea mai fabuloasă noapte din viaţa ta.

Jackson simţea cum sexul i se întăreşte, dar ştia că trebuia să-şi păstreze calmul.

–Bine, Carol, ne vedem la mine acasă, înseamnă că am greşit eu. Sam este şi ea la mine, o să-i spun să ne comande de la Spago o cină suculentă. Ne vedem în cincisprezece minute.

–Era mama?

–Da, am greşit eu, întâlnirea o aveam la mine acasă, nu la voi. O să-ţi arăt jocul video pe care ţi l-am cumpărat, mănânci ceva, după care te duc înapoi la Peter.

—Cool. Cine e Sam? Sora lui mami?

Jackson a aprobat, fiindu-i frică să nu fi făcut vreo gafă.

—Parcă erau supărate ele două, nu? Am auzit ceva discuţii, dar n-am înţeles mare lucru. Mama nu prea vorbeşte despre Sam.

—Da, cred că s-au împăcat de curând, ştii tu cum sunt femeile.

—Promiţi că n-o să-i spui lui mami că m-ai găsit în stradă? N-am mai făcut niciodată asta.

—Doar eşti nepotul meu preferat, a spus el bătând palma cu puştiul, şi Sam te adoră. Crede că eşti foarte inteligent şi că toate fetele vor fugi după tine. Puştiul a zâmbit mulţumit.

—E foarte sexy. E la tine acasă?

—Da. E în vizită pentru câteva zile.

—Ea unde locuieşte? a întrebat copilul.

—La intersecţia lui patruzeci şi şapte cu insecuritatea, a râs el, pricepi?

—Nu prea, a răspuns băiatul, iar el râdea în continuare mulţumit.

—Ai vreo iubită? a schimbat Jackson subiectul.

—Vreo trei.

—Reale?

—Hei, nu mai am opt ani să cred în prieteni imaginari.

—Înţeleg, însă pentru femei imaginare nu există limită de vârstă, a râs Jackson.

—Dacă tu zici, a spus Scott, ridicând din umeri, gândindu-se că Jackson era cam bizar. Dar eu chiar am o iubită adevărată, tatăl ei a inventat cârnaţii de pui sau cam aşa ceva.

—Cool.

Au ajuns acasă la Jackson, unde Sam îi aştepta cu zâmbetul până la urechi.

–Bună, Scott , bine ai venit. Carol nu e cu voi?

–Vine imediat, a spus Jackson. M-a sunat şi mi-a zis că de fapt aici avem întâlnire, aşa că sună la Spago şi comandă spaghetele preferate ale lui Scott şi toate deserturile ce le doreşte.

–Chiar toate? a întrebat puştiul cu ochii lucitori. O să te coste o tonă, sunt un gurmand fără pereche. Oh, dar mami n-o să mă lase să mănânc aşa târziu, a adăugat el, dintr-odată supărat.

–Hei, cine-i şeful aici? a întrebat Jackson, prietenos. A cui casă e asta?

–A ta, a ţipat Scott fericit, şi tu eşti şeful.

–Şi şeful decide în seara asta că nepotul lui preferat va mânca tot ce va dori.

–Te iubesc, a zis Scott, sărindu-i în braţe şi emoţionându-l pe Jackson.

–Să nu uiţi asta, a intervenit Sam fiind numai miere, după care s-a băgat în dormitor şi l-a sunat pe Jackson.

–Alo, Carol, a minţit Jackson, ştiind foarte bine cine-l sună.

–Planul merge ca pe roate, a şoptit Sam, mai bine decât mă aşteptam. După ce-l îmbuibăm de mâncare, îi dau un somnifer bun şi sărbătorim victoria. Ai fost un băiat foarte rău, aşa că în noaptea asta am să-ţi pun cătuşele.

Buhaiul avea deja broboane de transpiraţie pe frunte doar gândindu-se la ce-l aştepta. A făcut eforturi supraomeneşti să se poată abţine şi să-şi urmeze planul în continuare, aşa cum au stabilit.

–Oh, Carol, a zis el, îmi pare rău că nu poţi veni, dar înţeleg. Vrei să-l duc pe Scott acasă? Copilul s-a bosumflat. Sau, dacă nu, poate treci tu mâine să-l iei. E destul de târziu şi eu sunt puţin obosit, a spus el, făcându-i complice cu ochiul lui Scott, iar copilul a sărit în sus de bucurie.

–Pot rămâne, deci?

–Sigur că da. Mami vine mâine seară să te ia, chiar îi convine să rămâi la noi pentru că trebuie să plece până în Jersey. Am o grămadă de jocuri video aici, dar din păcate sunt toate pentru copii de optsprezece ani.

–Wau, cool, dar mama nu e de acord să mă joc cu ele. Spune că-mi afectează inteligenţa, dar eu nu cred asta.

–Şi cine o să-i spună lui Carol despre jocurile astea? Tu? a întrebat Jackson, făcându-şi-l pe Scott prieten pe viaţă. Un secret în plus sau în minus nu cred că va omorî pe nimeni, nu-i aşa?

–Mâine mă voi juca toată ziua. Mama nu mă lasă mai mult de o oră şi asta în weekenduri sau când are ceva important de făcut şi nu vrea s-o deranjez. Deci mâine o să profit şi n-o să vă deranjez deloc. Aşa o să te poţi ocupa de Samantha, fata asta e nebună după tine, a mai zis puştiul, lăsându-l pe Jackson cu gura căscată. Ştii, noi copiii, simţim lucrurile astea.

–Oh, a spus Jackson, aveam eu o bănuiala că mă place, dar acum că tu mi-ai confirmat asta, chiar sunt sigur. Adevărul e că şi mie-mi place puicuţa asta, iar pentru faptul că mi-ai deschis ochii. meriţi un bonus, nu-i aşa?

–Daaaa şi nu sunt dificil. Vreau să-mi cumperi şi îngheţată de alune.

–Culmea, parcă ţi-aş fi ghicit gândurile. Tocmai am cumpărat astăzi un kilogram.

Samantha, care s-a întors în salon, a spus:

–Nu cred că poţi sta mâine aici să joci toată ziua jocuri video, doar ai şcoală.

–Nu, a sărit Scott , mâine e duminică. Te rog, Sam, pot să stau? Nu mai am chef nici la Peter să mă întorc în seara asta.

–Oh, am uitat. Păi, atunci totul e în regulă, dar să nu mă băgați în poveștile voastre de jocuri video interzise pentru copiii sub optsprezece ani. Nu vreau ca sora mea să se supere pe mine. *Vreau doar să crape, cățeaua.*

–Promit să nu zic nimic, a spus Scott, după care a cerut să se joace cu jocurile până îi venea mâncarea.

–Sigur, a zis buhaiul, am o cameră amenajată cu tot felul de aparate. Poți și să dormi acolo dacă vrei. Dar ce faci cu Peter, care te așteaptă?

Scott a dat din mână.

–Sunt sigur că doarme dus la ora asta și m-a uitat complet.

–Dar părinții lui n-o să se îngrijoreze? a întrebat Sam.

–Nu, sunt la Montréal, iar Hayley a plecat în Vegas cu niște prieteni. Organizează asta de mult. Mi-a dat treizeci de dolari ca să țin secretul. Dacă află mama, s-a dus cu libertatea ei.

–Vrei să mănânci cu noi sau te servesc în fața televizorului? a întrebat Sam, știind deja răspunsul.

–Bineînțeles că în fața televizorului, a pufnit Jackson, doar e bărbat. Au bătut palma amândoi, după care puștiul s-a retras în cameră. Nu putea să creadă ce noroc a dat peste el.

–Chiar ești priceput cu copiii, a zis Sam, lipindu-se de el.

–Ți-am spus că aș fi un tătic fabulos. A prins-o de fund și a început s-o sărute, lăsându-i dâre de salivă pe gât. Era chiar un porc dezgustător și după ce va pune mâna pe cele două milioane, o să-l salute rapid din mers.

I-au comandat hamburgeri și cartofi pai, spaghete cu fructe de mare, preferatele lui, și câteva sortimente de prăjituri. Scott avea impresia că este în Paradis. După o oră și ceva, Sam a intrat la el în cameră și i-a întins o pastilă.

—Cred că ai cam exagerat cu mâncarea, nu mă gândeam că un băiat atât de mic poate mânca atât de mult.

—Sunt în creştere şi nu sunt chiar atât de mic, a replicat junior puţin ofensat.

—Dar ai mâncat totuşi prea mult şi e destul de târziu. Ia pastila asta, o să te ajute la digestie şi o să te împiedice să vomiţi. Dacă trebuie să te duc la noapte la spital, mama ta se va supăra că ţi-am dat atâtea dulciuri şi n-o să te mai lase cu noi.

Copilul nu a mai comentat nimic şi a luat pastila. După zece minute, dormea dus.

Astăzi

Carol era acasă, în dormitorul ei. Avea ochii injectaţi de la plâns şi nesomn. A refuzat să mai ia calmante care o împiedicau să gândească, când ea trebuia neapărat să aibă mintea limpede.

Poliţia părăsise casa, dar nu mai primise niciun semn de la răpitorul lui Scott. Îi era cumplit de dor de băieţelul ei, iar noaptea, după ce Hayley stingea lumina, se furişa la el în cameră şi-i mirosea perna şi pijamaua. Stătea ore întregi şi-şi plângea copilul.

Benjamin trecea pe la ea de câte ori putea, dar pe ea n-o interesa. Miranda venea şi ea zilnic, dar nu putea face mare lucru pentru prietena ei. Nimic n-o putea consola pe Carol. Nimic şi nimeni, în afara lui Scotty. Tot corpul o durea şi avea o nevoie viscerală să-şi strângă copilu în braţe, să-i vadă ochii zâmbitori şi să-i simtă mirosul.

—Te-ai închis prea mult în tine, i-a zis Benjamin, blând.

—E mai uşor să nu simţi nimic.

–Şi chiar nu simţi?

–Vrei să ştii? Ei bine, simt că inima mi-a ieşit afară din piept şi e pe undeva, nu ştiu pe unde, cu Scotty al meu. A avea copil înseamnă să decizi pe veci să ai inima afară din corp, umblând prin lumea largă, pe unde-ţi umblă copilul.

–Înţeleg, a spus Benjamin simţindu-se neputincios.

–Nu, n-ai cum să înţelegi. Îţi imaginezi că e cumplit, dar nu ştii, a spus ea fără să-l privească, după care i-a cerut să plece.

–Te rog, nu mă îndepărta. Ai nevoie de mine în asemenea clipe, ai nevoie de toţi cei ce te iubesc, Carol. I se părea lui sau peste noapte devenise tipul care i-a dat vestea proastă? Ea i-a întors spatele şi şi-a pus perna în cap. Ştia că el nu merita asta, dar nu-i păsa. Tot ce-i păsa, era Scott. Benjamin s-a retras trist, spunându-i că va reveni în câteva ore. Pe culoar a întâlnit-o pe Hayley, care arăta ca o fantomă. Slăbise şi avea ochii intraţi în orbite, cu o privire bizară. A urmat-o în camera ei.

–Totul e din vina mea, a zis fata, fără pic de vlagă.

El a privit-o mai atent şi şi-a dat seama că fata luase calmante.

–Hayley, ce ai înghiţit?

–Fratele meu a fost răpit din cauza mea, nu merit să mai trăiesc.

Dându-şi seama că situaţia era mai rea decât părea, Benjamin a pus o geacă pe spatele copilei, a băgat-o în maşină şi a dus-o la spital. I-au făcut spălături stomacale şi au internat-o la secţia de psihiatrie, Benjamin ocupându-se de toate formalităţile. Ultimele zile au fost prea pline de evenimente urâte, iar Hayley clacase nervos. Faptul că n-avea cu cine discuta despre acea catastrofă şi că o auzea pe mama ei în fiecare noapte plângând în camera lui Scotty, a afectat-o mult.

Benjamin s-a dus s-o caute pe Miranda, care era de gardă, şi a informat-o în legătură cu Hayley.

–Ai făcut bine că ai adus-o, i-ai salvat viaţa. Au s-o ţină câteva zile în observaţie, după care o voi lua la mine, a spus Miranda. Carol nu se poate ocupa de ea deocamdată, iar Daniel a dispărut total. Nimeni nu ştie nimic de el.

–Ce bizar.

–N-a fost întotdeauna aşa.

–Sunt şi copiii lui, pentru numele lui Dumnezeu. Hayley nu ar trebui să treacă singură prin toate astea, iar Carol, de asemenea.

–Carol nu e singură, Benjamin, te are pe tine, a spus şi el a aprobat. Am sunat-o pe Diana, a continuat Miranda. Paul a făcut un AVC tranzitoriu şi încă nu poate veni.

E un adevărat coşmar, iar eu am încercat să-mi iau câteva zile libere, însă până săptămâna viitoare, n-am nicio şansă. Parcă e un făcut. Cum e Paul?

–Nu sunt sechele. A simţit că nu-şi mai putea mişca piciorul stâng, se simţea bizar şi Diana l-a dus imediat la spital, fapt care l-a salvat. Din păcate nu pot veni încă la New York. I-ar fi fost de mare folos lui Carol.

–E o femeie puternică.

–Nimeni nu e atât de puternic, când e vorba de răpirea propriului copil, a spus Miranda, părându-i rău pentru prietena ei.

Brad, care a fost angajat de Sydney să se ocupe personal de cazul lui Scott, stătea acum ascuns în maşină şi pândea casa scufundată în beznă a lui Carol. A văzut o siluetă neagră dând târcoale reşedinţei Huston. Chiar atunci, lumina s-a aprins şi a văzut-o pe Carol la bucătărie, iar silueta neagră a luat-o la fugă şi a intrat în maşina parcată la două case depărtare. Brad s-a gândit că va putea, în sfârşit, să-l urmărească pe nenorocit, însă acesta nu se mişca. Aşezat cuminte în maşină, aştepta liniştit.

Carol, care apucase să vadă mişcarea de afară, a intrat în panică, dar i-a fost frică să sune la poliţie. Dacă răpitorul ştia că e în legătură cu ei şi-i omora copilul? A decis să-l sune pe Gordon.

—Mi-e frică, îi spunea acum la telefon. Cineva dă târcoale casei mele şi nu pot risca să sun la poliţie.

—Ce ai văzut?

—Pe cineva în negru, dar cum am deschis lumina, a luat-o la fugă.

—Vin la tine acum.

—Nu, a zis repede Carol, dacă o să creadă că eşti de la poliţie şi-o să-l ucidă pe Scott? Sunt absolut sigură că mi-au pus casa sub supraveghere.

—Atunci vino tu la mine. Nu e bine să stai singură.

—Da, mă voi fofila prin spatele casei şi la două străzi depărtare voi comanda un Uber.

A ajuns la casa lui Gordon după patruzeci de minute şi nu a observat că era urmărită. Gordon i-a oferit lui Carol să bea un coniac. L-a băut din două înghiţituri şi o căldură plăcută i-a cuprins corpul.

—Spune-mi, ce ai văzut?

—Eram în casă, stăteam pe întuneric, mi s-a făcut sete şi m-am dus la bucătărie să-mi iau un pahar cu apă. Am aprins lumina şi am văzut o siluetă în negru aproape de geamul de la bucătărie. Probabil că voia să intre în casă, dar s-a speriat când am aprins lumina şi a luat-o la fugă.

—S-a urcat într-o maşină? Mai era cu cineva?

—N-am idee. M-am panicat, iar următorul lucru pe care l-am făcut a fost să te sun pe tine, restul îl ştii.

—În drum spre mine, a întrebat-o, n-ai observat dacă erai urmărită? Nu ţi s-a părut nimic suspect?

—Erau multe maşini, dar nu cred că mă urmărea cineva. Nu sunt sigură. Sunt paralizată de frică şi în ultimele zile am luat cam multe calmante.

—Unde este Daniel?

—A dispărut complet, după ce mi-a pus în cârcă toate crimele umanităţii. Nu pare afectat de nenorocirea ce s-a abătut asupra familiei noastre.

—Ce se întâmplă dacă răpitorul va încerca să te contacteze?

—Am făcut transfer de apel pe mobilul meu.

—OK. Mai vrei un pahar mic? a întrebat-o.

—N-ar trebui, deci da, te rog. El a zâmbit. Au stat de vorbă timp de două ore, după care a dus-o sus în dormitorul de invitaţi, să se odihnească.

—Eu voi sta în sufragerie, oricum nu pot dormi. Şi în cazul în care totuşi ai fost urmărită e mai bine să stau de veghe.

—Îţi mulţumesc din suflet, eşti un prieten adevărat, Gordon, a spus ea cu o tristeţe de nedescris în ochi. Poate reuşesc să adorm... şi cu puţin noroc să nu mă mai trezesc niciodată.

–Nu mai vorbi așa, Carol. Îl vom găsi pe Scott și viața-ți va surâde iarăși. N-o uita pe Hayley, știi câtă nevoie are și ea de tine.

Carol a dat din cap și a închis ochii ca să nu-i vadă lacrimile. Biata Hayley, tocmai acum când avea mai mare nevoie de mama ei, nu putea s-o ajute. Bine măcar că Miranda se ocupa de ea. Supărată, Carol a luat un calmant și s-a aruncat îmbrăcată pe pat. În mai puțin de 20 de minute a căzut într-un somn agitat.

În salon, Gordon și-a mai servit un cognac, a aprins televizorul și după treizeci de minute a adormit, împotriva voinței lui. Când s-a deschis ușa de la intrare, n-a auzit nimic, dar când a primit un picior în plex, a sărit ca ars. În fața lui, Sam stătea cu un pistol îndreptat spre el.

–O singură mișcare și-ți zbor creierii, jurnalist infatuat.

Gordon a ridicat mâinile și a încercat să rămână calm.

–Ce dorești? a întrebat-o, fără să arate că îi este teamă. Nu era ușor să fii față în față cu moartea, indiferent cât de bărbat erai. Lasă, te rog, pistolul jos și negociem.

–Tu te vei duce la dracu, iar eu voi face negocierile cu curva care mi-a otrăvit viața. Unde este?

–Îți dau tot ce vrei, dar las-o pe ea în pace. A suferit mult prea mult și e la capătul puterilor.

–Târfa asta e tare ca o stâncă, nimic n-o pune jos. Nu i-a păsat niciodată de mine, dar acum o voi face să regrete faptul că nu m-a vrut de partea ei. Să regrete tot amarul pe care l-am îndurat din cauza ei.

–Sam, în ultimul timp am vorbit mult cu ea și vă cunosc toată povestea. Crede-mă, faci o mare greșeală. Carol e o femeie bună și nu te urăște, n-ar putea face rău nici unei muște.

–Ei bine, mie mi-a făcut şi pentru asta am suferit o viaţă întreagă, iar ea se lăfăie în cartiere luxoase.

–Nu te doare neapărat că n-ai avut noroc în viaţă, nu-i aşa? Te roade că ea a avut. L-a scuipat.

–Cine te crezi de-ţi permiţi să mă freudizezi? Sunt convinsă că tu eşti genul acela de gunoi social care intră în paradisul curvelor şi îndrăzneşte să nu plătească. Jigodii ca tine merită să moară. Era nervoasă, iar el regreta că trezise bestia din ea. Gata cu pălăvrăgeala, a zis ea, spune-mi dacă mai este cineva în afara ei la etaj. Vorbeşte, altfel îţi zbor creierii.

–Nimeni nu merită să înfunzi puşcăriile pentru restul vieţii, hai să discutăm, a spus el blând, apropiindu-se de ea. Dă-mi pistolul Sam, a cerut el cu glas scăzut, făcând încă un pas înainte, apoi încă unul. Panicată, Sam a apăsat pe trăgaci şi în secunda următoare Gordon, cu ochii măriţi de spaimă, s-a prăbuşit. Totul se întâmplase repede, nu-i venea să creadă că va muri. A întins mâna după telefon, dar nu avea cum să ajungă la el şi să se târască până acolo, nu putea. Sângera şi simţea cum viaţa iese din el cu fiecare secundă. Durerea îi sfâşia pieptul şi după câteva minute, care i s-au părut extrem de lungi, nu a mai simţit nimic.

Samanthei nu i-a fost greu s-o găsească pe Carol. În timp ce-o privea, simţea ura cum îi umfla venele de pe frunte. Se uita la ea şi-şi spunea că, în ciuda greutăţilor, tot frumoasă era. S-a întors în timp şi s-a văzut pe prispa casei ei, ascultând una din nenumăratele certuri ale părinţilor.

–*M-am săturat să te aştept. Toată tinereţea mi-am irosit-o aşteptându-te. Din cauza ta am devenit o drogată*, plângea mama ei.

–*Dar nu înţelegi că am un copil şi nu-l pot abandona doar pentru a-ţi face ţie plăcere?*

–Ai doi copii, Kirk, cum poți s-o uiți pe Samantha? Doar și ea e copilul tău.

–Da, știu, dar nu e chiar atât de simplu. Carol e mare acum și nu vreau să sufere, înțelegi?

Din prima secundă când a auzit acel nume, l-a urât. Era mică, n-avea nici măcar cinci ani și deja făcea cunoștință cu ura. Acum, dușmanca numărul unu era culcată în fața ei și putea s-o stâlcească ca pe un vierme. Sau putea s-o lege și s-o târască undeva în pădure, s-o închidă într-una din încăperile alea lugubre pe care le vedea în filme. S-o închidă acolo și să treacă zilnic s-o pedepsească pentru tot ce-i făcuse. Și, poate, de ce nu, să-l omoare pe Scotty în fața ei. Ăsta ar fi apogeul durerii și prețul păcatului pe care trebuia să-l plătească, dar înainte trebuia s-o ducă acasă, în Park Avenue, să-i golească seiful. Avea încă nevoie de ea. I-a pus pistolul pe frunte și a apăsat atât de tare, încât din cauza durerii reci, Carol s-a trezit. Era amețită de la medicament și la început nu a știut exact ce se întâmplă. O privea buimacă pe Sam. S-au privit câteva momente, timp în care Carol s-a dezmeticit, fiind cuprinsă de panică.

–Te rog, a început ea să plângă, dă-mi copilul înapoi, nu ți-a făcut nimic. De altfel nici eu nu ți-am făcut niciodată nimic. Spune-mi ce vrei și îți dau totul.

Sam a plesnit-o cu toată forța peste gură, făcând-o să sângereze.

–Primul tău păcat a fost că te-ai născut, jigodie afurisită și răzgâiată. Și apoi toată viața ta a fost doar un lanț de păcate pe care a venit momentul să le plătești. Care e oare cea mai mare durere a unei mame? a întrebat Sam și pe Carol a cuprins-o panica. Ți-am promis că îți voi face viața un calvar și am reușit. Dar nu mă voi opri aici, după ce am să-l îngrop pe Gordon lângă copilul tău, mă voi ocupa şi de Hayley, iar tu vei fi spectatoare. Trezită de-a binelea, Carol a simţit cum stomacul i se întăreşte şi înainte să apuce să se ridice, a vomitat şi s-a înecat cu propria-i vomă. A privit-o pe Samantha cu ochi disperaţi, în timp ce aceasta zâmbea cu răutate.

—Dacă i-ai făcut ceva copilului meu...

A lovit-o cu forţă cu piciorul în stomac.

—Ce-o să faci, proasto? Îţi spun eu, n-o să faci nimic.

Din spatele ei, a auzit o voce. Era Brad.

—Ea nu, dar eu am să-ţi trag un glonţ fix între ochi.

Avea pistolul îndreptat spre ea şi, un moment, Sam s-a speriat , dar şi-a revenit rapid.

—Dacă tragi, ea moare odată cu mine, a spus îndreptând pistolul spre fruntea lui Carol, dar continuând să-l privească pe Brad. Carol a sesizat momentul când aceasta nu era atentă şi i-a aruncat globul de cristal de pe noptieră fix în cap. În cădere, Sam a apăsat din instinct pe trăgaci, împuşcând-o pe Carol în umăr. Brad a sărit repede, a luat pistolul Samanthei şi a imobilizat-o legând-o de pat, după care s-a ocupat de Carol.

—Eşti bine? a întrebat-o, iar ea i-a spus că nu va mai fi niciodată bine dacă nu-l va găsi pe Scott. După câteva minute a sosit şi ambulanţa, care le-a transportat pe amândouă la spital. Din nefericire, Gordon nu avusese acelaşi noroc. Zăcea pe covorul din sufragerie, cu un glonţ în piept.

CAPITOLUL 16

Salonul spitalului unde era Samantha era plin de polițiști.

–Ați omorât un om, îi zicea agentul special Margulies, dacă ne spuneți unde ați ascuns copilul, am să vă ajut să aveți o pedeapsă mai mică.

–Du-te-n mă-ta, sticlete mincinos, n-am nicio legătură cu răpirea copilului.

–De ce dădeai târcoale casei Huston?

–N-aveam somn, ți-e clar?

–Crezi că e o treabă bună să nu cooperezi? a continuat el calm. Dacă nu vorbești crezi că vor dispărea crimele ce le-ai făcut? Îți spun eu că nu. Vei putrezi în închisoare, doamnă, așa că ai face bine să negociezi.

–Vreau un avocat. Nu mai spun nimic până nu-mi chemați un avocat. Sunt cetățean american și îmi cunosc drepturile.

Carol a apărut în ușa salonului, avea cearcăne la ochi, iar brațul bandajat o durea îngrozitor. Dar nimic nu era mai greu ca suferința ce-o avea în suflet. Îi era teribil de dor de copilul ei și nimic n-o putea consola. S-au privit câteva momente după care, cu voce blândă, Carol a întrebat-o:

–Te rog Samantha, spune-mi unde este Scott.

–Nu știu unde este și nici dacă aș știi, nu ți-aș spune.

Carol a privit-o tristă și abia dacă se putea ține pe picioare.

–De ce mă urăști atât de tare? Ce ți-am făcut?

Ochii Samanthei erau plini de ură când i-a răspuns.

–Mi-ai furat tatăl şi odată cu el, copilăria. Când eram mică mă întrebam de ce nu eram şi eu ca ceilalţi copii. De ce nu aveam şi eu un tată şi o mamă care să locuiască împreună. Apoi am aflat că tatăl meu nu putea sta cu noi, pentru că trebuia să stea cu tine.

–N-am nicio vină că după şase ani de căsătorie cu mama mea, el a decis să-şi ia o amantă şi să facă un alt copil, a spus Carol.

–Din cauza lui, mama mea a devenit o drogată şi apoi m-a părăsit.

–Suntem cum suntem din cauza noastră, deciziile ne aparţin, nimeni nu ne poate obliga să facem ceva dacă nu vrem.

–Mai du-te dracului cu morala ta, a zis Sam privind-o cu scârbă. Şi nefericită avea clasă căţeaua, şi-a spus cu amără-ciune.

–Kirk a plecat de la noi, a continuat Carol, ne-a abandonat pentru a merge la tine şi cred că a fost lucrul cel mai bun pe care l-a făcut vreodată. Cel puţin pentru mama mea, iar ea nu s-a drogat şi în plus, te-a crescut considerându-te fiica ei. Şi eu aş fi putut să te urăsc pentru că tata m-a părăsit, dar n-am făcut-o niciodată. În definitiv, n-a fost vina ta.

–Nu m-ai iubit niciodată aşa că nu mai face pe nobila. M-ai fi linşat dacă n-ar fi fost Diana.

–Nu sunt genul care să linşez pe cineva, Samantha. Am acceptat ceea ce s-a întâmplat în trecut şi aşa am reuşit să avansez. Trebuie să înţelegi că nu e vina noastră pentru că am avut un tată de o integritate deplorabilă. Am avut amândouă de suferit, dar cred că a venit momentul să facem pace.

–Ţi-ar conveni, a rânjit Sam, sarcastică. Ei bine, să ştii că întotdeauna voi fi duşmanul din casa ta.

–Dacă nu vrei s-o faci pentru mine, atunci fă-o pentru Diana, te implor. Ţi-a oferit o familie, nu o lua pe a ei, nu este corect, a mai adăugat ea plângând. Spune-mi unde este copilul meu, te implor.

Sam savura fiecare moment. Chiar dacă era conştientă că victoria-i era de scurtă durată, trăia cu intensitate fiecare secundă. A privit-o insolent pe Carol şi a dat negativ din cap.

–Habar n-am despre ce vorbeşti.

Epuizată de oboseală şi stres, Carol a lovit-o cu putere în piciorul rănit şi Samantha a ţipat de durere.

–Crapă, căţea! Copilul ţi-e mort şi îngropat, n-ai să-l mai vezi niciodată, a urlat ea, după care a început să râdă ca o nebună.

Unul dintre poliţiştii prezenţi a apucat-o pe Carol de umeri, fiindu-i frică de reacţia acesteia. Margulies s-a apropiat de Sam şi, luând-o de bărbie, i-a spus:

–Mă voi ocupa personal să-ţi dau un avocat pe măsură. Vei putea râde şi plânge cât vei dori, dar dacă o să vrei să joci cartea nebuniei, n-o să-ţi meargă. Până n-o să te văd în pârnaie pe viaţă, n-o să mă las, îi promisese el şi ea n-a îndrăznit să-l privească în ochi, începând să-i fie frică.

Trecuse ceva timp de când nu mai avea veşti de la Samantha, iar Jackson începea să panicheze. Telefonul îi era închis, iar el avea presimţiri rele. În plus, copilul acela îşi pierduse răbdarea şi devenea din ce în ce mai agitat.

—De ce nu mai vine mami după mine? Şi de ce transpiri aşa mult? Sigur ai făcut ceva rău.

—Du-te-n camera ta, Scott.

—Nu e camera mea, a urlat copilul, o vreau pe mama!

—Vine mai târziu. Are o problemă cu Hayley.

—Asta mi-ai spus-o deja ieri. Du-mă acasă, dacă nu, sun la poliţie.

Jackson avea fruntea plină de broboane de transpiraţie, iar copilul îl scotea din ce în ce mai tare din sărite. Discuţii din astea avea la fiecare oră cu el şi începea deja să-l sperie. El nu era hoţ de copii. De fapt, nu era hoţ de nimic. În afara câtorva taxe pe care omisese să le plătească, era un om corect. L-ar fi făcut să tacă, dar singura soluţie ar fi fost să-l lege şi să-i bage un căluş în gură, ori el nu putea face asta. O cunoştea pe Carol, iar fratele lui, David, s-ar fi înfuriat rău să ştie că l-a tratat aşa pe copil. Oare unde o fi Sam? Să fi luat banii deja şi să-l lase cu toate problemele pe cap? Ar fi oare capabilă? Nu, imposibil, doar i-a promis c-o să-şi facă viaţa cu el. Scott vocifera încontinuu şi ameninţa cu poliţia. Trebuia totuşi să-l facă să tacă.

—Chiar crezi că ameninţările unui puşti ce poate trece în picioare pe sub masă o să mă sperie, Scott?

—Şi atunci de ce transpiri?

—Pentru că mi-e cald, a strigat Jackson, pierzându-şi răbdarea.

—Sau poate pentru că eşti un bou mincinos, a urlat copilul, după care a fugit în cealaltă cameră şi a trântit uşa.

Jackson se uita în urma lui, dorindu-şi să fie în locul lui Scott. Poate astăzi nu era o zi bună pentru copil, dar mâine în mod cert va fi, în timp ce pentru el niciodată nu va mai fi în regulă. În copilărie, îşi imagina vieţile altora, dar acum, adult fiind, se simţea prins în propria viaţă. Avea o afacere care nu-i plăcea, întâlniri la care trebuia să meargă, dar nu avea chef, şi în plus, avea colesterol. Se gândea agitat ce să facă, cu cât timpul trecea, cu atât mai tare îşi agrava situaţia. Se hotărî să-şi sune fratele, David ştia întotdeauna ce era de făcut şi niciodată nu-l dezamăgise.

–Alo, da, s-a auzit acesta la capătul firului.

–Sunt eu, Jackson. Ce faceţi?

–Eu, acasă, Syd, la spital.

–De ce? Probleme cu sarcina?

–Nu, totul decurge perfect. Carol şi Samantha sunt la spital.

–De ce? a bălmăjit el, simţindu-şi tot corpul invadat de o transpiraţie rece.

–Se pare că Sam l-ar fi răpit pe Scott, iar azi noapte a omorât un prieten la care era Carol. A fost prinsă.

–Şi copilul? Ştie cineva ceva de el? a întrebat Jackson, transpirând abundent.

–Nu, Sam nu recunoaşte nimic. FBI-ul bănuieşte că are un complice, dar încă n-au nicio pistă. Însă ăstora nu le trebuie mult că să descopere. David s-a oprit din vorbit. Avea impresia că fratele lui plângea. Hei, eşti OK?

Plânsete fără reţineri.

–Nu. Şi nu voi mai fi niciodată, s-a văicărit buhaiul.

–De ce spui asta, ce ai păţit, Jackson? Ţi-au ieşit prost analizele de săptămâna trecută?

–Aş vrea eu.

–Ce este atunci aşa de grav? a întrebat David.

–Eu sunt complicele lui Sam.

–Dumnezeule, Jackson, spune-mi că Scott e în viaţă.

–Bineînţeles că e în viaţă, nu sunt criminal.

–Nu, nu eşti, dar de ce te comporţi ca unul, pentru numele lui Dumnezeu? Eşti milionar, să nu-mi spui c-ai făcut-o pentru bani.

–A început totul ca un joc, dar lucrurile au degenerat.

–Întotdeauna lucrurile degenerează când se fură un copil, Jackson. Sună repede la poliţie şi predă-te, altfel vei lua ani grei de puşcărie, iar hoţii de copii sunt cel mai prost văzuţi în penitenciare.

–Da, sun chiar acum, dar îmi promiţi să-mi găseşti un avocat bun?

–Îţi promit. Acum închide telefonul şi sună la poliţie. Vin să-l iau pe Junior şi să i-l duc maică-sii, care este foarte îngrijorată de zile întregi.

Carol era în salon la Hayley. Fata avea ochii trişti şi supăraţi, dar se simţea mai bine.

–Ai vreo veste? şi-a întrebat ea mama şi Carol a negat.

–Încă nu, dar sunt sigură că-l vom găsi, a spus ea şi Hayley a dat din cap. Niciuna nu mai credea într-un final fericit, dar Carol era adultă şi trebuia să facă în aşa fel încât totul să pară că se va aranja. Tu cum te simţi, draga mea?

–Pierdută, vinovată. Lista e lungă.

–Da-o naibii de listă. Vreau să te faci bine, mă auzi? Am nevoie de tine, Scott are nevoie de tine.

Copila a început să plângă încet.

–Nimic din toate astea nu s-ar fi întâmplat dacă...

–Dar s-au întâmplat, a spus Carol, plângând la rândul ei, şi nu mai putem schimba nimic. Putem doar să ne rugăm la Dumnezeu să ne ajute să-l găsim. În timp ce plângea, își masa tâmplele dureroase și când a văzut-o asistenta, i-a propus un paracetamol. Era devastată și femeia voia să-i dea un paracetamol. Văzându-i fața plină de lacrimi și privirea din ochi, asistenta a părăsit salonul fără să mai spună nimic. Cunoștea istoria lui Carol și o compătimea. Omul este făcut să suporte multe, dar dispariția unui copil nu era unul din acele lucruri, și-a spus ea.

–Îmi pare atât de rău, plângea Hayley, pentru tot ce s-a întâmplat în acel weekend și nu știu cum să fac să șterg totul. În fiecare noapte mă gândesc ce bine ar fi dacă aș putea să mă întorc în timp și să fac lucrurile altfel. Dar nu pot, a zis ea plângând cu sughițuri și mama ei o privea cu inima frântă. Aceea avea să-i fie fiicei ei o lecție de viață care îi va servi, dar din păcate, prețul plătit era exorbitant. Sunt o egoistă, a continuat Hayley, întotdeauna am fost și m-am iubit doar pe mine, cel puțin așa am crezut, dar de fapt nici pe mine nu m-am iubit. Carol o privea plângând. Trebuia s-o lase să se descarce indiferent dacă acele cuvinte o ucideau. Să-și vadă fata atât de disperată și lipsită de speranță era mult peste puterile ei în acele circumstanțe.

–Va trebui să încerci să nu te mai gândești, Hayley, să-ți revii. Trebuie să ne revenim amândouă ca să putem să-l căutăm pe Scott.

–Nu știu să iubesc, a spus Hayley fără să o asculte, dar dacă ăsta este ingredientul la toate, am să învăț, îți promit, mami.

Carol și-a luat fata în brațe pupând-o pe cap și dorindu-și să uite acea scenă, dar era convinsă de contrariu. Probabil că după un timp nu-și va aduce aminte cu exactitate cuvintele pe care Hayley le folosise, dar în mod cert își va aduce aminte cum s-a simțit văzându-și copilul suferind.

În acelaşi timp, în partea cealaltă a spitalului, Margulies a primit un telefon prin care a fost informat că persoana care a ajutat-o pe Sam s-a denunţat singur la poliţie. Scott era viu şi nevătămat, deja în compania lui David, care-l aducea la spital să-şi vadă familia.

Syd a intrat în salonul lui Hayley cu un zâmbet larg. Carol a privit-o şi şi-a ţinut respiraţia pentru un moment. Nici măcar nu îndrăznea să spere.

—Scott e OK, a spus Syd, în acest moment e cu David. Îl aduce aici.

Carol şi Hayley au sărit în sus de bucurie şi s-au strâns în braţe. Sydney avea lacrimi în ochi. Carol s-a apropiat de ea şi avea o mie de întrebări în priviri.

—Ai avut dreptate, a zis încet Syd, Samantha l-a răpit. Dar nu i-au făcut nimic traumatizant. Chiar s-a distrat, mi-a zis David.

—L-au răpit?

—Da, a spus Sydney lăsându-şi capul în jos, l-a avut complice pe Jackson. Carol o privea fără să înţeleagă. Fratele lui David, a continuat Syd. Îmi pare sincer rău. Acum este la secţia de poliţie, s-a predat singur.

Scott tocmai atunci intra în salon, vesel şi deloc afectat. Au sărit pe el, acoperindu-l de pupături.

—Heeei, a ţipat el, încercând să se desprindă din braţele lor, mă sufocaţi. Amândouă îl pupau şi-l strângeau în braţe.

—Scotty, eşti bine? a întrebat Carol, cu lacrimi în ochi.

—Da, mi-a trecut greaţa. Sam şi Jackson mi-au dat să mănânc tot ce-am vrut şi doar mă ştiţi. Acum ştiu de ce m-au răsfăţat aşa, se simţeau vinovaţi pentru că m-au răpit. Nici măcar nu mi-am dat seama că m-au furat, a zis copilul, iar

Carol îi mulțumea în gând lui Dumnezeu că nu i s-a întâmplat nimic rău. Mi-au comandat spaghetele mele preferate și hamburgeri cu cartofi pai, am mâncat tone de bomboane, prăjituri și înghețată.

Carol râdea și plângea în același timp.

—Sper să nu le facă nimic polițiștii, a continuat băiatul, m-am răzbunat deja pe ei. Am vomitat pe cea mai frumoasă draperie de la geamul din dormitor. Am jucat jocuri video interzise copiilor sub optsprezece ani, am mâncat și am dormit. Nici nu mi-am dat seama când a trecut timpul, dar astăzi începusem să mă plictisesc pentru că Jackson era foarte agitat. Tot încerca să dea de Samantha și aceasta nu răspundea la telefon.

—Jocuri interzise, a? a zis Carol, cu lacrimi de fericire în ochi.

—Așa-i că n-o să mă pedepsești, mami?

Carol și-a luat ambii copii în brațe.

—Nimeni nu va fi pedepsit, am fost deja suficient de pedepsiți toți și cred că am învățat ce trebuia să învățăm. Vreau să ne iubim și să ne întoarcem la viața noastră de dinainte.

—Asta înseamnă că tati va locui iarăși cu noi? a întrebat copilul, cu o sclipire de speranță în ochi.

—Nu. Asta înseamnă că putem continua să fim o familie fericită, chiar dacă tatăl vostru nu va mai locui cu noi. Dar va face parte din viețile noastre și e normal să-l iubiți, doar este tatăl vostru.

Un tată absent în momentele cele mai importante, și-a spus Carol, întrebându-se unde era.

Daniel era în Tribecca, la casa părinţilor lui. Scott şi Emma erau bucuroşi să-l aibă cu ei, deşi îl găseau foarte schimbat.

–Întotdeauna am iubit sufrageria asta, a zis Daniel, tolănit pe unul din fotoliile din faţa şemineului.

–Asta înseamnă că îţi aminteşti din ce în ce mai mult, a spus Emma fericită.

–Da. De exemplu am poza mentală a casei noastre din Hartford. Şi acolo era frumos.

–Ce-ţi mai aminteşti? a întrebat tatăl lui.

–Mi-o amintesc pe Syd. Şatenă, cu ochi căprui, frumoşi şi mereu gata să mă protejeze. Nici o legătură cu scorpia băgăcioasă de acum.

–Este o fată bună şi o prietenă devotată, a spus Emma.

–Mie mi se pare că e o căţea băgăcioasă cu manichiură franţuzească.

–Nu subestima niciodată o fată cu unghiile îngrijite şi cu diplomă la Yale, a spus Scott zâmbind şi încercând să destindă atmosfera. Daniel sărea de la o stare la alta şi putea deveni agresiv foarte repede, lucru care îi îngrijora.

–Habar n-ai despre ce vorbeşti, a spus Daniel, dezamăgindu-şi încă o dată tatăl. Emma s-a ridicat şi le-a servit câte o ceaşcă de ceai.

–N-ai un whisky? a întrebat el, sec. Serviciul tău roz de porţelan e superb, dar vezi tu, eu n-am chef de ceai. O tărie mi-ar prinde mult mai bine.

–N-ai băut în weekend suficient? l-a întrebat tatăl lui, iar Daniel a gemut, dându-şi ochii peste cap.

–Mai bine nu vă spuneam că m-a luat poliţia.

Emma a scăpat ceainicul din mână.

–Dar nu ne-ai spus, ai povestit doar de o petrecere între prieteni.

—Am mințit, de fapt m-am îmbătat acasă la mine.

—Singur?

—La fosta mea casă. Nici nu știu cum s-o mai numesc. Eram la Carol. Emma spera din sufletul ca cei doi să se împace. Carol a fost cel mai bun lucru din viața lui Daniel, fără ea era pierdut. Era cu amantul ei, a continuat el, distrugând visul Emmei. În casa mea cu un alt bărbat, vă imaginați că asta m-a scos din minți.

—Ai făcut scandal și Carol a chemat poliția? a întrebat Scott.

—Nu, a zis Daniel plictisit. Avea oroare de detalii. Poliția a sunat-o să-i spună că Hayley era pe undeva prin Reno sau Vegas. Se pare că puștoaica a plecat pe ascuns, așa că iubita mea soție a luat avionul și a plecat după ea.

—Și tu de ce nu ai însoțit-o? s-a mirat Emma.

—Ea s-a debarasat de fii-sa ca să se poată destrăbăla mai bine cu amantul ei, ea să se descurce.

—Bine, dar e și fata ta, a spus Emma șocată. Indiferent cu cine ar fi sau nu soția ta, Hayley este copilul tău și ar fi trebuit să fii cu ea. În ceea ce privește amantul lui Carol, nu ai niciun drept. Tu ai început acest lanț de oribilități care ne-a separat pe toți. El a ridicat indiferent din umeri și a spus ca pentru el: familia... nu poți să-ți alegi rudele și nici nu le poți ucide.

—Ești mai mult decât amnezic, l-a certat Scott, ești de-a dreptul nebun, băiete. Tu nu mai știi să faci diferența între bine și rău sau între normal și anormal. Părinții lui se priveau consternați, realizând că realitatea era mult mai gravă decât părea. Pe Daniel îl amuza toată scena.

—Stați că nu v-am spus tot. Așezați-vă, c-o să aveți nevoie.

S-au aşezat automat, aşteptându-se la ce era mai rău şi când Daniel i-a informat că Scotty a fost răpit, cei doi au rămas fără grai. Tatăl lui şi-a revenit primul.

–Eşti calm, deci bănuiesc că l-au găsit.

Daniel a ridicat iarăşi din umeri.

–Habar n-am. Aşa cum v-am mai zis, m-a luat poliţia. Ben m-a scos în cursul dimineţii, m-a dus acasă, m-a culcat şi am dormit zeci de ore încontinuu. Asta este.

–Asta este? Ai dormit treizeci de ore?

–Mai ştii? a zis Daniel complet aerian şi Emma s-a înroşit de supărare.

–Carol trebuie să fie moartă de îngrijorare, i-a spus ea lui Scott.

–Îngrijorată şi singură, a zis soţul ei, săgetându-şi fiul din priviri, după care a luat telefonul şi a sunat-o pe Carol.

–Draga mea, ne cerem scuze, dar de-abia acum am aflat prin ce infern treci zilele astea. Nu ne-a spus nimeni nimic, poate am fi putut să te ajutăm. Cum putem să te ajutăm, Carol?

–Totul a intrat în normal, Scott, mulţumesc! Slavă Domnului, l-au găsit pe Scotty şi este bine, la fel şi Hayley. Suntem toţi bine, nu vă îngrijoraţi; o să vă dau mai multe detalii sâmbătă seara când vă invităm la noi să sărbătorim un nou început. Mama şi Paul vor veni şi ei din Connecticut. Scott a închis telefonul fericit că totul intrase în ordine şi abia aştepta să-i vadă. Daniel stătea tolănit pe scaun fără să spună nimic, ca şi cum cei doi copii nu erau ai lui. Devenise iresponsabil, o persoană total necunoscută lor şi care nu se lăsa ajutat.

A doua seară Carol a decis să-l sărbătorească pe Scott cu prietenii lui, la unul din restaurantele preferate ale copilului.

Au fost invitați Miranda și familia ei, la fel Benjamin cu Michael și Sydney, care a venit singură, deoarece soțul ei avea gripă. Scotty era îmbrăcat într-un sacou bleumarin, tricou alb și jeanși bleu. Brenda și Hayley stăteau într-un capăt de masă, mai liniștite ca de obicei, iar Carol încă se simțea epuizată, dar fericită. Copiii ei erau acolo cu ea și erau bine și asta era tot ce conta. Cu doar o oră înainte aflase de la Sydney că soțul ei se întâlnea iarăși cu Rebeca, dar în același timp era și cu Beatrice. Visul oricărei femei, bărbatul poligam. Dar nici Beatrice nu era mai brează. Sydney i-a spus că era alergică la mătase, nylon nu purta niciodată, dungile o îngrășau, tocurile îi dau dureri de spate, iar pantofii plați îi făceau picioarele scurte. Carol a privit mulțumită în jurul ei. La ora aceea nu mai conta cu cine era sau nu Daniel. Tot ce conta era că familia ei era acolo cu ea, copiii ei erau fericiți și în afara oricărui pericol.

Miranda și-a studiat prietena, bucurându-se că oribilul coșmar luase sfârșit. Nu i-a scăpat nici privirea tandră a lui Benjamin și i-a dat un cot lui Carol.

—Bărbatul ăsta te adoră, i-a șoptit ea. Dacă cineva m-ar privi așa, m-aș căsători imediat.

—Ben te privește așa.

—Ben și pe el se privește așa, a spus Miranda și Carol a râs.

—Ben te adoră de o viață întreagă, pentru el nu mai există alta ca tine.

Prietena ei a zâmbit pe sub mustață, aprobând din cap.

—E fanul meu personal. Nici propria-mi mamă nu mă place așa mult, este adevărat. Probabil că sunt perfectă, a mai spus, făcându-i cu ochiul și Carol și-a pupat prietena. Era ca și sora ei. De fapt nu, era familia pe care ea şi-o alesese, prietena în care avea încredere şi sora pe care n-o avusese niciodată.

Au comandat paste pentru copii, pizza şi tort de bezea, iar ele au început cu şampanie şi au terminat tot cu şampanie, gustând câţiva antipasti şi salată verde cu carne rece de vită.

În celălalt capăt al Manhattanului, Daniel intra într-un bar cu Beatrice, care deja se plângea că nu-i place ambianţa. O chelneriţă aproape goală, cu unghiile prea lungi şi sânii ca mingile de fotbal, s-a apropiat de ei.

—Vreţi o masă? i-a întrebat mestecând gumă.

—Nu, mulţumim, a răspuns repede Beatrice.

Chelneriţa a ridicat nepăsătoare din umeri, după care le-a întors spatele.

—Şi acum, ce facem? a întrebat Daniel plictisit.

—Barul de peste drum e mult mai rafinat. Nimeni n-o să-ţi facă baloane în faţă, mâncarea e bună şi muzica n-o să ne asurzească. Vom putea pălăvrăgi liniştiţi.

De parcă-i ardea de pălăvrăgeală, s-a gândit el. Beatrice era sexi şi veselă, dar vorbea al naibii de mult şi începea să-l plictisească. Sexul cu ea era bun, dar era din ce în ce mai greu să o suporte în afara patului.

În celula ei, Sam se chinuia să-şi facă unghiile.

—Să dea naiba dacă văd ceva pe bezna asta.

—Nu eşti la Ritz, iubire. Şi ar trebui să te obişnuieşti, a zis colega ei, se pare că ai ceva de stat pe aici.

—Credeam că mi-eşti prietenă, dar văd că te bucuri.

—Cum să nu mă bucur când am o așa puicuță lângă mine?

—Ți-am spus doar că nu sunt lesbiană, a zis Sam, nepăsătoare.

—Aseară, când te lingeam peste tot, nu te mai plângeai.

Sam a zâmbit.

—Cunoști ceva meserie.

—Iar tu ești o norocoasă, a zis Pyper. Ai nimerit într-o celulă cu cea mai influentă păsărică neagră din toată pârnaia. Problema este că dacă o rupi cu mine, următorul loc în care vei merge va fi cimitirul. Sam nu a arătat, dar era înspăimântată. Cum o să poată ea s-o suporte pe Pyper cea cu măsele mirositoare?

Jackson nu avusese norocul Samanthei. Era doar de două zile acolo și avea deja un ochi vânăt și brațul rupt.

—Hei, umflatule, pregătește-te pentru coșmarul vieții tale.

—Nu stau aici prea mult, a zis el încet.

—Așa zicea și Tony, a rânjit pușcăriașul agresiv și plin de tatuaje, dar e aici de douăzeci de ani.

—Eu sunt inocent, a zis Jackson.

—Ca noi toți, a râs Tony, descoperindu-și o gură cu mulți dinți lipsă. Iar hoții de copii sunt foarte pedepsiți în zonă. Va trebui să ne-o sugi zilnic că să rămâi în viață.

—Nu sunt hoț de copii. V-am spus că...

—Da, știm, i-a tăiat-o scurt un al treilea. E numai vina curvei cu care ți-o trăgeai. Numai că noi nu servim dume din astea.

—Mişcă-ţi fundul gras, a zis Tony, şi fă-mi rost de nişte ţigări.

—Dar nu cunosc pe nimeni, nu ştiu cum să fac.

—O muie bună te-ar ajuta, a zis Joe ucigaşul şi toţi s-au pus pe râs.

—Sunt un om foarte influent şi am o grămadă de bani. V-aş putea ajuta.

—Facem ceva pe ajutorul tău, pedofil nenorocit, a răcnit în spatele lui un munte de om, chel.

—Am mari relaţii, a zis Jackson neinspirat, v-aş putea face şi rău.

N-a apucat să-şi termine fraza că Tony deja sărise pe el, iar după cinci minute, când l-a lăsat, Jackson era o masă inertă de carne şi oase, în mijlocul unei bălţi de sânge.

De câte ori Patricia venea la New York, se caza la Four Seasons Hotel. William avea un apartament în Soho, dar nu dorea să-l deranjeze. Adora acel hotel, unde contrastul între simplitate şi lux discret era de un rafinament delicios. Stilul arhitectural era impozant, dându-ţi un sentiment de grandoare absolută. Patriciei îi plăcea să ia micul dejun la The Garden şi să petreacă ore întregi în SPA-urile hotelului. Făcea plimbări lungi pe jos, admirând de fiecare dată Rockefeller Center şi aprinzând lumânări la catedrala Sfântul Patrick.

În acea după-amiază urma să ia prânzul cu Carol la *l'Atelier de Joel Robuchon*. Ca de obicei, Patricia era foarte elegantă:

Purta un taior bleu pal de la Dior, o bluză din dantelă şi pantofi bej.

–Draga mea, sunt foarte fericită să te văd, i-a spus ea lui Carol.

În ultimele luni, cele două femei ţinuseră legătura prin telefon şi chiar dacă nu se mai văzuseră de la plecarea ei precipitată din Boston, deveniseră apropiate. Carol o considera pe Patricia ca pe o prietenă. Era inteligentă, dădea întotdeauna sfaturi bune şi era de o discreţie remarcabilă.

–Soarta te-a încercat mult în ultimul timp, dar te-ai descurcat bine, Carol. Şi arăţi incredibil.

–Mulţumesc! Tu mă înţelegi pe mine.

–Te miră?

–Da. Ai avut întotdeauna familia perfectă, căsătoria perfectă şi viaţa ideală.

Patricia a zâmbit.

–Numai pentru faptul că am ştiut să fiu discretă, nu înseamnă că am avut o existenţă perfectă. Crede-mă, am trecut prin toate etapele despre care mi-ai povestit. Am trecut de la furie la negaţie, la tatonări, la negocieri şi când am înţeles că am totul de pierdut, am schimbat placa şi n-am mai acceptat nici o negociere. Am spus exact ce doream şi mi-am impus regulile. Viaţa te obligă să faci asta şi uneori funcţionează, iar alteori, nu.

–Ai fost fericită? a întrebat-o Carol şi Patricia s-a gândit un moment.

–Fericirea e ceva relativ. Nu e simplu s-o găsim în noi şi e imposibil s-o găsim altundeva. Carol a aprobat-o dând din cap. Secretul este iubirea, iar măsura iubirii este dăruirea de sine. A iubi fără a aştepta ceva în schimb. Atunci când ai înţeles asta şi poţi să iubeşti aşa, eşti fericit pe deplin.

–E greu, a zis Carol.

–Iubirea pe care o cunoaştem noi are de-a face cu aprobarea ego-ului. Atunci când iubeşti de-adevăratelea, nu există *eu sunt mai bun ca tine*, nu există ură. Îţi iubeşti duşmanul.

–Şi fostul soţ?

–Şi fostul soţ, a spus Patricia zâmbind. Iubirea este un balsam care vindecă orice şi este contagioasă.

Puteau să discute aşa la nesfârşit. Au vorbit despre căsătoria lui William cu Sarah, despre Bryan care era tot celibatar, spre dezolarea familiei şi despre Donna şi fetele ei, care erau implicate în opere de caritate şi studii.

După două ore plăcute în compania Patriciei, cele două femei şi-au luat la revedere, promiţându-şi să ţină legătura. I-a făcut bine o după-amiază în prezenţa acelei femei înţelepte şi ar fi fost bine să poată pune în practică treaba cu iubirea neconditionată. Să uite că Daniel le-a schimbat radical vieţile şi că a făcut-o să ia totul de la zero la cei treizeci şi nouă de ani. Da, şi-ar fi dorit măcar să-l poată ierta. Nici măcar n-o mai sunase. Îl lăsase la ea în casă în noaptea aceea de coşmar, când ea a trebuit să zboare la Vegas şi apoi nimic. Nu-i căutase nici măcar pe copii.

CAPITOLUL 17

Trecuseră câteva luni şi multe se întâmplaseră, bune sau mai puţin bune, iar acum erau toţi în vila din Manhattan Beach, pe care o închiriau în fiecare an. În acel cartier al Los Angeles-ului totul era confortabil, lumea făcea sport, îşi plimba câinii, socializau şi marea majoritate arătau fit. În Manhattan Beach nu erau cerşetori sau persoane bizare, iar vilele, deşi apropiate una de alta, aveau o intimitate căreia lui Carol îi plăcea. Parcă nu te simţeai niciodată singur acolo. Fiecare vilă avea o grădiniţă în faţă, unde proprietarii îşi puseseră grătarele, canapele şi fotolii cu perne colorate. Apusurile de soare erau magnifice şi aveai impresia că toată lumea se cunoştea, făcându-te să te simţi în siguranţă. Da, grupul lor adora Manhattan Beach şi de aceea se întorceau în fiecare an.

Sydney, Miranda şi Carol erau la piscina casei, bucurându-se de linişte. Restul erau pe plajă, jucau volei. Chiar şi Daniel era vesel şi în ultima oră nu făcuse nici o glumă pe seama lui Benjamin.

Sydney era însoţită de David şi copilul lor, Lucas, noul membru al familiei. Îl botezase ca pe băieţelul prietenilor ei din Cannes, aceştia fiind naşii lui. După douăzeci şi patru de ore de suferinţă, Lucas a venit pe lume, mic, negricios şi foarte cuminte. Acum, aşezată pe şezlong, Miranda a ridicat paharul:

—Bem în cinstea lui Lucas!

—Voi beți, a zis Syd, eu alăptez.

—Ți se vede durerea și prin ochii închiși, a zis Miranda râzând, iar Sydney a aprobat.

Carol își privea fata alergând veselă pe plajă. Îşi revenise, iar escapada din Vegas i-a fost o lecție bună. Devenise o tânără responsabilă și ascultătoare. Gura tot mare o avea, dar nu-i scăpa esențialul și era mult mai atentă la sfaturile mamei ei. Aveau discuții lungi și nu-și mai dădea ochii peste cap atât de des. Reuşise să-l ierte și pe tatăl ei. Daniel făcuse progrese mari în ultimele luni şi devenise mai amabil, se lăsase de băut, era calm și atent atât cu copiii cât şi cu ea. Trecea aproape zilnic să-i salute, nu făcea scene și nu era greoi, iar pe Carol n-o mai deranja faptul că trecea fără să o anunțe. S-a lăsat pe spate, închizând ochii și pierzându-se în gânduri, în timp ce Sydney și Miranda sporovăiau vesele lângă ea. Daniel era rezonabil și chiar simpatic și s-a surprins gândindu-se la el cu plăcere. Și- a rememorat în minte seara în care ea i-a propus să rămână la cină, iar el a acceptat. După ce copiii s-au culcat, au desfăcut o sticlă de vin şi au stat la poveşti până târziu, având impresia că se întorsese în timp. Totul părea suprarealist.

—Nu-i aşa că ne simțim bine împreună? a întrebat-o el în altă seară, după ce au terminat de cinat și ea a aprobat. Doresc să fii fericită, a zis el după care a făcut o mică pauză și a continuat: chiar şi cu Benjamin.

—Chiar? a întrebat ea, privindu-l atent. Arăta bine și faptul că se lăsase de băut juca în favoarea lui. Evident, nu putea să uite ce îi făcuse, dar îl iertase şi acum era fericită cu relația pe care o aveau. În definitiv, era tatăl copiilor ei, soțul pe care-l iubise şaisprezece ani și care îi oferise o viață bună, nu dorea să țină supărarea o eternitate. Chiar și cu Benjamin ți-ai dori să fiu fericită? El și-a lăsat capul în jos, zâmbind trist, iar lui Carol i s-a făcut dor de bărbatul cu care se căsătorise și care acum stătea lângă ea.

–Nu, a spus el sincer, dar poate într-o zi.

–Ce te-a făcut să fii atât de zen și rezonabil?

–M-am săturat să mai fiu boul inveterat din ultimul an, iar faptul că mi-am recăpătat memoria m-a ajutat mult.

–Bine ai revenit printre noi, a zis Carol, mângâindu-i fața, ne-ai lipsit.

–Și tu mi-ai lipsit mult. Am fost un prost că te-am pierdut. Păcat că nu există nicio lege împotriva stupidității. Ea a râs. Și tu simți lucruri pentru mine, nu-i așa? a spus el, privind-o atent. Spune-mi că nu sunt singurul care are sentimente.

–Daniel, sunt o persoană integră: îmi plătesc impozitele la timp, reciclez și rămân fidelă partenerului meu.

–Asta nu răspunde la întrebarea mea.

–Am căzut de acord să mergem mai departe cu divorțul, a zis ea, evitând întrebarea.

–Mă mai iubești?

Ea și-a ferit privirea. Ceea ce simțea nu era normal. Nu după tot ceea ce-i făcuse. Se comporta ca o adolescentă dintr-o legendă urbană.

Au sfârșit prin a face dragoste pe masa din bucătărie. Nu-i venea să creadă ce i se întâmpla. Ce i-a spus Benjamin? *E dificil să găsești persoana bună la momentul potrivit, dar e cazul nostru.* Oare ce-ar mai fi spus domnul Campbell dac-ar fi văzut scena din bucătăria ei? N-o să-i zică niciodată. Ultimul lucru pe care-l voia era să-l rănească pe Benjamin, un om deosebit, pe care îl iubea enorm. Și pentru asta, din când în când, se mai culca și cu Daniel. Va trebui să joace teatru până la sfârşitul vieţii dacă decidea să se căsătorească cu el. Falsitatea devenise un nou trend, iar ea devenise foarte la modă.

–La ce te gândeşti? a adus-o Syd la momentul prezent.

–La Daniel.

Linişte generală.

–Credeam că la Benjamin, a spus Miranda. V-aţi apropiat mult în ultimul timp, nu?

–De trei ori în dimineaţa asta, a răspuns Syd în locul ei şi Carol a privit-o mirată. Ei da, pereţii sunt incredibil de subţiri. Sfinte Sisoie, ce armăsar e!

Carol a privit de la una la alta şi dintr-odată s-a decis. A vorbit repede şi a vorbit într-una, mişcându-şi ochii în cap de parcă era nebună.

–Daniel şi cu mine am făcut dragoste şi nu mă întrebaţi când, pentru că durează de un timp şi am făcut-o în bucătărie. Regret, dar nu mai pot da timpul înapoi ca să anulez totul. Şi de altfel, nu ştiu dacă vreau să anulez ceva, a turuit ea, iar ele au privit-o şocate.

–Respiră, i-a cerut Miranda şi Carol s-a conformat. Cum a fost? a întrebat-o după ce s-a calmat.

–Diferit, a zis Carol.

–Diferit de ce? De Benjamin, de Comisia Europeană?

–Altfel decât ştiam eu. Mai mult bestial, dar şi foarte multă tandreţe.

–Cea mai tare combinaţie, a zis Sydney.

–Acum mă simt vinovată în ceea ce-l priveşte pe Benjamin.

–Vinovăţia, a spus Miranda, este un sentiment care mi-a servit de-alungul anilor. Suntem un fel de prieteni.

–Nu e atât de grav pe cât pare, a intervenit Syd. A fost soţul tău atâţia ani, încă mai este până la pronunţarea divorţului. Ai avut un moment și l-ai exploatat, nimic mai normal. Înainte de a știi unde mergi cu Benjamin, trebuie să știi exact de unde vii și ce simți. Ce simți? a spus ea pe ton jos, apropiindu-se de prietena ei cu mare interes.

–Îl iubesc pe Benjamin, sexul cu el e genial, dar cu Daniel e altceva. Nu i-am cunoscut niciodată partea asta sexi, îndrăzneață. De fiecare dată mai bine, mai surprinzător.

–Deci n-a fost doar o noapte? a întrebat Syd. Îți înșeli amantul cu soțul?

Miranda o privea mirată, fără să o înțeleagă pe Carol. Prietena ei era cu picioarele pe pământ și știa întotdeauna ce trebuie să facă, dar de data aceea ratase totul.

–Și cum rămâne cu relațiile lui extraconjugale? a întrebat-o.

–S-a jurat că n-a atins-o pe nepoata Estelei, iar cu Beatrice a avut o relație doar în croazieră, nu și acum trei ani.

–Îl crezi? a întrebat Miranda. Nu a îndrăznit să-i spună câte alte bârfe de genul acela auzise în ultima vreme. Carol a ridicat din umeri.

–Mi-a zis că Beatrice era suficient de perversă pentru a se face că nu mă cunoaște și să mă umilească, așa cum a făcut-o când am luat masa cu tine, Syd.

–E genul ei, a confirmat Syd.

–Și cu Rebeca cum rămâne? a întrebat Miranda, nevenindu-i să creadă cum îi lua apărarea lui Daniel.

–Amnezia îl schimbase total. Nu mai era el, doar știți asta. Singurul lui păcat rămâne Samantha, dar aia a fost lucrătură de maestră. Femeia este capabilă să excite și un mort.

–Se pare că ai luat decizia, a spus Syd. L-ai ales pe Daniel.

–Nu. Deloc. Îl ador pe Benjamin, e un om excepțional, inteligent și amuzant, dar...

–Dar nu e Daniel, a terminat Syd fraza.

Carol şi-a privit mâinile împreunate în poală, aşa cum obişnuia în copilărie când făcea câte o tâmpenie. Dar acum era mare şi se culca cu doi bărbaţi. Carol s-a aplecat spre masă să-şi ia un fruct şi a atins-o din greşeală pe Syd, care s-a uitat mirată la ea.

–Ce este, de ce mă priveşti aşa? a întrebat-o Carol.

–Porţi parfum bărbătesc şi nu este parfumul lui Benjamin, pentru că-l cunosc. Acelaşi parfum îl poartă şi David.

–Şşşt, nu mai vorbi aşa tare, a zis Carol.

–Ai îndrăznit s-o faci şi aici? a întrebat-o Sydney, iar ea a minţit dând din cap. Nu uita, dragostea are întotdeauna un preţ pe care trebuie să-l plăteşti.

Oare ea nu plătise destul? Puţină distracţie, ce era aşa grav? Dar ea ştia că este. Nu aşa a fost crescută şi nu astea-i erau principiile.

Luau cina pe terasa vilei şi aproape totul era ca înainte: Brenda şi Hayley se certau, Scott, Michael şi Crisa râdeau de ele, iar adulţii povesteau între ei. Singura diferenţă era că Benjamin era acum partenerul lui Carol, iar Daniel era singur, lucru care-i distrugea inima Emmei. Mama lui sperase din suflet ca cei doi să se împace. Ştia că nora ei era femeia perfectă pentru Daniel. La un moment dat, nu se mai auzea decât cearta fetelor.

–Eşti doar geloasă, spunea Brenda, că mi-am cumpărat geantă de la cel mai tare stilist grec.

–Care? a râs Hayley. Musaca?

—Auzi, știi ceva? Nici nu mai merg la stupidul tău de bal mascat, n-ai decât să mergi singură, ca proasta.

—Asta ar fi chiar culmea, a certat-o Hayley. Știi câte telefoane am dat ca să-ți pot aranja intrarea?

—Da, unul. Eram lângă tine.

—Am uitat, a zis Hayley, după care amândouă s-au privit peste masă și și-au dat ochii peste cap, râzând. Gata, erau din nou prietene.

—Ador balurile mascate, a spus Diana, visătoare, iar Helga, mama lui Syd a dat din mână:

—Eu cred că sunt doar o scuză pentru bărbați să se poată machia fără să le fie rușine.

Toată lumea râdea, în afară de Daniel, care îi arunca priviri languroase peste masă lui Carol. Benjamin, care era chiar în stânga ei, nu era orb. Văzuse în repetate rânduri schimburile lor de priviri și era contrariat, dar nu lăsa să se vadă nimic. Indiferent ce s-ar întâmpla, avea încredere în Carol, știa că este corectă și inteligentă.

Telefonul lui Daniel a sunat, iar el n-a răspuns, continuând tot restul serii să primească o serie de mesaje la care răspundea. Lui Carol nu i-a scăpat nimic din ce făcea și, cu durere în suflet, a realizat că niciodată nu o să mai poată să aibă încredere în el. Nu a reușit să profite de acea seară minunată în compania familiei și a prietenilor ei pentru că l-a urmărit pe Daniel cum se distra convins că nimeni nu-l observă.

Carol s-a trezit mai devreme decât toată lumea și a decis să facă o plimbare pe plaja liniștită. Îi plăcea să admire imensitatea oceanului, să respire aerul curat şi să profite de pacea dimineţii. Era şase dimineaţa şi câţiva oameni îşi făceau joggingul. Locul acela era paradisiac, cu plaja largă şi oceanul calm. Cu ceaşca de cafea în mână, Daniel stătea pe treptele casei, zâmbindu-i. Era gata să-i spună ceea ce ea n-avea niciun chef să asculte.

–Lucrurile care vin când te aştepţi mai puţin pot să fie acele lucruri fără de care nu mai poţi trăi, a spus el, privind în zare şi luându-şi iarăşi tonul acela de seducător, care o păcălise de atâtea ori. Ea nu era o specialistă în non-comunicaţie, dar în acea dimineaţă nu se simţea prea vorbăreaţă, iar el se pare că avea chef de una dintre acele discuţii lungi şi periculoase care te forţau să vezi exact ceea ce vrei. Să iei o decizie. Iarăşi. Ori ea voia doar să fie singură, să se gândească şi să facă ordine în fiecare sertăraş al sufletului ei. Sus în dormitor, în patul din care tocmai se dăduse jos, era un bărbat care o adora şi care o respecta. Nu dorea să se lanseze într-o conversaţie cu Daniel şi să rişte să fie auzită. În tot acest timp, în care Daniel şi ea se vedeau des, Benjamin a rămas foarte discret. Nu punea niciodată întrebări jenante şi nu aborda subiectul.

–Daniel, vorbim altădată, plec să mă plimb.

–Pleci sau dai bir cu fugiţii?

–Nu fug nicăieri. Am chef să mă plimb, de ce este atât de greu să înţelegi? El a luat-o de mână şi a forţat-o să se uite în ochii lui.

–N-ai vrea să ne căsătorim încă o dată? Suntem atât de bine împreună, e păcat să lăsăm să treacă asta pe lângă noi. Şaisprezece ani contează, am fost fericiţi şi încă putem fi, pentru tot restul vieţii noastre, Carol. Te iubesc din tot sufletul și promit să-ți fiu credincios până la sfârșit. *Care sfârșit,* s-a întrebat ea, *când îl voi prinde încă o dată?*

—De-abia ni s-a pronunțat divorțul, Daniel.

—Și ce dacă?

—Te-ai trezit așa de dimineață și ce ți-ai zis: Fir-aș al naibii, vreau să mă însor azi. Ce fel de bărbat face asta?

—Unul care vrea să se însoare, a zis el râzând și părând neserios.

—Lucrurile sunt mult mai complicate decât vrei tu să le faci să pară. Sunt într-o relație cu un om care mă adoră, mă respectă, și care nu m-a rănit niciodată.

—N-am auzit cuvântul iubire.

—Evident că-l iubesc, a spus ea, deloc convingătoare.

—Asta nu-i dragoste, este stres post traumatic. Pe de altă parte, îl cunoști doar de cinci minute.

—Vrei să spui că faptul că m-ai înșelat după șaisprezece ani de căsătorie, este justificat?

—Nu, nici vorbă, scuză-mă dacă așa a sunat. Voiam doar să-ți zic că voi doi nu aveți o istorie, un trecut. Totul e recent. Nu poți știi exact cum va fi peste un an sau zece.

—Nu voi știi niciodată dacă nu încerc, nu-i așa?

—Asta e valabil și-n cazul nostru.

—Daniel, între timp am mai crescut și am învățat să deosebesc iluziile de realitate.

—Crezi că sunt o iluzie?

—Viața perfectă cu un tip care crede că femeile sunt bune doar la gătit și la striptease este o iluzie, a spus ea tristă, după care a făcut o pauză în care s-a gândit și apoi, ca și cum s-ar fi trezit dintr-un vis lung, l-a privit adânc în ochi și i-a spus:

—Îmi pare rău, Daniel, nu mai cred în tine... în noi. Am vrut să mai cred, m-am amăgit, dar nu poate funcționa à la long.

Ştiu asta acum. Am vrut să mai dau o şansă a ceea ce mai rămăsese din căsătoria noastră, însă ieri seară, când te-am văzut cum butonezi pe sub masă tastele telefonului, mi-am dat seama că niciodată nu voi mai avea încredere în tine. Probabil că în felul meu încă te mai iubesc, dar asta nu mai este suficient.

—Nu-ţi cer decât să-ţi asculţi inima, nu poţi fugi de ea. Am fost primul tău bărbat, contează asta, nu? a întrebat-o el agitat. Nu voia s-o piardă iarăşi, la pachet cu ea venea o viaţă liniştită, o familie şi prieteni buni. Mama lui numai despre împăcarea lor vorbea şi tare ar fi vrut să-i facă pe plac.

—Ştii ce se spune: cel mai important bărbat din viaţa unei femei este cel care nu lasă loc pentru altul, a spus Carol, dorindu-şi să se îndepărteze cât mai repede de el.

—Cum rămâne cu toţi merităm o a doua şansă? Dă-mi-o, te implor, Carol. Te iubesc cum n-am mai iubit pe nimeni niciodată.

—Da, ai mai spus asta, însă tot ce-ţi pot oferi acum este prietenia mea. Nu pot să mă avânt într-o relaţie cu tine atâta timp cât nu am încredere. Iar încrederea se câştigă, nu ţi-e dată.

—Eu te iubesc ca un nebun, iar tu îmi oferi prietenie? E ca şi cum ai da un pahar cu apă cuiva care se îneacă în ocean.

—Ascultă, nu mai doresc să continuăm această discuţie. Mă simt prost şi sunt din ce în ce mai jenată cu Benjamin.

—Ştii ce se spune. Unde există jenă, nu există plăcere.

—Mda, dar unde există jenă, există şi bun simţ.

—Există poveşti de dragoste care nu mor niciodată şi a noastră e una dintre ele, Carol. Festivalul acela senzorial nu e doar pur carnal, ci dovedeşte cât de puternice ne sunt sentimentele după şaisprezece ani. Mi-am cerut scuze de mii de ori și ți-am spus că regret, ce altceva mai pot face ca să te conving să mă iei înapoi?

–„Dragostea înseamnă ca niciodată să nu fii nevoit să-ți spui că-ți pare rău" a citat-o ea pe Ally McGrey, iar el a privit-o cu teamă, simțind că se apropie finalul. Carol a realizat că nu îi va putea uita trădările și i-a spus: am încercat și m-am mințit de mai multe ori pentru că am vrut să meargă între noi. Poate a fost doar nostalgia anilor petrecuți împreună... m-am mințit și nu mai vreau s-o fac, va trebui să te obișnuiești cu faptul că sunt cu Benjamin.

–La un moment dat am avut impresia că o să încercăm încă o dată, a zis el abătut.

–O cafea, un film, dar nu să ne reluăm căsătoria de unde am lăsat-o.

–Credeai că un cappuccino și Love Story o să mă facă fericit?

–Din păcate pentru tine, de data asta nu m-am gândit la fericirea ta, ci la a mea, Daniel.

–Te voi aștepta. Și ca să-ți dovedesc că sunt pregătit și că-mi accept pedeapsa, îți promit că nu voi mai ieși cu alte femei.

–Și dacă te înșeli și eu voi rămâne totuși cu Benjamin?

–Asta este. Repet, îmi voi accepta pedeapsa. Am avut o femeie fabuloasă și am dat cu piciorul. Niciodată n-o să mă mai vezi cu o altă femeie lângă mine.

–Niciodată să nu spui niciodată, a spus ea zâmbind, după care a plecat pe plajă.

Era bulversată și se întreba dacă într-adevăr el ar fi capabil să o aștepte. Și dacă da, ea ce-ar face? Ar fi capabilă să-l părăsească pe Benjamin și să reînceapă o nouă viață cu Daniel? Va putea să-și șteargă din memorie amintirea acelui an oribil, fără şocuri electrice? Prea multe amintiri o bântuiau, iar plimbarea liniştită devenise un fiasco total. Nu era singură, ci cu toate fantomele urâte ale ultimului an. Cum era posibil ca aceste fantome neprietenoase să distrugă amintirea celor şaisprezece ani?

Benjamin a coborât şi l-a găsit pe Daniel cu capul în mâini. Auzind zgomot în spatele lui, s-a întors şi l-a întrebat arţăgos:

—De când eşti aici?

—De ceva vreme, a răspuns Benjamin calm.

—Pentru că asculţi pe la uşi acum?

—N-am de ce, toate-mi merg ca pe roate.

—Deci e adevărat că voi, chirurgii, vă jucaţi de-a Dumnezeu. Şi mai cred că ţi-e frică, din moment ce asculţi pe la uşi.

—N-are de ce să-mi fie frică, a spus Benjamin liniştit, am încredere în Carol şi în judecata ei.

—Nu sunt un pretendent oarecare. Sunt soţul ei, tatăl copiilor ei şi bărbatul care i-a oferit o viaţă perfectă timp de şaisprezece ani.

—O viaţă pe care i-ai luat-o înapoi după aceea.

—Asta nu te priveşte pe tine, Campbell.

—Carol şi cu mine suntem un cuplu acum, deci bineînţeles că mă priveşte. Las-o să plece, singurul tău regret în toată această situaţie este că ai fost prins, în rest nu te interesează decât fericirea ta. Spre binele femeii pe care o iubim, ar trebui să încercăm să-i netezim puţin calea.

—Ia mai du-te dracului cu vorbirea ta literară! Nici măcar în visele tale să nu te gândeşti că o să ţi-o cedez pe Carol fără luptă, a spus Daniel.

—N-ai cum să mi-o cedezi, pentru că nu-ți aparține. Știu că o dorești luna asta, dar ce se va întâmpla când te vei plictisi iarăși?

—Ce vrei să spui? a întrebat Daniel.

—Sunt la curent cu micile tale escapade sexuale, Daniel, dar n-am vrut s-o amărăsc pe Carol. Însă nu voi sta cu brațele încrucișate dacă voi vedea că va decide să se întoarcă la tine. Trebuie să fii nebun să crezi că o voi privi distrugându-și viața. Secția de la etajul trei al spitalului la care lucrez, vorbește numai despre tine și nimic de bine; iar asistentele de la etajul șase te detestă toate, chiar și cele cu care nu te-ai culcat.

—Nebunul aici ești tu, iar Carol nu va crede toate fabulațiile tale, poponar republican cu tunsoarea ratată.

Benjamin a zâmbit calm:

—Vrei să pariem?

—La început, spunea ghidul, Hollywood era un simplu teren de șaizeci de hectare, la unsprezece kilometri de Los Angeles, cumpărat de agentul imobiliar Harvey Wil Cox. Astăzi, Hollywood este un cartier al „orașului îngerilor". Relatările conform cărora numele ar proveni de la arbuștii sfinți aduși din Anglia, sunt în mare parte neadevărate. Numele de Hollywood a fost pus de soția lui Harvey, care în anii 1880, călătorind cu trenul, a întâlnit o femeie care și-a denumit casa Hollywood. Când doamna Wilcox s-a întors acasă, și-a botezat ferma la fel.

Brenda și Hayley nu mai ascultau deja.

—Cred că realizezi că stau pe aici doar pentru ghid, a zis Brenda și Hayley a afirmat din cap, privindu-l pe băiatul înalt cu păr șaten și ochi albaștri. E mișto de tot, dar tare aș vrea să plecăm de aici, să ne facem un program al nostru. Oare ar observa maică-ta dacă ne-am furișa și am pleca? N-o să ne găsim niciun iubit dacă ne plimbăm cu toate mătușile și bunicile tale prin Hollywood.

—Ai văzut ce s-a întâmplat ultima oară când m-am furișat, a șoptit Hayley și prietena ei și-a dat ochii peste cap.

Benjamin, Scotty și Michael s-au întors de la cinema entuziasmați.

—Cum a fost filmul? i-a întrebat Diana.

—Extraordinar, a răspuns Junior, povestea vieții mele. Benjamin l-a privit amuzat și l-a întrebat:

—Este vorba despre un tip care a dezertat din Legiunea Străină. În ce moment al vieții tale ți s-a părut că ai avut parte de atâta acțiune?

—În somn fac ce vreau, a răspuns copilul, făcându-i să râdă. Sunt un erou al Legiunii Străine, al Marinei Americane și al spațiului intergalactic dacă așa am eu chef. De exemplu mâine, când zburăm la New York, voi fi general intergalactic și nimeni nu-mi va putea lua asta.

Era ultima lor zi în California și au petrecut-o cum se cuvine. Au mâncat pe Melrose, au asistat la un meci de Hockey la Arena Crypto.com și toți copiii au participat la un curs de surf în Santa Monica. Făceau întotdeauna o grămadă de lucruri interesante în vacanță, dar se și odihneau. Era o vacanță de care toată lumea profita și făcea ce dorea. Se cunoșteau de atâția ani și funcționau perfect, respectându-și intimitatea când era necesar.

Toamna era un anotimp pe care Carol îl îndrăgea. Se simţea puţin nostalgică, dar era fericită. O fericire nu chiar deplină, ţinând cont de faptul că era îndrăgostită de doi bărbaţi. Un înger şi un demon. Daniel era rezonabil şi diplomat şi încă avea puterea de a evoca gloria unor vremuri apuse... sau nu. Deşi crezuse că decizia ei era luată, se trezea uneori gândindu-se că îi este dor de el. Acesta îi făcea curte, dar fără să pună presiune pe ea şi, aşa cum i-a spus, nu mai ieşea cu nici o altă femeie. Vinovăţia, gândea ea, îl făcuse să devină chiar mai devotat şi mai rezonabil ca înainte. O ajuta şi o susţinea în tot ce întreprindea, însă Carol simţea că joacă un rol. Încă îl iubea, iar el făcea totul ca s-o recâştige, se străduia prea mult şi ea avea un presentiment ciudat. Era foarte obositor să nu aibă încredere în el. Benjamin avea încredere şi mizase toate cărţile pe ea, neavând nicio umbră de îndoială. Se ştia că fidelitatea nu era la modă în New York, dar ea ţinea la valorile familiale. Era o americană pură, iar America era foarte ataşată de aceste valori... fapt pentru care ea încă se mai culca din când în când cu doi bărbaţi.

–Ce ai spune dacă ţi-aş propune să plecăm undeva săptămâna viitoare? a spus Daniel, trezind-o din gânduri. Lăsăm copiii la mama, ne luăm costumele de baie şi mergem în cel mai luxos hotel, de unde vrei tu.

–Cum rămâne cu Benjamin?

–Ah, a zis el teatral, nimeni nu răsuceşte cuţitul în rană mai bine decât cei care ne iubesc.

Câteodată părea atât de fals, gândea ea. Un adevărat escroc sentimental.

–Ceea ce facem nu e bine vis a vis de Benjamin. Dacă ar afla, ar suferi enorm.

–Nu suferă dacă nu suntem prinşi, a zis Daniel, arătându-i încă o dată cât de lipsit de principii era. Ăsta era el de fapt, un bărbat *corect*, până în momentul în care-l prindeai şi demonstrai contrarul. Trebuie să găsim timp pentru ceea ce contează, a continuat el, luându-i mâna într-a lui. Lasă-mă să vin cu tine la conferinţă, sunt foarte excitat. L-a privit dezamăgită, întrebându-se pentru a mia oară cine era bărbatul din faţa ei şi de ce ea nu înceta să se schimbe în ceea ce-l privea. Într-o zi era convinsă că ştie ce are de făcut, ca apoi, să se răzgândească şi să se joace iarăşi de-a adolescenta.

–Bărbaţii excitaţi prezintă un risc în afaceri, iar în viaţa de zi cu zi sunt şi mai periculoşi, a spus ea realizând că, aşa ca de obicei, încerca să o manipuleze. Juca cartea iubirii absolute şi încerca s-o convingă de faptul că nu dorea să obţină o gratificare personală. Pentru ea, iubirea însemna empatie, identificarea cu persoana iubită. În acel moment însă, nu se identifica deloc cu el. Părea atât de şmecher şi de mincinos, un fel de tiran psihic cu maniere. Şi-a tras mâna dintr-a lui şi şi-a privit-o de parcă voia să verifice dacă nu-i dispăruse un deget. Era clar, n-avea încredere în el deloc. Şi ce-o fi văzut în persoana lui în ultimele luni, nu înţelegea. Deodată, totul i-a devenit clar: dorea să rămână cu Benjamin, îl iubea şi-l respecta, avea încredere în el. Chiar dacă în acea situaţie, cuvântul *respect* devenea indecent.

–Aş putea să-ţi explic toate astea într-un loc mai calm, a şoptit el, luându-şi noul lui aer de Don Juan. Cum ar fi camera noastră.

–O clipă eşti rezonabil şi-n clipa următoare iată-te, iarăşi un excitat care pune presiune pe mine. Câteodată am impresia că înțelegi și respecți ceea ce simt, iar altădată ești complet pe dinafară. Încă nu pot să iau nicio decizie și așa nu mă ajuți deloc. Benjamin mă iubește și nu vreau să-l dezamăgesc. El a privit-o zâmbind și a ridicat o sprânceană.

–E cam târziu pentru asta, nu crezi?

–Niciodată nu e prea târziu.

–Poate el îți iubește părțile bune, dar eu le prefer pe cele rele, părțile tale întunecate.

–Nu am părți întunecate, ar fi trebuit să știi asta după șaisprezece ani de viață comună. Cred că mă confunzi cu una dintre iubitele tale.

–Hai, nu te enerva, în afară de Sam și Marissa n-a mai fost nimeni.

A primit șocul ca un pumn în stomac. Nu a bătut-o nimeni niciodată, dar în ultimul an s-a simțit plină de vânătăi. El nici măcar nu și-a dat seama de gafa pe care a făcut-o, iar ea a decis să nu-i spună nimic. Nu merita să se mai obosească. Din soțul perfect, a devenit bărbatul care mereu risca și care scăpa întotdeauna basma curată din ceva. Avea o relație relaxată cu adevărul, iar ea nu va mai accepta niciun târg și nici o umilință din partea lui. Din soția răsfățată și relaxată, a trecut la soția care trebuia să facă față zilnic propriului dezastru. S-a saturat de minciunile și declarațiile lui de dragoste, urmate de trădări. De nenumărate ori i-a propus escapade romantice în doi sau chiar să se mute din New York și să înceapă o viață nouă. Era suficient de inteligentă să realizeze că dacă își lua soțul infidel cu ea, problema ar fi urmat-o oriunde s-ar fi dus. Era un afemeiat șarmant care încălca regulile și care a reușit să o păcălească ani de zile. Avea impresia că se afla într-o ședință de luptă cu un porc. Daniel nu devenise o persoană mai integră, ci mințea mai bine. De la accident rămăsese cu sechele, având câteodată pierderi mari de memorie. Se simţea uşurată. Luni întregi se luptase cu sentimentele de frustrare, vinovăţie şi tot ce venea cu ele. Pentru prima oară, după luni de zile, ştia clar ce avea de făcut şi se simţea uşoară ca fulgul.

I s-a făcut brusc dor de Benjamin. Ar fi vrut să-l strângă în braţe şi să-i mulţumească pentru faptul că exista. S-a decis să-i facă o cină surpriză şi să-i spună că era fericită să facă următorul pas în relaţia lor.

—Mi-am adus aminte că am ceva important de făcut, va trebui să pleci, Daniel. Ne vom revedea foarte repede, a spus ea, iar el a ieşit fericit din casă, cu sentimentul că în curând se va putea reîntoarce cu valize cu tot.

Voi sta liniştit câteva luni, după care o să-mi găsesc o puicuţă pentru distracţii. Scumpa de Carol este atât de naivă, dar locul meu este aici, cu ea. Va trebui s-o termin cu Mandy. Biata fată, îi voi distruge inima. E tânără, se va recupera rapid.

După ce Daniel a plecat, ea a alergat la Benjamin şi i-a lipit un bilet pe uşă, în care îi cerea să treacă pe la ea când se întorcea de la spital. Le-a spus deja copiilor c-o să-i lase să mănânce pizza cu condiţia să rămână în camerele lor.

—Şantaj? a întrebat Hayley, zâmbind.

—Categoric, a răspuns Carol. Nu e bun, dar funcţionează.

—Vine tati aici? a întrebat Scott. Vreţi să discutaţi, de-aia ne ceri să stăm în camere?

—Nu. Am ceva de discutat cu Benjamin şi cum mâine seară plec în Newport, m-am gândit să-l invit la cină.

—Ştiu, a zis repede Scott , vrei să-i dai papucii ca să te poţi împăca cu tata.

—Nu, nu chiar. De altfel, nu doresc deloc să-i dau papucii.

–Nu vă veţi împăca? a insistat Scott. De ce nu-l primeşti înapoi pe tata?

–Pentru că mama nu poate să facă ceva rău iar, el nu e capabil să facă ceva bine, a spus sora lui. Se comportă ca un primat, iar ea e o doamnă. Hayley scuipase acele fraze şi aproape se înecase cu toate acele cuvinte. Era furioasă şi nu se ascundea.

–De ce spui asta? şi-a întrebat Carol blând fiica.

–Tata zice că te iubeşte, dar te înşală de câte ori eşti întoarsă cu spatele.

–Asta a fost înainte, iar dacă eu l-am iertat, cred că poţi s-o faci şi tu. Şi nu mai vorbi ca şi cum a avut un harem.

–Ce naivă eşti, mamă. Te-ai uitat vreodată în telefonul lui?

–Nu. Ar fi trebuit?

–Da. Să vezi ce schimb de mesaje are cu secretara lui. Şi-o trag, clar. Carol a privit-o:

–Şi cât am aşteptat să spui primul cuvânt...

–Da, bine că te şochez eu cu limbajul meu, şi-ţi scapă esenţialul. Hellooo, a bătut Haley cu degetele în masă, trezeşte-te şi priveşte realitatea în faţă.

Oare ce ştia fata ei şi ea nu ştia? Sau poate în adâncul ei ştiuse de la început, dar nu voia să accepte? Nu, nu era acel gen de femeie. Dar era evident că Hayley era la curent cu ceva de care ea nu ştia şi pe care fata voia să-l ţină secret. Carol nu se simţea foarte afectată. Conştientiza acum că ceea ce mai rămăsese din căsătoria lor era o mare nepotrivire de gânduri, principii şi intenţii, nimic mai mult.

–Nu-mi convine să avem conversaţii de genul acesta în prezenţa fratelui tău, i-a şoptit Carol la ureche.

–Nici mie nu-mi convine să am un pervers de tată, dar nu am de ales, nu-i aşa? Carol a privit-o intrigată. Ai grijă, a continuat Hayley, vei ajunge gluma favorită a întregului Manhattan, iar pentru ca un bărbat să mai ajungă să te venereze așa cum o face Benjamin, va trebui să te muți în India.

—Mi se pare mie sau tocmai m-ai făcut vacă?

—Știi bine ce vreau să spun: te iubesc și ești o mamă bună, meriți să fii fericită, dar cu tata nu vei mai fi niciodată fericită. Carol îşi asculta fiica şi era mândră de maturitatea ei. O crezuse încă o fetiță, iar acum descoperise că era o tânără domnişoară inteligentă, grijulie şi care ştia mult prea multe despre viața sexuală a tatălui ei. Și-a strâns copilul în braţe şi i-a spus:

—Stai liniştită, îți promit că nu voi ajunge gluma cartierului. Ştiu că n-a încetat să mă mintă și astăzi am decis să pun capăt acestei mascarade. De altfel, de asta am şi organizat această cină surpriză într-o joi. M-am hotărât să-i accept lui Benjamin cererea în căsătorie.

Hayley a sărit în sus de bucurie.

—Felicitări, mami, e un bărbat super şi-l ador.

Carol râdea.

—Nu va fi simplu să-i dau vestea tatălui tău. El chiar crede că ne vom împăca.

—A venit momentul să te răzbuni şi tu puțin, anunță-l când i-o fi lumea mai dragă. Te susțin sută la sută, a spus Hayley, iar Carol a zâmbit. Tinerii din ziua de astăzi nu aveau milă, iar răzbunarea era foarte importantă pentru ei. Și-a propus să discute cu fata ei despre acest subiect într-o altă zi, acum dorea să se pregătească pentru întâlnirea cu viitorul.

Benjamin a sosit la ora şase şi jumătate. Ea îmbrăcase o pereche de blugi bleu şi un pulover de caşmir, de culoarea piersicii. Aranjase masa frumos şi aprinsese câteva lumânări. El a luat-o în braţe şi a sărutat-o.

–Mmm, în ce onoare această cină romantică?

–Nu mai pot să te invit la cină fără un motiv anume?

–Tu vrei să facem sex, a zis el, făcând-o să râdă.

A ridicat-o și a început să se joace cu ea, s-o învârtă prin toată sufrageria și să o pupe.

–Copiii sunt sus, a zis ea râzând.

–Oh, deci e doar o cină? a întrebat el dezamăgit.

–Ce-ți imaginai?

–Că o să sari pe mine imediat ce mă vezi, o să-mi smulgi cămașa, obsedată de trupul meu, și vei face dragoste cu mine în cel mai devastator fel. Evident, eu voi fi maestrul care va conduce dansul. Ea râdea cu lacrimi, văzându-i gesticulațiile.

–Hai să ne așezăm la masă, i-a propus ea, am pregătit vițel și cartofi franțuzești. El nu a ascultat-o. I-a ridicat părul de pe ceafă și a sărutat-o pasional, gustând-o, simțind-o, dându-i fiori de plăcere în tot corpul.

–Cred că ar trebui să te oprești, a reușit ea să spună. Copiii sunt la etaj.

–N-am chef să mă opresc. Sunt sigur că nu vor ieși din camerele lor.

Acum îi mușca încet lobul urechii și, lipindu-se de ea, a făcut-o să-i simtă bărbăția.

–Nu putem să riscăm așa, a zis ea, retrăgându-se fără niciun chef. Așa intenționezi să fii pe parcursul întregii noastre căsătorii? a întrebat punându-și mâinile în șold și el a privit-o un moment, fără să clipească, după care a luat-o în brațe și a învârtit-o ca pe o fetiță, a pupat-o pe cap, pe față, pe ochi și pe gură.

–Te iubesc, i-a spus ea încet, atingându-i fața și gândindu-se că înainte să meargă mai departe trebuia să-i spună adevărul. Nu putea să-și înceapă viața cu el păstrând secretul acela enorm. Era un om bun și merita adevărul, urmând în continuare ca el să decidă dacă își mai dorea sau nu să fie cu ea. Îi părea rău să strice acea zi specială, dar nu exista niciodată momentul bun pentru o veste proastă, așa că a decis să se lanseze.

—Iar eu sunt cel mai norocos bărbat din lume, a spus el și ea doar i-a pus un deget pe buze, făcându-l să tacă.

—Vreau să-ți spun ceva și nu trebuie să mă întrerupi pentru că altfel nu voi reuși niciodată să-ți zic. La sfârșit vei spune ceea ce crezi, dar înainte de toate vreau să știi că am ajuns într-un punct al vieții în care sunt sigură că te iubesc, în care realizez norocul pe care l-am avut să te întâlnesc și știu că este contradictoriu ceea ce am făcut cu ceea ce spun... a făcut o pauză să-și tragă suflul, după care a continuat: n-am nicio scuză și voi încerca să-ți răspund la toate întrebările dacă voi putea, dar să știi că la multe întrebări, pe care mi le-am pus cu însămi, nu am răspunsuri. S-a așezat pe canapea și l-a tras lângă ea, frecându-și stresată mâinile. Benjamin o privea tandru, bănuind despre ce voia ea să discute. Era la curent cu relația ei cu Daniel și chiar dacă la început a fost supărat, cu timpul a realizat că era mai bine ca ea să știe exact ce își dorea. Înainte de a face marele pas, ea trebuia să fie sigură că nu mai voia niciodată să se întoarcă la Daniel. Cunoștea multe cupluri divorțate care, după pronunțarea divorțului, și-au mai dat o șansă și considera că ea trebuia să facă tot ce-i stătea în putință ca să se lămurească. Daniel a fost soțul ei timp de șaisprezece ani, iubirea vieții ei, nu era ușor să întoarcă pagina. Nu se căsătorise cu un porc, doar divorța de unul. Când și-a dat seama ce se întâmplă a decis să închidă ochii în fața acelui joc periculos și să aibă încredere în judecata ei. Era o femeie deșteaptă, nu putea fi păcălită a doua oară. Acum, privind-o cum se chinuia, a decis să o ajute:

–Știu despre ce vrei să vorbim și te asigur, nu e necesar. Este suficient faptul că ai curajul să vrei să-mi spui.

–Știi? a întrebat ea, convinsă de contrariu.

–Da, a zis el, luându-i mâna într-a lui și apreciind faptul că ea voia să-i spună adevărul. Așteptase și sperase asta. Tu și Daniel. Ea a roșit până-n rădăcina părului, având impresia că întregul cap o să-i ia foc. Important este, a continuat el, că ți-ai dat seama ce fel de om este înainte să fie prea târziu. Restul îl uităm, pornim de la zero. Înțeleg de ce ai făcut ce ai făcut, Carol.

Ea l-a privit șocată:

–Ai știut și ai acceptat? De ce? l-a întrebat ea, fiind conștientă că el era cel care ar fi trebuit să pună întrebările.

– Ești o femeie deșteaptă și am avut încredere în judecata ta. Am acceptat pentru că te iubesc și pentru că știu ce fel de persoană ești. Aveai nevoie să fii convinsă că pentru tine totul este terminat în ceea ce-l privește pe Daniel. Ea aproba din cap, ușurată că era atât de înțelept și că o scutea de toate detaliile sordide. El a sărutat-o tandru pe gură și a continuat: mi-am spus că dacă mergem mai departe e mai bine s-o faci acum, decât după doi ani de la căsătorie.

–Știi că te iubesc la nebunie, Benjamin Campbell? a întrebat ea cu lacrimi în ochi și, după ce a strâns-o în brațe câteva momente, a îndepărtat-o puțin și a privit-o în ochi:

–Știi că îmi ești datoare vândută, doamnă Campbell, a spus el și ea râdea printre lacrimi.

N-au făcut dragoste în acea seară, dar au sărbătorit viața și dragostea în felul lor. Carol se simțea ca și cum era capabilă să zboare. Benjamin îi dăduse aripi. Se gândea la rădăcinile ei, care, crezuse întotdeauna că erau în jurul lui Daniel. Se înşelase amarnic, el ajunsese să fie duşmanul din casa ei.

CAPITOLUL 18

Carol stătea în faţa geamului despărţitor al închisorii şi o privea pe Samantha cum se apropia. Era înaltă şi chiar şi în ţinuta aceea portocalie arăta bine. Nu avea pic de machiaj sau de jenă şi, zâmbind, s-a aşezat pe scaunul din faţa ei. S-au privit câteva secunde, după care au ridicat receptorul:

–Bună, a zis Carol.

–Ce faci aici, ai venit să savurezi momentul?

După tot ce-i făcuse, Carol avea încă milă pentru ea. Era uşurată că era după gratii, dar îi părea rău pentru viaţa ei distrusă.

–Cum eşti, Sam?

–E ca şi cum ai întreba pe cineva care tocmai se îneacă, dacă-i place apa.

–Deci eşti bine, a zis Carol, întrebându-se ce căuta acolo. Samantha, ca de obicei, avea o atitudine dezagreabilă, făcând-o să se simtă vinovată. Îi răpise copilul şi-i distrusese familia, dar cumva se simţea rău pentru că era în închisoare.

–Cum ai vrea să mă simt, n-am niciun vizitator niciodată. S-au privit un moment după care Samantha întrebat-o curioasă: Te-ai împăcat cu Daniel?

–Poţi dormi liniştită, nu ne-am împăcat. Ţi s-a împlinit visul copilăriei. Samantha a zâmbit mulţumită.

—Cum ar fi oare pe Pământ dacă toţi am reuşi să ne realizăm visele pe care le aveam la zece ani? Toate am fi prinţese, actriţe sau profesoare, iar băieţii ar fi poliţai, piloţi de război şi supermani, a spus Sam, imaginându-şi o astfel de lume. Apoi a devenit brusc serioasă şi şi-a privit sora, parcă cu afecţiune. Să nu te împaci cu el. Carol aştepta fără să spună nimic şi în străfundul inimii ei, ştia că nu-i va plăcea ce va auzi. Am făcut prostituţie la viaţa mea, dar n-am întâlnit un ordinar mai mare decât el. Un pervers atât de oribil. Carol a înghiţit în sec. Era oare adevărat ce-i spunea sau doar dorea s-o bântuie şi din spatele gratiilor? Avea impresia că pentru prima oară în viaţă, Sam spunea adevărul. Asta însemna că Daniel era un pervers care a înşelat-o întreaga viaţă, probabil. Şi ea care a crezut că aveau o viaţă sexuală armonioasă şi sănătoasă. Slavă Domnului că nu i-a transmis vreo boală venerică.

Un maniac sexual, cu care nicio femeie nu vrea să fie, a continuat Samantha. M-a supus la cele mai dure orgii din viaţa mea. Carol a făcut ochii mari. Ştiai c-o face şi cu bărbaţi?

—Cred că mi-aş fi dat seama în atâţia ani dacă lui Daniel i-ar fi plăcut bărbaţii.

—Lui Daniel nu-i place de nimeni. În afara de el însuşi, nu e ataşat emoţional de nimeni. E un bărbat plin de minciuni şi secrete murdare. De treaba asta mi-am dat seama doar după un timp. Carol o studia în tăcere pe Samantha şi simţea că îi spunea adevărul. Ea cum de nu ştiuse toate acele lucruri după o viaţă cu el? Venise să îngroape securea păcii cu Sam, dar de fapt, nu făcuse altceva decât s-o primească între ochi. Acea vizită îi făcuse mai mult rău decât bine şi toate amănuntele pe care le-a aflat au rănit-o profund. Îi părea rău că nu-şi ascultase prietenele şi că venise în vizită la Samantha.

Oare la ce se așteptase? Oricum, nu să audă acele detalii sordide în legătură cu soțul ei. Se simțea trădată, murdară și chiar proastă. Oare toată lumea știa de viața dublă a soțului ei, doar ea trăise într-o lume imaginară atâția ani? S-a hotărât să plece, nu mai avea nimic de făcut acolo.

–Îmi pare rău pentru tine, pentru viața ta irosită, Sam.

–Nu te mai lăsa păcălită de acel pervers, ești mai deșteaptă de atât.

–Se pare că nu, din moment ce timp de șaisprezece ani nu mi-am dat seama cu cine eram căsătorită.

Pentru prima oară, Sam a văzut-o pe Carol așa cum era ea în realitate. O persoană agreabilă, cu suflet bun și vulnerabilă. Era o femeie frumoasă, onestă și o mamă fabuloasă. Înțelesese asta după ce petrecuse puținul timp cu Scotty.

–Poate că nu ai fost foarte inteligentă ca soție, a zis Sam, nefiind capabilă să facă un compliment întreg, dar ca mamă n-ai eșuat. Nu credeam că te pricepi la copii.

–Credeai că Hayley și Scott au venit pe lume mari, așa cum sunt acum? Sam a privit-o trist.

–Îmi pare rău, Carol, pentru ceea ce ți-am făcut. Îmi pare sincer rău. Să nu te mai întorci la el, ți-am spus adevărul. Nu merită să-l mai iubești.

–Din păcate, nu decidem să nu mai iubim, să punem iubirea pe poziția pauză când ne convine nouă. Însă eu m-am vindecat de el.

–M-aș bucura să fie așa, a zis Samantha privind-o trist.

–Așa dintr-odată îmi vrei binele?

–Nu te-am văzut niciodată așa cum erai de fapt, nu m-am ostenit să te cunosc. Am preferat să-mi umplu sufletul cu venin atâția ani. Ce tâmpenie. Voi putrezi în închisoare tot restul vieții și, din nefericire, mi-a dispărut și ura. Mi-ar fi fost mai uşor dacă aş fi continuat să te urăsc. Aşa aş fi putut într-un fel să-mi explic crimele, să cred în continuare că tot ce-am făcut este justificat. Dar nu, de fapt eşti o persoană remarcabilă, incapabilă să faci rău cuiva. Ai putea oare să mă ierţi vreodată pentru tot ce ţi-am făcut?

Carol a privit-o un moment, gândindu-se, apoi a spus:

–Probabil, într-o bună zi. Ar fi un cadou pe care mi l-aş face mie însămi, a spus mai mult ca pentru sine. Dar îţi mulţumesc pentru ultima ta destăinuire. Păcat că nu ne-am putut aprecia în condiţii normale, dar bănuiesc că aşa a trebuit să fie. Nimic nu e întâmplător în viaţă.

–Vei mai veni pe la mine? a întrebat-o Samantha.

Carol s-a gândit puţin, apoi a spus calmă:

–Probabil într-o zi voi mai veni pe la tine, dar acum nu pot să-ţi spun exact când şi cum. Samantha a dat din cap, înţelegând.

–Ştii ceva de Jackson? a întrebat-o pe Carol.

–Se pare că a avut un *accident* grav şi acum este în comă. Medicii nu sunt deloc optimişti, dar fratele lui, David, va face tot posibilul să primească ajutorul necesar.

–Îmi pare rău pentru el, a zis Samantha sincer, nu e un bărbat rău şi chiar nu a fost vina lui. S-a lăsat manipulat de mine şi asta pentru că nu gândeşte cu creierul, ci cu sexul. Toţi bărbaţii sunt nişte obsedaţi sexuali şi primesc exact ceea ce merită.

Toată lumea primea ceea ce merita, şi-a spus Carol în gând. N-avea niciun sens să o mai amărască, doar primise şi ea exact ceea ce meritase. S-au despărţit calme şi, în final, Carol şi-a zis că a făcut bine că a venit. Samantha a privit în urma surorii ei, regretând faptul că şi-a irosit întreaga existenţă în ură, iar acum, când a înțeles totul, era închisă între patru pereți.

Carol a ajuns în Newport la ora șapte seara. Nu a avut timp să ia prânzul și era lihnită. Și-a comandat un wok cu legume și carne de vițel, încercând să nu se enerveze pe chelnerul care era sub orice critică. A vărsat apă pe ea, a lovit-o din greșeală cu tava în cap și apoi s-a scuzat de parcă ar fi fost vina ei. Petrecea o seară oribilă și abia aștepta să se bage în pat, să-și sune copiii și să-și termine lucrarea pe care avea s-o prezinte a doua dimineață clientului ei. Fusese o zi lungă, plină de emoții și spera să petreacă o noapte liniștită, întâlnirea de a doua zi fiind foarte importantă pentru cariera ei.

În același timp, în New York, Hayley și prietenele ei, Brenda și Clara făceau pe detectivele.

–Conduci prea repede, Brenda, a țipat Hayley, o să ne omori înainte ca ai tăi să apuce să ne omoare pentru că le-ai furat mașina.

–Tu ai zis că vrei să-l urmărești pe perversul de taică-tu. Dacă n-aș fi *împrumutat* mașina, ce-ai fi făcut, ai fi fugit după el? Proba cea mai atletică pe care poți s-o susții este să faci vânzătoarele dintr-un boutique să alerge.

Hayley și-a dat ochii peste cap, în timp ce Brenda a parcat mașina undeva la periferia orașului. Strada era plină de prostituate și Hayley se întreba dacă au făcut bine că au venit.

Profitase de plecarea mamei ei în Newport ca să-și spioneze tatăl. Oare n-ar fi fost mai normal să facă tot posibilul ca părinții ei să se împace? De ce voia neapărat să-i ducă mamei ei probe și să-i arate ce pervers de soț are? s-a întrebat fata, după care și-a răspuns singură: *pentru că mama merită să fie cu un om bun, iar el nu mai este.*

Șirul gândurilor i-a fost întrerupt de cearta a două prostituate cu un client. Fetele s-au apropiat câțiva metri de mașină, în așa fel încât să audă conversația. Clientul nu era altul decât Daniel. Ascunse în mașina lor, fetele au asistat îngrozite la spectacolul dezgustător. Daniel negocia cu două prostituate: una de culoare și cealaltă, asiatică. Erau îmbrăcate în fuste de scai atât de scurte încât nu lăsau loc imaginației. Daniel, cu mâna scoasă din mașină, gesticula:

—Nu o să te plătesc ca să-mi dai sfaturi, ci ca să mi-o sugi, așa că ori urci, ori dispari. Hayley a simțit cum voma îi urca în gât.

Prostituata a spus ceva, dar ele n-au auzit, apoi au văzut-o pe asiatică scuipându-l.

—Nu merge cu perversul ăsta, acum l-am recunoscut. El a bătut-o și violat-o pe Becky săptămâna trecută.

Mai multe prostituate care erau în zonă, au auzit și s-au îndreptat revoltate spre mașina lui, iar Daniel a călcat accelerația și a dispărut în noapte cu viteza luminii.

—Hai să plecăm înainte să vomit, a zis Hayley plângând. Știam că o înșală pe mama, dar la asta nu mă așteptam, chiar dacă Denisa m-a prevenit. Am crezut că este una din glumele ei proaste sau că este doar o bârfă, dar din păcate acesta este tristul adevăr. Nu-mi vine să cred că se culcă cu prostituate.

—Dacă te poate consola cu ceva, a spus Clara, să știi că și tata a înșelat-o pe mama.

–Îmi pare rău pentru tine, a spus Hayley simțindu-se mai puțin singură și înțelegând pentru prima oară proverbul *misery loves company/ nefericirea iubește compania.*

–Iar eu regret că am acceptat să fac pe detectivul în noaptea asta, a spus Brenda, părându-i rău pentru prietena ei. Ignoranța este o binecuvântare câteodată.

Hayley era de acord cu Brenda. N-o ajuta cu nimic să știe că tatăl ei făcea apel la serviciul prostituatelor de la periferia orașului. Nici măcar a celor din Manhattan. Erau oare prea scumpe pentru el sau doar se ferea să nu-l vadă vreun cunoscut și să-i strice planurile în ce-o privea pe Carol? Sau era prea cunoscut acolo și, la ce reputație avea, trebuia să schimbe zona? Nu-i venea să creadă că aceea era viața ei, ea care trăise într-o bulă de aur, protejată de o familie adevărată. Se simțea și era destabilizată, pierzându-și încrederea în tatăl ei și în viață, în general.

–Ce ai de gând să faci? a întrebat Clara. Îi vei spune maică-tii?

–Oricum aș lua-o, nu există o parte pozitivă. Dar cred că-i voi spune. Poate că dacă știe adevărul nu va avea niciun regret să iasă din această căsătorie.

Nu-i venea să creadă că vorbește așa despre familia ei. Familia perfectă, pe care a avut-o de când se știa. Ce monstru intrase în tatăl ei și-l transformase într-un pervers care rănea prostituatele de la periferia orașului? Tatăl ei, un avocat de renume din Manhattan, un soț exemplar, cu prieteni importanți, nu era altceva decât un bărbat care fugea din calea prostituatelor care voiau să-l snopească. Hayley se simțea epuizată în urma acelei seri oribile și la gândul că trebuia să ia o decizie importantă. Era matură, dar nu se simțea suficient de puternică pentru a decide destinul familiei ei. Era un pas mare de făcut, iar ea nu avea decât şaisprezece ani, n-ar fi trebuit să aibă asemenea decizii de luat, dar trebuia să-şi prevină mama. Era oare aceea una din situaţiile în care cel mai bun lucru de făcut era să nu faci nimic? Instinctul îi spunea contrariul. A fi căsătorit cu Daniel era ca şi cum ai fi fost căsătorit cu Cujo, diplomat în drept.

Weekendul la Newport a fost în ansamblu bun: îşi făcuse câteva relaţii interesante şi i se propuse un nou proiect tentant. A făcut plimbări lungi pe insula Balboa, a mâncat în restaurante drăguţe şi s-a relaxat citind pe plaja intimă din faţa portului. Acum era fericită că s-a întors acasă la copii şi la Benjamin, care îi spunea cât de dor i-a fost de ea.

—M-am gândit tot weekendul la tine. Ce-ai zice dacă mâine seară ne-am lua o cameră la Waldorf Astoria?

—Într-o luni? a întrebat ea, zâmbind şi mângâindu-i faţa.

—Dacă-ţi promit că nu voi veni gol puşcă şi că o să comand altceva decât ribs, o să pot sta cu tine toată noaptea?

—Te-ai săturat de perioada de castitate? a râs ea.

—Ştii că duc existenţa unui preot? Suntem împreună de aproape un an şi abia dacă am făcut dragoste de nouă ori.

—Au fost zece, dar cine mai numără? a râs ea, dorindu-şi la fel de mult să petreacă o seară liniştită cu el.

—Primele luni am înţeles, nu erai pregătită. Dar acum, între serviciile noastre şi droaia de plozi ce ne aleargă printre fuste, nu mai putem fi deloc singuri.

—Şi ce propui? a râs Carol, imaginându-şi-l în fustă.

—Ieşim la pensie, tu îţi trimiţi copiii în Connecticut la Diana, iar pe Michael îl expediez la maică-sa, în Washington.

Îl asculta delirând. Adora faptul că o făcea să râdă mereu, că nu era posac sau mofturos. Avea impresia că a fost dintotdeauna cu el. Sexul cu Benjamin nu era nici acrobatic, nici exotic, sau bizar. Era natural, iar ea exact de asta avea nevoie. Sentimentul crescuse în ea zi de zi, încet, dar sigur. A ştiut cum s-o ia şi ce să facă pentru ca ea să-l aleagă. Era simplu să trăieşti cu el şi ajunsese să-l iubească pentru faptul că era veşnic bine dispus, entuziasmat şi carismatic. Ştia că făcuse lucru bun alegându-l pentru că în sfârşit, după luni de zile, pentru prima oară se simţea împăcată, liniştită. În final, nu regretase faptul că mai încercase o dată cu Daniel şi aşa cum a spus Benjamin, a fost chiar necesar ca să poată să avanseze. Daniel nu mai era tatăl şi soţul iubitor de altădată. Era doar un om cu multe secrete şi fără scrupule, ceva asemănător cu filmul Shining, versiunea realitate. În tribunalul în care lucra, reprezentase întotdeauna o teroare pentru toată lumea şi ea nu înţelesese asta niciodată, pentru că acasă era mieluşel. Acum ştia că era un lup deghizat în mieluşel. Cu Benjamin era altceva, se simţea în siguranţă, simţea prin toţi porii bunătatea lui. Într-o zi, Daniel a întrebat-o dacă l-ar fi ales pe Benjamin şi dacă ar fi fost sărac. Ea i-a răspuns fără să se gândească: da. Era genul care chiar dacă n-avea nimic, dădea tot.

—La ce te gândeşti? a întrebat-o Benjamin. La căsătoria noastră? Ai încă dubii?

—Şi dacă am ce-o să spui? a glumit ea. C-o să faci din mine cea mai fericită femeie?

–Orice ca să pot să mi te bag în pat, a spus el făcând-o să râdă și ea i-a adus aminte că a doua zi era școală și trebuia să se ocupe de copii.

Și-au luat la revedere, iar ea i-a promis ca în weekendul următor să facă tot posibilul să meargă amândoi la Waldorf. Nu s-a putut pentru că era Halloween, seara în care ea avea să anunțe căsătoria lor în fața prietenilor și a întregii familii. Anul acela doar Scott, Michael și Paul ieșeau după bomboane, după care cinau toți la Carol acasă.

Momentul mult așteptat de Carol și de Benjamin a sosit și amândoi erau emoționați ca doi adolescenți. Brenda și Hayley nu încetau să se tachineze și Carol s-a dus la ele să le oprească.

–Astăzi este seara mea, să mă lăsați și pe mine să plasez două vorbe, le-a spus în șoaptă. N-ați uitat că doresc să anunț căsătoria noastră în fața tuturor, nu-i așa? Voi și Miranda sunteți singurele care știți și contez pe discreția voastră. Fetele au dat afirmativ din cap, iar când Daniel a intrat în casă fără să bată la ușă, au schimbat o privire rapidă, dezaprobatoare. Hayley nu i-a spus nimic mamei ei, hotărând că nu avea niciun rost s-o supere, oricum hotărâse să se căsătorească cu Benjamin.

Daniel a avansat mândru, dând impresia că aparține locului și că locul îi aparținea. Aceea era casa și familia lui, așa a fost dintotdeauna și planul era să se întoarcă cât mai rapid. Ajuns în fața lui Carol, a sărutat-o rapid pe buze, întinzându-i pachetul ce-l ținea în mână. Carol a luat cutia și a studiat-o, apoi a dus-o la ureche:

–Nu-ți fie frică, n-o să explodeze, a zis el zâmbind fericit și neștiind ce-l așteaptă.

Carol a deschis cadoul fără entuziasm și a ridicat puloverul pe care l-au văzut împreună și care ei i-a plăcut.

–E drăguț din partea ta că ți-ai adus aminte, Daniel, a spus fără nicio emoție și Hayley privea de la unu la altul.

–Întotdeauna ai fost atât de generos cu mami? a întrebat fata.

–Merită ce e mai bun pe lume, a spus el, continuând să zâmbească.

–Asta cred și eu, a spus Hayley fixându-l. Unde ai fost vinerea trecută pe la zece seara, când mama era în Newport? l-a întrebat, decisă să-i șteargă zâmbetul de pe buze. Încă ținea la el, era tatăl ei, dar cumva îl și ura în același timp. De fapt, se gândea la el ca la două persoane: una responsabilă, soț și tată iubitor de familie și alta total diferită, un imbecil care se culca cu prostituate. Deci, unde ai fost? a repetat ea întrebarea când a văzut că nu răspunde. El s-a gândit puțin, după care, fără să ezite, a răspuns cu aerul cel mai natural din lume:

–La birou, am lucrat. Secretara și-a dat demisia în acea vineri, deci am avut o grămadă de făcut. Hayley l-a privit cu ochii înguști, iar el a început să se fâstâcească. A primit o ofertă mai bună la un alt cabinet.

–Ofertă care poate nu includea sexul forțat, i-a șoptit Hayley prietenei ei și aceasta a dat din cap, privindu-l pe Daniel.

–De ce acest interogatoriu? a întrebat el.

–Pentru că, a răspuns Brenda, tata mi-a spus că i s-a părut că v-a văzut la periferia orașului. El a tușit și ca să câștige puțin timp, s-a uitat pe masa frumos decorată, în căutarea unui pahar cu apă. Dar, probabil a greșit, dacă spuneți că ați fost la birou, a continuat Brenda. De altfel și tata a zis că în mod cert se poate să vă fi confundat. N-aveți dumneavoastră ce să faceți în acea parte a orașului, a zis, făcându-i cu ochiul și Daniel a privit-o confuz, nemaiștiind ce să creadă. O știa pe Brenda de mică și pentru el încă era mucoasa în pijamale cu ursuleți care dormea în fiecare sâmbătă la ei. O mucoasă care se pare că voia să-i strice seara. Sau oare i se părea? Era total pierdut, iar siguranța ce-o avea pe față când a trecut pragul casei, îi dispăruse complet.

—Iubito, a întrebat-o Carol pe Brenda, ai o cotă de cuvinte pe care trebuie s-o realizezi pe zi sau chiar ai decis să vorbești numai tu în seara asta?

—Parc-ar fi o noutate că vorbește mult, a zis Daniel în barbă, iar Brenda l-a privit fix.

—Da, îmi place să vorbesc mult, dar în seara asta voi face un efort pentru tine, Carol.

—Simt că la sfârșitul frazei este un *dar*, a zâmbit Carol.

—Dar, nu trebuie să mă scoată cineva din sărite, a mai zis fata, vizându-l pe Daniel, care s-a schimbat la față. Puștoaicele din ziua de astăzi erau mult mai perspicace decât au fost ei. Atât de perspicace încât i se face pielea de găină dacă își lăsa frâu liber imaginației. Oare la ce se referea fata și cât de mult știa, sau ce știa? Hayley era și ea schimbată, era oare posibil ca cele două să fie la curent cu ce făcuse el vinerea trecută? Nu, imposibil, și-a spus luând un șervețel de pe masă și ștergându-și transpirația de pe frunte.

În salon, Diana și Paul așezau masa, Emma și Scott jucau canastă cu părinții lui Syd, iar Benjamin le ținea companie părinților lui, împreună cu Miranda și Ben.

–Ce caută domnul doctor aici, cu clanul lui? a întrebat-o încet Daniel pe Carol. Credeam că aceasta este seara noastră și că în sfârșit vom fi doar noi cei de altădată, nu străinii.

–Viața e plină de mici neplăceri și câteodată nu e just, a zis ea surâzătoare. Ori acceptăm și ne ușurăm situația, ori nu acceptăm și ne-o îngreunăm.

E un complot sau sunt paranoic, s-a gândit el. A optat pentru paranoia.

–Ai o față obosită, dragul meu, a auzit-o pe Emma spunându-i.

Mama lui îi spunea, într-un mod politicos, că arată ca naiba. Nici nu era de mirare după noaptea pe care o petrecuse. Se trezise pe la șase dimineața pe o canapea unsuroasă, cu părul încâlcit și gura seacă. Își aducea aminte că băuse cantități industriale de whisky și că se destrăbălase cu patru prostituate.

–Bună, mamă. Am muncit azi noapte, s-a justificat el în fața părinților lui, care l-au crezut. Erau singuri în acea situație, toți cei de acolo fiind mai mult sau mai puțin la curent cu viața dublă a lui Daniel.

–Ne așezăm la masă? a întrebat Carol, iar Miranda, care știa tot, a întrebat-o în șoaptă:

–Ai de gând să-i dai lovitura de grație în fața părinților lui?

–N-am de ales. Am încercat să fac în așa fel să nu vină, însă Daniel i-a invitat. Îi ador pe Emma și Scott, dar din păcate, în seara asta o să-i fac să sufere. Miranda și-a privit prietena fără să spună nimic. Putea să înțeleagă ceea ce simte, a fost un șoc total pentru ei toți, dar părinții lui Daniel erau oameni buni și nu meritau asta. Știi ce mi-a spus Samantha? a șoptit Carol la urechea prietenei ei. Că Daniel se culcă și cu bărbați.

–Și ai crezut-o?

—Ai să te miri, dar da.

—Vorbiţi despre bărbaţi? a întrebat veselă Syd, fără să ştie în ce se bagă. Credeţi că Benjamin e un bărbat bine?

—Da, a răspuns Daniel, dacă-ţi plac năsoşii.

Benjamin l-a săgetat din priviri şi i-a spus:

—Nu sunt aici că să-ţi fac ţie viaţa mai uşoară.

—Ştiu. Eşti aici pentru că ţi-e frică să n-o pierzi pe Carol. Dar am o veste pentru tine: e greu să pierzi ceva ce n-ai avut niciodată. Şi să nu-mi serveşti iarăşi fraza că vrei s-o protejezi, a spus el, iar Benjamin a dat din cap încet. S-o protejezi de ce? De tatăl copiilor ei? De soţul care a iubit-o şi venerat-o timp de şaisprezece ani?

—Eşti trecutul ei, a zis Benjamin, căruia Hayley i-a spus tot despre prostituate. El a fost cel care a sfătuit-o să nu-i zică nimic mamei ei. Nu voia să-i distrugă amintirile.

Părinţii lui Daniel şi ai lui Benjamin nu erau la curent cu noile evenimente şi asistau la spectacol fără să înţeleagă. Puneau totul în seama geloziei celor doi bărbaţi.

—Ce-ar fi să ne aşezăm la masă şi să petrecem o seară liniştită? a întrebat Diana.

—Eu sunt de acord, a răspuns Daniel, cu condiţia ca eminentul chirurg să mă lase în pace. Devine obositor să primeşti sfaturi atunci când nu le ceri.

—Va fi o seară super, i-a şoptit Brenda lui Hayley, întotdeauna se întâmplă ceva în familia ta. Nu ne plictisim niciodată, sunteţi mulţi şi nici unul normal.

—De data asta e diferit, a zis Hayley. Nu e ca şi cum ne-am plânge puţin, am bârfi mai mult şi am trece la altceva. Chiar dacă tata este un pervers, mă doare sufletul să-l văd cât de sigur este că se va recăsători cu mama. Va cădea de la etajul 1000 când îi va spune despre logodna ei cu Benjamin.

–Credeam că ești de acord ca și maică-ta să se răzbune.

–Așa credeam și eu, dar nu mai sunt sigură de nimic. E totuși tatăl meu, indiferent cât de pervers ar fi.

–Da, a zis Brenda, bănuiesc că da.

Când în sfârșit s-au așezat la masă, Diana i-a anunțat că ea și Paul aveau să se căsătorească în luna Iulie, în Connecticut. Toată lumea i-a felicitat, fiind fericiți pentru ei. Carol și-ar fi dorit ca mama ei să anunțe nunta în altă zi, dar se bucura pentru ei. Paul era un bărbat minunat care îi dădea Dianei stabilitatea și liniștea de care avea nevoie.

–Anul care urmează se pare că va fi bogat în evenimente pentru familiile noastre, a zis Daniel. Diana, care se căsătorește, croaziera în jurul lumii a părinților mei, nunta lui Carol și a mea...

S-a făcut liniște la masă și după o secundă Emma, cu ochii plini de lacrimi de fericire, s-a ridicat și i-a felicitat:

–Dragii mei, cât mă bucur pentru voi. Am sperat și m-am rugat enorm de mult să vă împăcați, să deveniți familia de altădată. Ați fost familia perfectă și sunt convinsă că veți fi în continuare. Aceasta a fost o lecție oribilă din care cred că ai învățat ce trebuia, i s-a adresat ea băiatului ei și Daniel a dat fericit din cap.

Carol se simțea din ce în ce mai prost. Nu așa voise ea să iasă, dar acum era obligată să le spună. Îi părea rău pentru socrii ei. Nu era vina lor că au adus pe lume un monstru cu personalități multiple.

–Emma, te rog, stai jos, i-a cerut blând Carol. E o mică greșeală. Soacra ei a privit-o fără să înțeleagă și s-a întors pe scaun lângă soțul ei, care privea cu sufletul la gură spre nora lui.

Daniel a început să râdă jenat și să se foiască pe scaun:

—Iubito, ştiu că n-am stabilit o dată, dar pentru mine era clar că ne vom căsători. Trebuie să legalizăm uniunea noastră, nu mai putem trăi în păcat.

—Cred că ai înţeles greşit, a spus Carol pe un ton jos, neputând să simtă nici o plăcere în acea răzbunare. Dintr-o dată şi-a dat seama că a făcut o greşeală, n-ar fi trebuit să accepte ca socrii ei să vină. Îi respecta şi îi iubea, nu meritau o asemenea umilinţă. Daniel a privit-o şi ea a continuat: N-am avut niciodată intenţia să mă recăsătoresc cu tine. De altfel, a spus ea scoţând cutia cu inelul pe care el i-l oferise nu cu mult timp în urmă, tocmai de aceea n-am purtat acest inel. E al tău, nu-l vreau, a spus întinzându-i cutia.

El a privit-o şocat şi i-a spus:

—E inelul de logodnă. Nu mi-l poţi da înapoi.

—Timpul. Timpul nu-l poţi da înapoi, Daniel, i-a răspuns ea rece. Inelul pot să ţi-l dau înapoi dacă asta vreau. Şi asta vreau.

—Facem dragoste de câteva luni, pentru tine nu înseamnă nimic? a urlat el, reuşind s-o umilească în faţa tuturor. Emma s-a ridicat de la masă şi a părăsit încăperea, iar Diana i-a luat pe copii şi a urcat la etaj. Ştiai, a întrebat Daniel, întorcându-se spre Benjamin, că doamna se joacă cu noi? Că jonglează cu doi bărbaţi în acelaşi timp?

Benjamin a răspuns calm.

—Nu numai că ştiam, dar eu am sfătuit-o să facă tot ce-i stă în putinţă să se convingă exact de ceea ce vrea. A avut carte verde să facă exact ce credea ea că e bine să facă.

Carol l-a privit cu nemărginită dragoste şi-i era recunoscătoare că încerca să salveze situaţia. Cel mai penibil era că toată această discuţie se ţinea în prezenţa părinţilor lor şi, în special, a viitorilor ei socrii. Ei n-o cunoşteau şi nu era tocmai o manieră plăcută de a-şi face intrarea în familia lor. Dar acum cărţile erau aruncate şi trebuia să le joace cum putea. Se răzbunase pe Daniel, dar nu se simţea victorioasă. O victorie obţinută fără demnitate şi eleganţă, nu era o victorie. Dar când era vorba de Daniel, demnitatea şi eleganţa erau imposibile. O frază inocentă în gura lui devenea indecentă, la limita pornografiei.

–Ai sfătuit-o să se culce cu mine? a întrebat acesta, scârbit. Dacă te excită asemenea treburi, du-te şi tratează-te. Lui Carol nu-i plac excentricităţile.

–De aia ai preferat tu să mă înşeli pe parcursul întregii noastre căsătorii? Pentru că mie-mi plăcea normalul, iar ţie doar atât nu-ţi ajungea? l-a întrebat. Părinţii lui Sydney şi ai lui Benjamin au părăsit salonul, urmaţi de Tom şi Paul. Cei mai în vârstă preferau să se retragă şi să le lase puţină demnitate.

–Nici vorbă, iubito, a zis el, atingându-i mâna, astea sunt minciuni ce ţi le-a îndrugat el ca să poată să te aibă, iar tu ca o naivă ce eşti, ai crezut.

Ea l-a săgetat cu privirea şi i-a cerut s-o urmeze în camera ce servea drept bibliotecă. Nu se putea să se dea în acest hal în spectacol. Oare cum de nu se gândise înainte la penibilitatea situaţiei şi la umilinţele la care era supusă atât ea, cât şi cei prezenţi acolo? Ajunşi în bibliotecă, el a încercat s-o ia în braţe. Carol l-a împins:

–Nu mă atinge, îmi aduci ghinion. Şi da, am fost foarte naivă, dar asta doar când am fost căsătorită cu tine. Iar tu ai ştiut să profiţi la maxim de această treabă.

–De aia m-ai invitat aici în seara asta, să mă insulţi?

–Nu te-am invitat deloc, te-ai autoinvitat. Am insistat să nu vii, dar oricum tu faci numai ce te taie capul. Şi ca şi cum n-ar fi fost de ajuns, le-ai spus şi alor tăi să vină. N-am vrut că ei să asiste la aşa ceva. Îi iubesc şi îi respect şi faptul că nu voi mai fi niciodată soţia ta nu va schimba nimic între ei şi mine.

–Şi de ce, mă rog, ai mei nu puteau să vină? E doar o masă între prieteni, cu familiile noastre. Aşa cum facem de atâţia ani. Ce atâta mister? Doar nu-i prima dată când ne aflăm toţi în aceeaşi încăpere.

–Nu. Dar e prima dată când îmi anunţ logodna. Mă voi căsători cu Benjamin şi această cină era, de fapt, în onoarea noastră.

Daniel a privit-o un moment, după care a scuturat din cap. Nu putea să accepte ce i se întâmpla şi nu înţelegea. Cum s-a schimbat peste noapte şi de ce el nu şi-a dat seama?

–Nu te cred. Nu poţi să te căsătoreşti cu el.

–Ba da, pot şi o voi face, a spus ea, privindu-l fix în ochi. Este dragostea vieţii mele, bărbatul care sunt sigură că nu mă va face să sufăr, că nu mă va trăda.

–Şi eu cine sunt? a ţipat el. Animalul tău de companie?

–Nu. Doar animalul.

–Nu există pic de pasiune între voi. E una din acele poveşti de dragoste în care nimeni nu spune te iubesc.

–Iar cu tine ce fel de poveste am? Una foarte tristă, unde toata lumea plânge. Află că am plâns destul pe ascuns din cauza ta, dar acum s-a terminat. Între noi totul s-a sfârşit pentru totdeauna, i-a spus ea, continuând să-l privească în ochi. Niciodată nu voi mai fi cu tine.

Acea frază era ca şi cum ai da kerosen şi o cutie cu chibrituri unui piroman. Dintr-o dată, pupilele lui Daniel s-au mărit şi i-a luat mâna într-a lui.

–Nu, te rog, Carol, nu-mi face asta, te iubesc. Nu pot trăi fără tine.

–Și știi de ce? Pentru că ți-e frică să stai cu tine însăți măcar un minut. Și mie mi-ar fi, dacă aș fi în locul tău.

–Nu mai vorbi prostii, Carol. Știi bine că suntem făcuți unul pentru altul. Ne înțelegem din priviri.

–Când? Înainte sau după ce prostituatele de aseară te-au dus la garsoniera lor? El a privit-o, mut. Ei, da, sunt la curent cu tot, armăsarule. De două săptămâni am pus un detectiv să te urmărească, știu tot ce faci, iar pentru mine ai devenit un amărât de suvenir. Îl privea în albul ochilor, fără să clipească, iar el nici măcar nu îndrăznea să respire. Ești genul de om care, dacă prietenul cel mai bun te sună să-ți ceară ajutorul, te duci rapid la el acasă ca să vezi dacă nu cumva poți să i-o tragi nevesti-sii. Habar nu ai ce înseamnă să iubești. Nu știi ce semnifică cuvântul respect, ești un profitor și un escroc sentimental. Singurul lucru bun este că prin tine l-am cunoscut pe Benjamin și ca să-ți răspund la întrebarea *cine ai fost tu pentru mine*, ei bine, ai fost bărbatul de tranziție.

El și-a lăsat capul în jos un moment.

–Cred că de fapt, nu te-am cunoscut niciodată, a spus el încet, neîndrăznind s-o privească în ochi. Pe undeva, este și vina ta. N-am știut ce vrei exact, ce-ți place, și totuși relația noastră a funcționat bine pentru că am făcut tot posibilul să te mulțumesc. Nu mi-a fost întotdeauna ușor să țin pasul cu fantezia ta despre cum ar trebui să arate viața. Aspirațiile tale pur convenționale pot fi derutante, chiar dacă tu crezi contrariul.

–Fantezia și aspirațiile mele convenționale?! a întrebat ea, șocată că o trata ca pe o gospodină cu ambiții domestice. Ai tânjit după extreme, de aceea ți-a fost greu. Și ai rezistat şaisprezece ani pentru că ai avut o viaţă dublă. Ceea ce mă miră este că nu am aflat mai devreme. Nu mi-am dat seama decât în ultimul an că eşti un bărbat incapabil de a merge până la capăt. Nu ştii să ţii un angajament. Mi-am dorit o viaţă liniştită şi o familie normală. Nu era complicat deloc. N-am fost niciodată o femeie complicată. Dacă n-ai ştiut asta până acum, n-o vei ştii niciodată, n-are rost să te mai ţii scai de mine.

–Crezi că barometrul greutăţilor sau al răsplăţilor este la tine? a întrebat-o, iar ea l-a privit nevenindu-i să creadă că a fost căsătorită cu el. Toată viaţa am simţit că datoria mea era să-ţi îndeplinesc aşteptările doar pentru că le aveai. M-am simţit prins în capcană şi în permanenţă trăiam cu sentimentul de gol sufletesc, un tip de singurătate care mă seca. Din cauza asta am început să te înşel şi, nu spun că am avut dreptate, pentru că regret enorm, dar doresc totuşi să ştii şi punctul meu de vedere. Am greşit şi o recunosc, dar nici tu nu ai fost perfectă cu exigenţele tale, iar dacă timp de şaisprezece ani n-ai simţit nimic bizar, este pentru că am dus o muncă titanică. Şi totul ca tu să fii fericită. Am fost doi care am greşit, dar doar viaţa mea se micşorează: familia mea, casa mea, prietenii mei. De ce numai eu trebuie să plătesc?

Carol a făcut efort supraomenesc să-şi reţină lacrimile. Nu voia să mai plângă în faţa bărbatului pe care l-a iubit şi slujit şaisprezece ani şi care acum îi spunea că a dus o muncă titanică să fie căsătorit cu ea. A decis să nu se mai lase umilită de el şi să pună capăt odată pentru totdeauna acelei mascarade. Se simţea liberă... Un val de libertate bizar însă, care o făcea să se simtă goală. Niciodată nu avea să uite momentul acela în care a făcut-o să se simtă ieftină, murdară şi cumva la cel mai profund nivel de ruşine. Corela căsătoria lor cu ruşinea și avea să treacă ani buni până să înceapă să desprindă una de alta. Dar nici măcar nu era sigură că va reuși vreodată. Nu mai avea nimic de spus, urma să lase drama să se desfășoare fără ca ea să mai fie în mijlocul ei. Renunța pentru totdeauna la speranța irațională că el este bărbatul vieții ei. S-a mințit mult în ultimul an și acum a realizat cât de tare a obosit-o acea stare permanentă de vigilență și neliniște. A supraviețuit, dar a făcut-o stând de pază. Și-a pierdut un an din viață luptând pentru un bărbat care ar fi putut ține cursuri despre cum să sfidezi fidelitatea.

—Nu vreau să te mai văd, i-a spus ea simțindu-se extenuată. Voi obține o decizie legală prin care vei putea vedea copiii, dar te avertizez, la prima mișcare greșită, la primul act iresponsabil, i-ai pierdut. Din cauza faptului că am aflat de viața ta dublă, nu mai vreau să am niciodată nimic de-a face cu tine. Nu încerca să schimbi asta și nici nu spera că în viitor mă voi îmbuna. Pentru mine ești mort și îngropat de mult și sunt sigură că, după ceva timp, voi putea șterge și amintirea ta. N-ai făcut decât să-mi pătezi viața trecând prin ea, și-ți doresc ca Dumnezeu să te ierte, pentru că eu nu voi putea niciodată. Acum pleacă de aici și nu mai reveni.

Știa că a pretinde că trecutul nu există era tot atât de rău ca a trăi în trecut, dar pentru moment, așa simțea ea să facă. A negat un an întreg adevărata situație, dar știa că în cazul oricărei traume, negarea este o reacție naturală. Atunci și acolo a decis să nu își mai ascundă durerea în interiorul ei, pentru că, mai devreme sau mai târziu, găsea o cale de a ieși la suprafață.

Daniel nu a mai încercat să o convingă să se împace. Minciunile nu-i mai serveau la nimic și suferea la gândul că și-a pierdut locul în acea familie minunată. Și doar acum realiza imensitatea gafelor pe care le-a făcut de-a lungul existenței lui. Fiind o persoană fără stabilitate, care și-a petrecut ultimii ani modelându-se conform așteptărilor ei, acum se simțea anxios și dependent de o viață în care nici măcar nu a fost fericit. A fost însă mulțumit, de aceea se agăța de căsătoria de care el și-a bătut joc. Acum, soarta își bătea joc de el.

—Nu știu dacă mai contează, dar să știi că te-am iubit, a spus el pierdut. Inconstant și condiționat, așa cum am știut eu, dar te-am iubit și încă te mai iubesc.

Carol i-a aruncat o privire, după care i-a spus:

– Știi drumul spre ieșire. Te rog, nu mai veni niciodată aici.

După doi ani

Erau la Boulay și sărbătoreau ziua de naștere a lui Carol.

Ah, va fi o petrecere de vis, s-a gândit Hayley. *Ben și Miranda, care erau prost dispuși, Linus, care făcea gălăgie în tot restaurantul, dar nimeni nu-i zicea nimic, Jack, noul ei prieten, care se purta ca un bou și Brenda, care era nervoasă pentru că nu avea niciun iubit.*

Hayley își privea mama și era mulțumită s-o vadă fericită. Cu Benjamin forma cuplul ideal. Era un bărbat grijuliu și vesel, iar lui Carol îi străluceau ochii ori de câte ori el intra în încăpere.

—Cred că sunt îndrăgostit lulea de tine, i-a șoptit Benjamin, pupându-i mâna.

—Ar putea fi un lucru bun, ținând cont de faptul că suntem căsătoriți de doi ani și-ți port copilul.

Era nebună după el într-un fel în care nu a mai fost niciodată. Avea încredere totală în Benjamin și nu crezuse că va mai putea vreodată să se simtă așa cu un bărbat. A învățat că iubirea putea să dispară în orice clipă, din motive pe care nu puteai să le înţelegi sau să le controlezi, dar era sigură că ce aveau ei doi, era solid.

Un ospătar i-a adus lui Carol un buchet enorm de flori, în care a găsit o felicitare de la Daniel. *La mulţi ani, Carol! Vei rămâne de-a pururi în sufletul meu. Cu tandreţe, Daniel.*

De la seara în care îşi anunţase logodna, nu-l mai văzuse decât de la distanţă. Se ocupa bine de copii când erau la el, iar aceştia aveau doar comentarii pozitive la adresa lui. Câteodată, îl zărea când îi aducea pe copii, dar nu intra în casă. La nunta ei, le-a făcut cadou un sejur în Hawaii, dar Carol a refuzat. Nu la mult timp după căsătoria ei, s-a însurat şi el cu Rebeca, care îl urma peste tot de parcă ar fi fost o prelungire a lui. Lui Carol îi părea rău pentru ea. A aterizat într-o căsătorie disfuncţională, dar credea că duce o viaţă normală şi fericită. Nu merita să i se întâmple aşa ceva, dar nu avea niciun drept să se bage în viaţa lor. Nu mai voia să aibă nimic de-a face cu el.

Într-o zi, în timp ce lua masa cu Miranda, l-a văzut făcându-şi apariţia în restaurant la braţul unei femei superbe, care nu era Rebeca. Ea a bănuit că a văzut-o, pentru că la mijlocul drumului, a făcut stânga împrejur şi a părăsit restaurantul.

–Ce mă bucur că am scăpat de el, i-a spus ea Mirandei.

Prietena ei nu a zis nimic, dar era total de acord cu ea. Nici cu ei nu mai ţinea legătura, iar pe Ben nu-l mai suna niciodată. Singura dată când s-au văzut a fost la înmormântarea lui Jackson, cu doi ani în urmă. Acesta nu primise o pedeapsă prea mare, dar *prietenii* din închisoare au estimat că justiţia nu-şi făcuse bine datoria. Se întâmplau des accidente în închisori, mai ales când aveai reputaţia de hoţ şi violator de copii.

Samantha primise şaptezeci de ani şi o zi. I s-au pus în cârcă şi moartea a doi peşti din Vegas, dar ea a jurat că e nevinovată. Protectoarea ei, Pyper, a fost transferată în altă puşcărie şi câteva luni Sam a fost calul de bătaie al tuturor. Apoi s-a gândit că nu i-ar strica să se dea bine pe lângă gardienii puşcăriei. Plata în natură o ajuta să rămână în viaţă, iar acum, celelalte puşcăriaşe n-o mai băteau atât de des.

Mai târziu în acea seară, Carol îşi făcea rondul prin casă, ca de obicei. A intrat în camera lui Scott şi l-a privit cum dormea liniştit, cu un zâmbet mulţumit pe faţă. Avea aproape treisprezece ani şi între ei exista o relaţie specială. Era un băiat bun şi vesel care se adaptase perfect la noua lor viaţă. Îl iubea pe Benjamin din tot sufletul, iar Michael era în continuare cel mai bun prieten al lui. La fel ca şi fratele ei, Hayley era mulţumită de relaţia mamei ei cu Benjamin. Din toamnă, împreună cu Brenda, pleca la Princeton şi era fericită să-şi ştie mama pe mâini bune. În ceea ce-l privea pe tatăl ei, fata nu adusese niciodată vorba despre acea noapte în care-l văzuse cu prostituatele. Încerca să-şi şteargă din memorie urâta amintire şi de atunci nu l-a mai urmărit niciodată. La fel ca mamei ei, lui Hayley îi părea rău pentru Rebeca, dar se pare că aceasta trăia în lumea ei minunată, adorându-şi soţul perfect.

—Îţi faci rondul înainte de culcare? şi-a întrebat ea mama, când a văzut-o pe hol.

—Da, a zâmbit Carol, ştii că îmi place să mă asigur că totul este în regulă înainte de culcare. Din toamnă, camera ta va fi goală.

—Plec la Princeton mamă, nu în Bangladesh şi voi veni des acasă. În plus, vei fi ocupată cu bebeluşul.

–Va fi ca o nouă aventură, a spus Carol. E una să ai copil la douăzeci de ani şi alta la patruzeci şi doi.

–Prostii. Te-ai descurcat tu în viaţă în situaţii mai complicate, n-o să te sperie un bebeluş care face caca de şapte ori pe zi, nu? În plus, Diana şi Paul abia aşteaptă să te ajute, la fel şi Emma şi Scott.

Carol a zâmbit.

–E bizară viaţa asta, nu-i aşa? Părinţii tatălui tău fac în continuare Crăciunul şi Ziua Recunoştinţei cu noi, nu cu fiul lor.

–Adevăratele petreceri aici se fac, în casa asta, iar ei te iubesc ca pe fata lor indiferent că ai divorţat de tata. În plus, îl iubesc pe Benjamin şi îl consideră familie.

–N-ai cum să nu-l iubeşti pe Benjamin, a spus Carol, cu un zâmbet drăgăstos pe faţă. E un om remarcabil şi suntem fericiţi împreună.

–Meriţi să fii aşa, a spus Hayley, luându-şi mama în braţe. Eşti o femeie minunată şi o mamă perfectă. Nu ştiu dacă ţi-am mulţumit vreodată sau dacă ţi-am spus că întotdeauna te-am admirat pentru cum te-ai descurcat cu noi. Te iubesc şi te voi iubi mereu, a spus fata, iar Carol a pupat-o pe cap. A luat-o tandru după umeri şi a condus-o în camera ei, tot aşa cum făcea de când era mică. A învelit-o şi a pupat-o, urându-i noapte bună, spunându-şi că, în fond, era o femeie foarte norocoasă.

SFÂRȘIT

Secrete

Hope, **Anna**, **Tess** și **Julia** sunt patru tinere femei ale căror destine sunt în derivă din cauza unor alegeri neinspirate, a minciunilor și a relațiilor destrămate. Familiile lor devin prietene, fără să-și imagineze că furtuni teribile vor afecta viețile lor, aparent perfecte.

Hope Middlebrooks, jurnalistă la Los Angeles Times, încearcă să treacă peste abandonul soțului ei, care s-a îndrăgostit de o altă femeie.

Anna Washington consideră că are dreptul la fericire după ce, în copilărie, a fost violată de prietenul tatălui ei. Se căsătorește cu John și o adoptă pe Tina, o adolescentă orfană, care ascunde o crimă cutremurătoare.

Julia Harington este o tânără actriță naivă, care și-a așteptat toată viața marea dragoste, dar acum se confruntă cu un bărbat despre care află că este căsătorit. Împărțită între dragoste și dorința de a nu răni altă femeie, starul hollywoodian se află la răscruce de drumuri.

Tess O'Donnel, psihiatru de profesie, este căsătorită cu **Ron**, un ginecolog cu o viață dublă, ale cărui greșeli vor afecta iremediabil multe vieți.

Tom, un scriitor misterios, cu un trecut întunecat, se îndrăgostește obsesiv de Anna și este gata să o răpească doar pentru a fi aproape de ea.

Această carte este o poveste despre riscuri, dragoste și speranța care nu se stinge niciodată.

https://www.amazon.co.uk/Secrete-Carmen-Suissa/dp/2957307022

Ocean House, vol 1 și 2

Ocean House, o vilă din Hermosa Beach, California, devine scena dramelor emoționale, sexuale și a conflictelor morale provocate de oameni care nu ar fi trebuit niciodată să împartă același acoperiș. Fiecare are visele, aspirațiile și secretele proprii. Loviți de calamități neașteptate, aceștia se străduiesc să rămână la suprafață.

Casa în care locuiesc aparține celor trei surori Ford, rămase orfane în urma unui accident rutier. Fără alte venituri stabile în afară de această proprietate, fetele Ford sunt nevoite să închirieze două nivele.

Tara, o roșcată de 25 de ani, mereu șomeră, este hărțuită de soția fostului ei amant, care și-a făcut un hobby din a-i distruge viața.

Briana, în vârstă de 30 de ani, blondă, răsfățată și necinstită, este părăsită de soț când infidelitățile ei ies la iveală. Faptul că locuiesc sub același acoperiș complică și mai mult situația.

Joy, în vârstă de 33 de ani, proprietara unui bar, celibatară, are o inimă de aur, dar nu are noroc în dragoste.

https://www.amazon.co.uk/Ocean-House-Volum-Carmen--SUISSA/dp/6069101073

Acea zi din septembrie

La vârsta de treizeci și cinci de ani, Emma este o scriitoare de succes, căsătorită cu judecătorul Tom Miller din Manhattan, iubitul ei din liceu. Emma este o mamă și o femeie împlinită, ducând o viață idilică alături de familia și prietenii săi.

Scenariul perfect se transformă într-unul de groază atunci când McKidd, un criminal pe care Tom l-a trimis la închisoare, decide să se răzbune. Coșmarul se declanșează într-o zi de septembrie, la vila lor din Montauk, în momentul în care copilul lor dispare. Emma și Tom se confruntă cu agonii, despre care nici măcar nu bănuiau că există.

Pe măsură ce zilele trec, căsătoria lor se deteriorează și soții Miller trebuie să ia decizii dificile pentru care nu sunt pregătiți. Secrete sordide ies la iveală, iar când Tom realizează că a doua lui casătorie a fost doar o minciună, hotărăște să afle ce s-a întâmplat în acea zi din septembrie.

Acea Zi Din Septembrie este o carte captivantă și complexă, asemenea vieții în sine: bucurii și lacrimi, familie, pierderi, obligații și o moralitate care ne învață că nu trebuie să abandonăm.

https://www.amazon.com/Acea-Din-Septembrie-Carmen-Suissa/dp/1979770042